원미동
사람들

원미동 사람들

양귀자 연작소설

쓰다.

차례

멀고 아름다운 동네

들어올 때 그랬던 것처럼, 폭이 좁은 문을 빠져나오는 사이 장롱의 옆구리가 또 동전만큼 뜯겨나가고 말았다. 농의 한쪽을 부여잡고 그 무게로 숨이 턱에 닿고 있던 그는 새로 생긴 흠집을 자세히 들여다볼 수는 없었다. 상앗빛으로 드러난 나무의 속살과 거친 나뭇결의 성난 부스러기가 옛 상처보다 한결 선명하게 도드라졌을 것이란 짐작만 할 뿐이었다. 그만그만한 생채기는 열 자짜리 장롱의 앞과 뒤에 이미 여러 개 있었다. 하는 수 없는 일이었다. 처음의 안타까움만 빼고 나면 생채기는 머지않아 세월의 또 다른 무늬로 자리잡을 것이었다.

지척거리는 걸음과 앞으로 쏠리는 무게 때문에 그는 이내 생채기 따위를 잊었다. 가로로 누워 있는 장롱은 마치 거대한 관(棺)처럼 서서히 비좁은 문을 빠져나오는 중이었다. 왼쪽으로, 왼쪽으로 틀어요. 틀어막힌 입에서 비어져나오는 그런 목소리로 인부가 지시했고 그는 온 힘을 다해 왼쪽으로 조금 비켜났다. 비로소 사내의 힘줄 불거진 붉은 얼굴이 문 저쪽에서 나타났다. 엇비슷한 자세 때문에 한층 힘이 가중된 오른손목에 경련이 일어나는 듯한 느낌이 왔다. 금방이라도 놓쳐버릴 것 같은 손아귀의 아슬아슬함이 그를 긴장되게 했다.

생채기 없이 나머지가 완전히 문을 통과하기까지는 얼마큼 더 힘을 쏟아부어야만 하나. 이제야말로 마지막 힘까지 다 쏟아넣고 있다는 체념 때문에 그는 질끈 눈을 감았다. 목구멍 저 안에서부터 신음보다 더 고통스런 비명이 터져나오려고 하였다. 천천히, 천천히 뒤로 빼요, 아니 아니, 뒤로 빼라구요! 사내는 이를 악물고 있는 듯 여겨졌다. 그는 사실 이를 악물고 있었다. 뒤로, 왼쪽으로, 움켜잡고 있는 손아귀에 힘이 빠져버리는 것은 이제 시간문제라고 생각했다. 지금이라도 스르르 손이 풀려지고 있다는 느낌 때문에 등허리에서 식은땀이 흘렀다. 더 이상은, 정말 더 이상은 곤란하다는 생각으로 사내의 때 낀 목장갑을 향해 입을 열려는데 마침내 사내가 들고 있던 쪽의 바닥이 마루에 놓이면서 무게는 급격히 감소되었다. 마루까지 빼내오는 일은 어쨌든 성공한 셈이었다. 그때 사내가 마루문에 매달려 바깥을 향해 소리쳤다. 어이 장기사. 일루 와봐! 농 좀 들어내자구. 쥔양반 힘 갖군 안 되겠어.

장롱을 내려간 인부와 운전기사가 트럭에 기대서서 담배에 불을 붙여 물고 있는 게 보였다. 가파른 돌계단이 삼십 개도 넘는 집이었다. 장롱을 내려가는 것만으로 충분히 진이 빠질 법한 계단이었다.

계단 밑으로는 간신히 차나 돌릴 수 있을 만큼의 공터가 있었다. 올망졸망한 것들이 으레 그렇지만 밝은 곳에 드러난 자신의 남루한 세간들을 보는 일은 언짢았다. 이곳저곳에서 비죽이 드러나는 가난한 생활의 소도구들을 애써 외면하면서 그 역시 담배를 찾아 주머니를 뒤적거렸다. 바람이 거세어서 불을 붙이기가 퍽 어려웠다. 칼끝보다 맵고 아린 추위였다. 김장철이면 늘 휘몰아오는 본격 한파가 시작된 것은 이삼 일 전부터였다. 영하 십 도를 넘는, 올 들어 가장 추운 날씨가 될 것입니다. 어젯밤의 기상 통보대로 이 겨울 들어 가장 추운 날씨가 될 것은 확실했다.

가벼운 보퉁이들을 나르고 있던 노모가 속살이 드러난 장롱의 흠집을 발견한 모양이었다. 쯧쯧. 노모의 혀 차는 소리가 마당에 서 있는 그에게까지 들려왔다. 그 소리가 너무나 생생하여서 그는 반도 피우지 않은 담배를 구둣발로 질끈 눌러버렸다. 겹겹이 껴입은 옷과 머리를 친친 감은 목도리로 잔뜩 굼떠 보이는 어머니의 혀 차는 소리는 어쩐지 섬뜩하였다. 추위 때문일지도 모른다, 그 섬뜩함은. 공터에 널브러져 있는 자질구레한 짐보퉁이 위로 바람이 쌩쌩 몰아쳐오고, 그 바람 때문에 그는 공연히 섬뜩한 것인지도 모를 일이었다.

그의 식구와 인부, 그리고 운전기사 외에는 다른 일손이 없었다. 갑작스런 이사에다가 또한 평일이어서라고 그는 생각하였다. 예정된 것이고 휴일의 이사였다 하더라도 다른 사람을 청하지는 않았을 것이다. 그러기로는 너무나 잦은 이사였다. 이번 집만 해도 두 달을 채우지 못하고 떠나는 것이었으니까.

"또 가는 겁니까?"

결근 사유를 이사 때문이라고 말하지 않았어야 옳았다. 조부장은 스스로도 모르는 사이 이맛살을 찌푸리며 되물었다. 그는 할 말을 잃었다. 바로 두 달 전에도 그는 다음 날의 결근을 변명하기 위해 부장 책상 앞에 서 있었다. 그때도 역시 똑같은 말이 튕겨나왔다는 사실을 좀더 일찍 깨달았어야 했다. 또 이사 가요? 왜 그리 자주 옮겨요?

조부장은 그런 식의 되물음이 버릇이었다. 왜 못 하는 겁니까? 출근 시간이 8시라는 것도 잊었습니까? 영업부의 일이 무언지 모릅니까? 오늘이 무슨 날이지요? 대답은 도통 나오지 않았다. 설령 대답을 한다 하더라도 그 다음에 있을 조부장의 반문은 분명했다. 그렇다면 왜 이렇지요?

이런 수수께끼 같은 질문법에 대항하여 이길 방법은 전혀 없는 것이다. 그 어처구니없는 수수께끼 속에서라도 묵묵히 나아가는 것 외에 다른 도리는 없었다. 숨소리마저 조심하면서. 그의 호흡은, 어쩌면 그것조차도 이미 그의 것이 아닌지도 몰랐다. 모든 이들이 다 그렇듯이 그에게도 여러 가지 호칭으로 불리는 가족이란 이름의 질긴 끈이 있었다. 그가 공기조차 무거운 사무실의 책상 위에서 하루를 보낸 뒤 얻게 되는 피로는 마치 목숨을 건 결투 후에 가지게 되는 피로와 똑같은 것이다. 일주일에 여섯 번의 결투를 그만둘 수 없는 이유를 말할 필요는 없다. 누구든, 그만큼의 피투성이 몸부림만을 소유할 뿐이니까.

곰곰이 생각하면 조부장의 이맛살이 찌푸려지는 것은 어쩌면 당연했다. 누군가에 의해 빈번히 이삿짐을 싸게 된다 하더라도 그처럼 매번 결근할 필요가 어디 있겠느냐는 게 옆자리 박찬성의 지론이었다. 집안일은 마누라에게 떠맡기고 간편히 살자는 말이었는데 그 자신의 경험담에 의하면 이사하는 날엔 새로 옮긴 집의 주소와 위치만 알아두면 족하다는 것이었다. 퇴근 후, 낯선 동네에 들어서서 자신의 가족들이 기다릴 새로운 집을 찾는 일의 흥미로움에 대해서도 그는 말하였다.

"그게 잘 안 된다면 일요일로 날을 잡아서 같이 뛰든가."

기껏 절충안으로 내놓은 것이 일요일의 이사였는데 그에겐 절대 불가능한 문제였다. 안식일만큼은 어머니의 양보를 얻어낼 수 없는 문제였다. 어떤 일이 있어도 주님의 날은 주님에게 바친다는 믿음을 그가 훼손시켜서는 아니 되었다. 벌써 오래전부터 권사라는 직분을 가지고 있던 어머니였다.

"이삿날 하루 빠졌다고 그만두라 카겠노? 하지만도 주일에 이사했다간 하나님이 닐 내칠 끼라. 우짜겠노. 어느 게 무서븐지는 니가 더 잘 알 꺼라."

담배참만큼 쉰 인부가 다시 큰 보퉁이들을 나르기 시작했다. 남아 있는 짐은 그리 많아 보이지 않았다. 아내는 딸애를 데리고 부엌살림을 간추리고 있었다. 아이는 제 엄마 등짝에 달라붙어 이마를 비비며 짜증을 부렸다.

"은혜 좀 봐요. 업어달래요."

이삿날이라 신새벽부터 잠을 깬 아이는 졸린 모양이었다. 부스스한 머리칼을 쓸어넘기며 아이를 어르고 있는 아내의 코가 빨갛게 얼어 있었다. 잔뜩 부풀어오른 배를 어쩌지 못해서 한 손으로는 허리를 받친 채였다. 며칠 동안의 고단함으로 추위에 언 손등은 소복하게 부어 있다. 방한화를 신은 채 저벅저벅 집 안팎을 드나들던 인부가 부엌 앞에 내놓은 쌀통을 들고 갔다. 왜 이래. 엄마도 바쁘잖아. 자꾸 귀찮게 굴면 때려줄 거야. 아이는 계속 칭얼거렸고 아내는 지푸라기처럼 푸석푸석한 목소리로 아이를 달랬다.

안방을 들여다보니 내갈 것은 다 내간 뒤였다. 휑하니 빈 채 쓰레기들만 뒹굴고 있었다. 구두굽 소리를 울리며 방으로 들어서서 그는 잠시 사위를 둘러보았다. 빈 벽에 돌출해 있는 녹슨 못들과 벽지 위에 헝클어져 있는 은혜의 낙서 자국들. 다락문은 활짝 열려진 채이고 장롱을 들어낸 자리에는 그새 먼지가 솜처럼 엉켜서 길다란 테두리를 드러내보이고 있다. 어질러진 것들이나 대충 쓸어 담으면 그뿐, 이 방에서의 혼곤한 휴식도 이걸로 끝이었다. 매일 밤 돌아와 눕고 벽에 기대어 신문을 보던, 자신이 거처했던 방을 돌아보는 기분은 어쩐지 서먹했다. 몇 개의 기억과 또 몇 개의 흔적들을 확인하는 일 또한 서먹했다.

어떤 일요일의 무료함이 만들어낸 윗벽의 줄자. 정밀한 센티미터를 아로새겨서 스카치테이프로 벽에 붙여놓은 것이었다. 은혜의 키를 재보자는 생각에서였다. 일 미터 이상 자라기까지 이 방에 살게 되리란 기대는 없었기 때문에 일 미터하고 육 센티쯤 그려나가다 그만두고 벽에 붙였었다. 처음에 이 아이는 오 분에 한 번씩 키를 재겠다고 눈금 앞에서 발을 모두었다. 심각한 표정과 차렷 자세로 떠받쳐진 가느다란 어깨를 떠올려본다. 아이의 키는 좀체로 자라지 않을 것처럼 보였다. 세월의 눈금이나 줄자의 눈금이나, 바라다볼 때는 결코 변하지 않는다. 그래도 시간은 분명 가는 것인데. 그는 다시 한번 촘촘한 간격의 눈금을 본다. 아이의 가느다란 어깨가 눈금 위에 포개진다. 떼어내면 흠집만 남을 뿐인 그것은 썰렁한 벽에 홀로 남게 된 것이었다.

찬바람이 새어나오는 다락의 문을 닫다가도 그는 또 하나의 흔적을 발견했다. 어느 날 저녁이던가, 술에 취해 늦게 돌아온 날이었다. 오래되지 않은 일이어서 어떤 술좌석인가도 환히 떠올랐다. 영업 파트의 노장 군단들이 모여서 벌인 단합 대회였다. 박찬성의 말대로 신진 세력이 몰려오고 있는 판에 삼십대를 중간쯤 지나는 노장들이 꿀려 있어서는 안 된다는 명목을 대고 잡다한 술을 모조리 섭렵했다. 어떻게, 어떤 묘책으로 신진 세력을 제압할 것인가에 대해서는 무슨 이야기를 했는지 기억나지 않았다. 아무튼 자정을 훨씬 넘기고 들어와서 그냥 쓰러져 잠들었다.

그리고 한밤중 갈증으로 그는 눈을 떴다. 커튼까지 드리운 방안은 지독히 어두웠다. 물을 마시겠다는 작정으로 그는 방문을 찾아 더듬더듬 어둠 속을 뚫고 나아갔다. 그런데 도대체 문이 열리지 않는 것이었다. 손잡이가 이상하다는 느낌은 처음부터 있었다. 배꼽단추의 동그란 핸들이 잡히는 대신 가늘고 긴 손잡이가 그의 손아귀에서 휘청거리다가 기어이는 툭 부러져나갔다. 목은 마르고, 문은 좀체 열릴 것 같지 않았다. 그는 힘을 다해 주먹으로 문을 내리쳤다. 모양만 내기 위해 씌어진 얇은 베니어가 푹 꺼지는 소리와 함께 아내가 놀라 일어났다. 다락문은 왜 열려는 거예요?

그는 문 겉면의 상처와 부러진 손잡이를 한번 만져보았다. 왜 그날 밤 다락문을 잡고 실랑이를 벌였는지 쉽게 설명할 수는 있었다. 이전에 살던 집에는 방문이 그쪽에 있었던 것이다.

어디를 가든 처음 며칠은 이전 집에서의 버릇 때문에 몇 차례씩 제정신을 깨우치고서야 새로 이사 왔다는 느낌을 바로 가지게 되는 그였다. 은혜가 기어오르길 잘해서 고리를 만들어 문을 잠그게 해 준 것도 바로 그였다. 닫혀져 열리지 않는 문. 갈증과 불같이 달려드는 조급함. 손잡이조차 부서져버린 채 열리지 않고 있는 문을 향해 주먹을 휘두르는 밤의 그림자 하나를 더듬어보면서 그는 돌아섰다. 제 엄마에게 결국 한 대 쥐어박혔는지 은혜의 터지는 듯한 울음소리가 빈 집 안을 호되게 흔들었다.

"와 이래 아를 울리노. 은혜 이리 온나. 이 좋은 날 울믄 안 된다. 억시기 추븐 날이제. 그라케도 내사 기분만 좋다. 집 사서 이사하니 내사 좋다. 얼매나 떠돌아댕겼노……."

어머니가 은혜를 업고 안방 문 앞에 섰다. 아이는 밀려오는 설움을 참느라 입을 비죽거렸다. 감기 기운이 가시지 않아 눈물 콧물로 얼룩진 얼굴이 추위에 새파란데 어머니는 계속 내사마 좋다, 를 되뇌었다. 그러는 당신의 얼굴도 까칠하다.

하나님 아버지 감사합니다. 이제 살 집을 주시고 무사히 떠나게 하여주시니 감사합니다. 주님, 자손 만대 번영을 약속한 아브라함에게 하나님은 살기 좋은 땅을 주셨습니다. 그간 이 가족, 살 집이 없어 많은 고초를 겪었으나, 아버지, 이제 주님이 약속하신 땅 가나안을 찾아 떠날 수 있게 하신 은혜 감사합니다. 온전한 저희들의 집을 주신 주님, 그곳으로 가더라도 늘 지켜봐주시고 주님 뜻만 받들며 사는 저희가 되게 하옵소서…….

그는 아침 밥상에서의 어머니 기도를 떠올렸다. 어머니의 기도는 항상 유창했다. 당신 말대로 믿음 생활이 벌써 사십 년이 넘었으니 그만한 기도는 당연한 것인지도 모른다. 그러나 오늘 아침의 기도는 더욱 유창했다. 그 심한 사투리는 온데간데없었지만 드센 억양으로 당신은 근 십 분 이상을 기도했다. 가나안 땅의 이야기는 이 기도로 벌써 두 번 이상 듣는 셈이었다. 열여덟 평 연립주택을 마련하여 부천으로 떠나는 일이 당신에게는 가나안 땅으로 떠나는 일과 다름없다는 심정의 토로인 것이다. 결혼 사 년 만이지만, 어머니에게 있어서는 아버지 타계 이후 처음 갖는 집이었다. 어머니에게는 실로 이십 년 만의 내 집이었다.

"우짤래? 느그는 고마 택시를 하나 타고 앞장설 끼가?"

두 명 이상은 탈 수 없는 트럭의 옆 좌석을 염려하는 어머니의 물음이었다.

"여기서 부천까지 택시를 부르면 돈이 엄청날 텐데……, 우리는 그만 짐칸에 타고 가면 되잖아요. 그래야 집도 일러주고……."

이것저것 모두 챙겨 집값에 밀어넣은 아내는 절대 택시 따위는 타지 않겠다는 표정이었다. 담요나 하나 챙겨놔요. 둘러쓰고 가면 춥지는 않을 거예요. 아내는 뒤뚱 뒤뚱 오리걸음으로 다시 부엌에 들어갔다.

"그래 갖고 되겠나……, 홀몸도 아니고. 내가 마 짐칸에 타면 모를까……."

어머니를 짐칸에 태울 수는 없었다. 그렇다고 인부더러 짐칸에 타랄 수도 없다. 몸으로 일을 하는 사람일수록 부당한 대우에 따라 일솜씨가 금세 거칠어지는 것이다. 갈 길이 가까운 것도 아닌데. 그는 새삼 자신이 이제 서울특별시민이 아니라는 사실을 깨닫는다. 전철이 아닌 이상 얼마큼의 시간이 소요되는지도 정확히 모르는 그였다. 미아리에서 화곡동으로, 화곡동에서 다시 쌍문동으로, 하는 식의 빙빙 도는 이삿길이면 모르지만 도계(道界)를 넘어서서 경기도로 가는 오늘의 이사가 그에게는 도무지 낯익지 않았다.

집이 하나 있다뿐이지 전혀 타관인 곳으로 가는 한은 서두르는 게 좋다고 생각하였다. 그는 대충대충 쓰레기 뭉치를 양손에 모아 들었다. 허둥거리는 그의 발길이 무언가를 되게 걷어찬 것은 그때였다. 쓰레기더미 속에서 튀어나온 그것은 아랫목 벽에 부딪히면서 요란한 소리를 내고 나동그라졌다. 붉은 등허리와 허우적거리는 네 발이 섬뜩했다. 그는 조심스럽게 그것을 들어올렸다. 물개였다. 지난 여름 퇴근길에 지하도 입구의 노점 상인에게서 몇 푼의 돈으로 바꾼 조잡한 모양의 플라스틱 물개였다. 배 한가운데 달려 있는 태엽을 감아주면 두 다리가 팔랑팔랑 돌아가면서 헤엄을 치는 것인데, 여름 내내 대야 속에서 지겹도록 헤엄을 친 까닭에 붉은 등허리가 볕에 바래 보기 흉한 얼룩으로 벗겨져 있었다.

아내는 아마 붉은 물개를 내버린 모양이었다. 벽에 부딪혔을 때의 충격으로 배와 등의 이음새가 헐렁해져서 덜그럭거리는 것 외에 물개의 기능은 그대로였다. 버려도 좋고 챙겨도 좋은 붉은 물개 한 마리를 그는 윗도리 주머니에 집어넣었다. 어느 때 버려도 좋은 것이라면, 조금 더 가지고 있다 해서 나쁠 것도 없었다.

어머니는 은혜를 업고 공터에 내려가 있었다. 기사가 짐을 쌓을 때마다 깨지는 것이니 조심하라는 당부를 쉬지 않았다. 은혜는 언덕바지에서 몰아붙이는 칼 같은 바람을 받으며 할머니 등에 납작 엎드려 있다. 심상치 않은 날씨였다. 눈이 내릴지도 모를 일이었다. 부엌에 남아 있던 잡다한 그릇들을 넓은 함지박 속에 챙겨 불끈 들고 나가던 인부가 마루에서 서성이는 그를 향해 돌아보지도 않고 소리쳤다. 이게 마지막이오. 얼어 죽기 전에 어지간하면 떠나봅시다. 마루문에 기대서서 가쁜 숨을 몰아쉬던 아내도 덩달아 중얼거렸다. 정말예요. 꽁꽁 얼어붙을 것 같아요. 어서 떠나요.

방에서 나와 마루로, 다시 마루에서 마당으로 서성이고만 있던 그는 번쩍 제정신이 들었다. 이제야말로 내 집을 마련해서 떠나는 길인데도, 어머니 말대로라면 젖과 꿀이 흐르는 가나안을 향해 떠나는 아브라함 같은 자기가 왜 이리 허둥지둥 일의 갈피를 잡지 못하고 있는지 알 수 없는 일이었다. 아무리 아브라함이라 하지만 만삭의 아내와 칠순이 가까운 노모, 그리고 칭얼거리는 어린 딸까지를 모두 무사히 부천까지 옮겨낼 일은 아무래도 암담하다는 기분이었다.

사내들은 거친 솜씨로 밧줄을 던져 짐들을 옭아매기 시작했다. 아내의 주장대로 짐칸의 제일 앞자리, 운전석과의 유리 칸막이 밑에 그와 아내의 자리가 마련되었다. 거기 앉으면 짐 쟁이기가 수월찮은데요. 운전기사가 조금 찜찜해하였지만 결국은 아내 말대로 이루어졌다. 이것도 사실은 적발 사항이라구요. 인부보다는 기사 쪽이 좀 온순한 편이었다. 짐보따리 사이를 기어오르고 있는 아내를 마뜩찮은 눈으로 지켜보던 인부가 한마디 툭 던졌다. 뒤쪽보다야 춥지는 않을 것이오. 아내는 못 들은 척 좁은 틈새에 틀어박혀 담요와 옷가지들을 펼쳐놓기 시작하였다. 하기야 앞은 칸막이가, 왼쪽과 오른쪽은 장롱짝이 바람을 막아주기는 할 것이었다. 어머니는 잠든 아이를 당신의 스웨터로 푹 뒤집어씌워 앞좌석으로 올라갔다.

"두고 온 것 없나 쪼매 더 살펴보그라. 인자 가뿔고 나면 그만인데 니가 더 둘러보래미."

땡겨, 더 땡겨. 조오치. 거기 꽉 조였어? 사내들의 입에서 쏟아져 나오는 입김이 연기처럼 무성했다. 그 역시 헉헉 입김을 내뿜으면서 계단을 뛰어오른다. 남아 있는 것이 있으리라는 생각보다는 그저 어머니가 시키는 일이니까 다시 한번 집 안팎을 둘러본다. 뒤꼍의 연탄광에 무디게 생긴 연탄집게가 하나 뒹굴어 다닐 뿐이다. 챙겨갈 만한 물건은 없었다. 돌아나오다 보니 맞벌이 부부가 세들어 살고 있는 뒤채의 방문에 웬 종이쪽지가 끼여 있었다. 빌려갔던 석쇠는 부엌에서 찾아갔어요. 은혜 엄마. 그는 아내의 조그만 글씨가 정답다고 생각했다. 남의 부엌에 있는 제 물건까지 찾아냈다면 더 이상 남아 있을 물건이 있을 턱이 없다.

그는 오던 때와는 달리 천천히 계단을 내려왔다. 밧줄로 얼기설기 얽어진 이삿짐 사이에 끼여 있던 아내가 빨리 오라고 손짓을 했다. 먼 길을 갈 인부와 기사는 돌아서서 용변을 보고 있었다. 이제는 떠날 일만 남은 셈이다. 마지막 계단까지 내려와서 그는 뒤를 돌아다보았다. 슬슬 칠이 벗겨지기 시작하는 수박색 페인트의 대문이 바람에 흔들거리고 있었다. 아침부터 떠나는 지금까지 누구 한 사람 내다봐주지 않는, 띄엄띄엄 자리잡은 넓은 터의 양옥집들까지를 한눈에 일별하고 마침내 그는 성큼 트럭의 짐칸으로 뛰어올랐다.

생각보다는 아늑한 자리였다. 언덕바지를 내려가는 동안은 몸이 앞으로 쏠려 바닥을 짚고 버티는 데 힘을 쓰기는 했지만 그 다음부터는 덜컹거리는 차체의 진동만을 참아내면 되었다. 그는 아내의 소름 돋친 얼굴을 가리고 싶어서 두툼한 코트를 머리통 위까지 뒤집어씌워주었다. 아직은, 갑갑해요……. 아내가 다시 그것을 끌어내려 대신 그의 무릎을 덮어주었다. 누군가가 자세히 보지 않는 한은 그들도 짐뭉치 중의 하나로 보일 것이었다. 설령 자세히 들여다본다 해도 그들은 역시 사람이란 이름의 남루한 덩어리 외에 아무것도 아닐 것이다.

트럭이 시내를 빠져나가는 동안 누가 시킨 것도 아닌데 두 사람은 담요를 어깨 위로 흠씬 추켜올리고서 몸을 웅크린 채 말없이 앉아 있었다. 부풀어오른 배 때문에 웅크리고 있기 불편한 아내가 가끔씩 몸을 뒤척였다. 그는 아내의 등 밑으로 괼 만한 옷가지들을 뭉뚱그려 넣어주고 그녀를 좌석칸과의 칸막이에 기대게 하였다. 가끔씩 멀리서 들려오는 듯, 운전석에서 켜놓은 라디오의 유행가 소리가 새어나왔다.

잦은 신호 정지 때문에 마침내 그도 그녀도 스웨터 하나씩을 뒤집어쓰기로 하였다. 멈추어 서 있는 사이 뒤따라오는 차의 사람들이 그들을 알아보았다. 아내는 거의 눕듯이 기댄 채 옷가지와 담요 속에 파묻혀버렸다. 그는 스웨터로 얼굴을 가리고 옆의 농짝에 바짝 붙어 앉았다. 차는 하염없이 멈추어 서 있고 아내는 아무런 말도 없다. 갑작스런 정지나 돌연한 출발 때의 움찔거리는 꿈틀거림이 없다면 살아 있기나 한 건지 의심스러울 지경이었다. 그는 아내 쪽으로 다리를 뻗어보았다. 따뜻한 온기가 전해져오고 아내가 다시 몸을 뒤척였다. 밧줄이 가운데를 관통하고 있는 이불 보퉁이가 책상 위에서 움쭉움쭉 흔들거리고, 어디선가 달그락달그락 그릇들이 쉴 새 없이 맞부딪치고 있었다.

애초 팔려고 내놓은 집인 줄 알면서도 별 걱정 없이 이사를 들었던 게 잘못이었다. 설마하니 엄동설한에 덜컥 팔려서 해산달에 짐보따리를 싸게 되리라는 상상은 해보지 않았다. 복덕방 말을 너무 곧이곧대로 믿은 것도 실수였다. 벌써 삼 년째, 보러 오는 이 하나 없는 말만 팔 집이지 절대 거래가 이루어질 매물은 아니라는 것이었다. 주위의 호화 주택 사이에 꼴불견으로 끼인, 산꼭대기 비탈에 잇댄 자투리 터도 문제지만 손볼 엄두도 나지 않을 만큼 퇴락한 집이어서 집터나 외관이나 모두 가망 없기론 그게 그거라는 설득이었다. 주인 역시 집이 팔릴 기대는 버린 지 오래고 이제는 내년쯤 개조해서 아들에게나 물려줄 계획이라는 설명을 덧붙였다. 방이 두 개에 마루까지 딸린, 그것도 안채 독채인 전세치고는 값이 헐한 게 마음에 들어 미심쩍은 대로 그는 계약에 응하였다. 곧 겨울이었고 집을 비울 시한도 거지반 다한 때라서 더 머뭇거릴 수도 없었다.

그러나 세상일은 참 알다가도 모를 것이었다. 삼 년씩이나 보러 오는 이 하나 없다던 집이 이사들고 간신히 보름이나 넘겼을까 한판에 갑자기 팔려버렸다. 그것도 그의 전세를 주선한 같은 복덕방 사내의 소개로였다. 아들에게나 물려주겠다던 주인은 사전 통보도 없이 집을 계약해놓고 그들에게 방을 비워달라는 요구를 해왔다. 아래채에 살던 이들은 그대로 있어도 좋았지만 새 주인이 들기 위해선 안채는 부득불 비워야 한다는 것이다. 해를 넘기면 재앙이 있다든가 하여 새 주인은 금년 내로 이사를 오겠다는 것이었고 아내는 연말이 해산 예정일이었으니 참말로 딱한 처지가 되어버렸다. 모르고 온 거라면 버티어본다고나 하지만 알고 있었던 이상 더 생떼를 쓸 수도 없었다. 이사 비용을 대주겠다는 선에서 주인은 사뭇 당당하였다.

이제 막 새로운 생활을 시작했다고 믿었던 그는 처음 얼마간은 눈앞에 닥친 현실을 그대로 받아들일 수가 없었다. 일체의 과정이 생략된 채 갑자기 다가온 결말에 승복하기까지 그에게는 묘책이랄 수도 없는 갖가지 묘책이 머리를 어지럽게 했다. 엊그제 주민등록 신고를 마쳤고 이제쯤에서야 버스 노선을 익혔으며, 아직 채 풀지 않은 이삿짐도 있다, 라는 따위의 빈약한 사실증명 외에 그가 내밀 것은 없었다. 어차피 그렇게 될 것이기에 그는 일찌감치 어지러운 머릿속을 정리하기는 하였다. 가장 현명한 방법은 할 수 있는 한 빨리 체념하는 것이다. 무엇인가에 대항해보겠다는 혈기만큼 어리석은 짓은 없다, 라고 그는 결론지었다. 그리고 다시 우울한 순례, 복덕방 순례가 시작되었다.

"어머, 저기 봐요. 한강물이 곧 얼겠네요……."

어느새 얼굴을 내밀었는지 아내가 그를 흔들어댔다. 트럭은 한강을 건너고 있는 중이었다. 강바람이 일시에 그를 향해 달려들었다. 강은 가장자리서부터 조금씩 조금씩 결빙되고 있었다. 암록색의 물과 얼음이 맞닿는 자리마다 종이처럼 얇은 살얼음이 깔리어 있다. 청둥오리라 했던가, 등이 까만 겨울 철새들이 얼어붙은 강변에서 푸드덕푸드덕 비상을 시도하고 있는 모습도 보였다. 작업선 몇 척도 강변에 머무른 채 같이 얼어붙고 있다. 아내는 강을 건너는 동안 마치 한강을 처음 보기나 한 듯이 고개를 쳐들어올리고 내내 얼어붙은 강을 보기 위해 애를 썼다.

"춥지 않아?"

"아니요. 조금……."

얼어붙은 강을 보자 새삼스레 추위가 덮쳐왔다. 아내는 조금 춥다고 말했지만 그로서도 이미 상당한 추위를 느끼고 있는 중이었다. 그녀가 담요 속으로 손을 넣어 차디찬 발을 비비기 시작했다. 밑바닥에 깐 방석도 그들의 체온만으로는 좀체 더워오지 않았고 두 다리를 감싼 냉기가 서서히 오한으로 번져올 조짐이었다. 가까이 와. 그는 아내를 바짝 끌어당겨 어깨를 감싸안았다. 움직일 때마다 미끄러져내리는 옷가지를 끌어올리면서 아내가 조그만 목소리로 말했다. 아직 멀었죠? 어떡해요. 벌써 추우니…….

아직 멀었어요? 아내의 물음에 그는 진눈깨비 흩날리던 그 토요일을 기억해냈다. 난생 처음으로 부천이란 곳을 가기 위해 시청역에서 전철을 타고 가던 때였다. 그들에게 부천으로 가보라는 충고를 해준 것은 아내의 여고 동창이었다. 부천에서 몇 채의 집을 지어 꽤 재미를 보았다는 그 친구의 말에 의하면 연립주택쯤은 서울의 독채 전세금 수준에서 살 수도 있다는 것이었다. 서울에서 전셋집을 구하는 일에 이미 지쳐 있던 그들로서는 건성으로 넘길 말만은 아니라고 생각되었다. 크리스마스 전날로 잡힌 이삿날을 마냥 기다렸다가 옮길 수만 있다 해도 덜 당황하였을 그였다. 아내의 해산 예정일은 크리스마스로 되어 있었다. 예정일보다 적어도 열흘쯤은 앞당겨서 집을 옮겨놓아야만 안심할 수 있었다.

근무 시간에도 잠깐 빠져나와 방을 구하러 쏘다니면서 그는 금방이라도 아내에게서 진통이 시작되지나 않을까 우려하였다. 집에서 전화가 걸려오기만 해도 가슴부터 덜컥 내려앉았다. 마음은 급하고 집은 좀체 나서지 않았다. 집과 돈과 이사 날짜가 제대로 맞아떨어지는 경우를 찾아내는 일은 너무나 힘들었다. 어지간한 전세는 놀랄 만큼 비쌌고 돈이 맞으면 집이 말할 수 없이 비좁고 불편했다. 이만하면 됐다 싶은 집이 나서는 수도 있기는 하였다. 그러나 날짜를 맞추어보면 또 어긋나기 일쑤였다. 만삭의 아내도 뒤뚱뒤뚱 집을 보러 다녔다. 토요일이나 일요일은 온 가족이 나서서 집값 싼 동네로 전세 구하기 원정을 떠나야 했다. 부천에 대한 정보가 날아온 것은 우연히도 바로 그 무렵이었다. 지체할 이유가 없었다. 아주 계약까지 하고 올 양으로 그는 토요일을 기다려 아내와 경인선 전철을 탔다. 진눈깨비가 흩날리는 십이월 첫머리의 썰렁한 날씨였다.

그들의 첫 부천행에 대해 그는 오래도록 잊지 못할 것이었다. 숨을 헐떡이며 그를 쫓아오는 배부른 아내. 낯선 거리에서 우왕좌왕 헤매다가 어느 길모퉁이에서 먹었던 밍밍한 설렁탕 한 그릇. 그 거리는 난삽했고 진눈깨비로 젖은 골목길은 포장이 안 돼 있어 사뭇 질척였다. 여기저기에서는 겨울임에도 불구하고 건축공사가 한창 진행중이었고 전철역에서 조금만 벗어나면 연탄재 쌓인 공터가 흩어져 있었다. 집이거나 상점이거나 간에 모두 같은 얼굴의, 그러나 전혀 오순도순하게 보이지도 않았고 때로 방심한 듯한 느슨함을 내보이며 자리잡고 있었다. 도시는 이제 막 새로 시작하는 모습이었다가도 어느 순간 적잖이 훼손되어버린 노쇠한 모습으로 겹쳐 보였다. 출발과 마멸이 같이하고 있는 낯선 도시의 어디쯤에서 그들은 첫 추위 때문에 입술마저 새파랗게 질려 있었다.

구석구석에 틀어박힌 조잡한 색깔로 단장한 연립들을 기웃거리다가 마침내 그들은 집을 하나 계약했다. 전세 계약이 아닌 매매 계약이었다. 전철역에서 버스로 네 정거장쯤 떨어진 동네의 연립주택 3층, 18평짜리였다. 가지고 있는 전세금에 삼백오십만 더 보태면 되었다. 그것도 이백은 장기 융자로 들어가 있었다. 붓고 있던 적금을 해약하고 결혼 패물을 처치하면 나머지 돈도 충당할 여력이 있었다. 무엇보다도 이사 날짜가 빨라서 좋았다. 짐을 정리하고 늦은 김장도 해치우고 그러고도 한 일주일 쉬었다가 몸을 풀면 되겠다는 아내의 계산이 그를 부추겼다. 방이 셋에 거실이라고 부를 공간도 있었고 온수까지 빼쓸 수 있는 연탄보일러를 두루 돌아보며 아내는 모처럼 벙싯벙싯 웃고 있었다. 세상에, 꿈만 같아요. 이것 보세요. 당신 지난번에 살았던 정릉의 현이네 집 아시죠? 그게 열여덟 평인데요, 삼천만 원이 넘는다구요. 아네요, 지금은 사천쯤 할 거예요. 봐요, 이리 와봐요, 목욕탕 욕조도 마블이에요, 무늬가 아주 고상하잖아요.

트럭은 영등포 로터리에서 멈추었다. 사방으로 뚫려 있는 길 위로 차량들이 즐비하게 멈추어 서서 신호가 풀리기를 기다리고 있었다. 담배나 한 대 피웠으면 하는 생각으로 그는 굼뜨게 주머니를 뒤적였다. 아내가 눈만 빤히 내민 채 여기가 어디예요, 하고 물었다.

"영등포야. 반은 온 것 같은데……. 춥지?"

"네, 조금……."

아내가 다시 발을 비볐다. 아내의 어깨에 담요 자락을 치켜올려 덮어준 뒤 그는 주춤주춤 무릎을 펴고 일어서보았다. 앞과 좌우는 막혀 있고 트여 있는 쪽은 뒤뿐이었는데, 뒤로는 주욱 택시들만 대기중이어서 남의 시선에 걸릴 염려는 없었다. 담배는 공교롭게도 바지 주머니에 있었다. 담뱃갑을 꺼내들고 주춤 앉다보니 성냥 또한 바지 주머니에 있어서 다시 몸을 일으키다가 그는 칸막이 유리창으로 눈을 대고 있던 어머니를 보게 되었다. 춥제. 아마도 당신은 그렇게 말하고 있는 모양이었다. 주름진 입이 허위허위 벌어졌다 닫혔다 하는 것을 보면서 그가 고개를 흔들었다. 언제 일어났는지 은혜의 얼굴이 저쪽에서 푹 솟아올랐다. 아빠. 아이는 아마 그렇게 말하고 있는 모양이었다. 아이를 향해 웃어주려고 했지만 얼어붙은 입에서 삐그덕 소리가 나는 느낌뿐이었다. 아이의 조막만한 손이 유리를 두들겼다. 옆으로 쑤욱 또 하나의 얼굴이 나타났다. 운전기사였다. 엉거주춤 서 있는 그를 향해 기사는 손을 아래로 흔들어댔다. 앉으라는 말이겠지. 말 잘 듣는 생도처럼 그는 얼른 자리 속으로 기어들어갔다.

그때 막혀 있던 신호가 열렸고 차는 거친 숨길로 쓰윽 앞으로 내달리기 시작했다. 잠시 가라앉았던 매운 바람이 또다시 씽씽 그들을 에워싸며 함께 달렸다. 담배를 피우려 했던 것은 뒤로 미루고 그는 시린 손을 녹이기 위해 주머니 속에 손을 집어넣었다. 주머니 속에 버티고 있던 무언가가 들어오는 그의 손을 차단시켰다. 이건 또 뭐야. 그가 주머니 속에서 끄집어낸 것은 등허리가 바랜 붉은 물개였다. 여태껏 이따위를 주머니 속에 넣고 있었는가 하는, 스스로를 향한 신경질로 그는 불끈 손아귀에 힘을 주었다. 물개는 부서져버릴 듯 말 듯 뿌드득거리며 안간힘을 써댔다.

"조부장 말야. 영동에 가면 애인이라는 이름의 술집 여자애가 열은 넘을걸. 그치, 여성 예찬론자거든. 오늘이 무슨 날인지 알아요? 하는 말버릇도 사실은 그 애들한테서 배워온 거라구. 모르겠어? 그거야말로 여자들의 전매특허 아냐. 바가지 긁기의 첫 단계 메뉴, 살살 야지 트는 수법의 기초구."

박찬성은 조부장을 분석하고 해독하는 일에 흥미를 가진 사람이었다. 그 박찬성에게서 물개에 관한 이야기를 들은 적이 있었다. 물론 조부장을 분석하는 자료로서 등장한 것이었다.

"물개가 마누라를 몇이나 거느리는고 하면, 자그마치 쉰 마리쯤은 누워서 떡 먹기래요. 이 사람 무식하긴. 해구신(海狗腎)이 왜 해구신이야. 그래서 해구신이지. 우리 조부장이야 쉰 명은 무리구, 나이도 있으니까 열쯤은 거뜬하지. 흐흐흐. 조구신이라고 불러도 좋을 거야. 조귀신도 멋지지만 조구신이 더 귀엽잖아, 흐흐흐."

그래서 한동안은 조구신 때문에 흐흐흐 웃는 일을 모두들 재미로 삼았다. 매일 아침 부족한 잠에서 허우적이며 빠져나와 사무실에 집결한 그들에게 웃을 만한 일로 조구신쯤은 훌륭한 구실이 되어주었다. 은근히 사람을 비틀어대고, 모르는 사이 엄청난 일거리를 맡겨놓고 자신은 슬슬 뒷전으로 나앉아서 일이라면 질색을 하는 시늉을 하며 어슬렁거리다가 완성된 자료는 자신의 업적으로 챙기는 것만큼은 철저한 조부장이었다. 그렇다고 조부장을 못 견뎌하는 부원도 없었다. 조부장은 또 그만큼의 허물이 있어야만 제격이었다. 조부장이라 한들 더 이상 그들보다 나을 게 없지 않은가, 라고 그는 반문하기도 하였다. 다소 많은 월급과, 다소 많은 연륜과, 또한 조금 높은 자리를 가졌다는 것을 제하면 그 사람 역시 별 볼일 없이 빙빙 제자리를 돌며 사는, 그러나 조구신이라는 별칭쯤은 가진 우리들 중의 누구니까.

"부장들이라고 별종인 줄 알아. 그들도 모였다 하면 상무나 성토하고 판공비 타령이나 해대느라고 눈에 불을 켠다구. 우리 조구신도 상무라면 혀를 내두르지. 상무 앞에 서면 고개를 끄덕이느라고 바쁘긴 하지만, 뭐 다 그런 것 아냐."

박찬성은 말하자면 조부장의 오른손인 셈이어서 누구보다도 윗사람들 근황에 밝았다. 부원들은 박찬성이 물어오는 정보만으로도 조구신의 사모님이 새로 자개농을 들여왔다는 것까지 알게 된다. 그 다음엔 자개농의 가격과 그것의 아름다움에 대해 의견들을 나누기만 하면 되는 것이다. 그리고 마지막엔 젠장 혹은 제기랄만 덧붙이면 된다.

그것뿐이었다. 그는 자신을 포함해서 모든 부원들의 삶이 제기랄로 마감되는 것에 대해서는 더 이상의 할 말이 없었다. 어찌되었거나 조부장을 조구신으로 불러도 좋을 만큼의 행복만을 소중하게 여기면 되었다. 다른 무엇은 없는 법이었다. 그들은 조부장을, 조부장은 상무를, 상무는 또 사장을 향해 실눈을 뜨고 사는 것이다. 실눈 속에 감추어진 작은 즐거움을, 실눈을 뜰 필요조차 없이 완벽한 생만으로 일관된 자들이 알 턱이 있겠는가.

무릎 위에 물개를 얹어놓고, 물개를 보며 그는 담배를 피웠다. 잿빛 시멘트 건물들이 버티고 선 거리를 트럭은 달리고 있었다. 커다란 굴뚝에서 시커먼 연기가 솟구치기도 하였다. 이제까지 주춤거리던 것에 비하면 상당히 빠른 속도였다. 바람도 따라서 강해졌다. 어깨를 한번 부르르 떨고 난 뒤 그는 담뱃불을 힘차게 빨아올렸다. 떨리는 손가락이 재를 흘렸다. 재는 이내 바람에 날려가고 그는 바퀴의 진동에 따라 출렁였다.

공장들은 대개 매연에 그을려 암회색의 몸체로 드러나 있었다. 구로를 지나 개봉동으로 가는 길목인 듯싶었다. 이만큼 달려왔어도 서울은 끝나지 않고 있다. 저 공장들의 시멘트벽도 끝없이 이어질 것 같았다. 공장 안에서 일하고 있을 사람들을 생각한다. 그들의 이빨에 씹힐 또 다른 조부장도 상상해본다. 그들의 어깨에 매달려 있는 가족들까지를 함께 생각하면서 그는 아내를 보았다. 그녀는 다시 옷과 담요 뭉치 속에 처박혀서 얼굴조차 내밀지 않았다. 추위는 꼭 잠을 몰아온다. 추위 속의 잠은 위험하다는 생각으로 그는 아내를 흔들어보려다가 그만두었다. 불룩한 배가 쉴 새 없이 오르락내리락하는 것이 옷 뭉치 위에서도 선연히 드러났다. 고급 마블 욕조가 있는 내 집으로 간다는 기쁨을 지니고 잠들어 있기만을 바랄 뿐이다. 늙은 어머니와 어린 딸은 트럭의 조수석에 태우고 만삭의 아내는 짐칸에 싣고 가는 쓸쓸함 때문에 그는 또 한 번 힘차게 담배를 빨아올린다. 필터까지 타들어가는 꽁초를 던져버리기 위해 힘껏 팔을 치켜올려 그것을 길가에 떨어뜨린다. 아직도 서울인가. 번잡하게 오가는 서울 시내버스를 바라보며 그는 서울의 광활함에 질려버린다.

그 넓은 서울특별시의 어디에도 붙박여 있지 못한 자신의 삶을 되씹어보고 싶지는 않았다. 전세 계약 기간이 6개월이었던 때부터 어머니와 둘이서 전세방을 떠돌기 시작했었다. 대학 졸업반이 되자 어머니는 지방의 누님네에서 올라와 그의 자취방에 합세했다. 결혼을 하면서 방은 불가불 두 개가 필요했고 이때까지 두 개의 방과 마루를 얻기 위해 악전고투하며 살아왔다는 느낌이었다. 방이 그들을 내쫓는 때도 있고 그들이 방을 버리고 떠난 때도 있었다. 하지만 대개의 경우 방이 그들을 내몰았다. 그렇게 수도 없이 이사를 다니며 얻은 결론은 한 가지, 집이 없으면 희망도 없다는 사실이었다. 희망이란, 특히 서울에서 살고 있는 이들에게 희망이란 집과 같은 뜻이었다.

이제 그 희망을 갖기 위해 서울에서 떠나게 되었다. 그는 뭔가 기이하다는 느낌을 저버릴 수가 없었다. 넓고 넓은 서울에서 그는 여태껏 집을 갖지 못하고 살았다. 희망 없이 살았다는 말과도 다름이 없다. 그런데 이제 집을 가지게 되었다. 다른 것은 서울이 아니고 부천이라는 점이다. 그렇다면 이 경우에도 집과 희망은 동의어인가. 그는 대답을 찾지 못하였다. 아니 쫓겨가는 것은 아니다, 라고 거듭 생각하기는 하였다. 트럭의 짐칸에 처박혀 앉아서, 추위에 떠는 아내를 보면서 그는 낮게 한숨을 쉬었다. 매매 계약서를 보고 또 보며 흥분했던 것조차 믿을 수 없을 만큼 그는 침울했다. 그는 이미 아무것도 아닌 것이다. 족속을 이끌고 광야를 지나 가나안으로 들어가는 아브라함이라고 믿게 하려던 어머니의 간곡한 암시도 우울한 예감을 위한 변명일 뿐이다. 아브라함이라니, 그는 결코 아브라함이 될 수는 없었다. 집을, 노모를, 어린 딸과 아내를 벗어날 수 없기 때문이다. 부어야 할 적금과, 밀린 월부금과 몇 푼의 수당과 월급, 또는 갚아야 할 사소한 액수의 빚들과 어린 딸이 조르는 전자 장난감들. 그런 이름의 족쇄를 발목에 치렁치렁 달고서 서울을 떠나는 아브라함을 상상할 수 없는 것이다.

그런 삶이 벌써 몇 년째인가. 잠자리에서 일어나 "오늘이 며칠이지"하고 묻는 생활. 또 다른 십구일과 지금까지의 수많은 십구일들을 지나오면서 그는 매번 십구일 이외의 다른 날만을 꿈꾼다. 오늘이 십구일이고 또 내일이 이십일이라면 그러한 날들에 대해서는 너무나 잘 알고 있는 그였다. 이십일 혹은 팔일인 줄 알면서도 이십일 혹은 팔일이 아니길 기대하며 눈을 뜨는 아침을 숱하게 지내온 그였다. 그리고 잡히지 않을 먼 날이 그날임을 깨닫고 나야만 비로소 제정신으로 돌아와 면도를 하기 위해 일어서는 그였다.

그러나, 도처에 희망은 널려 있었다. 단지 그를 위한 희망이 아닐 뿐이었다. 다만 한 가지 위안이 있기는 하였다. 십구일이 지나면 때로 일요일도 오는 것이고 보너스를 탈 수 있는 날짜가 닥쳐오기도 하는 법이다. 무언가 다른 것을 기대하고 만에 하나라도 움직여보고자 한다면 추락하고야 말 것이란 위협도 새겨들으면 해롭지는 않았다.

오류동에서부터 트럭은 달리는 시간보다 멈추어 서 있는 시간이 더 많았다. 국도의 좁은 이차선만으로는 꼬리에 꼬리를 무는 엄청난 차량 행렬을 감당할 수가 없는 형편이었다. 바퀴의 진동이 멎을 때면 아내도 부스스 선잠에서 깨어나 더한층 몸을 움츠리고 돌아누웠다. 그때마다 미끄러져내리는 담요와 옷가지들을 다시 끌어올리면서 그는 행여 아내의 부은 얼굴과 마주칠까봐 우정 딴 곳을 보았다. 아내의 발치쯤에는 녹색 나일론끈을 열십자로 묶은 라면 박스들이 네댓 개 쌓여 있었다. 주의. 사기 그릇 조심. 붉은 색연필로 휘갈겨쓴 경고 표시를 눈으로 더듬어본다. 어떤 박스에는 특히 주의, 유리 그릇! 이란 느낌표까지 새겨놓은 강력 경고도 적혀 있었다. 처음 몇 번의 이사 때는 으레 서너 개의 파손품들을 앞에 놓고 울상을 짓곤 했던 아내였다. 시집올 때 큰맘 먹고 해왔다는 크리스탈컵 세트 중 두 개가 깨져버렸을 때에는 정말로 울어버리기도 했다. 이제는 보퉁이 보퉁이마다 강도가 조금씩 다른 주의문을 새겨놓을 정도로 이사에 숙달되어 있는 아내지만 장롱이나 화장대에 매번 생겨나는 흠집을 발견할 때는 거의 비명을 지를 정도로 속을 썩이곤 했다.

장롱에 대해서 말하기 시작하면 끝이 없다. 맨 처음 신부를 맞아들이고 보니 열 자짜리 장롱을 넣긴 넣어야겠는데 도대체 방문으로 그게 들어가지를 않았다. 배꼽단추나마 버젓이 달려 있는 방도 아닌, 쪽문보다 약간 큰 대충 만든 베니어문을 해댄 초라한 셋집 탓이었다. 옆으로 뉘어도 안 되고, 세우면 더욱 어림도 없었다. 창문도 없는 방이었다. 몇 년 안간힘으로 모은 돈이었지만 결혼식 치르고 나니 방 두 개짜리 셋집 얻는 데도 무리가 있었던 형편이었다. 하는 수 없이 새 신부의 장롱은 주인집 마루에 놓여졌다.

그 다음 집에서는 방에 장롱을 다 들일 수 없어 네 자짜리 한쪽과 두 자짜리 한 쪽만 넣고 또 한 쪽은 어머니 방으로 넣었다. 그 와중에서 아직 새것이나 다름없는 농의 앞면에 길게 긁힌 자국이 생겨버렸다. 이사할 때마다 농은 처치 곤란인 덩치로 인부들의 짜증만 돋우었다. 어느 방이든 농을 넣고 나면 아주 비좁은, 길다란 궤짝이 되어버렸다. 이건 뭐, 농짝을 위해서 사는 것도 아니고. 저절로 그런 푸념이 나오기 시작하던 무렵쯤 되어서야 아내도 분수 모르고 산 큰 덩치의 농짝을 향해 눈을 흘길 줄 알게 되었다. 그래도 아내 정성 때문에 저만큼이나 건사한 장롱이기는 하였다.

오늘 아침 새로 생긴 흠집을 알게 되면 아내는 또 한 번 짧은 비명을 지를 것이었다. 어쩌면 이미 보았는지도 모른다. 아내는 이제 흠집에조차 아무런 충격도 받지 않을 만큼 지쳐 있을지도 몰랐다. 그는 아내를 보았다. 잦은 정차 때문에 그녀는 이미 깨어 있었다. 그렇지 않더라도 추위 때문에 더 이상은 잠들 수가 없을 것이다. 아내의 움츠린 몸을 바라보는 일은 괴로웠다. 어디예요. 그때 아내가 담요 속에서 신음처럼 가늘게 물었다. 처음에는 무슨 웅얼거림으로 듣고 그는 흠칫 놀랐었다. 다시 한번 어디예요, 하고 묻는 소리를 확인하기까지의 그 짧은 동안 그는 온갖 불행한 사태를 한꺼번에 떠올렸다. 그 중에서도 가장 경악할 만한 상상은 그녀가, 아니 그의 아내가 이 달리는 트럭의 짐칸에서 해산을 하고야 만다는 것이었다.

"이제 다 왔어. 조금만 참으라구. 춥지?"

아내는 부스스 머리통부터 내밀고는 안간힘을 쓰더니 일어나 앉았다. 차는 서서히 도계를 향해 나지막한 야산을 기어오르는 중이었다. 아내가 부르르 진저리를 치는가 했더니 왈칵 재채기를 해대었다. 그것 봐, 추운 데서 새우잠을 자니까 감기가 온 모양이군. 그는 별 대책 없이 아내의 빨간 코를 쳐다보았다.

"정 추우면 어머니하고 자리를 바꾸어볼까?"

아내가 고개를 흔들었다. 견딜 만은 해요. 다 왔잖아요……. 아내의 맥없는 목소리가 이내 터져나온 재채기에 파묻혀버렸다. 아내는 몸을 추슬러서 농짝에 기대었다.

"연탄불 꺼뜨리지 말라고 부탁하셨죠?"

복덕방 영감과 그 아내에게 부탁은 해놓았었다. 그러나 출발하기 전 전화로 한 번 더 다짐을 받아두지 못한 것이 미덥지 않아서 그는 초조했다.

"그 집은 방이 커서 장롱 넣기가 수월할 거야……."

아내를 위로할 말을 찾다가 그는 겨우 장롱을 끌어대었다.

"그깟 장롱이야 아무 데나 넣으면 어때요……."

아내의 덤덤한 목소리에 그는 주춤 말문이 막힌다. 서울에서는 장롱 때문에 그렇게 속을 끓이더니, 아내마저 혹시 서울의 장롱과 부천의 장롱이 다른 의미라는 것을 눈치챈 것은 아닐까. 바람에 날리는 머리칼과 갈라진 입술을 내보이면서 아내가 힘없이 웃어보였다.

"저기 해태가 있어요. 이제 여기서부턴 서울이 아니래요……."

마침내 도계를 지나 트럭은 경기도 땅을 달리기 시작하였다. 서울은 끝이 났다. 안녕히 가십시오, 라는 의미 없는 인사를 던져주고 서울은 저 혼자 뚝 떨어져나간 것이다. 바람이 몰아치는 트럭의 짐칸에 실려서 그들은 말없이 멀어져가는 해태를 보았다. 잠시 후 아내가 후렴구처럼 중얼거린다. 여기가 더 추운 것 같아. 발이 시려 죽겠어요.

그는 담요 밑으로 손을 넣어 더듬더듬 아내의 발을 찾았다. 얼음을 만지는 듯한 차가운 감촉이 그의 손에 와 닿았고 그는 아내의 발을 문지르기 시작했다. 아내의 발을, 얼음처럼 차가운 발을 녹여주면서 그는 물끄러미 아내의 얼굴을 본다. 아내도 꺼칠하기 그지없는 남편의 얼굴을 본다.

발은 좀처럼 따뜻해질 것 같지 않고 달리는 트럭은 끊임없이 그들을 흔들어대었다. 이젠 됐어요. 아내가 발을 움츠렸다. 그가 다시 담요를 다독이고 있을 때 트럭은 부천시에서 세워놓은 대형 아치의 입간판 밑을 지나고 있었다. 이삿짐으로 시야가 가려진 탓에 그는 간판에 새겨놓은 글씨를 다 볼 수가 없었다. 어서 오십시. 그가 본 것은 그게 다였다. 안녕히 가십시오와 어서 오십시오. 거푸 받은 두 번의 인사가 그를 쓸쓸하게 하였다. 서울은 막무가내로 그들을 밀어내었다. 온갖 책략을 동원해서 그들을 쫓아낸 뒤 안녕히 가십시오라고 음흉한 작별을 고했다. 달리는 트럭의 짐칸에 실려서 그는 부천시의 인사를 받았다. 어서 오십시오. 저 반지르르한 인사말 속에는 또 어떤 속임수가 담겨 있는 것인지, 새삼 불안에 떨며, 아니 추위에 떨며 그는 펼쳐지는 새 풍경을 바라보았다.

트럭의 기사가 길을 찾지 못하고 소사동으로 접어든 것은 순전히 그의 탓이었다. 복덕방 영감이 시청을 찾아서 내려오라고 했던 것을 기억해낸 것도 소사동 입구에서였다. 잠시 멈추었던 트럭은 이정표의 지시대로 시청을 찾아 시동을 걸었다.

"소사라면 소사 복숭아가 나는 곳 아녜요?"

이제 다 왔다는 안도감 때문인지 아내는 제법 기운을 차리고 있었다. 복숭아란 말만 들어도 은혜 가졌을 때 생각이 나요. 얼마나 복숭아를 먹어댔는지. 다른 것은 다 싫고 복숭아만 먹히더라구요……. 그때 당신이 그랬죠. 뱃속에 든 이놈은 무릉도원에서 노닐 팔자인 모양이라고…….

아내의 말에 그는 쓴웃음을 짓지 않을 수 없었다. 하필 이런 순간에 그 따위 케케묵은 기억을 꺼내놓다니. 가나안에서 무릉도원까지. 그 멀고 먼 길을 달려오면서, 그것도 트럭의 짐칸에 실려 여기까지 오면서 아내는 기어이 또 하나의 희망을 만들어 놓기는 한 모양이었다.

시청을 지나면서부터의 길 안내는 그의 몫이었다. 관공서다운 위압감만 드러나 있는 흰색 건물을 지나고 나자 도로의 폭은 급격히 줄어들어서 트럭은 외마디 비명처럼 짧은 경적을 울리며 지나가는 사람들의 주의를 환기시켜야만 했다. 여기저기에 난립한, 똑같은 모양의 집장사 집들이 공터들 사이에 어색하게 서 있는 한적한 거리를 몇 분 달리고 나자 비로소 그가 살아야 할 동네가 저 멀리에 펼쳐지기 시작하였다. 그리고 주택가와 잇대어 있는 암회색의 어두운 공장 지대와 굴뚝의 시커먼 그을음이 보였다. 그리 멀지 않은 곳에 동네를 따라 길게 누워 있는, 병풍 같은 산자락 위에 드문드문 남아 있는 흰 눈이 어두운 하늘 밑에서 부연 먼지처럼 바래지고 있는 모습도 보였다.

마침내 트럭은 멈추었다. 노모와 어린 딸과, 만삭의 아내를 이끌고 그는 이렇게 하여 멀고 아름다운 동네, 원미동(遠美洞)의 한 주민이 되었다. 트럭이 멈추자 맨 처음 고개를 내민 것은 강남부동산의 주인 영감이었고 이어서 어디선가 꼬마가 서넛 튀어나와 트럭을 에워쌌다. 미장원집 여자는 퍼머를 말다 말고 흘낏 문을 열어보았다. 지물포집 사내도 도배일을 나가다 트럭이 멈춘 것을 보았다. 연립주택의 이층 창문으로 나타난 퀭한 눈의 한 청년도 트럭이 짐을 푸는 것을 지켜보았다.

[『한국문학』, 1986. 3]

불씨

담배를 한 개비 빼어 물고 막 불을 붙이고 있는데 갑자기 요란한 신호음이 울려나왔다. 그와 동시에 어둠뿐인 위쪽의 구멍으로부터 수런수런 차바퀴 소리가 들려왔다. 곧 열차가 도착합니다. 승객 여러분은 안전선 밖으로 물러나주시기 바랍니다. 재수가 없으려니. 모래가 덮여 있는 쓰레기통에 담배를 거꾸로 꽂아 놓으며 그는 쓴 입맛을 다셨다.

아까는 자동 개찰기에 표를 디미는 판에 전동차의 도착을 알리는 신호음이 울렸다. 허둥지둥 계단을 뛰어 내려오다가 발을 헛디뎌서 잠시 휘청하는 순간, 손에 쥐고 있던 표를 떨어뜨렸다. 계단과 표의 빛깔은 희한할 정도로 닮아 있어서 표를 찾기 위해 두리번거리다 인천행을 하나 거르고 말았다. 시간이 흐를수록 점점 발 디딜 틈 하나 없이 좁아져올 객차를 생각하면 떠나보낸 차가 더욱 아쉬웠다. 스르르 미끄러져가는 차 안을 들여다보니 제법 헐렁해서, 서 있더라도 신문쯤은 펼쳐볼 만한 여유가 있었다.

하지만 이제부턴 어림도 없다. 꾸역꾸역 몰려드는 사람들부터가 벌써 불길했다. 생각해보니 시청역이어서 퇴근 인파는 끝도 없이 밀려들 것이었다. 부실하게 때운 점심 요기 탓인가, 허기가 지고 다리는 쑤셔왔다. 삼사십 분간의 악전고투에 대비해 뭔가 기력을 되찾을 필요가 있다는 판단으로 피워 문 담배였다. 그런데 이게 피워 물자마자 들이닥친 것이다.

오늘 하루의 모양새가 꼭 이러했다. 그는 오늘부터 아예 만사를 제쳐두고 자신의 어눌한 입을 뚫어줄 상대를 찾아나선 길이었다. 빌딩과 빌딩 사이에 숨어 있다가 느닷없이 몰아쳐오는 겨울의 삭풍에 얼어붙은 온몸을 내맡긴 채 멈칫멈칫 사람들의 눈치나 살피던 하루였다. 이곳저곳을 기웃거리긴 했지만 단 한 사람에게도 다가가지 못했던, 종일 다리품 팔며 떠돌아다니는 식의 빗나가는 궤적이 귀가길의 전철에까지 이어진 것뿐이었다.

통로 한가운데의 어정쩡한 자리에 서서 나가고 들어오는 이들에게 시달리면서도 그는 꽉꽉 들어찬 사람들을 경이롭게 둘러보았다. 사람이 이다지도 많은데 그는 오늘 하루 종일 단 한 사람을 찾는 일에 실패한 것이다. 누군가 한 사람을 찾기만 하면, 그래서 마음놓고 침을 튀겨가며 품어온 말들을 뱉어낼 수만 있었다면 전철 안에서 바싹 눌리어 호흡조차 불편하다 하여도 이처럼 허망하지는 않았을 것이었다.

밤의 촘촘한 그물망을 뚫고 달려나가는 전철의 유리창은 거울보다 더 선명한 명암 대비로 사람들의 모습을 아로새겨놓고 있었다. 그가 볼 수 있는 것은 앞줄에 서 있는 이의 뒤통수뿐이었지만 유리창은 그들의 얼굴을 유감없이 보여주었다. 그의 좌측 앞에 선 사내는 뒤통수에 박혀 있는 희끗희끗한 새치 때문에 막연히 사오십의 나이로 보였다. 그러나 유리창 속에 들어 있는 얼굴은 틀림없이 이십대 청년의 그것이었다. 부리부리한 눈과 아직 표정을 감출 줄 모르는 입술 주위가 어색하게 굳어져 있다. 그렇다면 이 작자 역시 그가 찾는 인물은 아니었다. 우선 나이가 맞지 않았다. 그래서 그는 좌측 앞의 뒤통수를 제외시켰다.

유리창 속의 검은 화폭 속에 가두어져 있는 그림자 중에 사십대 이상의 남자를 발견할 수는 없었다. 그 나이쯤으로 보이는 여자가 하나 있기는 하였다. 여자는 입 속에 껌을 감추어놓고 있는 듯 보였다. 드러내놓고 씹지는 않았지만 간혹 가다 오물오물 입을 움직였다. 방심한 사이에 작고 섬뜩한, 따다닥 소리가 들리기도 하였다. 큼직한 손가방과 야들야들한 눈 움직임, 단정하게 손질된 짧은 퍼머와 쥐색 코트, 그리고 밝은 빛깔의 립스틱이 이 여자의 살찐 몸매와 잘 어울려서 관록을 나타내주었다. 큼지막한 손가방 안으로 들어가는 돈은 많아도 절대 나오는 돈은 없을 것 같다는 인상 때문에 그 여자도 제외되었다.

유리창 속에 담긴 이들 중에서 가장 눈에 띄는 자는 아무래도 누런 봉투를 가슴에 안고서 졸고 있는 사내였다. 그 사내의 기울어지는 어깨 때문에 매번 화폭의 구도가 조금씩 이지러졌다가 다시 제자리로 돌아오곤 하였다. 사내의 한 손은 천장에 매달린 손잡이 고리 안에 걸쳐 있고 다른 한 손은 봉투를 그러안은 채 가슴 위에 얹어져 있다. 베이지색 코트가 사내의 빈약한 체구를 건성으로 덮어놓고 있어서, 구겨지고 보푸라기가 인 모직남방과 때가 묻어 반들거리는 바지를 남김없이 드러내버린다. 느슨하게 매어진 혁대의 버클에서 반사되는 불빛도 화폭 안에서 광휘처럼 표현되었다. 쳐들어올린 팔뚝에 거의 파묻혀 있다시피 한 얼굴이 궁금하였지만 사내는 좀체 얼굴을 내보이지 않고 있다. 이제 사내는 기울어지다 못해 옆 사람에게 쓰러져버릴 것처럼 보인다. 화폭의 구도가 어긋나려는 찰나 사내는 다시 몸을 곧추세우고 또 한차례의 혼곤한 잠을 시작한다.

그 역시 불과 몇 개월 전만 하여도 바로 저런 모습의 허물어진 자세로 전철의 손잡이에 매달려 있곤 하였다. 자꾸만 어긋나는 느낌의 몸을 억지로 가누면서, 지나치는 역들을 확인하는 사이사이 슬며시 뒷잔등을 타오르기 시작하는 졸음과의 맞부닥침. 직장을 잃고 나서부터는 좀체 차 안에서 조는 일은 생기지 않았다. 도대체 한시라도 마음 편히 잠 속에 빠져들 수가 없는 것이다. 잠들어 있는 저 사내 또한 어느 날 갑자기 달콤한 잠을 잃게 될지도 모른다. 추락하는 일은 날아오르는 일보다 훨씬 간단하다. 누런 봉투를 껴안고 잠에 빠질 수 있는 동안만큼은 행복하다고 생각해도 좋은 것이다.

졸음에 빠진 사내의 어깨가 현격하게 기울어져 옆 사람의 목덜미까지로 쏟아질 즈음이 되어야만 검은 유리창 속에 등장하는 사람이 하나 있었다. 처음엔 그가 누구인지 깨닫지 못하였다. 낯익은 얼굴이기는 하였다. 약간 이지러진 듯한 좁은 이마와 찌푸린 눈썹을 가진 한 얼굴의 짧은 등장은 의미심장하였다. 타인들의 뻣뻣하게 굳어 있는 얼굴 뒤쪽에 감추어져 있어야 할 그가 때때로 화폭 속에 나타나면 대신 사내가 화폭에서 빠져나갔다. 잠들어 있는 사내와 잠들지 못하는 고통을 잘 알고 있는 그. 두 사람이 화폭 속에 나란히 등장하지 못하는 것도 그에게는 의미심장하였다.

언제나 그랬지만 아직은 초저녁임에도 불구하고 동네 어귀는 어둡고 썰렁하였다. 겨울밤은 시간을 가늠하기가 어려웠다. 가게들도 아크릴 간판에 불을 밝히는 일조차 게을리 하여 고작 형광등이나 한 개 밝혀두는 것으로 이른 마감을 예고하였다. 국도를 빠져나가는 차량들의 불빛만 등져버리면 겨울의 원미동 밤은 더욱 스산하다. 드문드문 새어나오는 불빛을 바라보다가 그는 오스스 어깨를 떨었다. 전철과 버스 안에서의 훈훈함이 다 사라져버린 뒤의 추위가 오한을 불러왔다.

공단 쪽으로 올라가는 길목 어귀에는 오늘도 어김없이 붉은 포장의 호떡 리어카가 카바이드불을 출렁이며 서 있었다. 어느 때는 자정 가까운 시간에도 호떡을 굽는 여자의 그림자가 불빛을 따라 일렁거리기도 하였다. 밀가루 반죽이 끝날 때까지는 절대 돌아가는 법이 없는 여자는 호떡을 뒤집으면서 찬송가 가락을 흥얼거리고 있었다.

그가 부천 사람이 된 것은 거의 오 년 전쯤의 일이었다. 결혼과 함께 부천에서부터 출발하기로 아내와 합의를 보았었다. 그 당시에는 M식품의 본사가 영등포에 있었기 때문에 통근 거리에도 무리가 없다는 판단이었다. 그들은 결혼 비용을 절약하여 대신 부천에 있는 열세 평 주공아파트를 구입하였다. 첫출발은 대단히 좋았던 것으로 그 이 년 후, M식품이 서울역 부근에 새 사옥을 지어 이사할 무렵에는 제법 저축도 있는 살림 규모가 되어 있었다.

이제 생각해보면 그의 불운은 새 사옥에서부터 시작되고 있었다. 아내가 장사를 해보겠다면서 저축했던 돈을 헐어 지하상가에다 양품점을 하나 차렸다. 일 년여 동안 악착같이 매달리기는 했으나 물건의 구색을 맞추는 일이나 재고 처리까지 아내로서는 무리였다. 양품점 일은 보증금까지 몽땅 까먹고 손을 털었다.

그 다음엔 그가 집이 부천이라는 이유로 부평 공장으로 전보발령이 떨어졌다. 이런 식의 좌천에는 뭔가 불길한 조짐이 있게 마련인데 그는 다른 생각 없이 일에 몰두하였다. 그리고 몇 달 뒤 그는 전면적으로 해고되었다. 이유는 간단했다. 기구 축소에 따른 부적당 사원의 해고. 지난해 봄에 일어난 사건으로, 그의 생애 최대의 불운이었다. 그 불운은 해를 넘긴 지금까지 이어져 오고 있는 중이었다.

호떡 리어카를 지나면 곧장 원미지물포가 있었다. 옆에 나란히 들어 있는 행복사진관의 엄씨와 지물포의 주씨는 여름 동안엔 길가에 평상을 내다놓고서 매일같이 바둑 대결을 벌이는 게 일이었다. 지루한 더위를 피하여, 숨통을 죄어오는 앞날의 불안한 예감을 피하여 그도 종종 평상 모퉁이를 차지하고 앉아서 그들의 바둑판을 지켜보았다. 검은돌과 흰돌의 주고받음이 복잡한 머릿속을 맑게 해주지는 않았지만 그럭저럭 시간을 보낼 수는 있었다.

써니전자, 강남부동산, 우리정육점을 지나 왼쪽 길로 접어들면 곧장 그의 집이었다. 항상 열어두고 있는 철제 대문을 거쳐 좁다란 뒤안길을 빙 둘러 돌아가면 부엌문이 보였다. 부엌의 백열등 불빛이 뒤꼍을 어슴푸레하게 밝혀주고 있었다. 그는 나지막한 소리로 아이의 이름을 불렀다. 진만아. 이내 부엌문에 걸린 고리가 철그럭 내려지고 문이 열렸다. 뒤꼍의 음흉한 어둠이 싫다고 아내는 노상 문을 잠가두었다.

다음 날 아침, 그는 이른 밥상을 앞에 놓고 말없이 수저를 들었다. 이제는 새벽밥에도 익숙한 그였다. 거리를 헤매는 동안의 부실한 식사를 생각해서라도 아침밥만은 꼬박꼬박 챙겨 먹지 않을 수 없었다. 예전 같으면 어림도 없는 식욕이었다. 간밤의 과음때문이거나 모자란 잠과의 씨름 때문에 거의 그대로인 채의 밥그릇을 남겨놓고 허둥지둥 뛰어나가던 그였다. 출근 시간마다의 그 지쳐 있는 몸짓과 넌더리가 난다는 표정까지를 세세히 기억하고 있을 아내 역시 남편의 묵묵한 식욕이 예사롭게 보이지 않는 모양이었다. 아랫목 이불 밑에 시린 손을 묻어놓고 그녀는 심란한 표정으로 그를 쳐다보았다. 지난날의 돌을 씹는 듯한, 지겨운 요식 행위에 불과했던 식사법을 다시는 되찾을 수 없을 것이라는 느낌도 그를 숨 막히게 하는 것 중의 하나였다.

옷을 차려입고 방에서 나올 때까지 아이는 색색 숨을 내쉬며 잠에 빠져 있었다. 아물어가는 상처와 새로 생긴 생채기로 말간 날이 없는 아들 녀석의 얼굴을 잠깐 들여다보다가 그는 쓴웃음을 지었다. 크고 작은 말썽을 일으켜온 그 슈퍼맨 놀이 때문에 어제는 또 남의 항아리를 깨뜨려놓았다는 아내의 말이 생각나서였다. 어제 들어오자마자 아내는 항아리 사건의 자초지종을 털어놓았다.

방에 앉아 따문따문 받아다 하는 일감에 열중해 있는데 진만이의 비명 소리가 들려오더라는 것이었다. 허둥지둥 뛰어가 보니 역시 일을 저지르고 난 뒤였다. 뒷집과 접해 있는, 그리 높지 않은 담장에서 뛰어내리다가 뒷집 장독대의 항아리를 걷어차고 넘어진 모양이었다. 제 딴에는 항아리를 피해보려고 자세를 바꾸다 무릎까지 된통 까뭉개놓고 악을 쓰며 울고 있었다. 항아리 주인인 소라 엄마가 나오고 제 엄마까지 나타나자 아이는 더욱 소리 높여 울어대는데 소라 엄마도 결코 만만치가 않았다. 지난 여름에도 플라스틱 함지박 안으로 뛰어내려 통을 망쳐놓은 것까지는 참았는데, 해도해도 너무한다고 아이 머리를 톡톡 두들기며 역정을 내었다.

제 자식이 벌여놓은 짓은 생각 않고 역성만 드는 어미라고 할까봐 아내는 울고 있는 아이의 볼기짝을 냅다 두들겨주고서는 곧장 옹기전으로 달려갔다는 것이다. 꼭 그만한 항아리라고 짐작되는 것을 하나 사들고 돌아올 때까지도 화가 풀리지 않아 가슴이 후드득 떨려왔다. 이만한 일 가지고 아이가 된통 당하는 것까지를 아내는 지금의 군색한 형편 탓으로 돌리고 자존심을 곧추세운 모양이었다.

물론 소라 엄마는 받지 않겠다고 펄쩍 뛰었다. 소라와 진만이가 잘 어울려 노는 사이라서 허물없이 머리통을 쥐어박은 것이지 꼭 미워서 그랬겠느냐고 손을 내저었다. 소라 엄마는 이 원미동에서는 꽤 알아주는 멋쟁이였다. 남편은 '대신설비'라는 점포를 열어놓고 집수리를 해주는 사람이었지만 소라 엄마의 손톱은 늘상 보라색 매니큐어로 곱게 다듬어져 있었다. 그래서 형제슈퍼의 아주머니 말대로 원미동에, 아니 부천에서 썩기는 아깝다고 슬쩍 비아냥도 받는 여자였다. 여름의 그 선글라스와 노란 반바지 차림을 그도 여러 번 보았었다. 멋쟁이 소라 엄마가 콜드마사지를 하다가 나와서는 정말 진만이 엄마 화난 모양이라고, 아무려면 항아리 사내라고 하겠느냐고 수선을 떨 때는 아내 역시 자신의 옹졸함이 돌아보일 정도였다. 그래도 막무가내로 항아리를 내려놓고 돌아나오면서 한마디 인사치레를 하였다.

"작지나 않은지 모르겠네요. 그만한 것 같아서 샀는데……."

소라 엄마는 얼른 항아리의 요모조모를 살펴보았다.

"작기야 하지만……, 됐어요. 어쩌나, 그래도 이런 것은 받는 게 아닌데."

속 다르고 겉 다르다지만, 세상에……. 아내가 혀를 끌끌 차며 소라 엄마를 비난하는 동안에도 진만이는 보자기를 어깨에 두르고 책상 위에 서 있었다. 지난번에는 연탄광의 슬레이트 지붕에서 떨어져 팔을 부러뜨린 적도 있었다. 아이에게 못 올라갈 곳이라고는 없었다. 대문이거나 담장이거나, 발 디딜 곳만 있으면 아이는 다람쥐가 무색하게 기어올라가서 아래로 뛰어내렸다. 슈퍼맨이 되겠다는 것이다. 검은 망토를 펄럭이며 도시와 우주 사이를 종횡무진 날아다니는 슈퍼맨이 되기 위하여 아이는 쉬지 않고 비상(飛翔)의 훈련을 쌓는 것이다. 물론 아이의 교과서는 텔레비전의 만화 영화였다.

모든 만화 영화의 주인공은 슈퍼맨이었다. 수많은 슈퍼맨들이 어지러이 공중을 날아다니는 꿈을 꾸고 난 아침이면 아이의 극성은 더욱 심해져서 하루 종일 보자기를 둘러쓰고 설치기 일쑤였다. 열심히 뛰어내리는 연습만 해나간다면 날지 못할 이유가 없다고 믿고 있는 아이였다. 팔을 부러뜨리고 항아리를 깨뜨리고, 또 다른 말썽을 저지르면서 아이는 정말 슈퍼맨이 되어가는지도 모른다고 그는 생각하였다. 그가 땅바닥에 달라붙은 발을 떼어내기 위해 멈칫거리고 있을 동안 아이는 마침내 허공을 차고 날아오를 수도 있을 것이었다. 아이는 자꾸자꾸 날아오르고, 그는 점점 침몰하여 드디어는 가라앉고야 마는 게 아닐까. 다시는 떠오르지 않을, 돌멩이를 주렁주렁 매달고 있는 스스로를 생각하면 숨이 막힐 지경이었다.

"비상금이랍시고 몇 푼 가지고 있던 걸로 항아리를 산 거예요. 이젠 정말 빈털터리라구요. 오늘은 가불이라도 좀 해다주셔야 해요. 외상도 더 이상은 안 된다구요."

집을 나서는 그의 뒤를 쫓아오며 아내가 울상을 지었다. 겨울아침의 섬뜩하도록 시린 바람 속으로 사람들이 종종걸음을 치며 뛰어가고 있었다. 이곳저곳에서 가게의 셔터 올리는 소리가 요란했다. 정육점까지 걸어가다가 뒤돌아보니 아내는 아직도 대문간에 서서 그를 보고 있었다. 어서 들어가, 진만이 혼자 있잖아. 아내는 마지못해 돌아섰다. 가불이라도 해다달라는 말에 그가 대답을 하지 않았던 까닭이었다. 가불이라니, 어제에 이은 또 하나의 허둥거리는 하루가, 시작도 하기 전인 지금부터 그의 눈앞에 펼쳐져왔다.

반년 이상을 놀고 지내다 처음으로 잡은 직장에서의 새로운 일은 도무지 한 발자국의 진전도 보이지 않고 있었다. 정확히 말하면 지난 반년 동안 꼭 놀고 있었던 것만은 아니었다. 될 듯 말 듯한 일자리와의 숨바꼭질, 이력서를 들고 돌아다니는 일의 서먹함, 그리고 간신히 한 달짜리 임시직으로 다시 사무실 책상을 하나 맡게 되었을 때의 그 대견함 등을 생각하면 단순히 놀고 있었다는 느낌은 조금도 들지 않았다. 실직하기 이전에는 상상조차 못 했던 온갖 고통이 그를 짓뭉개고 있었음에도, 매번 그는 내년쯤에는 새로운 일자리가 생겨나리라는 희망을 버릴 수가 없었다. 그가 몇 년 동안 익혀왔고 능력을 발휘해왔던 서류의 기안과 물품 구입의 총괄적 관리, 부서의 월말 결산 따위와 엇비슷한 어떤 일자리가 다시 주어질지도 모른다는 희망을 버리지 못하고 있었던 것은 사람들의 그 무책임한 말 때문이기도 하였다.

조금만 기다려봅시다, 혹은 올해는 아직 계획이 없으니 내년에 한번 생각해보도록 하지요, 따위의 말은 그래도 나은 편이었다. 좋습니다. 금명간 좋은 소식이 있을 겝니다. 잘해봅시다. 당장 함께 일을 시작할 것처럼 악수까지 청하는 이들도 있었다. 그러한 말들이 단순한 인사에 불과하다는 것을 알았다 해도 사실 다른 도리는 없었다. 여태껏 볼펜 글씨나 적어대고 도장 찍는 일쯤에나 익숙해 있는 희고 길다란 손가락으로 그가 할 수 있는 일은 이력서 용지를 앞에 놓고 자신의 지나온 삶을 적는 일뿐이었다.

언제 어디서 태어났고 몇 년도에 대학을 졸업했는가를 적고나면 기록 사항은 M식품 물품관리부에서의 육 년 경력만 남게 되었다. 이력서에 남아 있는 넓은 자리의 여백을 대할 때마다 그는 긴장하였다. 미지에 쓰게 될 또 하나의 경력을 상상하는 일은 두려웠다. 그가 쓰게 될 앞으로의 경력 또한 어떤 것이 될는지 도저히 마음을 놓을 수가 없었다. 그와 함께 해고되었던 어떤 이는 대학 졸업의 학력으로 어느 회사의 야간 경비원이 되었다. 더욱 불가사의한 것은 그런 종류의 일자리조차 고정직이라는 매력 때문에 경쟁이 심하여 좀체 자리가 나지 않는다는 사실이었다. 그렇다고 해서 M식품 물품관리부 경력 다음으로 모처의 야간 경비 같은 하등급 일자리를 적지 않는다는 보장은 없었다. 그것은 시간문제였다. 먹고살기 위해서라면 공이 하나 박히지 않은 흰 손으로라도 지게를 져야 한다는 엄연한 현실을 깨닫는 데는 실직 생활 반년이면 충분하였다.

그가 '전통문화연구회'라는 알쏭달쏭한 이름의 단체가 내놓은 신문 광고를 보게 된 것은 우연이 아니었다. 실직 이후 그는 거의 모든 신문의 구인광고란을 매일매일 샅샅이 훑어보고 있는 중이었다. 약간의 가능성만 보여도 광고를 오려내어 수첩 안에 소중히 간직하였다. 처음에는 광고마다의 알록달록한 문구들을 그대로 믿고 이력서까지 챙겨 일일이 찾아가보기도 했었다. 결과는 뻔했다. 중견 관리직을 선발한다고 말은 하지만 그들이 원하는 것은 언제나 세일즈맨이었다. 어떤 회사건 모두 처음은 같았다. 오리엔테이션이라 하여 지원자들에게 하루나 이틀쯤의 교육을 시킨다. 교육을 시키면서도 절대 세일즈는 아니라고 강조한다. 세일즈의 과정이 있기는 하지만 그것도 어디까지나 신입사원의 연수 단계라고 말하기도 한다. 이력서 접수 때부터 마지막 순간까지 외판 사원은 아니라고 철석같이 주장했던 것을 곧이곧대로 믿고 서너 번의 교육 과정까지 거친 그는 마침내 신문광고의 구인란을 식별하는 모종의 기술을 터득하게 되었다.

그것은 간단했다. 관리 사원 모집, 월수 삼십만 원 이상 보장, 직접 내사 요망 따위의 문구가 붙으면 틀림없었다. 거기다가 절대 내근 보장, 이란 단서가 붙어 있다면 그건 확실히 세일즈맨 모집이었다. 그는 오래지 않아 신문 광고의 구인란에 속지 않을 수는 있었다. 그는 절대 외판 사원이 되고 싶지 않았다. 이곳저곳에 내밀어놓은 이력서에 대한 기대도 있었고 그 무렵만 해도 아주 못 견딜 형편은 아니었다. 외판원이 되지 않겠다는 마음은 그의 마지막 고집이었다. 이상한 종류의 건강식품들, 심지어는 새로 특허를 얻은 발명품이라 해서 신발 깔개까지를 팔러 다니는 자신의 모습을 상상하고 싶지는 않았다. 누구든 제 소양에 맞는 일이 있는 것이라고 그는 생각했었다. 효율적인 물품 기획, 제때제때 어김없이 이루어지는 장부의 월별 결산과 새달의 예산기안, 그 일을 제외한 다른 일이 그에게 어울릴 수 있다고는 한 번도 믿지 않은 그였다.

그렇게 몇 달이 흘렀다. 다시 신문 광고에 매달리지 않을 수 없게 된 까닭은 그 기간 동안 마침내 그는 아파트를 처분하고 단칸방 전세로까지 전락한 데 있었다. 돈은 구멍난 자루에서 물이 새어나가듯 그렇게 없어져갔다. 몇 년에 걸쳐 겨우겨우 이룩해 놓은 윤택한 삶의 모습이 단 몇 달 만에 그 빛깔을 바꾸어 황폐해졌다.

'전통문화연구회'는 그가 터득한 식별 방법으로 보아서는 전혀 하자가 없는 광고를 도하(都下) 일간지에 싣고 있었다. 86과 88을 맞아 전통 문화의 보급과 맥을 이어가는 연구가 절실히 요청된다는 취지의 말을 깨알 같은 글씨로 박아놓고서, 때문에 본 연구회에서는 시대의 요청에 따라 전통 문화의 전달자를 모집하게 되었다고 밝혔다. 서류 심사 후 1차 합격자는 2차의 면접에 응하게 되며 최종 합격자 ○○명에 한해서는 구미 각국의 박물관 시찰이 차례대로 주어질 것이고 그래서 해외여행 결격 사유자는 응시할 수 없다고 못을 박아놓았다.

그는 서류 심사와 면접을 통과하여 최종 합격자 ○○명에 끼였다. 사무실은 종로2가에 있었다. 여러 차례의 보수 공사로 난방과 배수 시설이 모두 옥외로 돌출되어 있는 낡은 건물의 삼층이었다. 첫날 사무실에 모인 연구원은 모두 열다섯 명이었다. 삼십대 후반에서 사십대에 이르기까지 모두 남자였다. 합격된 연구원들이 연탄난로 주위에 모여서 웅성거리고 있을 때, 칸막이 저쪽 방에서는 선배 연구원들이 회장 주재하에 월례연구회란 이름의 회의를 하고 있었다. 베니어 문짝에 '회의중이니 조용히 하시오'란 종이쪽지가 붙어 있었다.

회장은 금테 안경을 쓰기는 하였지만 연구원들보다 훨씬 젊은 나이로 보였다. 연구실에 놓여 있는 이동식 칠판에 자신의 이름 석 자 '정봉룡'을 적는 것으로 회장의 교육은 시작되었다. 연구원들은 플라스틱으로 만든 간이 의자에 앉아서 회장의 이야기를 진지하게 들었다. 빛나는 문화유산이라느니, 민족적 긍지의 회복이란 말들이 수시로 튀어나오고 아시안 게임과 올림픽에 대비해서, 란 말은 모든 설명의 앞과 뒤에 꼭 따라붙었다. 어느 땐 알 만한 이름의 대기업 회장들을 들먹이면서 그분들의 독촉 때문에 본 연구회가 생긴 것이라는 긴가민가한 이야기도 하였다.

"오늘은 이것뿐입니다. 교육의 진짜 핵심은 내일로 일단 미루겠습니다. 첫날 너무 많은 것을 말씀드리면 오히려 혼란만 가중될 것이라 생각됩니다. 여러분은 어려운 시험을 통과한, 우수한 연구원 자격으로 여기 앉아 계신 것입니다. 이것은 결코 상업 행위가 아닙니다. 문화의 전달 행위입니다. 우리의 빛나는 문화유산을 서민 대중에게 보급시키고자 하는 위대한 사명을 짊어지신 것입니다. 긍지를 가지고 일해주시기를 부탁드립니다. 내일은 여러분들이 사무실 밖에 나가 몽매한 백성들을 깨우치는 데 도움이 될 여러 가지 구체적인 이야기가 나올 것입니다. 내일 있을 교육 내용을 귀담아들으시고 열심히만 따라해준다면 여러분이 우리 연구회에 들어온 보상은 충분히 받게 될 것으로 믿습니다."

연구실의 간이 의자에 앉아서 첫날 그가 연구한 것은 역시 그만두어야 할 것인가 말 것인가 하는 문제였다. 어떤 표현을 쓴다하여도 이 일 또한 외판 사원으로 나서야 할 것임은 분명했다. 다만 전통을 판다는 것 외 이전과 조금도 다를 바 없는 절차가 진행되고 있었다. 그는 맥이 풀렸다. 아무리 도망쳐다녀도 저 끈질긴 덫에서 빠져나올 방법은 없는 듯이 여겨졌다. 포기하고 덫의 그물 안으로 걸어들어가는 일이 더 쉬울 것 같았다. 문제는 그에게는 이미 선택의 여지가 남아 있지 않다는 데에 있었다.

여전한 망설임은 있었지만 그는 다음 날의 핵심 교육에 참가하였다. 하루 사이에 연구원 자리를 포기한 이는 네 명이었다. 이탈자가 생긴 사실쯤은 아랑곳하지 않고 정회장은 다시 열변을 토하였다. 주로 도기류에만 편향되어온 문화재 애호는 이제 사라져야 한다는 말을 시작으로 금속 문화 예찬론이 펼쳐졌다. 삼국 시대에 이미 이 나라의 금속문화는 세계를 앞질렀다는 것이다. 어쨌거나 간략하게 말하면 '전통문화연구회'가 개발한 상품은 청동을 재료로 한 문화재들의 여러 모조품이었다. 촉대, 향로, 정병(淨甁), 소탑(小塔) 등을 조잡한 기술로 모조해놓고 인간문화재의 이름을 팔아 비싼 값을 매겨놓은 것이었다.

"긍지를 가지세요. 이제는 장식장에서 도자기를 몰아내고 우리 연구회 작품들을 올려놓게 해야 합니다. 86 아시안 게임이나 88 올림픽을 치를 때 한국의 다양한 전통 문화를 선보이기 위해서 정부에서도 우리 연구회를 적극 지원하기로 약속했답니다."

그것으로 끝나는 교육이 아니었다. 오후부터 정회장은 고객 상담을 성공적으로 이루어낼 수 있는 다양한 전법을 세밀하게 소개하였다. 지적이고 품위 있는 대사로 고객의 신뢰를 얻게 하는 여러 화술도 일러주었다. 작품 하나하나에 각각의 대본이 따로 있었다. 팸플릿에 인쇄되어 있는 간략한 설명을 보충한 것으로 정회장은 이 대본을 다 외우라고 지시했다. 고객을 마주 대하고 앉은 자리에서 전문 연구원답지 않은 유치한 작품 설명은 절대 금물이라고 하였다. 고객을 사로잡는 무기는 신비로울 정도의 세련된 화술뿐이라고 정회장은 계속 강조하였다.

교육은 끝났고 그는 연구원 아닌 연구원이 되어 거리로 진출하게 되었다. 그는 마침내 세일즈맨이 되었다. 새해가 돌아왔지만 아무도 그를 부르지 않았다. 내년에나 봅시다, 라고 말하던 이들의 내년은 영원히 돌아오지 않을 것이었다. 밤이 이슥하도록 윗목에 앉아 침침한 눈을 비비며 작업복 바지의 실밥을 따고 있는 아내의 모습을 생각해본 것도 사실이었다. 스무 벌을 한 죽으로 해서 오백 원인가를 받는다는 그 일감은 하루 온종일을 매달려도 서너 죽을 처리하기가 힘이 든다고 했다. 곰곰 생각해보면 이 일도 그리 나쁘지만은 않았다. 정봉룡 회장의 말을 반만 믿는다 하여도 한 달에 이십만 원 이상은 내다볼 수 있을 것이다. 우선 급한 일은 절벽 앞에서 비켜서는 것이다.

적어도 이십만 원이라니. 더럽고 폭이 좁은 계단을 올라가다 말고 그는 갑자기 멈추어 섰다. 아침마다 형식적인 출근부에 도장을 찍기 위해 사무실에 들르는 일만으로 이십만 원을 준다는 계약은 없었다. 그러나 도장을 찍기 위해 매일 아침 이 계단을 오르는 일만큼은 충실히 해오고 있는 그였다. 부하 직원을 통솔해보고 싶다는 정회장의 은근한 허영심이 출근부에 도장을 찍게 하는 것이라면, 부하 직원으로서 몇 년을 출근부와 함께 살아온 그의 버릇 또한 출근부를 필요로 하였다.

연구실의 접객용 소파에는 새로이 연구원을 지원한 중년 사내 몇이 초췌한 얼굴로 회장의 출근을 기다리고 있었다. 이른 아침부터 그들은 뭔가를 기대하며 이곳의 문을 두드렸을 것이다. 또 다른 쪽에서는 네댓 명의 연구원들이 주문 카드를 뒤적이며 오늘 날짜로 배달해야 할 물품들을 체크하고 있었다. 계약에서 배달까지가 연구원의 몫이었다. 월부금만을 받으러 다니는 수금사원은 따로 있었다. 연구원들에게 돌아오는 수당이 많기로는 현찰 판매가 으뜸이지만 월부가 아니면 매상을 올리기가 힘들었다. 어떤 연구원은 단 이만 원짜리도 십 개월 월부로 팔아치웠다. 물론 그는 아니었다. 이제까지의 그는 이만 원짜리의 월부 같은 것이라도 성사를 시켜본 적이 없었다. 그와 함께 교육받은 연구원들 중에는 벌써 열일곱 장의 주문 카드를 넘긴 경우도 있었다. 일곱 장이 아니라 열일곱 장이었다. 그는 슈퍼맨을 보고 있는 느낌이었다. 세 치 혀만 가지고 빌딩 사이를 날아다니며 고객을 사로잡는 슈퍼맨.

현란한 인쇄의 팸플릿을 몇 장 집어들고 그는 이내 사무실을 빠져나왔다. 괜히 회장과 맞부딪쳤다가는 재교육 운운하면서 회장실에 족히 두세 시간은 붙잡혀 있어야 한다. 안녕하십니까. 저희 전통문화연구회에서 벌이는 사업을 소개해드릴까 합니다. 저는 연구원 직책을 맡은 사람으로서 먼저 이 시대의 문제점을 몇 가지 지적하고자 합니다. 이제 회장의 교육이라면 더 들을 것도 없었다. 물 흐르듯 막힘이 없이 상담을 진행시킬 수 있는 말주변이 문제였다. 그것은 정말 아무에게나 주어진 재주가 아니었다. 목구멍까지 차오르는 그 많은 이야기를 단 한 번이라도 제대로 뽑아낸 적이 없는 그였다.

처음엔 말이 안 나올 것입니다. 네, 그래요. 아무리 전통 문화를 보급하는 일이라고 말해도 사람들은 귀찮은 약장수 취급을 할 것이고 그러면 초보자는 입이 꽉 막혀버리게 되지요. 기껏 아는 사람을 찾아가서도 사라는 말은커녕 설명을 시작조차 하지 못하고 돌아나오는 일도 다반사일 겝니다. 그런 연구원들에게 내가 늘 권하는 방법이 있습니다. 막힌 하수구를 뚫으면 더러운 물이 깨끗하게 흘러내려가버리지요. 바로 그것입니다. 막혀 있는 입을 뚫으세요. 연습삼아서 딱 한 번만 후련하게 말을 쏟아내보세요. 망설임은 시원스레 빠져나가버리고 그때부턴 아랫배에 두둑한 배짱이 오르기 시작할 것입니다. 단 한 번이에요, 그 처음이 문제란 말입니다. 실습 대상을 잘 골라보세요. 물건을 팔아야겠다는 욕심은 일단 접어두시고 제가 일러준 대본대로 한번 실컷 떠들어보세요. 그러면 성공은 시간문제입니다. 한번 해보세요…….

회장 말대로 그는 입이 막힌 채로 보름을 보냈었다. 처음에는 점찍어둔 여러 친구나 아는 이들의 명단을 작성해놓고서 안면을 팔 계획을 꾸몄었다. M식품이야 갈 수 없겠지만 이 형편에 가릴 사람이 없다고 스스로를 격려하기도 했다. 적당한 말들을 입 속에 굴려보면서, 가능하면 값이 높은 것으로 성사시켜버리겠다는 자신감까지 챙겨들고 찾아간 첫 번 고객은 그의 고교 동창이었다. 가장 만만하다고 여겨진 친구였으므로 말을 꺼내는 데 어려울 것이 없으리라 생각했다.

"야, 어떻게 지내니? 점심 했어? 응, 했구나. 이걸 어쩌지. 약속이 있어서 나가봐야 되는데. 아직도 신수는 훤하구나. 임마, 네놈 팔자가 나보다 낫다. 요새는 어찌나 이 눈치 저 눈치로 사람을 잡는지. 아차차, 이거 시간이 없어서. 정말 미안하다. 나중에 꼭 놀러 와라. 야, 임마, 꼭 놀러 와. 점심쯤은 매일이라도 사줄 테니까."

속사포처럼 쏟아놓고 친구는 분주히 제 볼일을 위해 떠나버렸다. 막이 오르기도 전에 퇴장해버리는 친구의 등에 대고 대사를 읊을 수는 없는 노릇이었다. 다음엔 대학 서클 후배를 찾아갔다.

"왜 그 인간문화재인가 하는 허술만이란 노인 있지. 바로 그 노인 작품인데 정교하기가 진품보다 낫다는 평을 듣고 있다구……."

"그래요? 요새는 별 희한한 모조품도 많습디다만 이건 왜 이리

촌스럽지요. 그런데 형, 이 일밖에 할 게 없습니까? 참 큰일이네요."

후배는 고객이 되고 싶지 않다는 뜻을 분명히 밝혔다.

그 뒤에도 몇 사람을 더 찾아가보았지만 결과는 같았다. 좀체 입이 떨어지지 않아서 매양 딴소리만 늘어놓다가 돌아오는 식이었다. 평소의 성격으로 보아 말만 꺼내놓으면 사줄 것이 분명한 친구 앞에서도 입이 열리지 않았다. 기회만 엿보다가, 말을 할 수 있는 기회만 노리다가 끝내는 되돌아선다. 친구는 그의 실직을 염려하면서 자리가 있는지 알아봐주겠다고 다짐을 거듭하고 그는 아직은 살 만하니 걱정 말라고 오히려 그를 위로해준다. 몇 마디 말로 나누어 가질 수 있는 최대치의 우정만은 언제나 넘쳐났다. 그의 실직을 미처 모르고 있는 사람이면 입을 열기가 더욱 어려웠다. 연락도 없이 격조해 있다가 불쑥 나타난 그를 보고 사람들은 끊임없이 탐색의 눈초리를 던졌다.

"요즘 들어 부쩍 아는 이들이 자주 찾아와요. 필요도 없는 물건들을 들여놓으라고 생떼를 부리니 머리가 아프다구요. 요즘 그 짓 아니면 목구멍 풀칠하기도 어려운 세상인 모양이에요. 그래도 우리는 월급 나오는 구멍이라도 있으니 다행입니다. 안 그래요?"

'우리 월급쟁이'라는 말 앞에서는 더 이상 어쩔 도리가 없었다. 격조함을 달래보려고 한번 들러본 척 헛웃음으로 작별한 뒤 돌아오는 수밖에.

정회장의 말대로 실습용 고객이 필요하다고 깨우친 것은 진작부터였다. 다른 연구원들의 말에 의하면 이런 상품은 세일즈하기가 썩 용이하다는 것이었다. 이빨도 안 먹혀들어가는 엉터리 신개

발품에 비하면 상류층의 취향을 겨냥한 것이라 그런대로 해볼 만하다고 했다. 집치장에 신경 쓰는 아파트촌 여자들한테는 잘만 하면 한꺼번에 백만 원 상당의 주문을 성공시킬 수도 있는 상품이라는 것이다. 그런 말을 들을 때마다 그는 새롭게 긴장했다. 말솜씨만 잘 익힌다면 그라고 해서 주문 카드를 만들지 못하리란 법도 없다. 고객들로 하여금 사지 않고는 배길 수 없을 언변만 익힌다면. 그가 '전통문화연구회'의 연구원 노릇을 포기하지 않는 가장 큰 이유는 바로 이것이었다. 즐비하게 늘어선 고층아파트 단지를 지날 때마다 그는 발을 멈추었다. 입만 터지기 시작하면 저기 있는 모든 여인네들이 그의 고객이 되어줄 것이라는 믿음이 그를 부추겼다.

입을 열기 위한 안간힘은 오늘 하루도 계속되었다. 어제와 다른 게 있다면 이제는 무작정 거리를 헤매며 사람을 물색하지는 않는다는 것이다. 낙원상가에 들러 기웃거리며 한나절, 다시 동대문시장에서 한나절을 소요하면서 그는 수십 번씩이나 일을 시작하려다가 그만두곤 하였다. 포목전에서는 정말 봉투를 내려놓고 침까지 한번 삼켰다. 여주인이 무얼 원하느냐고 다그쳐 묻지만 않았더라도 실컷 떠들어댈 만반의 준비가 되어 있었다. 하지만 그것뿐이었다. 입은 열리지 않았다.

그는 지친 몸을 이끌고 다시 귀가길에 올랐다. 일찌감치 하루를 마감한 까닭은 어제처럼 소득 없이 헤매다가 복잡한 전철에 오르고 싶지 않았기 때문이었다. 동대문역은 한산했다. 모처럼 훈김이 새어나오는 좌석을 차지하고 앉아 그는 허리를 주욱 펴보았다. 최고급 스테인리스로 만든 가위와 칼을 함께 넣어서 단돈 천 원에 팔겠다는 사내가 나타난 것은 종로 5가역에서였다. 검은 비닐 가방을 바닥에 내려놓고 사내는 장사를 시작했다.

복잡한 차중에 대단히 죄송합니다. 여기 한진물산에서 새로 내놓은 백 프로 올 스테인리스 가위와, 칼집이 있는 등산용 칼을 잠시 소개해 올리겠습니다. 본 제품은 이제까지 시중에 나와 있는 무디고 녹이 스는 물건과는 전혀 다릅니다. 백번의 설명보다야 한번 눈으로 확인하시면 더 잘 아실 것입니다. 보십시오. 닿기만 해도 슬슬 잘려집니다. 애기들 손이 닿는 곳에 보관하시면 큰일납니다. 닿기만 하면 그냥 죽죽 잘라지고 그어집니다. 아시는 분은 아시겠지만 가위 하나만 사려 해도 천 원 아래로는 어림도 없습니다. 그렇지만 본 제품은 선전 기간에 한해서 여기 칼까지 한 벌에 천 원으로 모시고 있습니다. 천 원입니다. 애기들 손에 닿지 않게 주의하세요. 닿기만 하면 죽죽 잘라지는 강력 스테인리스 제품, 자, 구경들 해보시고 마음에 드시면 천 원 한 장으로 모셔드리겠습니다.

사내는 앉아 있는 승객들 무릎마다에 물건을 얹어놓으며 지나갔다. 그 사이사이에도 하얀 종이는 계속해서 잘려나갔다. 두어 사람이 천 원을 내밀고 물건을 샀다. 사내는 재빠르게 물건을 회수하여서 다음 칸으로 건너갔다. 사내의 구성진 대사와 번개 같은 솜씨를 그는 하나도 빼놓지 않고, 거의 숨을 죽여가며 지켜보았다.

그날 저녁, 그는 아랫목에 기대앉아서 시름없이 몇 개비 담배만 태워 없앴다. 아이는 냉장고 위에서 아래로 뛰어내리다가 아내에게 두들겨맞기도 하였다. 장롱의 서랍을 디딤돌 삼아 냉장고에 올라서는 일쯤은 쉽게 해치울 수 있는 아이였다.

"아빠, 나 오늘 은혜네 집에서 아기 봤다. 아기……. 예뻐."

제 엄마에게 두들겨맞고 시무룩해 있던 아이가 슬금슬금 그의 무릎 위로 기어올랐다. 은혜가 누군가. 그는 아내를 돌아본다.

"한 달 전쯤 요 앞 연립에 이사 온 아이예요. 이사 올 때 배가 남산만 하더라구요. 또 딸을 낳았대요. 진만이 놀이터가 연립 계단 아녜요. 얘는 날아다니는 것말고는 아는 게 없어요. 글쎄 삼층 계단에서 이층으로 뛰기도 한대요."

아이는 자기가 어떻게 뛰어내릴 수 있었던가를 설명하기에 바쁘다. 두 팔을 이렇게 치켜들고 슈퍼맨이 흔히 그러는 것처럼 기합을 한 번 넣은 뒤, 윗몸을 이렇게 뒤로 빼면서 뛰어야 한다고 아이는 손짓 발짓까지 해가며 스스로 터득한 비상의 포즈를 설명한다. 아빠도 해봐. 날 수 있단 말야. 휘익휘익 하늘 위로 날아다닐 수 있단 말야. 아빠도 해봐…….

"정말 큰일이에요. 지난번처럼 또 팔이라도 부러뜨리는 날엔 돈도 없지요. 의료보험도 안 되지요……. 내일부턴 방 안에다 가두어 놓아야 할까봐……."

아내가 매서운 눈으로 아이를 쏘아보았다. 아이는 금세 얼굴을 찌푸리며 그의 등에 몸을 숨기고 소리쳤다. 싫어, 슈퍼맨은 방 안에 있는 게 아니란 말야.

"은혜 그 애는 집 안에서만 얌전히 지내니까 뽀얗고 깨끗하고……. 진만이 꼴 좀 보세요, 꼭 거지처럼."

갑자기 아내가 입을 꽉 다물었다. 별안간 말이 끊겨서 돌아보니 아내는 입을 비죽이다가 기어이 눈물을 한 방울 떨어뜨린다. 왜 그래. 그가 퉁명스런 목소리로 물었다.

"거지나 다를 바 없다구요. 쌀가게, 구멍가게 할 것 없이 모두 외상이 밀려 있죠. 게다가 복덕방 아줌마한테 빌린 돈도 벌써 삼만 원이에요……. 당신, 새로 일자리 얻었으니까 곧 갚는다고 했는데……. 벌써들 눈치가 이상하단 말예요."

그렇게 시작된 아내의 하소연은 한 시간가량 계속되었다. 당신이야 나가 돌아다니니 오히려 속은 편할 것이다, 전세를 빼서 하다못해 국밥집이라도 해보는 게 어떻겠느냐, 저기 공단 앞에서 허름한 식당을 하는 누구는 월수 백이 넘는다더라, 은혜 아버지네 회사는 보너스도 육백 프로나 준다더라, 은혜 엄마가 어찌 부러운지, 내게도 그런 시절이 있었는지조차 모르겠더라, 얼마라도 융통을 좀 해와야 전깃세, 물세 내고 진만이 신발도 다 떨어졌는데…….

그는 다시 거리에 섰다. 어제와 또 그 어제와 다른 것은 없었다. 기필코 오늘만큼은 입을 뚫어야겠다는 각오도 새삼스러운 게 아니었다. 어젯밤의 아내의 눈물이 새삼스럽지 않았듯이.

날씨는 춥고 길은 미끄러웠다. 자신의 입에서 새어나오는 하얀 입김을 쳐다보다가, 또는 구둣발로 음지 쪽의 얼음을 툭툭 쳐보기도 하면서 그는 이곳저곳을 기웃거렸다. 흰 가운을 입고 무료하게 서 있는 약사를 발견하고 걸음을 멈추기도 하였다. 구론산이나 하나 달라고 하면서 전통 문화를 설명할 수도 있을 것이다. 그는 약국의 유리문에 주춤 손을 대었다. 그때 누군가 굉장히 급한 걸음으로 그를 밀쳐내었다. 유리문 안에서 환자와 약사는 고개를 맞대고 소곤거린다. 거기에 그가 끼어들 자리는 없었다.

그는 실망하지 않고 다시 걷는다. 서점과 햄버거 하우스와 양화점을 지나고 또다시 그는 마땅해 보이는 가게를 발견한다. 이번엔 시계와 금은 보석을 파는 보석상이었다. 진열장 안에 청동으로 만든 커다란 새가 한 마리 날개를 치켜세운 채 붙박여 있었다. 이제 빌미를 잡은 것이다. 그는 심호흡을 한다. 손님은 없고 흰 와이셔츠 입은 점원 혼자서 길가를 내다보며 서 있다. 난로는 벌겋게 달아오르고, 그 위에서 주전자 물이 끓고 있었다.

티끌 하나 없이 닦여진 진열장 안의 보석들을 한 번 더 쳐다본 뒤 그는 안으로 들어갔다.

"어서 오십시오."

"저……."

"네, 어떤 것을 찾으시는지요?"

"그것보다…… 말씀드릴 게 있습니다만."

"네?"

"청동으로 만든 조각품을 좋아하시는 모양이지요?"

그가 진열장 안의 새를 가리켰다. 점원의 미간이 찌푸려졌다. 자신의 순조로운 첫말에 자신감을 얻은 그는 한 걸음 더 점원에게로 가까이 갔다. 그때 전화벨이 울렸다. 그는 잠자코 기다렸다. 점원은 전화를 받으면서 의혹의 눈빛을 감추지도 않고 그를 건너다보았다. 통화는 상당히 길었고 그사이 점원은 그의 신원파악을 끝낸 모양이었다. 그가 다시 입을 열기도 전에 점원은 잽싸게 그의 말을 가로막았다.

"뭘 팔려고 오신 것 같은데, 다음에 들러주세요. 지금은 필요한 게 없습니다."

"아니, 이건 물건이 아니고, 저, 저는 전통 문화를 보급하는 연구원으로서 이걸 보시면 아시겠지만……."

봉투 안에서 팸플릿을 꺼내려 하는 그의 앞을 가로막고 서서 점원이 무뚝뚝하게 내뱉었다. 이거 왜 이러십니까. 오늘 아직 개시도 못한 판에. 가세요, 이따 오시라구요. 어깨를 떠밀리기 전에 그는 되돌아섰다.

더 이상은 거리에 남아 있고 싶지 않다고 그는 생각했다. 낭패감은 의외로 깊었다. 여태껏 부추겨왔던 용기가 삽시간에 녹아 스러져버리는 것 같았다. 정류소 앞을 지나다 그는 무작정 버스에 올라탔다. 다행히 빈자리가 있었다. 정말이지 첫마디는 아주 잘 나온 말이었어. 그는 스스로를 위로하며 눈을 감았다. 누군가 진득하게 그의 말을 들어주기만 한다면, 누군가 그를 위해 몇 분간이라도 가만히만 있어준다면. 흔들거리는 버스 안에서 그는 지그시 입술을 깨물었다. 이제껏 준비해온 대사가 목구멍 저 안쪽에서부터 치밀어오르는 것 같았다.

도자기는 이제 한물갔습니다. 섬세한 수공과 은은한 광택, 그리고 이 무게 있는 자태가 좀 좋습니까. 허술만옹(翁) 작품이라면 시중에서는 작은 것 하나에도 일이십만 원이 넘습니다만 우리에게만큼은 그분이 전통 문화의 보급을 위해 특별한 가격으로 작품을 내주셨습니다. 이 향로를 좀 보십시오. 이게 고려 충렬왕 때 것입니다. 은입사(銀入絲) 수법을 써서 화려하기 그지없지요. 국보 214호 진품과 꼭 그대로입니다. 용과 봉황의 자태를 보세요. 정말 아름답지 않습니까. 이런 것을 하나쯤 거실에 놓아두면 집 안 분위기가 달라질 겁니다. 도자기 따위에 비하겠습니까. 달리는 버스 안에서 그는 중얼중얼 입 안에서 대사를 굴려본다. 입 밖으로 나오지 않는 한 그의 대사는 꽤 완벽했다.

이것은 국보 213호 금동대탑(金銅大塔)입니다. 진품은 일백오십오 센티미터입니다만 축소시켜서 거실에 어울리게 만든 것입니다. 역시 허옹 작품이지요. 이 탑만으로도 10세기의 건축 양식을 한눈에 볼 수가 있습니다. 그것보다도 이 정교한 불상 조각이며 계단, 문까지 마치 실제 탑을 보는 느낌을 주지 않습니까. 그가 금동대탑의 대사를 외고 있는데 누군가 그에게 물어왔다. 아저씨, 이 차가 강남터미널로 가는 것 맞아요? 긴 머리를 늘어뜨린 핼쑥한 얼굴의 처녀가 그를 보고 있었다. 뒷자리에서 맞아요, 하는 노인네의 음성이 들려올 때까지 그 또한 이 버스가 어디로 달려가는 것인지 알고 있지 않았다.

그는 핼쑥한 얼굴의 처녀를 따라 고속버스터미널에서 내렸다. 여자는 주춤주춤 망설이는 듯하더니 이내 호남선 대합실을 향해 걸어가기 시작했다. 역시 어디로 가볼까 망설이던 그도 내친걸음이라 여자를 따르기로 했다. 어쨌든 대합실에는 사람들이 많을 것이었다.

대합실 안은 예상보다 훨씬 많은 인파로 붐비고 있었다. 방송실의 왕왕거리는 마이크 소리와 개찰원의 고함, 거기에다 홀의 중앙에는 텔레비전까지 놓여 있었다. 번쩍이는 긴 칼과 요란한 기합술, 검객들의 질풍 같은 솜씨에 사람들이 우와 탄성을 올렸다.

그쪽에 비하면 출입문 근처의 매점 앞은 한산한 편이었다. 비어 있는 의자도 여럿 있었다. 그는 출입문 쪽을 바라보며 빈 의자에 앉았다. 열려진 문으로 들어오는 찬바람이 썰렁했지만 못 견딜 정도로 추운 것은 아니었다.

우선 의자가 마련되어 있다는 것이 그를 안심시켰다. 누군가가 그의 빈 옆자리를 채워주기만 하면 되었다. 그 사람에게 다만 이십 분 정도의 시간 여유만 있다면 더욱 안심이었다. 그 사람은 누구여야 좋을까, 그는 주위의 한 사람 한 사람을 자세히 둘러본다. 껌을 씹고 있는 청년의 빨간 넥타이가 얼른 눈에 들어온다. 서넛이 함께 뭉쳐 깔깔 웃고 있는 여학생들, 그리고 토끼털 목도리를 두른 할머니도 있었다. 여학생들은 저희들끼리만 알고 있는 비밀을 나누어 가지면서 즐겁게 웃어댄다. 할머니는 누구를 기다리는 듯 잔뜩 초조해하면서 손에 들고 있는 차표를 연신 들여다보고 있다. 탐탁치 않다, 라고 그는 머리를 저었다. 그들은 모두 적당치가 않았다. 정말로 실습 상대에 불과한, 단순히 그의 말을 고분고분 들어주기만 할 누군가는 그들이 아니었다.

바로 그때, 비워놓은 그의 옆자리에 웬 사내가 털썩 주저앉으며 휴우, 긴 숨을 몰아쉬었다. 감색 작업복에 어울리잖게도 밤색 털모자를 꽉 눌러쓴 사내는 앉자마자 주머니에서 부스럭부스럭 무언가를 찾는 눈치더니 그에게 불 가진 게 있느냐고 말을 건네왔다. 거칠고 투덕투덕한 손에 들려 있는, 희고 가느다란 담배 한 개비가 유독 선명하게 도드라졌다. 자세히 들여다보니 사내는 하차장에서 정류장까지 짐을 운반해주는 터미널 소속의 짐꾼이었다. 그의 작업복 등짝에는 그가 무슨무슨 회사 소속 포터인 것이 분명히 박혀 있었다. 사내가 짐꾼에 불과하다는 사실이 그를 실망시킨 것은 아니었다. 생각해보면 실습 상대로서는 아주 적합했다. 그는 바싹 긴장했다. 사내가 또 한차례 휴우, 긴 숨을 쉬면서 가슴을 쓸어내렸다.

"늦은 점심이라서 허겁지겁 먹었더니 그래서 그런가……. 왜 이리 숨이 차오르누. 고맙소. 추운데 저 안쪽에 들어가 앉으시지."

불 빌린 인사를 차리며 사내가 안쪽을 손가락질해 보였다. 나이는 한 오십쯤 되어 보일까. 아니 그보다 훨씬 아래일지도 몰랐다. 털모자로 가려진 머리 때문에 좀체 정확한 나이가 짚어지지 않았다. 그는 주의 깊게 사내의 이모저모를 살펴보았다. 늦은 점심에 체한 듯, 헛트림까지 몇 차례 해대던 사내가 그의 눈길과 맞부딪치자 계면쩍은 웃음을 지어보였다. 이 사람이라면. 그는 사내 쪽으로 다가앉았다. 그리고 조금 떨리는 목소리로 사내에게 바쁘지 않으냐고 물었다.

"그렇게 바쁠 것도 없소. 먹고살자는 짓이니 좀 쉬어가며 해야지요."

"그러시다면 아저씨, 저한테 시간 좀 내주시겠습니까? 잠깐이면 됩니다. 그냥 제 이야기만 들어주시면 됩니다."

안 된다고 할까봐 그는 겁이 났다.

"무슨 이야기인데 그러슈? 어디 한번 들어봅시다."

사내가 그의 말을 재촉했다. 드디어 시작된 것이다. 봉투 속을 뒤져 팸플릿을 꺼내는 잠깐의 시간도 한없이 길게 느껴졌다. 바싹 말라 있는 입술을 축이고 마침내 그는 대사의 첫 줄부터 읊어나가기 시작하였다. 이제까지 입 안에서만 맴돌던 대사들이 하나씩 둘씩 소리가 되어 터져나왔다. 사내의 태도도 썩 훌륭했다. 연신 고개를 끄덕여가며 진지하게 그의 말을 경청했다. 때로는 질문도 있었다. 고객의 수준에 맞춰 알기 쉽게 대답해주는 일 또한 어려울 게 없었다.

말은 폭포수처럼 쏟아지고 있다. 정봉룡 회장의 말이 옳았다. 시작이 어려웠던 만큼 다음 대사는 저절로 흘러나와 강이 되어서 도도하게 흘러갔다. 움켜쥔 그의 주먹에 땀이 배어나오기 시작했다. 추위가 물러간 것은 진작부터였다. 허술만옹의 탁월한 솜씨를 묘사하는 부분에 이르러서는 자신의 말이 나비처럼 훨훨 날고 있다는 찬란한 느낌 때문에 가슴이 다 먹먹할 지경이었다.

실습은 끝났다. 빠뜨린 대사는 하나도 없었다. 봉투 안에 팸플릿을 집어넣고 그는 이마에 밴 땀을 닦아내었다. 사내도 털모자를 꾹 눌러쓰고는 일어설 채비를 하였다.

"지루한 이야기를 다 들어주셔서 고맙습니다. 정말 감사합니다, 아저씨."

그가 담배 한 대를 사내에게 권했다. 사내가 손을 내저으며 펄쩍 뛰었다.

"어이구 그게 무슨 소립니까. 입만 아프게 해드리고 그냥 일어서려니까 내가 되려 미안스런 판에……. 그럼 많이 파시구려."

사내가 출입문을 향해 걸어갔다. 이제 실습은 끝난 것이다. 그는 꿈에서 깨어난 듯 멍멍한 시선으로 주위를 돌아보았다. 텔레비전의 무협 영화는 아직 끝나지 않았고 개찰구 주변의 혼잡도 여전했다.

뭔가 미진한 느낌에서 빠져나오지 못하고 있는 그의 옆자리에 다시 누군가가 앉았다. 돌아보니 아까의 그 짐꾼이었다.

"가다가 생각해보니 아무래도 찜찜해서. 그 촉대라든가 촛대라는 거 그거 하나 사겠소. 제상에 촛불 켤 때 쓰면 딱 좋겠던데, 비싼 것은 못 사주더라도 그게 제일 값도 헐하니까 내 형편에 만만하고. 내가 이래 살아도 권씨 문중의 종손이라 제사가 사흘거리로 돌아오는 몸이라오."

사흘거리로 돌아오는 제상에 놓을 촛대를 주문한 고객 앞에서 그는 잠시 말을 잃었다. 아까의 그 쏟아져 나오던 말은 어디론가 다 사라져버렸고 이번에는 짐꾼이 자신의 대사를 쏟아놓기 시작하였다.

"짐보따리 날라다주며 먹고살긴 하지만 조상 대접만은 깍듯이 하며 살지요. 물려받은 논마지기 다 날려보내고 자식 농사나 지어볼라고 서울 와서 이 고생이오. 한때는 나도 시골 유지였다오. 행세깨나 한다는 집안에서 태어나 큰소리치고 살았는데……. 나이 오십이 다 되어가는 마당에 참 창피한 말이지만 여태 집 한 칸도 없는 신세라오. 한 푼이라도 더 벌어보겠다고 안 해본 짓이 없어요. 아이들은 자꾸 굵어지지, 모아놓은 재산은 없지……. 이거 참, 권 아무개 하면 고향 동네서는 모르는 이가 없었는데……. 이 서울 바닥에선 그냥 짐꾼 권씨로 통한다오……."

짐꾼 권씨의 대사도 어지간히 길었다. 사내가 그렇게 했듯이 그 또한 사내의 말을 열심히, 고개까지 끄덕여가며 들어주었다. 사람들은 끊임없이 들락거리고 있었다. 김제에서 올라온 누구누구 엄마는 빨리 방송실까지 와달라는 여자의 코맹맹이 음성을 넘어서, 짐꾼의 이야기는 계속 이어졌다.

[『문학사상』, 1986. 4]

마지막 땅

근 열흘간이나 바람이 억세게 불어댔다. 지독한 꽃샘바람 때문에 동네 길목마다 비닐 봉지며 과자 껍질들이 어수선하게 흩어져 있어서 오가는 행인들의 눈살을 찌푸리게 만들었다. 때때로 청소부들이 쓰레기를 주워 모아 공터에서 불을 사르기도 했다. 그럴 때마다 불어오는 바람에 실려 검은 연기가 이리저리 휩쓸려 올라가고 미농지보다 얇은 그을음들이 나방떼처럼 떠돌아다녔다.

청소부가 불만 피워놓고 떠나버리면 그 다음은 아이들 차지였다. 지물포집 큰아이인 상수, 쓰레기차를 끄는 김씨의 막내딸 경옥이, 말썽꾸러기 진만이들이 우르르 몰려나와 불더미 속에 돌을 던지기도 하고 말라붙은 풀더미에 불씨를 옮겨붙이기도 한다. 원미동 아이들은 집 안에서 틀어박혀 지내는 법은 애시당초 배운 적이 없다. 아침 눈뜨면서부터 집 앞으로 뛰쳐나와 어두워질 때까지 거리에서 놀았다. 하루 온종일 아이들의 떠드는 소리, 울음소리가 거리에 가득한데 그런 꼬마들이 불장난의 짜릿한 재미를 앞에 두고 온전할 리 없다. 아이들의 얼굴은 금세 검댕투성이가 되고 때로 손을 덴 아이가 자지러지게 울어제칠 무렵이면 으레 원미지물포 주씨가 등장했다. 원래는 부산에서 미장이 기술로 벌어먹었으나 어찌어찌 부천시 원미동까지 오게 된 주씨네 지물포가 바로 공터 옆의 첫 집이었다. 맞바람에 불씨라도 옮겨붙으면 제대로 남아 있지 않을 물건들을 보존하기 위해 그가 우락부락한 몸짓으로 뛰어나와 호통을 치면, 아이들은 꽁무니를 빼고 달아나버린다. 행복사진관의 셋째딸인 세 살배기 미야 같은 꼬마는 도망치다 신발이 벗겨져 넘어지는 통에 숨넘어가는 울음을 토해내기도 한다. 사진관 엄씨는 딸만 셋을 두어서 자칭 행복한 사나이라고 말하는 사람이었다. 첫째는 엄지, 둘째는 엄선, 셋째는 엄미라는 이름을 붙인 것도 행복한 사나이의 발상이었다.

지물포 주씨가 구둣발로 대충대충 불더미를 다독거려놓고 들어가버리면 마지막으로 등장하는 사람이 하나 있다. 그가 바로 강만성(姜萬成) 노인이다. 원미동 23통 일대에서는 강노인을 모르는 이가 없었다. 아니 강노인이라고 부르기보다는 지주(地主)라고 칭해야 더 잘 알았고, 그 지주네 밭에서 일어나는 여름과 겨울의 난리판을 속속들이 겪지 않고서는 이 동네 사람이라고 말할 수 없는 형편이었다. 일 미터 팔십을 넘는 큰 키에 거대한 몸집을 가진 강노인은 언제 보아도 막일꾼 차림새였다. 유난히 큰 코는 얼굴의 절반 이상을 차지하는 듯싶고, 검붉은 얼굴과 어울리게끔 주먹코 또한 빨갛

기가 딸기코 버금가는 빛깔이었다. 씩씩한 걸음걸이하며 노상 걷어붙인 채인 팔뚝의 꿈틀거리는 힘줄 따위를 보노라면 노인의 나이가 이제 칠순을 코앞에 둔 것이라고 어림잡기는 좀체 어려웠다. 목소리도 우렁차서, 그가 밭에서 일하다 말고 "용문아!" 하고 소리쳐 부르면 도로를 하나 건너서 백 미터쯤 떨어져 있는, 게다가 딱 뒤로 돌아앉은 그의 이층집에 있던 막내아들 용문이가 금세 튀어나오곤 했다.

강남부동산 박씨의 동업자이자 마누라이기도 한 고흥댁 말에 의하면 그가 막내아들 용문이를 어찌나 깐깐하게 다루는지 이날 이때껏 아들하고 다정히 말을 주고받는 것을 본 적이 없노라고 했다. 고흥댁이 '이날 이때껏'이라고 말하면 그것은 곧 원미동 23통 일대의 역사를 통틀어 말하는 게 되는 셈이다. 강노인말고는 가장 오래 이 동네에 터를 잡고 있는 가게가 강남부동산이었으니까. 헐값의 원미동 땅들이 요 근래 들어 황금값이 되기까지 박씨와 고흥댁의 활약상은 눈부실 정도였다. 그의 말을 그대로 믿는다면, 한때는 서울 개포동 이쪽의 강남 땅을 떡 주무르듯 했던 큰손이었다가 밝힐 수 없는 모종의 사건으로 한재산 다 날리고 달랑 맨손으로 부천에 내려와 별 볼일 없는 거간꾼이 돼버렸다는 박씨였다. 별 볼일 없다고는 하지만 박씨가 원미동에서 한 재산 단단히 붙잡았다는 사실에 대해 이의를 제기할 사람은 아무도 없었다.

청소부가 쓰레기를 모아 태운 공터도 강남부동산에서 계약서 쓰고 강노인이 팔아넘긴 땅이었다. 그때 들어선 이층 상가가 벌써 네 채나 되지만 도로켠의 공터는 아직 새 임자가 땅을 묵혀두고 있는 판이었다. 몇 달 안으로 새 건물이 들어설 자리이기는 했다. 이것을 빼고도 소방 도로 왼쪽에는 팔아버리지 않은 땅이 백 평 남짓한 덩어리로 셋이나 되었다. 그 중 하나는 건재상에게 빌려주어 시멘트나 모래 따위가 그득 들어차 있고, 나머지 땅은 강노인이 해마다 아들과 함께 밭을 일구어서 채소들을 가꾸었다. 큰돈이야 못 되어도 그럭저럭 가용은 되는 알뜰한 밭이었다.

강노인이 이제 재밖에는 안 남은 쓰레기 태운 자리를 찾아오는 것도 바로 그 밭 때문이었다. 밭에 거름이 될 만하다 싶으면 그는 어떤 것이라도 낡고 더러운 망태기에 쓸어 담는 사람이었다. 결혼해서 따로 사는 아들이 둘이나 되지만 어느 놈 하나 생활비 보태줄 자식은 없어서, 건재상과 이층에 세 사는 이가 다달이 내미는 월세만 가지고 사는 형편이니만큼 강노인 땅이 시가 몇억짜리 덩치라 한들 그 땅에 고추 농사나 지어서는 수지가 안 맞는 지주였다. 문제는 그 비싼 땅에다가 강노인은 한사코 푸성귀 따위나 가꾸겠다고 고집을 부리는 데 있었다. 지난 몇 년간 여러 차례 임자가 나섰건만 이제는 절대 땅을 팔지 않겠다는 강노인 고집에 막혀 시청으로 통하는 2차선 도로의 양 켠으로는 여전히 밭농사가 계속되는 중이었다. 올해도 봄은 왔고 그래서 강노인은 어김없이 허름한 옷차림으로, 맨발 위에 신은 검정 고무신을 끌고 자신의 밭에 모습을 나타내었다.

겨우내 굳어 있던 땅은 괭이날 들어가기가 썩 힘이 들었고 게다가 돌덩이처럼 틀어박힌 연탄재 부스러기들을 일일이 골라내다보면 한 두덕을 갈아엎는 데도 꽤 오랜 시간이 걸렸다. 용문이가 지난

달 내내 연탄재들을 거두어내고 겨우 맨땅을 내놓았다고 한 꼴이요 모양이었다. 서울것들이란. 강노인은 끙끙거리다 토막난 욕설을 내뱉어놓고는 윗저고리에서 한산도갑을 꺼낸다. 바람이 워낙 심해서 불 붙이는 일은 아무래도 저쪽 연립주택 앞에 심어놓은 사철나무를 바람벽으로 삼아야 가능할 것 같았다. 강노인이 괭이를 내던지고 밭 끄트머리로 걸어가는 사이 언제 나왔는지 부동산의 박씨가 알은체를 하였다. 자그마한 체구에 검은 테 안경을 쓰고, 머리는 기름 발라 착 달라붙게 빗어넘긴 박씨의 면상을 보는 일이 강노인으로서는 괴롭기 짝이 없었다. 얼굴만 마주쳤다 하면 땅을 팔아보지 않겠느냐고 은근히 회유를 거듭하더니 지난 겨울부터는 임자가 나섰다고 숫제 집까지 찾아와서 온갖 감언이설을 다 늘어놓는 박씨였다. 그것도 강노인의 나머지 땅을 한꺼번에 사들여서 길 이쪽저쪽으로 쌍둥이 빌딩을 지어 부천의 명물로 만들 것이고, 거기에 초호화판 위락 시설이 들어서면 동네가 삽시간에 환해질 것이라고 했다. 일층에는 상가, 이층은 사우나, 삼층은 헬스클럽, 사오층은 사무실 임대하는 식의 건물 용도부터가 강노인 마음에는 들지 않았지만 어차피 팔지 않을 땅이므로 어느 작자가 어떤 김치 국물을 마시든 크게 나무랄 일은 못 되었다.

"영감님, 유사장이 저 심곡동 쪽으로 땅을 보러 다니나봅디다. 영감님은 물론이고 우리 동네의 발전을 위해서 그렇게 애를 썼는데……."

박씨가 짐짓 허탈한 표정을 지으며 말하고 있는데 뒤따라나온 동업자 고흥댁이 뒷말을 거든다.

"참말로 이 양반이 지난 겨울부터 무진 애를 썼구만요. 우리사 셋방이나 얻어주고 소개료 받는 것으로도 얼마든지 살 수 있지라우. 그람시도 그리 애를 쓴 것이야 다 한동네 사는 정리로다가 그런 것이지요."

강노인은 가타부타 말이 없고 이번엔 박씨가 나섰다.

"아직도 늦은 것은 아니고, 한 번 더 생각해보세요. 여름마다 똥냄새 풍겨주는 밭으로 두고 있느니 평당 백만 원 이상으로 팔아넘기기가 그리 쉬운 일입니까. 이제는 참말이지 더 이상 땅값이 오를 수가 없게 돼 있다 이 말씀입니다. 아, 모르십니까. 팔팔 올림픽 전에 북쪽 놈들이 쳐들어올 확률이 높다고 신문 방송에서 떠들어싸니 이삼천짜리 집들도 매기가 뚝 끊겼다 이 말입니다."

"영감님도 욕심 그만 부리고 이만한 가격으로 임자 나섰을 때 후딱 팔아치우시요. 영감님이 아무리 기다리셔도 인자 더 이상 오르기는 어렵다는디 왜 못 알아들으실까잉. 경국이 할머니도 팔아치우자고 저 야단인디……."

고흥댁은 이제 강노인 마누라까지 쳐들고 나선다. 강노인은 피우던 담배를 비벼 꺼버리고, 꽁초는 주머니에 잘 간수한 뒤 아무런 대꾸도 없이 일하던 자리로 돌아가버린다. 그 등에 대고 박씨가 마지막으로 또 한마디 던졌다.

"아직도 유사장 마음은 이 땅에 있는 모양이니께 금액이야 영감님 마음에 맞게 잘 조정해보기로 하고, 일단 결정해뿌리시요!"

땅값 따위에는 관계없이 땅을 팔지 않겠다는 의사 표현을 누차 했건만 박씨의 말뽄새는 언제나 저 모양이다. 서울것들이란. 박씨

내외가 복덕방 안으로 들어가버린 뒤에야 그는 한마디 내뱉는다. 저들 내외가 원래 전라도 사람이라는 것을 모르지는 않으나 강노인에게 있어 원미동 사람들은 어쨌거나 모두 서울 끄나풀들이었다.

도대체가 서울것들은 밭에서 풍겨나오는 두엄 냄새라면 질색자망을 하고 손을 내젓는, 천하에 본데없는 막된 것들이라니까. 강노인은 팽개쳐두었던 괭이 자루에 묻은 흙을 대충대충 털어내고는 다시 밭을 일구기 시작했다. 겨울 동안 좀 쉬고 있는 밭에다가 망할 놈의 연탄재나 산같이 내다버리는 못된 습성까지 떠올리면 더욱 괘씸하기 짝이 없는데, 그가 아는 서울것들의 내력은 모조리 그런 것 투성이였다. 고추밭에 뿌리는 오줌에서부터 여름이 되어 김장배추 갈기 전에 얹어주는 푹 삭힌 인분에 이르기까지, 서울 끄나풀들의 극성 때문에 실컷 장만해둔 밑거름조차 제대로 쓰지 못하고 부석부석한 땅에서 수확을 거두던 것이 요 몇 해 농사 실정이었다.

거기에다 매년 겨울이면 밭은 쓰레기장으로 변해버리고 말았다. 겨울 동안 용문이 녀석을 시켜 밭을 지키고 때로는 직접 나서서 밤사이 몰래 연탄재를 내다버리는 동네 사람을 지키고는 했지만 허사였다. 올봄에도 역시 트럭 한 대분 이상의 연탄재를 생돈 들여서 치워야 하는 손해를 입었다. 이층 상가주택이 아니면 단독 연립이니 하는 다세대 주택들이 즐비한 이 동네는 한 집에 적어도 네 가구 이상은 오밀조밀 모여 사는 게 보통이었다. 청소차가 하루는 쓰레기, 다음날은 연탄재 하는 식으로 꼬박꼬박 다니고는 있지만 그게 말 그대로 시도 때도 없이 등장하는 바람에 연탄재쯤은 아무래도 손쉬운 쪽으로 처치하는 이들이 많았다. 그것도 그것이지만 여름내 더러운 인분 냄새 풍겨주는 밭꼬라지가 밉다고 부러 이곳에다 연탄재를 내던지는 동네 사람들의 속셈쯤은 강노인도 짐작하고 있었다.

미울 만도 한 것이, 바람이 있건 없건 지척에 똥 뿌린 밭을 놓아두고 밤낮으로 그 냄새를 맡으며 살아야 하는 여름 한철은 괴로웠다. 거름 욕심도 억척이어서 강노인은 밭 가장자리에다 노상 두엄더미를 쌓아놓고 애지중지 삭히는 사람이었다. 창문을 닫고 살 수도 없고, 그렇다 하여 똥 냄새를 향수 내음으로 여길 수도 없는 처지에 또 어쩌나 물것들은 극성으로 꼬이는지 강노인 밭에서 자란 모기들은 가히 살인적이라 할 만큼 위세가 등등했다. 밭 뒤로는 삼층짜리 연립주택이 베란다문을 밭 쪽으로 낸 채 길게 늘어서 있고, 앞은 시청으로 가는 번듯한 도로인 데다 옆으로는 사진관, 전파상, 미용실, 인삼찻집, 치킨 센타 들이 즐비한 속에 뚱딴지처럼 가운데에 파고든 강노인 밭은 아닌게아니라 좀 기이하게도 보이는 게 사실이기는 하였다.

원미동 사람들이 여름철 반상회마다 들고일어서는 안건이 '똥냄새'라는 사실을 알건 모르건, 누구누구 할 것 없이 밭으로 몰려와 아우성을 치건 말건 강노인은 그 큰 코를 씰룩거리며 잡초를 뽑아내고 푸성귀를 솎아내고 가지를 쳐주는 일에만 묵묵히 매달리며 지성으로 일을 해나갔다. 그리고 겨울이 돌아오면 밭은 연탄재로 앙갚음을 당하며 곤욕을 치르는 것이다. 올해도 시절은 어김없어서 오늘 중으로 밭을 다듬어놓고 나면 내일은 썩은 두엄과 모아놓은 인분을 한차례 얹어주어야 할 때가 마침내 다다랐다. 작년 8반 주민들의 진정서 사건 이후 내년에는 어떤 일이 있어도 그 밭에 똥 뿌리게 내버려두지 않겠다는 엄포를 잊지 않고 있는 강노인이지만 내일의 작업을 그만둘 생각은 추호도 없었다. 돼지막에서 얻어온 오물을 파묻어주거나 새로 밭을 갈아엎을 때 썩힌 두엄만 얹어도 싸잡아서 '똥 냄새'라고 우기며 달려드는 게 서울것들이었다.

용문이는 지난주 내내 연탄재를 거두어낸 게 힘에 겨웠던지 오늘은 아예 일어나지도 못하고 누워 있었다. 원래 피사리모양 허약하기 짝이 없어서 땅 파는 일에는 적합하지 않은 체구였다. 거기에다 공부가 싫다고 대학도 안 간 주제니 앞으로 무얼 해서 제 밥벌이를 할는지 한심하기 짝이 없었다. 한심하기로 치자면 용문이보다 더하면 더했지 모자랄 것 없는 자식이 딸 하나에 아들 셋이 더 있는 강노인이었다. 되지도 않을 사업을 한다고 제 동생 용민이까지 끌어들여 대학 졸업 후 이날까지 죽만 쑤고 있는 큰아들 용규는 진작부터 내 자식 아니라고 단념하고 있던 터였다. 일껏 공부 하나는 남다르게 뛰어나서 은근히 기대를 품게 하던 셋째 용철이까지 운동인가 데모인가 하는 일에 미쳐서 끝내 제적당하더니 작년에 군에 입대해버렸다. 아들 중에서는 공부하기 싫다고 비비꼬던 막둥이 용문이가 그래도 온순하기는 해서 아버지 어려운 줄도 알고 시키는 일도 꼬박꼬박 해내는 축이었다.

아들들이야 그렇다 치더라도 서울 사는 큰딸 희자는 어떠한가. 강노인으로 하여금 서울것들에 대한 깊은 불신을 심어준 것은 다름 아닌 사위 최서방이었다. 희자란 년이 집안일 돌보다 시집갈 생각은 안 하고 고등학교 졸업하자마자 자나깨나 서울 취직을 노래 부를 때부터 싹수가 노랬다고 보는 게 옳았다. 기껏 취직이라고 하기는 했었다. 청계천에 있는 무슨 장갑 공장의 경리 사원이었다. 말이 좋아 공장이지 집 안에서 재봉틀 몇 대 놓고 줄줄이 박아대는, 공원 네댓의 장갑집에 불과했다. 장갑 공장 사장과 희자가 눈이 맞은 것은 일 년도 채 되지 못해서였다. 그들이 다짜고짜 동거 생활로 접어들었다는 소식을 듣고 부랴부랴 결혼식을 올려주고보니 이 사위란 작자가 갈데없는 사기꾼이었다.

때를 맞추어 부천이 시(市)로 승격된다 하여 용도 변경된 땅들을 뭉텅뭉텅 팔아치우던 칠십년 초였다. 틀림없다, 진짜 틀림없다고 꼬드겨 슬금슬금 땅 판 돈을 돌려가더니 그것으로 그뿐 최서방의 공장 규모는 여태도 그만그만하고 사위란 놈은 노름에 계집질로 돈 쓰는 재미만 키워나갔다. 자식을 둘이나 둔 희자년은 서방의 바람기에 날이면 날마다 눈물로 지샌다는 억장이 무너질 소리만 들려왔다. 오 년 전에 한차례 더 땅들을 처분할 때에도 어디서 냄새를 맡았는지 최서방이 나타나서 삼천만 원만 해달라고 엎드려 통사정을 하다 돌아갔다. 나중에는 희자까지 들락이며 최서방 마음잡아 새사람 만들 수 있도록 꼭 삼천만 융통해달라고 울며불며 난리기에 이부 이자 계산해서 빌려주는 형식으로 각서까지 챙겨 돈을 주었다. 희자가 불쌍해서였다. 희자는 지금의 마누라 소생이 아니었고 죽은 전처의 단 하나뿐인 혈육이었다. 삼천을 돌려가지고 가서 얼마나 요긴하게 썼는지 알 수는 없지만 마누라가 매달 서울까지 찾아가서 억지로 빼앗듯이 이잣돈을 받아왔다. 요즘에서야 제대로 이 부 이자를 내놓는 판이고 처음에는 주는 대로 받아야 했다. 그래서 이잣날마다 마누라 바가지 소리에 귀가 아프던 강노인이었다.

꼼꼼하게 일궈놓은 밭두덕마다에 퇴비와 인분을 얹어주는 작업은 예정대로 이루어졌다. 용문이는 여태도 자리보전중이어서 강노인 내외가 첫새벽부터 밭고랑에 엎드려 점심 전에 모두 마쳐낸 일이었다. 마누라는 구시렁거리면서도 하는 수 없이 남편의 일을 도왔고 내외는 바람 속에서 일을 끝내느라고 집에 돌아왔을 때는 둘 다 지쳐 있었다. 냄새 나는 옷이나 겨우 갈아입고서 아직 뜨뜻한 구들막이 좋아 아랫목에 누워 있으려는데 누군가 대문간의 벨을 요란스레 눌러댔다. 일을 끝내고 돌아오자마자 시작된 첫 사단이었다. 마지못해 내다본 마누라가 들어오는 길로 이불을 뒤집어쓰고 돌아누우며 볼멘소리를 던졌다.

"나가보슈. 그 여자가 왔어요. 난 모르니 영감이 알아 하시구랴."

대문 앞에서 여자는 예닐곱 살로 보이는 계집아이의 손을 틀어쥐고 잔뜩 앙분한 기세로 서 있었다. 계집아이는 여태도 마르지 않은 젖은 눈을 쳐들고 호기심만은 어쩔 수 없다는 듯 뚜벅뚜벅 걸어나오는 강노인을 올려다보았다.

"도대체 시내 한복판에다가 무슨 배짱으로 그러신데요."

여자의 카랑카랑한 목소리며 노랗게 물들인 머리칼이 알 만한 얼굴이어서 강노인은 크응 가래침을 돋우어 마당 귀퉁이에 캭 뱉어낸다. 멋쟁이 소라 엄마하고 단짝으로 붙어다니면서 소라 엄마 멋내는 것이나 열심히 배워들이는 정미 엄마였다. 정미 엄마라면 지난해에도 동네 사람들을 쑤석이고 다닌 장본인으로서 밭 뒤 연립주택 일층에 살고 있었다. 바로 코앞에 밭을 두고 있는 탓에 쌓인 불만도 남다르고 또 본디 눈꼴신 것은 못 참고 사는 버릇이 몸에 배어 있는 여자였다. 남편이 무슨 보험 회사의 대리인 모양인데도 여자 앞으로 자주색 포니가 한 대 있어서 선글라스 끼고 운전대 앞에 앉아 있는 모양을 몇 번 본 적이 있었다. 말하자면 정미 엄마는 원미동 따위 지저분한 동네에서 사는 일에 이제 진력이 난다는 뜻을 선글라스 밑의 눈자위에 깔고 다니는 자칭 '서울여자'였다.

"애 좀 보세요. 새 옷 입혀 내보냈더니 옷에 똥칠이나 해오구, 정말이지 동네 꼴이 이게 뭐예요?"

그제서야 노인은 고개를 돌려 아이를 바라보았다. 거리에서 뒹굴고 노는 꼬마치들과는 달리 연립주택 앞에서만 모여 노는 또 다른 부류의 아이들 속에서 간간이 보아온 아이였다. 레이스 달린 원피스에 화사한 꽃리본이 나비처럼 귀엽기는 한데, 흰 양말과 빨간 구두에 분명 오물임 직한 덩어리가 얼룩져 있었다.

"거긴 뭣 하러 들어가. 울타리는 괜히 쳐놓았나……."

"공이 그리로 떨어져버린 걸 어쩌라구요. 아이들이 무얼 알아요? 그만큼 말했으면 알아들을 만큼 나이도 자신 분이 억지만 부리면 통한답니까? 정 밭농사를 짓겠다면 비료나 줘가며 깨끗하게 가꾸든가, 순 구식으로다가……."

갑자기 노인이 "용문아!"를 소리쳐 부르는 통에 여자가 말끝을 못 맺고 입을 다물었다. 그 목청이 어찌나 우렁찬지 아이가 움찔 몸을 떨었다. 화학비료 써가며 땅 죽이는 농사지으려면 뭣 하려고 흙 파구 씨 뿌려……. 강노인은 여자야 듣건 말건 혼잣말로 중얼대며 볼일 끝났다는 듯이 몸을 돌려버린다. 벌레가 득시글거리지 않는 한에야 농약 치는 것도 끔찍이 싫어하는 강노인이었으니 땅 망친다는 화학비료를 써 농사지을 턱이 없다.

"너 또 한 번만 그 똥밭에 들어갔담 봐라. 내쫓아버릴 거야, 알았어?"

애꿎은 아이의 뒤통수만 쥐어박고 나서 정미 엄마는 분이 풀리지 않은 기세로 돌아갔다.

"그것 봐요. 올해는 시작부터 시끄러울 거라고 했잖수. 그냥 놀려두든가, 아예 팔아치우든가……."

여태 아무 소리 못 하고 마루문 뒤에 몸을 감추고 서서 구경만 하던 마누라가 잔소리를 늘어놓기 시작했다.

"저놈의 밭 때문에 동네에 나가도 꼭 의붓자식 보듯 슬슬 따돌림만 당한다니까. 에이구, 무슨 땅 욕심이 저리도 엄청난지……."

"시끄러! 밥상이나 차려오잖고 무슨 말이 많나, 많기는."

팩 고함을 처지르고 방으로 들어가버리는 영감의 등에 대고 마누라의 잔소리는 한참을 더 계속되었다. 있는 땅 팔아서 자식놈들 뒤대주면 뭐가 어찌 되는지. 남들은 막내라면 눈에 넣어도 안 아프다고 귀히 여기는데 저 영감은 자식 장래 망칠라고 끌고 다니며 땅만 파래지……. 딸년에게 밀어넣은 돈은 아깝지 않고 아들한테 내놓을 땅은 그리도 아까운가, 흥. 그래, 도시 한복판에서 농사가 당키나 해야 말이지. 지금이 어느 때라고 똥 뿌려가면서 농사짓나. 미련스럽기가 황소보다 더해. 평당 얼마짜리 땅인데 고추씨 배추씨나 뿌리며 썩이나 썩이긴…….

평당 얼마짜리 땅인데, 라고 구시렁거리는 강노인의 마누라도 땅값이 이렇게 뛰어오르리라는 생각은 애시당초 해본 적이 없었다.

물론 처녀몸으로 상처하여 어린 딸까지 있는 지금의 영감에게 시집온 것도 강노인이 땅 많은 젊은 지주라는 점을 높이 샀던 게 사실이었다. 그녀는 인천에서 태어나고 자랐다. 강영감 장인 되는 사람이 인천 시장에서 청과물 중개인을 오래 하다가 오로지 농사밖에 모르는 강만성을 알게 되었다. 젊은 나이에 땅도 꽤 있고 무엇보다 사람이 근면하여서 딸을 시집보내기로 아예 작정을 하여 이루어진 혼사였다.

강노인이라고 해서 원래 물려받은 농토가 많았던 게 아니고, 선친 대(代)에서 근근이 자작농으로 이루어놓은 것을 죽은 희자 어미와 함께 억척스레 땅을 늘려갔던 것이다. 하도 힘든 일을 많이 해서인지 약골이었던 희자 어미는 딸 하나 둔 것을 끝으로 더 이상 몸을 추스르지 못하고 죽어버렸다. 지금의 마누라도 땅을 늘리는 데 많은 고생을 함께한 것이 사실이긴 하나 죽은 전처만큼은 어림없다는 게 강노인의 변함없는 생각이었다.

집이 세 채에다 땅이 몇 덩어리 있다 하여 동네에서 알부자라고 수군대는 모양이지만 땅의 넓이로 말하자면 지금이야 정말 코딱지만 한 것에 불과했다. 처음 몇 년이 어려웠지, 강노인이 서른아홉에 둘째 용규를 낳으면서부터는 땅이 땅을 사들이는 것이 눈에 보였다. 그때 땅값이야 보잘것없어서 그는 닥치는 대로 땅을 넓혀갔는데 원미산 아래 방죽골에서부터 지금 용규네 집이 들어선 자리까지가 거의 다 강노인 소유였다. 원미산 아래 있다 하여 원미동이란 이름이 붙여진 것은 부천이 시가 된 다음의 일이고, 동네가 꾸며지기 이전에는 몇몇 부락뿐으로 이 일대는 조마루 혹은 조종리(曺宗

里)라는 이름으로 불렸다. 본시 조(曺)씨 성의 종촌이었던 조마루에서 한낱 머슴으로 평생을 구르다가 기어이는 새경 모아 몇 평의 논을 마련하고 숨진 강노인의 아버지 또한 땅에 대한 욕심으로 일생동안 흙만 파다 죽은 농군이었다. 네 크거들랑 이 조마루를 강마루로 만들거라. 어린 강만성을 논으로 밭으로 끌고 다니며 입버릇처럼 되뇌던 아버지였다.

6·25 동란이 끝나고 조마루 사람들이 논 팔고 밭 팔아서 아들딸들을 서울로 유학시킬 때 강노인은 내놓은 땅을 차곡차곡 사들였다. 조마루에서 조씨 성 가진 땅주인들이 하나씩 둘씩 떠나기 시작한 것은 그보다 훨씬 전의 일이었고, 강노인이 한껏 땅을 늘린 뒤에는 조씨 성받이들이 하나도 남지 않게 되었다. 그리고 이내 서울 근교의 개발 바람이 불어닥쳤으므로 일껏 강마루가 된 강노인의 땅들이 수난을 겪기 시작하였다.

강제 토지 수용, 용도 변경, 택지 조성이 잇따르면서 땅이 조각조각 잘려나가는 것을 보자니 강노인은 기가 찰 뿐이었다. 할 수 있는 한은 땅을 움켜잡으려고 안간힘을 썼지만 토지 가격의 상승세와 함께 그 안간힘도 돈의 위력 앞에서는 맥을 쓰지 못하였다. 땅값의 폭등이 하도 급격한 것이어서 마누라나 자식들조차 공돈이 생긴 것처럼 땅을 못 팔아치워 안달을 부려대었다.

강노인의 마누라는 사태를 재빨리 이해한 사람 중의 하나였다. 아무리 땅이 많다 하여도 평당 몇천 원의 논과 밭일 뿐이어서 고작해야 농사꾼의 아내에 불과했던 시절이 끝난 것이었다. 그깟 농사로는 얼토당토않을 만큼의 값비싼 땅의 주인이 된 것을 생각하면 예전, 농사깨나 진다고 그것으로 흡족해했던 스스로가 우스울 지경이었다. 똑같은 땅이면서 옛날의 땅과 지금의 땅은 결코 같은 땅이 아니었다. 영감이 아무리 애통해한다 한들 농사만 지었다면 아들딸 밑에 그렇게 쏟아붓고도 여태 이만큼이나 살 수 있었을 것인가. 물론 자식들이 날려보내지 않고 잘 간수만 했더라면 지금에 와서 재벌 소리 듣는 것은 어렵지 않았을 터이다. 그렇거나 말거나 남은 땅만 팔아도 억대의 부자인 것을 생각하면 이만하기도 어렵다 싶어 새삼 근력이 솟기도 하는 그녀였다. 문제는 이 같은 땅의 변모를 강노인이 시인하려 들지 않는 데 있었다. 금싸라기 같은 땅에 여태도 김장배추나 고추를 심자고 고집을 부리는 데는 속이 막혀 죽을 지경인 게 그녀의 심정이었다.

정미 엄마가 쳐들어왔던 첫 사단 이래 몇 날은 아무 일도 일어나지 않고 지나갔다. 꽃샘바람이 극성스러워서 뿌려놓은 거름은 금세 말라버렸고 강노인의 주먹코로도 아무런 냄새가 나지 않았기에 그저 그만하려니 여기는 나날이었다. 자리에서 일어난 용문이를 데리고 온상에다 고추 모종도 키우고 몇 개의 고랑에 비닐을 씌워 봄 푸성귀들을 키워내는 일에 매달리다보니 삼월이 후딱 지나버렸다. 예년 같으면 이맘때 하루 걸러 내리는 봄비로 새순 돋는 소리가 들릴 지경인 판에 어찌 된 셈인지 금년 봄엔 비가 없었다. 갈아엎은 고랑의 흙들이 말라가는 것을 보다가 강노인은 심심풀이 삼아 호미를 들고 일일이 흙덩이들을 깨주느라고 그새 더욱 검붉은 얼굴이 되어버렸다.

밭을 두고 하는 실랑이는 없었지만 그사이 원미동에 아무 일도 일어나지 않은 것은 아니었다. 말썽 일으키는 재주가 비상하던 진만이가 연립주택 이층 창문에서 아래로 뛰어내려 크게 다친 사건이 일어나서 온 동네를 깜짝 놀라게 만들었다. 슈퍼맨처럼 날아보겠다고 기염을 토하다 그 지경이 되었으나, 다행히 사철나무 위로 떨어져 발목만 부러뜨리는 정도로 그쳤지 까딱했으면 목숨을 잃을 뻔한 사건이었다. 오랫동안 실업자로 있었던 진만네의 어려운 형편으로는 더할 나위 없이 불행한 일이었는데 행복사진관 엄씨가 병원비의 일부를 보태주었다는 이야기도 들렸고, 진만이 아버지가 치료비를 벌기 위해 대신설비의 소라 아버지와 함께 보일러 설치하는 일에 뛰어들어 날품을 파는 신세로 전락했다는 말도 들려왔다.

그런 일들이 있어야 아무도 강노인에게는 말해주지 않았다. 마누라 또한 따돌림받는 처지여서 큰며느리 경국이 어미가 마누라에게 간간이 일러주는 내용이 그러했다. 지독한 구두쇠에 땅밖에 모르는 노랑이로 소문난 강노인을 두고 고흥댁이 이런 험담을 한 적도 있었지만 물론 강노인은 알 턱이 없었다.

"동네에 어려운 일이 생겼다 한들 눈 하나 깜짝할 줄 아남? 저 땅을 평당 천만 원 준다 해도 더 받을까 혀서 못 팔 영감이야. 저래봤자 죽을 땐 묘자리만큼의 땅만 있으면 그만이지 등에 이고 갈 게 어디 있어."

강노인네 땅만 성사시키면, 그 중개료 받아서 혼기가 꽉 찬 딸년 혼수감이라도 장만해볼까 하는데 도무지 말을 들어주지 않는 강노인이 야속하기만 한 고흥댁이었다. 강남부동산이 만들어낼 작품 중에서는 마지막이 될지도 모를 매물(賣物)이었다. 그러나 올봄에도 저 영감, 밭일에 열심내는 것을 보니 애시당초 그른 일이지 싶으니까 더욱 부아가 치밀었다. 허탕이 될망정 경국이 할머니나 자꾸 찾아가볼밖에. 마누라 극성 덕에 모처럼 큰 덩치의 소개료를 빼낼 수 있을지도 모를 일이었다.

봄이 완연히 짙어가면서 꽃샘바람도 어지간히 가라앉았지만 비는 여태껏 한차례도 내리지 않고 사월의 중턱에 올랐다. 햇살은 여름 못지않게 따가워 조금만 움직여도 땀이 흐를 지경인데 부석부석한 땅은 후욱 불면 날아갈 판국이다. 허참, 그거. 강노인이 밭고랑에서 허리를 일으켜세우며 탄식을 하다보니 아들을 안고 바람이나 쐬러 나온 듯 진만이 아버지가 알은체를 하며 지나갔다. 진만이 발의 깁스는 아직 그대로이고 집 안에만 박혀 있어서 아이의 핼쑥한 얼굴이 보기에 민망하였다. 강노인은 저만큼 걸어가는 부자의 뒷모습을 바라보면서 속으로만 혀를 끌끌 찼다. 저 지경으로 어려운 살림일 바에야 시골로 내려가 농사나 지으면 딴 걱정은 없을 텐데. 진만이 아버지가 대학을 나와 번듯한 회사의 간부까지 지낸 경력이 있다는 사실을 알았다 하여도 그 생각에는 변함이 없었을 것이었다. 진만이 소식을 듣던 날, 마누라에게 고깃근이나 사들고 찾아가보라는 말을 넌지시 비추었다가 한차례 잔소리만 들었던 강노인이었다.

"동네 사람들한테 그만큼 당해놓고 속도 좋수. 요새는 무슨 꿍꿍이속들인지 연립주택 사는 젊은 댁들이 떼를 지어 수군거리다 내만 지나가면 입을 꽉 봉하는데, 참……. 그런 판에 그까짓 고깃근이 당키나 하겠수?"

올 농사가 수월찮을 줄이야 미리 각오한 바이므로 강노인은 꿍꿍이속셈에 대해 별다른 궁금증도 솟지 않았다. 그것보다는 봄가뭄에 시들어가는 밭작물이 더 걱정되는 그였다. 고추 모종을 내고 나서 연약한 줄기를 지탱해주느라고 개나리 가지를 꺾어 젓가락만 한 크기로 꽂아두었더니 고춧잎은 그만한데 꽂아둔 가지마다에 노란 개나리 꽃잎이 손톱만큼씩 돋아나 있었다. 이른 봄의 아욱국 맛이 좋아서 한 고랑에다 비닐 씌워 아욱을 키워봤더니 봄가뭄 속에서도 푸르게 잎이 올라 강노인은 비닐에 구멍을 내주면서 그 여리디여린 이파리에 손을 대보았다. 내다 팔 것은 못 되고 아들네 집으로 해서 두루 나누어 먹으면 그뿐, 뽑아낸 뒤에 이 고랑에는 다시 상추와 쑥갓씨를 뿌려서 두고두고 솎아 먹으면 좋을 것이었다. 그래서 이 자리에는 짚 썩힌 거름이나 넉넉히 넣어두었을 뿐, 인분은 뿌리지 않았다. 깔끔한 성미의 둘째며느리는 똥구덩이 위에 심은 호박은 잎사귀는 물론 늙은 열매까지도 손대지 않는 것을 알고 있는 까닭이었다.

이층집 한 채를 받아 새살림을 펼 때에는 입이 함박만 하던 둘째며느리가 요새는 제 남편 하대가 어찌 극심한지 시아비가 얼굴을 내밀어도 아침저녁으로 노상 본다 싫어서인가 오셨어요, 하면 그뿐 두 번도 더 쳐다보지 않는다. 이 일대에서 강노인 집만큼 번듯하게 구색 맞춰 오지벽돌로 뽑아낸 집도 드물었다. 수십 년 살아오던 집을 헐어내고 개발 바람과 함께 마음먹고 지은 집이었다. 땅 판 돈이 요구멍 조구멍으로 물 새버리듯 나가는 것이 안타까워서 별수 없이 집칸이나 늘려보자고 궁리를 짜낸 것이었다. 강노인네 집 옆으로 그보다는 못하지만 비슷한 모양새의 이층집이 또 하나 있는데 그것이 첫째 용규 몫으로 지은 집이었다. 용규 내외는 아들 경국이와 이층에 살면서 아래층은 모두 세를 내주고 있었다. 용규네 옆으로는 상가주택을 지을 자리여서 아래에 가게 두 칸을 넣고 이층에는 살림집을 들여 또 한 채의 집을 지었다. 집이 완공되자마자 둘째 용민이가 직장도 없이 연애하던 여자와 결혼식을 치르고 이층에 새살림을 차렸다. 아예 둘째 이름으로 등기까지 올려주고 아래칸 가게들을 월세로 내놓아 그것으로 살아보라고 일렀는데 용민이 또한 제 형 하는 꼴만 보아와서인지 가게를 전세로 돌려 그 돈으로 주산학원인가 뭔가를 한다고 설치더니 그대로 날려보내고 요새는 용규 하는 일을 거들며 제 용돈이나 간신히 뜯어내는 처지다.

장안평에서 중고차 매매 회사를 차린 것을 시작으로 특허받은 자동차 부품의 제작 공장, 다시 전기 공사 청부업에서 이번에는 전자 부품 생산 공장에 이르기까지 큰아들 용규에게는 애시당초 사업운이 없었다. 하는 일마다 자본금 털어먹고 끝장인 데는 강노인이라 해서 무작정 뒤를 밀어줄 형편이 아니었다. 지난번 전기 공사 청부업 때도, 공사 대금에 생돈 털어넣고는 일이 끝난 몇 달 후까지 돈을 받지 못하는 악순환을 거듭하다가 기어이 두손들고 말았었다. 악착같이 덤벼들어 다만 한 푼이라도 건질 생각은 전혀 없고 상황이 좀 어렵다 싶으면 훌훌 손 털어버리는 게 녀석의 주특기였다. 그러고도 무슨 염치로 마지막이라며 또 손을 내밀었지만 들은 척도 하지 않았었다. 아무리 사정해도 땅 한덩이 팔아줄 기색이 아니자 용규는 덜컥 제가 살고 있는 이층집을 은행에 저당 잡히고 돈을 융통해내었다. 마누라는 마누라대로 아들 역성에 성화더니 서울 희자네 집에 준 돈을 받아내야겠다고 쫓아다니는 눈치였다. 최서방 그 사람이 어떤 사람이라고 돈을 내놓을 리가 없었다. 기껏 생색을 내며 해둔 조치가 명색뿐인 장갑 공장의 상무이사 자리를 새로 만들어주고, 삼천만 원 자본금을 대었으니 이자는 월급 명목으로 매달 60만원씩 어김없이 내놓겠다는 약조였다. 상무이사라는 자리에 마음이 사르르 녹은 마누라는 더 이상의 서울 나들이를 그만두었다.

아무리 제 앞으로 등기된 집이기는 하나 상의 한번 없이 제멋대로 처리한 것이 하도 괘씸해서 요즈음 강노인은 큰아들 내외와는 얼굴조차 맞대고 있지 않았다. 눈치를 보아하니 은행 이자조차 제때 못 내서 아내가 매달 이자만큼씩의 생활비를 보태주는 모양이었으나 그것까지는 모른척하고 있는 중이었다. 거기에 비하면 용민이 집에서는 아직껏 손은 벌리지 않고 있으니 그나마 다행이었다. 하긴 찜찜한 구석이 없는 것도 아니었다. 용민이 놈이 결혼 후 이태째 계속 빌빌거리는 사이 그간의 생활비는 모두 제 처가 쪽에서 오는 것이 분명했다. 처가가 서울에서 꽤 사는 모양이기는 하지만 그렇다고 해서 용민이댁의 기세등등함도 차마 마주보기 어려웠다.

아들 농사라고는 원. 강노인은 잘 자란 푸성귀들을 어루만지다가 자신도 모르게 한숨을 내쉬었다. 땅에서 푸성귀를 거두어들이는 심정으로 낳아서 여태까지 알게 모르게 공력도 들였건만 해마다 기대한 만큼의 수확을 안겨주는 땅 농사에 비하면 자식 농사는 너무나 허망했다. 그런데도 마누라는 이 땅덩이들을 조각조각 팔아치워 아들 뒷바라지나 해주자고 저리 극성이니. 원 쯧쯧. 강노인은 이제 혀까지 끌끌 차고는 동네 안팎을 두루 둘러본다. 여기저기에 제멋대로 세워진 연립주택과 시세 없는 상가주택들이 옛날의 논밭 자리 위에 흩어져 있고 멀리 공단 쪽의 굴뚝에서는 검은 연기가 무럭무럭 피어오르고 있었다. 불과 십 년 안팎의 변화였다. 시청이 옆으로 옮겨오면서부터 논밭들은 급격히 택지로 용도 변경되고 서울에서 몰려온 집장수들이 벌떼처럼 왕왕거리며 몇 달 만에 집 한 채씩을 뚝딱 지어내고 또 뚝딱 지어내더니 삽시간에 동네가 꽉 차버린 것이다.

지금이야 사람이 우글거리니 수월하겠지만 강노인 젊어서는 인분 구하기 위해 집집마다 똥통들을 얼마나 귀하게 다뤘던가. 첫새벽부터 개똥 차지를 위해 망태기 찾아 메고 동네 골목길을 훑어가는 일이 하루 일과의 시작이었다. 아무리 먼 곳에 있더라도 대변의 기미가 보이면 기어이 집으로 달려가서 볼일을 봤다. 김장배추를 갈기 전에는 모아둔 똥을 고루고루 뿌려놓고, 여름 햇살에 그것 곰삭는 냄새가 구수해서 저절로 신바람이 났었는데 그때는 똥 냄새가 싫다고 방정을 해대는 이는 아무도 없었다. 제아무리 온갖 비료가 설치고 가지가지 농약이 쏟아져나와도 사람 똥 들어가지 않은 땅에서 난, 허우대만 멀쑥한 푸것은 거두어들이고 싶지 않다는 게 강노인 생각이었다. 지금에야 고추 농사 조금에 집에서 먹을 김장배추나 가는 심심풀이 농사임에도 불구하고 강노인의 억척같은 거름 욕심은 조금도 줄어들지 않은 채였다. 그만한 넓이의 땅을 가질 수 있게 되기까지 뼛속까지 새겨둔 농사의 비결이, 척박한 땅을 비옥한 농토로 바꾼 거름 욕심이었으니까.

너무 일찍이 모종을 내었나. 강노인은 아직 어리디어린 고추 모종을 일일이 들여다보며 고개를 갸웃거렸다. 음력 오월이 되어야 모종을 밭에 내었던 것은 옛날 일이었다. 마음만 먹으면 비닐 씌워 겨울에라도 풋고추 맛을 볼 수도 있지만 그럴 것까지는 없고 봄볕이 살가워지자마자 온상에서 키운 모종을 내었던 것이다. 볕살이야 그만한데 비가 부족한 탓이었다. 가뭄이라, 강노인이 시들시들한 잎사귀를 펼쳐보다가는 우두망찰 서 있는데 용민이네 밑에 세든 미용실 여주인이 그를 불렀다.

"경국이 할아버지, 오늘 저희 집에서 반상회 있어요. 아무래도 오늘 저녁에는 정미 엄마가 가만있을 것 같지 않네요. 아까도 무궁화연립에 사는 이들꺼정 몰려와서 한바탕 쏟아놓고 갔어요. 경국이 할머님이라도 꼭 참석하셔야 해요. 아셨죠?"

그녀는 23통 6반의 여반장이다. 길 건너 5반장은 형제슈퍼의 김씨지만 우리정육점의 임씨가 똥 냄새 문제에는 노상 앞장을 서고 있는 중이었다. 임씨에 비하면 6반장의 경우 강노인한테만은 훨씬 우호적이다. 용민네 가게에 세든 탓도 있지만 임씨가 애초 미용실 자리를 욕심냈다가 강노인에게 퇴박을 당했던 까닭에 임씨 스스로 강노인에 대한 감정이 좋지 못하였다. 어디를 쇠백정이. 단 한마디로 잘라낸 이태 전 일을 두고 임씨는 여태도 강노인을 바로 보지 않는다. 6반에 비하면 5반에서야 인분 냄새나 물것 극성이 그저 그만할 정도인데도 작년에 시청에다 진정서를 낸 것은 5반이었다. 그게 다 임씨 술책이라는 것쯤은 강노인도 알지만 무궁화연립이라면 5반인데 현대연립의 정미 엄마와 합세한 것을 보면 임씨가 올해 또한 집주인들을 부추기는 것이 틀림없었다. 돼지나 닭을 집단으로 사육하는 것도 아니고 노는 땅에 푸성귀를 갈아먹고 있는 심심풀이 농사까지야 손댈 수는 없다고 시청의 답변이 내려온 것을 온 동네가 다 아는데 내년에는 연판장이라도 돌리겠다며 큰소리치던 작자였다.

"올해일랑은 농사 시작하기 전에 아예 막아야 한다고들 그러든데요. 시청에서도 이제는 보고만 있지 않을 거래요."

여자가 피아노 교습소와 나란히 붙은 미용실 안으로 들어가버린 뒤 강노인은 츳츳 혀를 차는 것으로 자신의 울화를 삭여버리고는 이내 말라붙은 밭꼬락서니를 내려다본다. 그러고보면 정미 엄마나 동네 사람들이 날뛰는 이유가 꼭 똥 냄새에만 있는 것은 아니었다. 5반이나 6반이나 정육점 임씨를 빼고 나면 집주인들을 주축으로 시비가 있어왔었다. 가게에 세들어 있는 지물포 주씨와 사진관 엄씨도 코앞에 밭을 두고 있는 처지이지만 강노인과 마주치면 깍듯이 어른 대접을 갖추었다. 셋방 신세인 진만이 아버지도 그렇고 청소원 김씨도 하루에 몇 번씩 마주쳐도 공손히 알은체를 해왔지 팩팩거리며 못되게 구는 법이라곤 없었다.

집주인들이 더 극성을 부리는 데에도 까닭은 있었다. 강노인네 땅덩이들이 팔려서 거기에 번듯한 건물들이 들어서야 이 거리가 완벽하게 채워지기 때문이었다. 게다가 그 땅들이 모두 도로변에 있고 보면, 아니 도로변의 땅에다가 인분 뿌리며 푸성귀나 갈아먹는 대서야 동네 모양새가 영 말이 아닌 것이다. 동네 신수가 훤해야 집값도 오를 터인데 모름지기 강노인 밭이 저러고 있어서야 제값대로 보지 않는다는 불만들이 클 것임은 자명했다.

반상회야 열리건 말건 강노인은 용문이를 데불고 밭에 물을 댈 작정으로 집으로 돌아왔다. 용문이는 지난번 몸살 이래 봄감기까지 겹쳐 빌빌거렸는데 그새 어디론가 나가버리고 없었다. 제법 잘 따라다니며 다소곳이 땅을 일구더니 보나마나 그놈마저 바람든 게 분명했다. 요새는 이 핑계 저 핑계로 밭일 피하는 꼬락서니가 영락없이 미꾸라지였다. 용문이 대신 용민이가 집에 들러 제 어미와 수군거리고 있는 것을 보고 그는 대뜸 둘째에게 물지게 심부름을 시키기로 작정하였다.

"서너 번 날라라."

"용민이 지금 서울 가는 길이요. 내가 져 나르리다."

뒤뜰에 파놓은 펌프 쪽으로 걸어가다 뒤돌아보니 마누라가 아랫입술을 뚱 내밀고 안색이 좋지 않았다.

"서울? 뭣 하러?"

"제 형이 보낸답디다. 처갓돈이라도 꾸어오라고. 직공들 월급도 몇 달째 거르고 있대요. 아, 그러기에 좀 도와주시구랴. 남도 아니고 당신 아들 둘이 벌여놓은 일인데 넘 보듯 하지 말고……."

그는 두 번 다시 마누라 쪽을 보지 않고 뒤꼍으로 가서 펌프물을 뽑아올린다. 밑 빠진 독에 물 붓기도 아니고 참말로 기가 막힐 노릇이었다. 쓸 줄만 알지 벌어들일 줄은 모르는 녀석들이 간덩이만 부어서 일만 크게 벌여놓고 뒷감당은 모두 아비에게 떠넘기는 짓들이 오늘까지 계속이었다. 남들 다 하는 월급쟁이는 마다하고 떼돈 벌 궁리에 떼돈만 날리는 녀석들이다. 누구 돈이든 쏟아붓고 보자는 저 선부른 행동이 결국은 그의 땅덩이로 막아져야 할 것임은 불을 보듯 뻔한 노릇이었다.

그날 저녁의 반상회에는 강노인도 그의 아내도 참석하지 않았다.

"그놈의 똥타령을 왜 내가 뒤집어쓴답니까?"

한번 들여다보라는 그의 언질에 마누라는 금세 통박이다. 경국이 녀석이 저녁밥도 안 먹고 쪼르르 달려와서 일러바치는 말로는, 돈 구하러 나갔던 큰며느리가 돌아오는 길에 아예 반상회까지 참석한 모양이니 뒷소식이야 누구한테 들어도 알 수는 있을 것이므로 내외는 일찌감치 불 끄고 자리에 누워버렸다.

다음 날 아침, 신새벽부터 밭에 나갔던 강노인은 그만 입을 쩍 벌리고 선 채 말을 잃었다. 세상에 이런 법은 없었다. 이제 손가락만 한 고추 모종이 깔려 있는 밭에 여기저기 연탄재들이 나뒹굴고 있지 않은가. 겨울 빈 밭에 내다버리는 것이야 그럴 수 있다 치더라도 목숨이 붙어 자라고 있는 밭에 연탄재를 내던진 것은 명백히 짐승의 처사였다. 반상회 끝의 독기 어린 동네 사람들이 저지른 것임은 대번에 알 수 있었지만 아무리 그렇다 하여도 이런 짓거리까지 해댈 줄이야 짐작도 못 했던 강노인이었다. 수십 덩어리의 연탄재 폭격을 당해 짓뭉개진 모종이 한 고랑만 해도 숱했다. 세상에 막된 인종들……. 강노인은 주먹코를 씰룩이며 밭으로 달려들어가서 닥치는 대로 연탄재를 길가에 내던졌다. 서울것들이나 되니 살아 있는 밭에 해코지할 생각을 갖지, 땅을 아는 자라면 저 시퍼런 하늘이 무서워서라도 감히 이따위 행패를 생각이나 하겠는가. 흰 연탄재 가루를 뒤집어쓰고 쓰러져 있는 죄 없는 풀잎을 차마 바로 볼 수 없어서 강노인은 잔뜩 허둥대고 있었다.

도로 청소원인 김씨가 아침밥을 먹으러 들어오면서 보니 강노인은 검정 고무신이 벗겨진 줄도 모르고 손바닥으로 연탄재를 끌어모으느라 정신이 없었다. 밤사이 밭에 무슨 일이 있었는지 눈여겨보지 않아 알 턱이 없었던 김씨가 인사랍시고 던진 말은 더욱 가관이었다.

"영감님네 땅을 내놓으셨다면서요? 그런데 뭘 그리 열심히 가꾸십니까. 이내 넘길 거라면서……."

"아니, 누가 그런 소릴 해?"

시뻘건 얼굴을 홱 돌리며 벽력같이 고함을 지르는 통에 김씨가 움찔 뒤로 물러났다.

"어젯밤 반상회에서 댁의 며느님이 그러셨다는데요? 저도 우리집 여편네한테 들은 소리라서."

더 들어볼 것도 없이 강노인은 곧장 집으로 뛰어갔다. 벗겨진 신발을 짝짝이로 꿰어차고서. 얼갈이 배추와 열무들을 다듬고 있던 마누라가 노인의 허둥대는 기세에 토끼눈을 뜨고 일어섰다.

"그렇게 말한 게 아니라, 우리 아버님 근력이 쇠하셔서 올해일랑은 더 이상 일을 못 하시니까 파실 모양이더라고 말했다는군요. 경국이 어미도 동네 사람들 닦달에 그냥 해본 소리겠지요."

"그냥?"

"밭에다 그 지경을 해댄 걸 보면 오죽했겠수. 뭐, 틀린 말도 아니고. 땅 팔아서 아들 살리고 남는 돈은 은행에 넣어 이자나 받으면 우리 식구 신간이사 편치 뭘 그러슈."

밭이 그 지경이라는데도 마누라는 천하태평이다. 강노인은 어이가 없어 그만 입을 다물어버린다. 마누라는 이때다 싶은지 또 한차례 오금을 박는다. 어제 다녀간 복덕방 박씨의 의미심장한 충고가 생각나서였다.

"팔육인가 팔팔인가 땜에 도로 주변 미화 사업이 한창이라는데 밭농사를 그냥 두고 보겠수? 팔팔 전에는 어차피 이곳에다가 뭐 은행도 짓고 병원도 짓게끔 계획되어 있다고 그럽디다. 시에다 팔면 금이나 제대로 쳐줍디까? 그 전에 제 가격 받고……."

"시끄러!"

마누라 입을 봉해놓고서 강노인은 이내 밭으로 되돌아왔다. 한 포기라도 살릴 수 있는 만큼은 건져내야 할 고추 모종들 때문에 한시가 급한 강노인이었다. 반상회 파문은 그것으로 끝난 것이 아니었다. 반상회 소식이 알려지자마자 연립주택에 산다는 은혜 엄마가 찾아와서 경국이 엄마가 지난달 꾸어간 오십만 원을 돌려달라고 하소연을 늘어놓기 시작한 것이다. 땅을 팔았다니 계약금을 받았을 터인즉 큰며느리 빚을 대신 갚아줄 수 없겠느냐는 여자의 말에 강노인의 주먹코가 더욱 빨개졌다. 지난 겨울 서울에서 이사 와 동네 물정을 모르고 딸이 다니는 에바다 피아노 학원에서 알게 된 경국이 엄마에게 곗돈을, 그것도 두 번째 탄 것을 빌려줬다는 것이다. 이 동네 지주의 큰며느리라 해서 별 의심도 하지 않고 돈을 주었는데 경국이 엄마가 동네에 뿌린 빚이 한두 군데가 아니어서 직접 시아버지와 담판을 짓겠다고 마음먹은 은혜 엄마였다.

그게 어떤 돈인가 말이다. 서울에서의 셋방살이가 하도 지긋지긋해서 연립주택 한 채를 마련, 이곳에 이사 온 지 반년도 채 되지 않은 그녀였다. 곗돈 타고, 여름에 보너스 나오면 이자 나가는 빚 백만 원을 갚을 요량이었는데 그 몇 달 사이의 이자 몇 푼을 욕심 내다가 생돈 떼이게 생겼으니 생각만 해도 속이 터질 지경이었다.

땅을 팔았다는 소문이 번지면서 큰아들 용규에게 빚을 준 동네 사람들이 강노인에게 몰려왔다. 은혜 엄마까지 꼭 여덟 명이었다. 그 중에는 목동에서 살다 철거 보상금 받아쥐고 이곳까지 흘러온 김영진이라는 날품팔이 사내도 끼여 있었다. 철거 보상금을 삼 부 이자로 놓아주겠다는 고흥댁의 말만 믿고 돈을 건네준 사람이었다. 그들은 한결같이 강노인 땅을 믿고 빌려준 돈이니까 책임을 져야 한다고 우겨대면서 땅을 판 적이 없다는 그의 말을 도무지 믿으려 하지 않았다.

"그 못난 놈이 공장까지 담보로 잡혀먹었대요. 최신 기계 설비만 갖추면 돈 벌리는 게 눈에 보이는 사업이라는데……. 은행 대출도 기간이 차서 경고장이 날아왔답니다."

이판사판이라고 마누라도 이젠 감추지 않고 잘도 털어놓는다. 용규가 그 모양이니 처가에서까지 돈을 끌어댄 용민이는 어쩌겠느냐고 숫제 으름장이었다.

"땅은 안 돼. 안 팔아!"

"고집 좀 그만 부리고 우선 집 앞에 거라도 떼어 팔아 발등의 불이라도 꺼봅시다. 다 자식 잘되라고 하는 짓인데 왜 그러우?"

"자식놈들 뒷바라지에 땅 다 날려보낸 걸 몰라!"

입씨름에 지친 마누라가 눈물바람을 하다가 용문이 방으로 건너가버린 뒤, 강노인은 그 밤 오래도록 잠을 이루지 못하고 뒤척여야만 했다. 자식 농사는 포기한 지 오래지만 해마다 씨를 뿌리고 수확을 거두는 재미만큼은 쉽게 포기할 수 없는 그였다. 서울에서 밀려나온 서울것들 때문에 여기까지 땅값이 들먹거리는 북새통을 치렀고 그 와중에서 자식들이 모두 저 푼수로 커버렸다는 원망도 많은 게 강노인이었다. 씨 뿌린 땅에서 거두어들이는 수확이 아닌 담에야 어찌 땅 팔아서 그 돈으로 쌀 사고 채소 사며 살 수 있을 것인가. 농사꾼 주제로는 평생 만져볼 엄두도 못내는 큰돈이 굴러들어왔어도 쉽게 생긴 내력만큼 씀씀이도 허망하기 짝이 없었다. 그나마 이만큼이라도 마지막 땅조각을 붙들고 있다는 위안이 강노인에게는 큰 힘이 되었다. 이 고장에 서울바람이 몰아닥쳐 요 모양으로 설익은 도시가 되지 않았더라면 아직껏 넓디넓은 땅을 가지고 있을 것이 틀림없는 스스로를 생각해보면 더욱 울화가 치밀었는데 다 부질없는 노릇이었다.

빚쟁이들이 몰려오는 줄 번연히 알면서도 들여다보지 않고 모르는 척하고 있는 용규 내외를 생각하면 괘씸하기 짝이 없었지만 이제 강노인이 거두어야 할 일만 남은 셈이었다.

다음 날 아침, 강노인은 느지막이 집을 나섰다. 마누라한테는 아무런 내색도 하지 않았다. 그러나 발길은 여전히 밭을 향했다. 밭고랑 사이로 밀고 올라오는 잡초를 뽑아내면서 문득 뒤돌아보니 원미산 장대봉이 그새 많이 푸르러져서 제법 운치가 있었다. 멀리서 보아야 아름답다 하여 멀뫼라 불리던 산이었다. 젊었을 적 나무하러 숱하게 오르내려서 능선마다 그의 땀방울이 묻어 있기도 한 산이다. 그때가 언제인데, 참 질기게도 오래 산다는 생각이 들었다. 땅에서 뽑혀나와 잠깐 만에 이파리들이 축 늘어져버린 잡초를 새삼스레 들여다보다가 강노인은 시름없이 밭을 둘러보았다.

그러고보니 어제오늘 고추 모종에 물을 주지 못한 게 생각났다. 아욱이야 그런대로 잘 자랐지만 마누라가 덤덤해하니 억센 겉잎이 밀고 올라오기 시작했다. 꽂아놓은 개나리 가지에 움터오던 노란 잎도 가뭄에 시달려 밥티처럼 오그라붙었다. 햇살은 푸지게 내리쬐고, 아이들은 지물포 옆에 옹기종기 모여서 땅따먹기 놀이를 하고 있었다. 강노인은 큼큼 헛기침을 해가며 강남부동산으로 걸어갔다. 그러다 이내 되돌아서서 집을 향해 바쁜 걸음을 옮긴다. 암만해도 물 한 통쯤은 져 날라서 우선 이것들 목이나 축여줘야겠다는 생각이었다.

[『동서문학』, 1986. 7]

원미동 시인

남들은 나를 일곱 살짜리로서 부족함이 없는 그저 그만한 계집아이 정도로 여기고 있는 게 틀림없지만, 나는 결코 그저 그만한 어린아이는 아니다. 세상 돌아가는 이치를 다 알고 있다, 라고 말하는 게 건방지다면 하다못해 집안 돌아가는 사정이나 동네 사람들의 속마음 정도는 두루 알아맞힐 수 있는 눈치만큼은 환하니까. 그도 그럴 것이 사실을 말하자면 내 나이는 여덟 살이거나 아홉 살, 둘 중의 하나이다.

낳아놓으니까 어찌나 부실한지 살아날 것 같지 않아 차일피일 출생 신고를 미루다보니 그렇게 된 것이라 하는데 그나마 일곱 살짜리로 호적에 올려놓은 것만도 다행인 셈이었다. 살아나기를 원하지 않았을 엄마 마음쯤은 나도 이미 알고 있는 터였다. 아버지는 좀 덜하지만 엄마는 나만 보면 늘상 으르렁거렸다. 꿈도 꾸지 않았던 자식이었지만 행여 해서 낳아봤더니 원수 같은 또 딸이더라는 원성은 요사이도 노상 두고 하는 입버릇이니까 서운할 것도 없었다.

그것은 뭐 내가 일찌감치 철이 들어서가 아니라, 우리 집 사정이 워낙 그러했다. 내가 태어나던 해에 벌써 스물이 넘어 처녀티가 꽉 밴 큰언니에서 중학교 졸업반이던 막내언니까지 딸이 무려 넷이었다. 마흔셋에 임신인지도 모르고 네댓 달 배를 키우다가 엄마는 여기저기 용하다는 점쟁이들한테 다녀보고는 마침내 낳을 결심을 했었다는 것이다. 모든 점쟁이들이 '만장일치'로 아들이라고 주장해서였다. 그런 판에 또 조개 달고 나오기가 무렴해서였는지 냉큼 쑥 빠져나오지 못하고 버그적거리는 통에 산모를 반주검시켜놓았다니 나로서는 입이 열 개라도 할 말이 없는 형편이었다. 그렇지만 실제로는 여덟 살이다, 아홉 살이다 자꾸 이랬다저랬다 하는 엄마도 과히 잘한 것은 없다. 내가 뭐 뺄셈 덧셈에 아주 까막눈인 줄 알지만 천만에, 우리 엄마는 내가 세 살이 될 때까지도 혹시 죽어주지나 않을까 기다린 게 분명하다.

내가 얼마나 구박덩이에 미운 오리 새끼인가를 길게 설명하고 싶지는 않다. 진짜 하고 싶은 이야기는 그런 따위 너절한 게 아니라 원미동 시인(詩人)에 관한 것이니까. 내가 여러 가지 것을 많이 알고 있다고는 해도 솔직히 시가 뭣인지를 정확히 설명할 수는 없다. 얼추 짐작하기로 그것은 달 밝은 밤이나 파도가 출렁이는 바닷가에서 눈을 착 내리깔고 멋진 말을 몇 마디 내뱉는 것이 아닐까 여기지만 원미동 시인이 하는 것을 보면 매양 그렇지도 않은 모양이었다. 우리 동네에는 원미동 시인말고도 원미동 카수니 원미동 멋쟁이, 원미동 똑똑이 등이 있다. 행복사진관 엄씨 아저씨가 원미동 카수인데 지난번 '전국노래자랑' 부천 대회에서 예선에도 못 들고 떨어졌다니 대단한 솜씨는 못 될 것이었다. 소라 엄마가 원미동 멋쟁이라는 것은 내가 가장 잘 안다. 그 보라색 매니큐어와 노랑머리는 소라 엄마뿐이니까. 원미동 똑똑이는, 부끄럽지만 우리 엄마다. 부끄럽다는 것은 남의 일에 간섭이 심하고 걸핏하면 싸움질이나 해대는 똑똑이는 욕이나 마찬가지라는 것을 알기 때문이다.

원미동 시인에게는 또 다른 별명이 있다. 퀭한 두 눈에 부스스한 머리칼, 사시사철 껴입고 다니는 물들인 군용점퍼와 희끄무레하게 닳아빠진 낡은 청바지가 밤중에 보면 꼭 몽달귀신 같다고 서울미용실의 미용사 경자언니가 맨 처음 그를 '몽달씨'라고 부르기 시작했다. 경자언니뿐만 아니라 우리 동네 사람이라면 누구나 그를 좀 경멸하듯이, 어린애 다루듯 함부로 하는 게 보통인데 까닭은 그가 약간 돌았기 때문이라는 것이었다. 언제부터 어떻게 살짝 돌았는지는 모르지만 아무튼 보통 사람과 다른 것만은 틀림없었다. 몽달씨는 무궁화연립주택 3층에 살고 있었다. 베란다에 화분이 유난히 많고 새장이 세 개나 걸려 있는 몽달씨네 집은 여름이면 우리 동네에서는 드물게 윙윙거리며 하루 종일 에어컨이 돌아가는 부자였다. 시내에서 한약방을 하는 노인이 늘그막에 젊은 마누라를 얻어 아기자기하게 살아보는 판인데 결혼한 제 형집에 있지 않고 새살림 재미에 폭 빠진 아버지 곁으로 옮겨온 막둥이였다. 그것부터가 팔불출이 짓이라고 강남부동산의 고흥댁 아줌마가 욕을 해쌌는데, 아들이 아버지와 함께 사는 게 왜 바보짓이라는 건지 알 수가 없었다.

그런 몽달씨에게 친구가 있다면 아마 내가 유일할 것이었다. 몽달씨 나이가 스물일곱이라니까 나보다 스무 살이나 많지만 우리는 엄연히 친구다. 믿지 않겠지만 내게는 스물일곱짜리 남자친구가 또 하나 있다. 우리 집 옆, 형제슈퍼의 김반장이 바로 또 하나의 내 친구인데 그는 원미동 23통 5반의 반장으로 누구보다도 씩씩하고 재미있는 사람이었다. 나는 매일같이 슈퍼 앞의 비치파라솔 의자에 앉아 그와 함께 낄낄거리는 재미로 하루를 보내다시피 하였는데 요즘은 내가 의자에 앉아 있어도 전처럼 웃기는 소리를 해주거나 쭈쭈바 따위를 건네주는 법 없이 다소 퉁명스러워졌다. 그 까닭도 나는 환히 알고 있지만 모르는 척하는 수밖에. 우리 집 셋째딸 선옥이언니가 지난달에 서울 이모집으로 훌쩍 떠나버렸기 때문인 것이다. 김반장이 선옥이언니랑 좋아지내는 것은 온 동네가 다 아는 일이지만 선옥이언니 마음이 요새 좀 싱숭생숭하더니 기어이는 이모네가 하는 옷가게를 도와준다고 서울로 가버렸다. 선옥이언니는 얼굴이 아주 예뻤다. 남들 말대로 개천에서 용이 났다고 해도 과언이 아닐 만큼 지지리궁상인 우리 집에 두고 보기로는 아까운 편인데, 그 지지리궁상이 지겨워 맨날 뚱하던 언니였다.

참말이지 밝히고 싶지 않지만 우리 아버지는 청소부다. 아침 새벽부터 저녁 늦게까지 남의 집 쓰레기통만 뒤지고 다니는 직업이라 몸에서 나는 냄새도 말할 수 없을 만큼 지독했다. 아버지만이 아니라 밝히고 싶지 않은 것이 또 있다. 큰언니는 경기도 양평으로 시집가서 농사꾼 아내가 되었으니 상관없지만 둘째언니 이야기는 말하기가 부끄럽다. 둘째언니는 처음에는 버스 안내양, 그 다음에는 소시지 공장의 여공원, 그 다음에는 다방에서 일하더니 돈 버는 일에 극성인 성격대로 지금은 구로동 어디에서 스물여섯 살의 처녀가 대폿집을 열고 있다. 언젠가 한번 가봤더니 키가 멀대같이 큰 남자가 하나뿐인 방에서 위통을 벗어붙인 채 잠들어 있고 언니는 그 옆에서 엎드려 주간지를 뒤적이고 있지 않은가. 그만한 정도로도 나는 일이 되어가는 모양을 알 수가 있었다.

우리 엄마와 청소부 아버지는 딸년들이야 시집보낼 만큼만 가르치면 족하다고 언니들을 모두 중학교까지만 보냈는데 웬일인지 선옥이언니만 고등학교를 보냈었다. 그래서 더 골치이긴 하지만. 기껏 고등학교까지 나왔으니 공장은 싫다, 차라리 영화배우가 되는 편이 낫다고 우거지상을 피우던 언니가 김반장네의 콧구멍 같은 가게가 성에 찰 리 없을 것이었다.

이제 겨우 일곱 살짜리가, 사실은 그보다야 많지만 왜 나이 많은 떠꺼머리 총각들하고만 어울리는지 이상할 터이나 그것은 결코 내 책임이 아니었다. 단짝인 소라를 비롯하여 몇 명의 친구들이 작년과 올해에 걸쳐 모두 국민학교에 입학해버렸고, 좀 어려도 아쉰 대로 놀아볼 만한 아이들까지 깡그리 유치원에 다니기 때문에 아침밥 먹고 나오면 원미동 거리에는 이제 두어 살짜리 코흘리개들밖에 남지 않는 것이다. 설령 오후가 되어도 사정은 마찬가지였다. 끼리끼리만 통하는 아이들이 좀처럼 놀이에 끼워주지 않기 때문에 나는 그만 홀로 뚝 떨어져나와 외계인처럼 어성버성한 아이가 되어버렸다. 우리 동네에는 값이 싼 유치원도 많고 피아노 교습소도 두 군데나 있지만 엄마는 꿈쩍도 하지 않는다. 단칸방에 살아도 모두들 유치원에 보내느라고 아침마다 법석인데 나는 이날 이때껏 유희 한번 제대로 배워보지 못한 것이다. 아버지가 남의 집 쓰레기통에서 주워온 그림책이나 고장난 장난감이야 지천으로 널렸지만 이제는 그런 것들에는 흥미도 없으니 아무래도 나는 어른이 다 된 모양이었다.

몽달씨와 친구가 된 것은 올 봄, 바로 외계인 같던 시절이었다. 형제슈퍼 앞에서 어슬렁거리며 김반장이 언제나 말동무가 되어주려나 눈치만 보고 있는데 바로 내 뒤에 똑같은 자세로 김반장 눈치를 보는 몽달씨가 있었다. 염색한 작업복 주머니에서 꼬깃꼬깃한 종이를 펼쳐들고 주춤주춤 내 옆의 빈 의자에 앉은 그가 "경옥아!" 하고 내 이름을 불렀을 때 정말이지 나는 기절할 정도로 놀랐다. 좀 바보이고 약간 돌았다고 생각했으므로 언젠가는 그가 보는 앞에서도 "헤이, 몽달귀신!" 하고 놀려댄 적도 있었던 나였다. 놀라서 입을 쩌억 벌리고 있는 내게 그가 다음에 건넨 말은 더욱 기가 찼다.

"너는 나더러 개새끼, 개새끼라고만 그러는구나……."

나는 눈을 둥그렇게 떴다. 몽달귀신이라고 부른 적은 있지만 결코, '참말이지 하늘에 맹세코' 그를 개새끼라고 부른 적은 없었다. 그래서 나는 나도 모르게 고개를 마구 저어댔다. 그런 나를 보는지 마는지 그는 계속해서 말했다. 너는 나더러 개새끼, 개새끼라고만 그러는구나…….

지금 생각해도 참 어이가 없는 노릇이지만, 세상에 그게 바로 시라는 것이었다. 김반장이 몽달씨에게 시를 쓴다 하니 멋있는 시를 한 수 지어보라고 했다는 것이다. 그 청을 받고 몽달씨는 밤새 끙끙거리며 시를 쓰려 했으나 도무지 마음먹은 대로 되지 않아 어느 유명한 시인의 시를 베껴왔는데 그 구절이 바로 그 시의 마지막이라고 했다.

"예끼, 이 사람아. 내가 언제 자네더러 개새끼, 개새끼 그랬는가?"

김반장은 으레 그럴 줄 알았다는 듯 몽달씨 어깨를 툭 치며 빈정대고 말았지만 나의 놀라움은 쉽게 가시지 않았다. 기억을 못해서 그렇지 그를 향해 개새끼, 라고 욕을 한 적이 꼭 있었던 것같이만 생각될 지경이었다. 김반장이야 뭐라건 말건 몽달씨는 그날 이후 며칠간은 개새끼 시를 외우고 다녔고 나는 김반장 외에 몽달씨까지도 내 친구로 해야겠다고 속으로 결심해두었다. 시인하고 친구가 된다는 것은 구멍가게 주인과 친구가 되는 것보다는 훨씬 근사했으니까.

그렇긴 했으나 약간 돈 사내와 오랜 시간을 어울려 다닐 만큼 나는 간이 크지 못했다. 게다가 김반장은 마음이 내키면 언제라도 알사탕이나 쭈쭈바를 내놓을 수 있지만 몽달씨는 그런 면으로는 영 젬병이었다. 그는 오로지 시에 대하여 말하고 시를 생각하고 시를 함께 외우자는 요구밖에는 몰랐다. 그에게는 시가 전부였다. 바람이 불면 '풀잎에 바람 스치는 소리' 때문에 가슴이 아프고, 수녀가 지나가면 문득 "열일곱 개의, 또는 스물한 개의 단추들이 그녀를 가두었다"라고 부르짖었다. 그는 하루 종일이라도 유명한 시인들의 시를 외울 수 있었다. 그것만이 아니었다. 외운 시구절만 가지고 몇 시간이라도 대화를 할 수 있다고 그가 말하였다. 그게 바로 시적 대화라고 가르쳐주기도 하였다. 그러기 위해서 그는 밤새도록 시를 읽는다고 하였다. 몽달씨는 밤이 되면 엎드려 시를 외우고, 다음 날이면 그 시로써 말하는 사람이었다.

시를 빼고 나면 나와 마찬가지로 몽달씨도 심심한 사람이었다. 낮 동안에는 꼼짝없이 젊은 새어머니와 한집에서 지내야 하기 때문에 끊임없이 동네를 빙빙 돌면서 시간을 때워나갔다. 내가 김반장과 마주앉아 별로 새로울 것도 없는 이야기를 하다보면 어느샌가 슬쩍 다가와 약간 구부정한 허리로 의자에 주저앉곤 하는 몽달씨는 나보다 훨씬 강렬하게 김반장의 친구가 되었으면 하는 소망을 품고 있는 것처럼 보였다. 우리들은 제법 뜨거운 한낮 동안 각기 편한 자세로 앉아 신문을 읽거나 졸거나 하는 무료한 시간을 보내다가 막걸리 손님이라도 들이닥치면 재빨리 의자를 비워주곤 김반장이 바삐 설치는 모양을 우두커니 바라보곤 하였다. 김반장은 몽달씨가 시가 어쩌구 하며 이야기를 꺼내기라도 할라치면 대번에 딴소리를 해서 입막음을 하기 때문에 몽달씨도 김반장 앞에서는 도통 시에 대한 말을 입에 올리지 않았다. 대신에 내가 원미동 시인의 '시적 대화'를 끊임없이 듣는 형편이었다.

그때까지만 해도 몽달씨보다는 김반장과 함께 있는 것이 더 좋았었다. 김반장이 그 커다란 손바닥으로 내 엉덩이를 철썩 치면서 "어이, 경옥이처제!" 하고 불러주면 기분이 그럴싸해서 저절로 웃음이 비어져나왔고 가끔가다 오토바이 뒷좌석에 앉아 함께 배달을 나가기라도 할라치면 피아노 배우러 가던 계집애들이 손가락을 입에 물고 부러워 죽겠다는 듯이 나를 바라봐줬었다. 김반장이 말 많은 원미동 여자들 누구하고도 사이좋게 지내면서 야채에다 생선까지 떼어다 수월찮게 재미를 보는 것을 잘 아는 고흥댁 아주머니도 "선옥이가 인물만 좀 훤할 뿐이지 그 집안 꼬라지로 봐서 김반장이면 횡재한 거야" 하면서 은근히 선옥이언니를 비아냥거렸다. 흥, 나는 고흥댁 아주머니의 마음도 알아맞힐 수 있다. 선옥이언니보다 한 살 많은 딸이 하나 있는데 인물이 좀 제멋대로인 것이 아줌마의 속을 뒤집어놓은 것이다. 그러면서도 지난번엔 김반장 같은 사위나 얼른 봐야 될 것 아니냐는 은혜 할머니 말에는 가당찮게도 코웃음을 쳤었다.

"요새 시상에 뭐 부모가 무슨 상관 있답뎌? 그래도 갸가 보는 눈이 높아서 엥간한 남자는 말도 못 꺼내게 하요잉. 저기 은행대리가 중매를 넣어왔는디도 돌아보도 않습디다. 전문학교일망정 대학물도 일 년 남짓 보았고 해서, 아는 게 아주 많다요."

그런 말을 들을 때마다 나는 목구멍이 근질거려서 견딜 수가 없었다. 왜 목구멍이 근질거리는가 하면 나는 또 다른 비밀을 하나 알고 있기 때문이었다. 이것은 정말 특급 비밀인데 만약에 이 사실을 고흥댁 아주머니가 알았다가는 어떻게 수습이 될는지 내가 더 걱정인 판이다.

복덕방집 딸 동아언니가 누구와 좋아지내는가는 아마 나밖에 모르는 일일 것이다. 지난 봄에 소라네 집에 놀러 갔다가 우연히 알게 된 사실로 소라조차도 영 모르고 있으니 나 혼자만 끙끙 앓다 말아야 할 것이긴 하지만, 그날 이후 복덕방 식구들만 만나면 내가 더 안절부절못했다. 여태까지 누구에게도 털어놓지 않은 말이라 좀 망설여지긴 하지만 아이, 할 수 없다, 이야기를 꺼냈으니 털어놓을밖에. 동아언니는 소라네 대신설비에서 소라 아빠의 일을 거들어주는 노가다 청년하고 연애를 하는 판이다. 그것도 보통 사이가 아니다. 지난 봄날, 소라네 집에 갔다가 소라가 보이지 않아 무심코 모퉁이를 돌아나와 옆구리 창으로 가게를 기웃 들여다보니 그 두 남녀가 딱 붙어앉아서 이상한 짓을 하고 있지 않은가. 동아언니는 그렇다 치고 청년은 땀까지 뻘뻘 흘리면서 언니의 머리통을 꽉 껴안고 있었는데 좀 무섭기도 하였다.

이야기가 괜히 옆으로 흘렀지만 아무튼 선옥이언니가 김반장 같은 신랑감을 차버린 것은 좀 아쉬운 일이기는 하였다. 김반장이야 아직도 미련을 버리지 못하고 있는 터라 나만 보면 지금도 언니가 왔는가를 묻기에 여념이 없었다. 허나 선옥이언니는 처음 떠날 때도 그랬지만 요사이 한 번씩 집에 들를 적에도 형제슈퍼 쪽은 쳐다보지도 않는다. 어떨 때는 "어휴, 저 거지발싸개 같은 자식"이라고 욕도 막 내뱉는데 어떻게 알았는지 이모네 옷가게로 심심하면 전화질이라고 이를 갈았다. 가만히 눈치를 보아하니 선옥이언니도 요새 새 남자가 생긴 것 같고 전과 달리 아무 데서나 속옷을 훌렁훌렁 벗어던지며 옷을 갈아입는데, 그 속옷이 요사무사하게 생겨서 내 눈을 달뜨게 하곤 했다. 좀 만져라도 볼라치면 언니는 내 손을 탁 때려버렸다.

"어때, 이쁘지? 경옥이 넌 이런 것 처음 보지? 이거, 모두 선물받은 거다."

끈으로 아슬아슬하게 꿰매놓은 저런 팬티 따위를 선물하는 치도 우습지만 그것을 자랑하는 언니는 더욱 밉상이어서 그럴 때면 속도 모르는 김반장이 불쌍해지기도 하였다.

몽달씨가 있음으로 인하여 김반장의 주가가 더 올라가는 점도 있었다. 나야 어린애니까 형제슈퍼의 비치파라솔 아래서 어슬렁거려도 흉볼 사람은 없지만 동갑내기인 몽달씨가 하는 일도 없이 가게 근처를 빙빙 돌면서 어떨 때는 나와 같이 쭈쭈바나 쪽쪽 빨고 있으면 오가는 동네 어른들마다 혀를 끌끌 찼다.

"대학 다닐 때까진 저러지 않았대요. 저도 잘은 모르지만 학교에서 잘렸대나봐요. 뭐 뻔하죠. 요새 대학생들 짓거린. 그리곤 곧장 군대에 갔는데 제대하고부턴 사람이 저리 됐어요. 언제나 중얼중얼 시를 외운다는데 확 미쳐버린 것도 아니고, 아주 죽겠어요."

몽달씨 새어머니 되는 이가 김반장에게 하소연하는 소리였다. 형제슈퍼 단골인 그녀는 '아주 죽겠어요'가 입버릇이었다.

"내 체면을 봐서라도 옷이나 좀 깨끗이 입고 나다니면 좋으련만, 아주 죽겠어요."

말이 났으니 말이지 그 옷차림은 형제슈퍼의 심부름꾼 복장으로 딱 걸맞았다. 종일 의자에서 빈둥거리기도 지겨운지라 우리는 곧잘 가게 일도 마다 않고 거들었었다. 우리 둘이서 기껏 머리를 짜내어 하는 일이란 게 고무호스로 가게 앞에 물을 뿌려주는 정도였다. 포장이 덜 된 가게 앞길의 먼지 제거를 위해서나 여름 땡볕을 좀 무디게 하는 방법으로는 그 이상도 없어서 김반장도 우리의 일을 기꺼이 바라봐주고 일이 끝나면 기분이란 듯 요구르트 한 개씩을 던져주기도 하였다.

그러다 차츰차츰 몽달씨 몫의 일이 하나둘 늘어갔는데 가게 앞

청소나 빈 박스를 지하실 창고에 쟁이는 일 혹은 막걸리 손님 심부름 따위가 그것으로, 몽달씨가 거드는 일이 많으면 많을수록 김반장은 더욱 의젓해지고 몽달씨는 자꾸 초라하게 비추어지는 게 나에겐 참으로 이상한 일이었다. 김반장도 그걸 모르지는 않았을 것이다. 그래서 언젠가는 아주 정색을 하고서 몽달씨 어깨를 꽉 껴안더니 이렇게 말하기도 하였다.

"자네 같은 시인에게 이런 일만 시키려니 미안하이. 자네는 확실히 시인은 시인이야. 언제 바쁘지 않을 때는 정말이지 자네 시를 찬찬히 읽어봄세. 이래 봬도 학교 다닐 때 위문 편지는 내가 도맡아 써주곤 했던 실력이니까."

그러면 몽달씨는 더욱 신이 나서 생선 잘라주는 통나무 도마까지 깔끔히 씻어내고 널브러져 있는 채소들을 다듬고 하면서 분주히 설치는 것이었다. 하지만 이제껏 몽달씨의 시노트를 읽어본 적이 없는 김반장이었다. 몽달씨가 짐짓 아직 자기 시는 읽을 만하지 못하니 유명한 시인들의 시나 읽어보지 않겠느냐고 구깃구깃 접은 종이를 꺼낼라치면 김반장은 온갖 핑계를 다 대서라도 줄행랑을 치면서 그가 보지 않은 틈을 타 머리 위에 대고 손가락으로 빙글, 동그라미를 그려 보였다. 그것도 모르고 몽달씨는 언제라도 김반장에게 들려줄 수 있도록 꼬깃꼬깃한 종이쪽지들을 호주머니마다 가득 넣어가지고 다녔다. 그때쯤엔 나도 몽달씨의 시적 대화에는 질려 있어서 덩달아 자리를 피했고 김반장을 따라 머리 위에 손가락으로 동그라미를 그려댔다. 약간, 아니 혹시는 아주 많이 돈 원미동 시인은 그래도 여전히 형제슈퍼의 심부름꾼 꼬마처럼 다소곳이 잔심부름을 도맡아가지고 있었다.

분명히 말하지만 보름 전쯤 그 사건이 일어날 때까지만 해도 나는 김반장이 내 셋째형부가 되어주길 은근히 바라고 있었다. 농사짓는 큰형부는 워낙이 나이가 많아 늙은 아버지 같아서 싫었고 둘째언니야 아직 공식적으로는 처녀니까 별 볼일 없는 데다 형부다운 형부는 선옥이언니가 결혼해야 생길 터이니 기왕이면 김반장 같은 남자가 형부가 되길 바란 것이었다. 하기야 넷째언니도 시방 같은 공장에 다니는 사내와 눈이 맞아서 부쩍 세수하는 시간이 길어지긴 했지만 그래봤자 앞차가 두 대나 밀려 있으니 어림도 없었다. 선옥이언니와 김반장이 결혼하면 누가 뭐래도 나는 형제슈퍼에 진득이 붙어 있을 수 있는 자격을 갖게 되는 셈이었다. 기분이 내키면 삼백원짜리 빵빠레를 먹은들 어떠하랴. 오밀조밀 늘어놓은 온갖 과자와 초콜릿과 사탕이 모두 내 손아귀에 있다, 라고 생각하면 어쩔 수 없이 나는 흐물흐물 기분이 좋아졌다.

그런데 정확히 열나흘 전의 그 일로 인하여 나는 김반장과 형제슈퍼의 잡다한 군것질감을 한꺼번에 포기하였다. 모르긴 몰라도 이런 나의 처사는 백번 옳을 것이었다. 그 사건의 처음과 끝을 빠짐없이 지켜본 유일한 목격자는 나 하나뿐이었지만 그렇다고 내가 본 것을 누군가에게도 늘어놓지는 않았다. 웬일인지 그 일에 관해서는 입도 뻥긋하기 싫었다. 그런 채로 나 혼자서만 김반장을 형부감에서 제외시켜버렸던 것이다. 또 하나, 아주 용기를 필요로 하는 일이었지만 그날 이후로는 김반장이 내 엉덩이를 철썩 두들기며 어이, 우리 경옥이처제 어쩌구 할 때는 단호하게 그를 뿌리치고 도망나와

버리곤 하였다. 물론 그가 내미는 쭈쭈바도 받아먹지 않았다.

그 사건은 초여름 밤 열시가 넘어서 일어났다. 그날은 낮부터 티격태격해대던 엄마와 아버지와의 말싸움이 저녁에 이르러서는 본격적으로 시작되었었다. 넷째언니는 야간 조업이 있다고 늘상 열두시가 다 되어야 돌아오는 처지라 만만한 나만 엄마의 분풀이 대상이 되어서 낮부터 적잖이 욕설도 들어먹었던 차였다. 싸우는 이유도 뭐 그리 대단한 게 아니었다. 아버지가 쓰레기 속에서 주워온 십팔금 목걸이를 맥주 네 병으로 맞바꾸어 간단히 목을 축이고 돌아왔노라는 말을 내뱉은 뒤부터 엄마의 잔소리가 시작된 게 원인이었다. 새삼 길게 이야기할 것도 없고 요지는 맥주 네 병으로 홀랑 마셔버리느니 지 여편네 목에 걸어주면 무슨 동티가 날까봐 그랬느냐는 아우성이었다. 엄마가 지금 손가락에 끼고 있는, 약간 색이 변한 십팔금 반지도 아버지가 주워온 것인데 짜장 목걸이까지 세트로 갖출 뻔한 기회를 놓쳐서 엄마는 단단히 약이 올랐다. 그러던 말싸움이 저녁에 가서는 기어이 험악한 욕설과 아버지의 손찌검으로 이어지길래 나는 언제나처럼 슬그머니 집을 빠져나와 비어 있는 형제슈퍼의 노천의자에 앉아 있었다. 가끔씩 있는 일로서 머지않아 아버지는 엄마를 케이오로 때려눕힌 뒤 코를 골며 잠들어버릴 것이었다. 그 다음엔 눈물 콧물 다 짜낸 엄마가 발을 질질 끌며 거리로 나와 경옥아!를 목청껏 부를 판이었다. 그때나 되어 못 이기는 척 들어가 잠자리에 누워버리면 내일 아침의 새날이 올 것이 분명하였다.

집에서 나온 것이 아홉시쯤, 그래서 김반장도 가겟방에 놓은 흑

백 텔레비전으로 저녁 뉴스를 시청하느라고 내가 나온 것도 모르고 있었다. 장가들면 색시가 컬러 텔레비전을 해올 것이므로 굳이 바꿀 필요 없다고 고물 텔레비전으로 견디어내는 김반장의 등허리를 흘낏 쳐다보고 나는 신발까지 벗고 의자 위에 냉큼 올라앉았다. 잠이 오면 탁자에 엎드려 한숨 졸고 있어볼 생각으로 나는 가물가물 감기는 눈을 비비며 이리저리 몸을 뒤척이고 있었다. 거리는 그날따라 유난히 한산했고 지물포나 사진관도 일찌감치 아크릴 간판에 불을 꺼둔 채였다. 우리정육점은 휴일인지 셔터까지 내려져 있었다. 그 옆의 서울미용실은 경자언니가 출퇴근을 하기 때문에 아홉시만 되면 어김없이 불이 꺼진 채였다. 형제슈퍼에서 공단 쪽으로 난 길은 공터가 드문드문 박혀 있어서 원래 칠흑같이 어두웠다. 한 블록쯤 가야 세탁소가 내비치는 불빛이 쬐끔 새어나올 뿐이고 포장도 안 된 울퉁불퉁한 소방 도로 옆으로는 자갈이며 벽돌 따위가 쌓여 있었다.

바로 그때 공단 쪽으로 가는 어두운 길에서 뭔가 비명 소리도 같고 욕지기를 참는 안간힘 같기도 한 소리가 들려왔다. 아니, 그때 나는 비몽사몽 졸음 속에서 헤매고 있었기 때문에 정확하게 어떤 소리를 들은 것은 아니었다. 이제 생각하면 그 순간에는 분명 잠에 흠뻑 취해 있었음이 분명했다. 그럼에도 불구하고 그 소리를 들었던 것처럼 생각된 것은 꿈속에까지 쫓아와 악다구니를 벌이고 있는 엄마와 아버지의 모습을 보고 있었던 탓인지도 몰랐다. 하여간 허공을 가르는 비명 소리가 꿈속이었거나 생시였거나 간에 들려왔던 것은 사실이었다. 움찔 놀라며 눈을 떴을 때는 이미 누군가가 어둠을 뚫고 뛰쳐나와 필사적으로 가게를 향해 덮쳐오는 중이었다. 그리고 그 뒤엔 덫에서 뛰쳐나온 노루새끼를 붙잡으러 온 것이 확실한 젊은 사내 둘이 가쁜 숨을 몰아쉬며 쫓아오고 있었다.

공교롭게도 나는 불빛에서 약간 비켜난 쪽의 의자에 앉아 있었기 때문에 그들의 눈에 띄지 않았다. 더욱 공교로웠던 것은 마침 가게 주변엔 아무도 없었다는 사실이었다. 때에 따라서는 비치파라솔 밑의 이 의자로는 턱도 없이 모자랄 만큼의 사람들이 왁자하게 모여 막걸리 타령을 벌이는 경우가 종종 있었다. 대개는 일을 끝내고 돌아가는 공사장의 인부들이었다. 그 사람들이 아니더라도 동네 사람 몇몇이 자주 이 의자에 앉아 밤바람을 쐬기도 했는데 그날은 아무도 없었다. 갑작스런 사태에 놀라 어리둥절하는 사이 도망자는 곧장 가게 안으로 들어가버렸고 뒤쫓아 온 사람 중의 하나는 가게 앞에, 또 하나는 마악 가게 속으로 들어가는 중이어서 나는 그들의 모습을 비교적 자세히 볼 수 있었다.

"야, 이 새꺄! 이리 못 나와!"

가게 안으로 쫓아들어가면서 소리치고 있는 사내는 빨간색의 소매 없는 러닝셔츠를 입고 있어서 땀에 번들거리는 어깻죽지가 엄청 우람하게 보였다.

"깽판치기 전에 빨리 나오란 말야!"

가게 앞에 서서, 씩씩 가쁜 숨을 몰아쉬며 이마의 땀을 훔치고 있는 사내는 두 개의 윗저고리를 한 손에 거머쥐고 있었다. 그도 당연히 러닝셔츠 바람이었지만 소매도 달린, 점잖은 흰색이었으므로 빨간 셔츠에 비해 훨씬 온순하게 보여졌다.

도대체 무슨 일일까. 호기심을 이기지 못한 나는 가게 옆구리의 샛문을 통해 안을 들여다보았다. 그새 사내의 발길에 차여버린 도망자가 바닥에 엎어져 있었고 김반장이 만약을 위해 사내 주변의 맥주 박스를 방안으로 져 나르면서 뭐라고 소리치고 있었다.

"김형, 김형…… 도와주세요."

쓰러진 남자의 입에서 이런 말이 가느다랗게 흘러나온 것은 그 순간이었다. 그와 동시에 빨간 셔츠의 사내가 다시 쓰러진 자의 등허리를 발로 꽉 찍어눌렀다.

"이 새끼, 아는 사이요? 그러면 당신도 한번 맛 좀 볼 텐가?"

맥주병을 거꾸로 쳐들고 빨간 셔츠가 소리질렀다. 김반장의 얼굴이 대번에 하얗게 질려버렸다.

"무, 무슨 소리요? 난 몰라요! 상관없는 일에 말려들고 싶지 않으니까 나가서들 하시오."

그때 바닥에 쓰러져 버둥거리던 남자가 간신히 몸을 비틀고 일어섰다. 코피로 범벅이 된 얼굴이 슬쩍 드러나보였는데 세상에, 그는 몽달씨임이 분명하였다. 그러고보니 빛바랜 바지와 물들인 군용 점퍼 밑에 노상 껴입고 다니던 우중충한 남방셔츠가 틀림없는 몽달씨였다. 아까는 워낙 눈 깜짝할 사이에 가게 안으로 뛰어들었기 때문에 얼굴을 볼 겨를이 없었다.

"이 짜식, 왜 남의 집으로 토끼는 거야! 너 같은 놈은 좀 맞아야 돼."

흰 이를 드러내며 빨간 셔츠가 으르렁거렸다. 순간 몽달씨가 텔레비전이 왕왕거리고 있는 가겟방을 향해 튀었다. 방은 따로이 바깥쪽으로 난 출입구가 있었기 때문이었다. 그러나 몽달씨보다 더 빠른 동작으로 방문을 가로막아버린 사람이 있었다. 바로 김반장이었다.

"나가요! 어서들 나가요! 싸우든가 말든가 장사 망치지 말고 어서 나가요!"

빨간 셔츠가 몽달씨의 목덜미를 확 나꾸어챘다. 개처럼 질질 끌려나오는 몽달씨를 보더니 밖에 있던 흰 러닝셔츠가 찌익, 이빨 새로 침을 뱉어냈다. 두 사람 다 술기운이 벌겋게 오른, 번들거리는 눈자위가 징그러웠다. 나는 재빨리 불빛이 닿지 않는 구석으로 몸을 피했다. 무섭고 또 무서웠다. 저렇게 질질 끌려가는 몽달씨를 위해서 내가 해야 할 일이 무엇인지 알 수가 없었다. 도무지 가슴이 떨려 숨도 크게 쉬지 못할 지경이었는데도 김반장은 어질러진 가게를 치우면서 밖은 내다보지도 않았다.

두 명의 사내 중에서도 빨간 셔츠가 훨씬 악독한 게 사실이었다. 녀석은 몽달씨의 머리칼을 한 움큼 휘어감고서 마치 짐짝을 부리듯이 몽달씨를 다루고 있었다. 끌려가지 않으려고 버둥거리다가는 사내의 구둣발에 사정없이 정강이며 옆구리가 뭉개어졌다. 지나가던 행인 몇 사람이 공포에 질린 얼굴로 그들을 지켜보았다. 구경꾼들이 보이자 빨간 셔츠가 당당하게 외쳐댔다.

"이 새끼, 너 같은 놈은 여지없이 경찰서로 넘겨야 해. 빨리 와!"

불 켜진 강남부동산 앞에서 몽달씨가 최후의 발악을 벌여 놈의 손아귀에서 빠져나왔다. 그러나 이내 녀석에게 머리칼을 붙잡히면서 부동산 옆의 시멘트 기둥에 된통 머리를 받혔다. 쿵. 몽달씨의 머리통이 깨져나가는 듯한 소리에 나는 눈을 감아버렸다. 숨이 막힐 것만 같았다. 행복사진관과 원미지물포만 지나고 나면 또다시 불빛도 없는 공터가 나올 것이므로 몽달씨를 구해낼 시기는 지금밖에 없다. 몽달씨가 악착같이 불 켜진 가게 쪽으로만 몸을 이끌어 갔기 때문에 길 이쪽은 텅 비어 있었다. 몇몇 사람들이 있기는 하였지만 그들은 섣불리 끼어들지 않고서 당하는 몽달씨의 처참한 꼴에 혀만 끌끌 차고 있었다.

"빨리 가, 이 자식아! 경찰서로 가잔 말야!"

빨간 셔츠가 움켜쥔 머리칼을 확 나꾸어채면 몽달씨는 시멘트 바닥에서 몸을 가누지 못해 정말 개처럼 두 손을 바닥에 짚고 끌려갔다.

"왜 이러세요……. 내게 무슨 잘못이…… 있다고……."

행복사진관의 밝은 불빛 앞에서 몽달씨가 울부짖으며 사내에게 잡힌 머리통을 흔들어대다가 녀석의 구둣발에 면상을 짓밟혔다. 마침내 나는 내달리기 시작하였다. 두 주먹을 불끈 쥐고 녀석들 곁을 바람같이 스쳐 나는 원미지물포로 뛰어들었다. 가게는 텅 비어둔 채 지물포 주씨 아저씨는 아랫목에 길게 누워 텔레비전을 보느라 바깥의 소동은 까맣게 모르고 있었다.

"깡패가, 깡패가 몽달씨를 죽여요."

주씨 아저씨는 그 우람한 체구에 비하면 말귀를 빨리 알아듣는 사람이었다. 벼락같이 튀어나와 마침 자기 가게 앞을 끌려가고 있는 몽달씨의 꼴을 보고는 냅다 소리를 질렀다.

"죄가 있으모 경찰을 부를 일이제 무신 일로 사람을 이리 패노?

보소! 형씨, 그 손 못 놓나?"

투박한 경상도 말이 거침없이 쏟아져나오자 녀석도 약간 주춤했다.

"아저씨는 상관 마쇼! 이런 놈은 경찰서로 끌고 가야 된다구요."

"누가 뭐라 카노. 야! 빨리 경찰에 신고해라. 당신네들이 사람 뚜드려가며 경찰서까지 갈 것 없다. 일 분 안에 오토바이 올 테니까."

"이 아저씨가……. 이 새끼, 아는 사람이오?"

"잘 아는 사람이니 이카제. 이 착한 청년이 무신 죄를 졌다꼬 이래 반죽여놨노? 무신 일이라?"

그제서야 빨간 셔츠가 슬그머니 움켜쥔 머리칼을 놓았다. 몽달씨가 비틀거리며 주씨 곁으로 도망쳤다.

"아무 잘못도…… 없어요……. 지나가는 사람 잡아놓고…… 느닷없이 때리는데."

더듬더듬, 입 안에 괴어 있는 피를 뱉어내며 간신히 이어가는 몽달씨의 말을 듣느라고 주씨가 잠시 한눈을 판 것이 잘못이었다. 멀찌감치 서서 구경을 하고 있던 사람들 중에서 누군가가 소리쳤다.

"어어, 저봐요. 저 사람들 도망쳐요!"

정말 눈 깜짝할 사이였다. 벌써 공단 쪽 길로 튕겨가는 모양으로 발자국 소리만 어지럽고 녀석들은 어둠 속에 파묻혀버린 뒤였다.

"빨리 가서 잡아야지 저런 놈들 그냥두면 안 돼요!"

언제 왔는지 김반장이 발을 구르며 흥분하고 있었다. 금방이라도 잡으러 갈 듯 몸을 솟구치는 꼴이 가관이었다.

"소용없어. 저놈들이 어떤 놈이라고."

"세상에, 경찰서로 가자고 그리 당당하게 굴더니 도망치는 것 좀 봐."

"그러니까 그냥 닥치는 대로 골라잡아 팬 거군. 우린 그것도 모르고 정말 도둑이나 되는 줄 알았지 뭐야!"

"여기는 가게들이 많아 환하니까 어두운 곳으로 끌고 가서 작신 패려고 수작을 벌였군."

"그래요. 아까 보니까 저 윗길에서 이 총각이 그냥 지나가는데 불러놓고 시비더라구요. 아휴, 저 총각 너무 많이 맞았어. 죽지 않은 게 다행이야."

"그럼 진작에 말하지 그랬어요?"

"누가 이 지경인 줄 알았수? 약국에 가는 길에 그 난리길래 무서워서 저쪽으로 돌아갔다가 약 사갖고 와보니 경찰서 가자고 여태도 패고 있던걸."

모여 섰던 사람들이 저마다 한마디씩 떠들어대기 시작했다. 조금 아까까지도 텅 비어 있다시피 한 거리였는데 언제 알았는지 이 집 저 집에서 쏟아져 나온 사람들이 웅성거리며 피투성이가 된 몽달씨를 기웃거렸다. 참말이지 쥐어뜯긴 머리칼하며 길바닥을 쓸고 온 옷 꼬락서니, 그리고 피범벅이 된 얼굴까지가 영락없이 몽달귀신 그대로였다.

"무신 놈의 세상이 이리 험악하노. 이래가꼬는 사람이라 할 수 있겠나?"

주씨가 어이없어하는데 또 김반장이 냉큼 뛰어들었다.

"그러게 말입니다. 하여간 저놈들을 잡아 넘겼어야 하는 건데……. 좀 어때? 대체 이게 무슨 꼴인가. 어서 집으로 가세. 내가 데려다줄게."

김반장이 몽달씨를 부축해 일으켰다. 세상에 별도 없지, 그 손을 뿌리치지 못하고 몽달씨는 김반장의 부축을 받으며 집으로 갔다.

몽달씨를 다시 보게 된 것은 그로부터 꼭 열흘이 지난 며칠 전이었다. 그 열흘간을 어떻게 보냈는지는 설명하기도 귀찮을 정도였다. 몽달씨와 더불어 다닐 때는 몰랐지만 막상 그가 없으니 심심해서 미칠 지경이었다. 하루가 꼭 마흔 시간쯤으로 늘어난 느낌이었다. 때때로는 형제슈퍼의 의자에 앉아 있은 적도 있었지만 이미 김반장과는 서먹한 사이가 되어버려서 그다지 자주 찾지는 않았다. 그날 밤, 내가 몰래 가게 안을 훔쳐보고 있은 줄을 모르는 김반장만큼은 예전과 다름없이 굴고 있기는 하였다.

"경옥이처제. 요새는 왜 뜸해? 선옥이언니 서울서 오거든 직방으로 내게 알리는 것 잊지 마. 그러면 내가 이것 주지!"

김반장이 쳐들어 보이는 것은 으레 요깡이었다. 껍질에는 영양갱이라고 씌어 있는 이백 원짜리 팥떡인데, 그것을 죽자 사자 먹고 싶어하는 것을 아는 까닭이었다. 그러나 흥, 어림도 없지. 선옥이언니가 오게 되면 김반장의 비겁한 행동을 미주알고주알 일러바쳐서 행여 남아 있을지도 모를 미련까지도 아예 싹둑 끊어버리게 하자는 것이 내 속셈이었다. 어찌 된 셈인지 선옥이언니는 한 달 가까이 집에는 코빼기도 내비치지 않고 있었다. 얼마 전에 서울에 다녀온 엄마 말로는 양품점이 한 달에 두 번 노는데도 집에는 올 생각 않고 온종일 쏘다니다 밤늦게서야 기어들어온다는 것이었다. 게다가 이

모가 받아본 전화 속의 남자들만도 서넛이 넘어서 양품점 전화통이 종일토록 불나게 울려대는 바람에 지깐 년은 저한테 걸려오는 전화받기에도 바쁜 형편이라 했다. 엄마를 쏙 빼닮아 말뽄새가 거칠기 짝이 없는 이모가 보나마나 바가지로 퍼부었을 선옥이언니의 흉보따리를 잔뜩 짊어지고 온 엄마의 마지막 결론은 갈데없이 원미동 똑똑이다웠다.

"선옥이 고년, 이왕지사 바람든 년이니까 차라리 탈렌트나 영화배우를 시키는 게 낫겠습디다. 말이사 바른 말이지 인물이야 요즘 헌다 하는 장미희보다 낫지……."

"미쳤군, 미쳤어. 탈렌트는 누가 거저 시켜주남. 뜨신 밥 먹고 식은 소리 작작 해!"

그렇게 몰아붙이면서도 아버지는 으레 흐흐흐 웃고 마는 게 예사였다. 딸 많은 집구석에 인물 팔아 돈 버는 딸년 하나쯤 생긴다 해서 나쁠 것도 없다는 웃음이 분명했다.

"서울 사람들은 눈도 밝지. 선옥이가 명동으로 나갔다 하면 영화배우 해보라고 줄줄이 따라다닌답니다. 인물 좋은 것도 딱 귀찮다고 고년이 어찌 성가셔하는지……."

엄마도 참, 입술에 침도 안 바르고 고흥댁 아줌마한테 이렇게 주워섬기는 때도 있었다. 그러면 여태도 동아언니 콧대가 하늘 높은 줄 모르고 솟아 있다고만 믿는 고흥댁 아주머니도 지지 않고 딸자랑을 쏟아놓았다.

"우리 동아는 요새 피아노도 배우고 꽃꽂이 학원도 다닌다고 맨날 바쁘다요. 시방 세상은 그 정도의 신부 수업인가 뭔가가 아주 필수라 한다드만."

엄마도 엄마지만 고흥댁 아주머니 말은 듣기에 거북하였다. 대신설비 노가다 청년한테 시집가면 피아노는커녕, 호박꽃 한 송이 꽂을 일도 없을 것이니까. 어른들은 알고 보면 하나밖에 모르는 멍텅구리 같을 때가 종종 있는 법이다. 그 사건 이후, 김반장에 대한 이야기만 해도 그렇다.

"김반장 그 사람 참말이제 진국은 진국인기라. 엊그제만 해도 복숭아 깡통 하나 들고 몽달 청년한테 갔능갑드라. 걱정도 억시기 해쌌고, 우찌 됐건 미친놈한테 그만큼 정성들이는 것만 봐도 보통은 아닌 기 맞다."

지물포 주씨가 행복사진관 엄씨한테 하는 말이었다. 세 살 많다 하여 어김없이 형님으로 받드는 엄씨가 고개를 끄덕이며 맞장구치는 것을 보고 있으면 내 속이 터질 것만 같았다. 그렇지만 이상하게도 그 밤의 일을 속시원히 털어놓을 수가 없었다. 그러고보면 이 김경옥이야말로 진국 중에 진국인지도 모른다.

몽달씨가 자리 털고 일어난 이야기를 하려다가 또 다른 쪽으로 새버렸지만 몽달씨야말로 진짜 이상한 사람이었다. 오후반인 소라가 등교 준비를 해야 한다고 서둘러 저희 집으로 가버린 때니까 정오가 조금 지나서였을 것이다. 집으로 가다 말고 문득 형제슈퍼 쪽을 돌아보니 음료수 박스들을 차곡차곡 쟁여놓는 일에 땀을 뻘뻘 흘리고 있는 몽달씨가 보였다. 실컷 두들겨맞고 열흘간이나 누워 있었던 사람이라 안색이 차마 마주보기 어려울 만큼 핼쑥했다. 그런데도 뭐가 좋은지 히죽히죽 웃어가면서 열심히 박스들을 나르고 있는 게 아닌가. 그것도 김반장네 가게에서. 아무리 눈을 크게 뜨고 보아도 몽달씨가 분명했다. 저럴 수가. 어쨌든 제정신이 아닌 작자임이 틀림없었다. 아무리 정신이 좀 헷갈린 사람이래도 그렇지, 그날 밤의 김반장 행동을 깡그리 잊어버리지 않고서야 저럴 수가 없다는 게 내 생각이었다.

잊었을까. 그날 밤 머리의 어딘가를 세게 다쳐서 김반장이 자기를 내쫓은 부분만큼만 감쪽같이 지워진 것은 아닐까. 전혀 엉뚱한 이야기만도 아니었다. 텔레비전에서도 보면 기억상실증인가 뭔가로 자기 아들도 못 알아보는 연속극이 있었다. 그런 쪽의 상상이라면 나를 따라올 만한 아이가 없는 형편이었다. 내 머릿속은 기기괴괴한 온갖 상상들로 늘 모래주머니처럼 빽빽했으니까. 나는 청소부 아버지의 딸이 아니라 사실은 어느 부잣집의 버려진 딸이다, 라는 식의 유치한 상상은 작년도 못 되어 이미 졸업했었다. 요즘의 내 상상이란 외계인 아버지와 지구인 엄마와의 사랑, 뭐 그런 쪽의 의젓한 것이었다. 아무튼 나의 기막힌 상상력으로 인해 몽달씨는 부분적인 기억상실증 환자로 결정되었다. 그렇다면 이제는 확인할 일만 남은 셈이었다. 오래 기다릴 필요도 없었다. 나는 김반장네 가게일을 거들어주고 난 뒤 비치파라솔 밑의 의자에 앉아 뭔가를 읽고 있는 몽달씨에게로 갔다. 보나마나 주머니 속에 잔뜩 들어 있는 종이조각 중의 하나일 것이었다. 멀쩡한 정신도 아닌 주제에 이번엔 기억상실증이란 병까지 얻어놓고도 여태 시 따위나 읽고 있는 몽달씨 꼴이 한심했다.

"이거, 또 시예요?"

"그래. 슬픈 시야. 아주 슬픈……."

몽달씨가 핼쑥한 얼굴을 쳐들며 행복하게 웃었다. 슬픈 시라고 해놓고선 웃다니. 나는 이맛살을 찡그리며 몽달씨 옆에 앉았다. 그리고 아주 낮은 목소리로 물었다.

"이제 다 나았어요?"

"응. 시를 읽으면서 누워 있었더니 금방 나았지."

금방은 무슨 금방. 열흘이나 되었는데. 또 한 번 나는 몽달씨의 형편없는 정신 상태에 실망했다.

"그날 밤에 난 여기에 앉아서 다 봤어요."

"무얼?"

"김반장이 아저씨를 쫓아내는 것……."

순간 몽달씨가 정색을 하고 내 얼굴을 쳐다보았다. 예전의 그 풀려 있던 눈동자가 아니었다. 까맣고 반짝이는 눈이었다. 그러나 잠깐이었다. 다시는 내 얼굴을 보지 않을 작정인지 괜스레 팔뚝에 엉겨붙은 상처 딱지를 떼어내려고 애쓰는 척했다. 나는 더욱 바싹 다가앉았다.

"김반장은 나쁜 사람이야. 그렇지요?"

몽달씨가 팔뚝을 탁 치면서 "아니야"라고 응수했는데도 나는 계속 다그쳤다.

"그렇지요? 맞죠?"

그래도 몽달씨는 못 들은 척 팔뚝만 문지르고 있었다. 바보같이. 기억상실도 아니면서……. 나는 자꾸만 약이 올라 견딜 수 없는데도 몽달씨는 마냥 딴전만 피우고 있었다.

"슬픈 시가 있어. 들어볼래?"

치, 누가 그 따위 시를 듣고 싶어할 줄 알고. 내가 입술을 비죽 내밀거나 말거나 몽달씨는 기어이 시를 읊고 있었다. ……마른 가지로 자기 몸과 마음에 바람을 들이는 저 은사시나무는, 박해받는 순교자 같다. 그러나 다시 보면 저 은사시나무는 박해받고 싶어하는 순교자 같다…….

"너 글씨 알지? 자, 이것 가져. 나는 다 외었으니까."

몽달씨가 구깃구깃한 종이쪽지를 내게로 내밀었다. 아주 슬픈 시라고 말하면서. 시는 전혀 슬픈 것 같지 않았는데도 난 자꾸만 눈물이 나려 하였다. 바보같이, 다 알고 있었으면서…… 바보 같은 몽달씨…….

(*소설 속에 인용된 시는 순서대로 김정환, 이하석, 황지우씨의 작품임.)

[『한국문학』, 1986. 8]

한 마리의 나그네 쥐

원미동(遠美洞)의 여름밤은 아홉시부터 시작되는 게 보통이다. 원미지물포와 행복사진관의 중간쯤 되는 위치에 대나무평상이 놓여지고 바둑판이 벌어지는 것도 이 시간이었다. 낮 동안에도 그늘을 따라 이리저리 옮겨다니던 대나무평상은 지물포 주씨의 최근 작품 중의 하나이다. 무엇이든 간에 일단 두들겨 부숴놓았다가 부숴놓는 데 소요된 시간의 곱절을 들여서 다시 말끔한 물건으로 맞추어놓는 것이 주씨 취미였다. 이 대나무평상만도 벌써 서너 차례 두들겨 부숴다가 다시 만들어놓은 것인데 아직도 다리 한쪽이 조금 짧아 자세히 보면 쉴 새 없이 기우뚱거리고 있었다. 하지만 낮이나 밤이나 동네 사람들이 어우러져 이야기꽃을 피우느라 잠시도 비어 있을 틈이 없어 주씨는 이제나저제나 기회만 노리는 중이었다. 언젠가는 기어이 네 개의 다리를 다 뜯어내어 제대로 맞추어놓겠다는 일념을 가득 키우면서.

평상 위의 바둑판은 사진관 진열장에서 새어나오는 불빛만으로도 충분히 밝았다. 진열장에는 고추를 달랑 내놓고 있는 돌사진이 두어 개, 가슴팍이 깊게 파여진 노란 블라우스를 입은 처녀의 상반신이 실물 크기 이상으로 확대된 사진이 가운데 걸려 있고 한창때의 남궁원과 문희의 상반신도 어엿이 진열되어 있었다. 그 사진들은 이날토록 한 번도 바뀌지 않고 그 자리에 붙박여 있었다. 그래서 원미동 사람들이 누군가의 얼굴을 설명할 때면 으레 남궁원의 네모진 턱과 잘생긴 입술, 문희의 크고 아름다운 눈과 수줍은 듯한 미소 따위가 들먹여지고 그것과 비교되었다.

바둑은 대개 지물포 주씨와 사진관 엄씨 사이의 끝없는 수 물리기로 지루하게 계속되었으므로 다른 이들은 별로 끼어들지 않았다. 강남부동산의 박씨나 형제슈퍼의 김반장이 가끔씩 새로운 상대로 도전하는 때도 있었지만 그렇게 네 사람이 모였다 하면 바둑판보다는 술추렴으로 이어지는 이야기판이 되기가 십상이었다. 일단은 김반장이 내일이면 못 팔게 될 것이 틀림없는 비닐용기의 막걸리를 한 병 들고 와서 술맛을 보여주고 나면 그 다음은 간단하게 해결이 되는 것이다. 주씨나 엄씨 모두 막걸리값 따윌 아끼는 사람이 아니었고 술이라면 코앞의 형제슈퍼에 각양각색으로 얼마든지 쌓여 있었다. 대개는 딱 한 잔만 간단히 어쩌구 하면서 술잔을 입에 대기 일쑤였다. 그리고는 박씨의 6·25 때 무용담이 나오는 것이다. 저 유명한 낙동강 전투에 투입되었던 그가 허벅다리에 박혔던 총탄의 흔적을 보여주며 이야기의 서막을 열기 시작하면 한 되짜리 막걸리야 눈 깜짝할 사이 사라지고 없었다.

이어서 청룡부대로 월남에 참전했던 엄씨의 사이공 콩가이와의 가슴 저미는 사랑 이야기가 흘러나오게 된다. 뚜앙 띠라든가 뚜앙 위라는 비서 출신의 사이공 아가씨가 엄씨의 「사랑해」라는 노래에 얼마나 많은 눈물을 흘렸던가를 귀가 아프도록 들어줘야 한다. 이제 오십 줄을 넘어선 박씨의 십팔번이 「럭키 서울」이라면 엄씨의 십팔번이 「사랑해」이고 지물포 주씨는 자칭 노가다라서 요즘 들을 만한 노래는 「울면서 후회하네」밖에 없다는 의견이다. 네 사람 중에 가장 나이가 어린 김반장은 가게와 평상 사이를 오고 가면서 그 와중에도 막걸리가 몇 병이고 돈을 낼 사람은 누구인가를 확실히 해두는 일로 분주했다. 구멍가게에 불과하긴 하지만 이름만은 그럴듯한 형제슈퍼를 꾸려나가는 김반장은 올해 스물일곱이었다. 아직 총각 신세를 면치 못했으나 원미동 23통 5반의 반장이어서 누구든 그를 김반장이라고 불렀다.

그런 여름밤 중의 어느 하루였다. 평상에 모인 사람도 딱 넷이었다. 아까까지만 해도 평상 주위를 맴돌며 시끄럽게 떠들던 아이들이 모두 집으로 끌려간 뒤, 그러니까 열시가 훨씬 지나고 나면서 술자리가 벌어지게 되었다. 이번엔 초저녁 바둑에서 졌던 지물포 주씨가 네 홉짜리 소주 한 병을 들고 와서 판이 꽤 크게 될 조짐이 보였다. 확실히 누가 먼저라고 할 것도 없이 '그 사내'의 이야기가 나온 것은 소주병이 반쯤 비워졌을 때였다.

"장대봉 밑에 동굴이 하나 있는디, 거그서 살고 있다드만."

박씨가 확실하다는 듯 말했다. 장대봉은 원미산의 제일 높은 봉우리였다.

"무신 말씸입니꺼, 성님. 시상에 동굴에서 우째 하룬들 온전케 배겨내겠습니꺼."

지물포 주씨는 성님뻘인 박씨 말이 도무지 당치 않다는 듯이 손을 훼훼 내저었다. 그의 주장은 사내는 벌써 객사로 처리되어 이름 없는 공동묘지에 묻혀 있다는 것이었다. 그러나 엄씨는 또 달랐다.

"사람은 어떤 곳에서라도 살게 마련입니다. 지난번에 손님 말을 들으니까, 역곡으로 내려가는 길목의 버려진 초가에서 그 사내를 보았다는 사람이 있다더군요. 그쪽 동네야 우리로서는 잘 알 수가 없으니 그곳에 숨어 살지도 모르죠."

이번에는 젊은 김반장이 대번에 고개를 흔들었다. 소문이라면 형제슈퍼 주인인 그로서도 결코 빠질 사람이 아니었다.

"우리가 작년 요맘때 원미산을 샅샅이 뒤졌다구요. 없었어요. 텐트 치고 있던 몇 사람들도 그런 사내는 본 적이 없대요. 벌써 어디론가 떠난 거예요."

네 사람은 각각 자기의 주장이 옳다는 걸 보여주기 위해 한 잔씩의 소주를 입 안에 털어넣으며 이맛살을 찌푸리고 있었다.

"성님. 우짜다가 그 사람은 산으로 들어갔답니꺼. 밥술이나 묵고 자슥도 둘이나 있다 하던데."

주씨는 암만해도 알 수 없다는 얼굴이었다. 동네에서 일어난 이야기라면 그래도 박씨만큼 소상히 알고 있는 사람이 없었다.

"그 사람이 원래 서울 무슨 회사 다니는 월급쟁이인디 대학꺼정 나오고 인물도 썩 괜찮은 편이라는 거여. 저기 있는 남궁원보담야

못혔겠지만서두."

박씨가 자신 있게 말할 수 있는 내용은 그 정도가 고작이었다. 물론 거기에 보탤 말이야 하루를 해도 모자랄 만큼 많았지만 확실한 것은 없었다. 직장에서 쫓겨난 바람에 그리 되었다는 이야기도 있었고 부부 사이의 속궁합이 맞지 않아 마누라가 결국 서방 잡아먹은 셈이 되었다는 설도 있었다. 누군가는 월급보다 많은 돈을 흥청망청 쓰고 다니다 빚에 몰려 그리 된 게 아니냐는 추측을 내세웠다. 또 어떤 사람들은 그 사내가 알지 못할 큰 죄를 지고 쫓겨다니는 중이었다는 주장을 가지고 있기도 하였다.

"원미산에는 임진왜란 때 죽은 병졸귀신이 있다잖아요. 그 귀신이 해마다 사람 하나씩을 잡아먹는대요. 올해도 저 위에 할머니 한 분이 약수터에서 내려오다 쓰러져 죽었잖아요. 틀림없어요. 귀신이라니까."

엄씨의 발상은 노상 이렇게 엉뚱하였다.

"예끼 이 사람아. 나이 자신 양반이야 언제 어디서 일 당할지 모르는 벱이여. 어, 그러고보니께 그 사람도 첨에는 머시다냐, 그 조깅인가 뭔가도 할 겸 약수 뜨러 다닌다고 원미산에 들락거렸다드만."

네 사람은 약속이나 한 듯 물끄러미 원미산을 올려다보았다. 시꺼먼 능선의 굴곡이 하늘 밑으로 드러나보이는데 무성한 숲의 자태가 왠지 섬뜩해서 어느 여름밤 평상 위의 원미동 사람들은 오스스 몸을 떨었다.

아침 산은 향기로웠다. 새벽, 숲에서 풍겨나오는 이 향기에 익숙해지기까지 꼬박 한 달이 걸린 셈이었다. 처음 산에 올랐을 때는 비릿한 냄새 때문에 욕지기가 솟구치려 하였다. 오솔길을 따라 걸을 때는 견딜 만하던 숲의 체취가 봉우리를 하나 넘고 빽빽한 숲 가운데로 들어서자 깜짝 놀랄 만큼 지독한 냄새로 돌변해 있었다. 숲은 서늘했고 얼굴을 문지르면 물기가 묻어날 만큼 축축했다. 나무마다 뚫려 있는 숨구멍으로 뿜어내는 입김이 눈에 보이는 듯했다.

이상한 일이었다. 어느 날 저녁 열려진 창으로 쏟아져 들어오는 아카시아꽃 내음이 하도 좋아서 찾게 된 산이었다. 밤에 불을 끄고 드러누우면 하얀 아카시아 꽃무더기가 두둥실 떠다니는 느낌이 그를 못 견디게 하였다. 산에 가보아야지. 원미산을 눈앞에 두고 있으면서 아직껏 한 번도 산에 오르지 않은 그였다. 산에 가봐야겠다는 작정을 하고 나자 오랜 세월 잊고 지냈던 긴요한 일거리를 하나 찾아낸 기분이 들었다.

오래지 않아 산에서 풍겨오는 냄새가 아침 다르고 저녁 다르다는 사실을 알게 되었다. 냄새뿐만이 아니라 빛깔도 시각마다 변했다. 숲에서 피어나는 아침 안개에 부딪혀 파르르 떨고 있는 잎사귀들의 투명한 소리도 오후가 되면 살랑이는 숨결로 바뀌었다. 산이 보여주는 백 가지 천 가지의 얼굴은 매번 그를 사로잡았다.

지난 주일부터는 거의 하루에 두 번씩 산에 오른 셈이었다. 첫새벽에 뛰어올라 약수터에서 한 통의 물을 길어오는 것만으로는 성에 차지 않았다. 일찍 퇴근하여 해거름에 타보는 산도 좋았다. 산의 어둠은 동쪽에서부터 왔다. 산불조심의 깃발이 펄럭거리고 있는 장대봉은 맨 나중에야 어둠에 휩싸였다. 어두워진 숲에서 그는 길이 아닌 쪽만을 골라 디뎌서 산을 내려오는 놀이도 해보았다. 장대봉 이쪽으로만 헤쳐나간다면 어떤 경로로 내려와도 어디나 다 원미동이었다. 원미동은, 원미산이 두르고 있는 넓은 치맛자락이었다.

진작부터 산은 거기에 있었지만 이제야 마침내 그는 산을 만난 것이다. 매일 아침 몇 분 간의 단잠을 포기해야 하는 지긋지긋함으로 이맛살을 찌푸리던 나날은 사라졌다. 자명종 시계가 다섯시에 울게 돼 있었지만 반드시 그는 그 이전에 눈을 떴다. 아직 잠들어 있는 거리를 가로질러 산기슭의 오솔길 입구까지 소요되는 시간은 십 분이면 족했다. 많은 사람들이 저마다 물통 하나씩을 들고 목에는 글자가 박힌 타월을 두르고 지나갔다. 드물기는 하지만 그 시간에 이미 김이 뽀얗게 서린 물통을 들고 내려오는 사람도 있었다.

약수터는 하나가 아니었다. 등성이를 반쯤 오르면 두 개의 대롱에서 떨어지는 물을 받는, 원미동 쪽 사람들이 모여드는 곳이 있지만 그는 거기말고 다른 곳을 알고 있었다. 등성이를 다 기어오르면 능선이 나오는데 왼편으로는 장대봉으로 가는 길이 뚫려 있고 오른쪽은 시내에서 오는 사람들이 주로 이용하는 오솔길이 있었다. 그 능선을 넘고 나면 이어 광활한 숲이 펼쳐졌다. 숲을 관통하는 데만도 빠른 걸음으로 십오 분 이상이 걸렸다. 숲을 가로지르기만 하면 이내 또 하나의 약수터가 나타났다. 할아버지 십여 명이 모여 만든 산수회(山水會)라는 모임이 관리하고 있어서 물줄기도 세고 주변도 깨끗했다.

단지 숲을 가로지르는 즐거움을 맛보기 위해 그는 산수회 쪽의 약수터에서 물을 받았다. 물통에 물을 다 채운 뒤 숲을 지나 오노라면 등 뒤에서 푸드덕 까치가 날았다. 어떤 때는 뻐꾸기 소리도 들렸다. 바짓가랑이에 흠뻑 이슬을 묻힌 채 다시 능선에 올라 내려다보는 세상을 어떻게 설명할 수 있을까. 새로 돋아오른 깨끗한 햇살을 받고 있음에도 불구하고 엉성하게 짜여진 도시는 지저분한 얼룩에 찌들어 끈끈한 땀 냄새를 풍기고 있었다. 마치 짐승 우리에서 풍겨오는 악취를 맡는 것 같았다. 이제 막 그가 지나온 숲과는 전혀 달랐다. 흡사 저 우리 안으로 그 자신 한 마리 짐승이 되어 기어들어가야만 할 것 같은 찜찜한 기분이었다. 할 수만 있다면 다시 몸을 돌려 숲으로 돌아가고 싶었다. 불가능한 일은 아니었다. 출근을 포기한다면, 아니 지각을 각오한다면 얼마쯤은 숲 속을 더 헤맬 수도 있었다.

지각을 각오하고 다른 무모한 일에 뛰어들 만큼 어리석은 그는 아니었다. 그에게 매달린 가족이 벌써 셋이었다. 이제 다섯 살이 된 큰딸아이는 피아노를 사달라고 조르고 있었다. 손가락이 유난히 긴 것으로 보아 충분한 재능이 있으니 어떻게 해보자고 아내도 거들었다. 그의 한 달 월급을 봉투째 갖다줘도 작은 피아노조차 살 수 없을 것이었다. 머지않아 갖게 될 집을 위해서 아내가 붓고 있는 계가 크고 작은 것 합하여 세 개나 되었다. 어떤 것은 앞으로 일 년 후에나 끝나게 될 것이었다. 계가 깨지지 않게 하려면, 손가락이 길다란 딸을 제대로 키우려면 어리석은 짓을 저질러서는 아니 되었다.

"봐라, 김반장아. 작은 걸로 하나 더 가져다도."

낮 동안 콩 볶듯이 볶던 무더위도 주춤 가라앉아서 술맛 나기론 지금부터였다. 빈 술병을 흔들어보며 김반장이 일어서자 "이제부터는 내 앞으로 그어놔라. 이긴 턱이니까" 하고 엄씨가 거들었다.

"마 치아라. 니는 오늘 장사 맹탕쳤다 안캤나. 내는 짐에 내가 다 내꾸마."

털이 부얼부얼한 종아리를 쓰다듬으면서 주씨가 큰소리를 쳤다. 멸치볶음이라도 주워와보겠다고 잠시 자리를 떴던 박씨가 오이 몇 개와 고추장 접시가 담긴 쟁반을 들고 왔다.

"이런 말 들어봤습니까? 그 사내가 한창 산에 다닐 때 말입니다. 밤이면 원미산 전체에서 부우연 빛이 퍼져나왔대요. 산 밑 동네 사람들 말로는 한두 번이 아니었다고 하던데요."

"맞아요, 엄씨 아저씨. 저렇게 시커먼 산이 우유 빛깔처럼 뽀얗게 밝아온대요. 그런 날이면 영락없이 그 사내가 산에서 밤을 새고 있는 거래요."

"시끄럽다. 그기 어디 말이 되나? 보름달이 휘영청 떴던 걸 가지고 부품하게 불려논 기다. 안 그렇나?"

그 빛은 보름달이라고 주씨가 단정지었다. 달과는 아무 상관없이 그믐밤에도 그랬노라고 김반장이 직접 눈으로 본 것처럼 반론을 폈다.

산에서 퍼져나오는 빛을 맨 처음 보았다고 주장한 동네 사람 말에 의하면 그 남자가 산에 들어서는 순간부터 산 전체가 은은하게 빛을 내더라고 하였다. 남자의 아내는 빛에 휩싸인 원미산을 바라보며 남편이 산에서 내려오기를 기다렸다. 산에서 밤을 새우는 버릇이 생기면서부터 남자의 입이 열리지 않았다는 말도 있었다. 새벽에 산에서 내려올 때의 남자의 입은 꽉 다물어진 채 언제까지라도 벌어지지 않았고 쉴새없이 주위를 두리번거리는 퀭한 눈에서 불꽃이 튀더라고 하였다.

"벙어리도 아님서 입을 꽉 다물고 있으니 집에서는 환장했겠지. 그때 이미 직장은 작파했을 거여. 아침에 산에 가면 밤에 내려오고, 밤에 가면 아침에 내려왔다는구먼. 왜 그러냐고 물어싸도 입도 벙긋하지 않응게 집에서야 미치고 폴짝 뛸 노릇 아닌개벼."

박씨가 고개를 설레설레 내저었다.

"그럼 정신병자네! 미쳤던 거라구요."

김반장이 무슨 큰 발견이나 한 것처럼 수선을 떠는데 엄씨가 점잖게 가로막고 나섰다.

"아니 미친 것은 아니지. 자네는 아직 젊어서 모르겠지만 그런 사람도 혹 가다 있는 법이야. 내가 사진쟁이 노릇만 꼬박 십삼 년인데, 보자기 뒤집어쓰고 렌즈 속으로 손님 얼굴을 이리저리 뜯어보다 보니까 돌팔이 관상쯤은 볼 수 있게 되었거든. 그런데 말야, 별별 사람이 다 많드라 이거지."

"그럼 그럼. 나도 말씸이야. 척 보면 오라, 이 사람이 계약금 들고 다니는 진짜배기구나 하는 것쯤은 대번에 알아낸단 말이시."

"성님도 그렇지요? 겉보기엔 미친놈 같아도 말 시켜보면 멀쩡하기 일쑤요, 양복으로 쭉 뽑아입었는데 자세히 보면 제정신 아닌 놈이 숱하드라 그말입니다."

"그거하고 산으로 들어가뿌린 사나하고 무슨 상관이 있노?"

"아따, 이 사람. 척 허믄 삼천리제. 엄씨 말이 뭐 별말인감. 이 풍진 세상을 살다보믄 미친 척허믄서 사는 게 편할 때도 있다 그 말 아닌가?"

박씨의 면박에 주씨가 불끈 들고일어섰다. 술도 어지간히 올라서 말씨에도 술기운이 잔뜩 묻어 있었다.

"박가 성님요, 그런 말씀 마시소. 미친 척한다고 언놈이 밥 멕여 줄 끼요? 그것도 다 배부른 인간이 신선 흉내내는 기고, 남의 입구녕에 들어가는 숟갈이라도 뺏어묵어야 할 시상에 그게 무슨 넋빠진 짓이고."

"허긴 그려. 미친 척을 혀도 손해보게는 말아야지."

손해보는 일이라면 자다가도 벌떡 일어나 따지러 달려갈 박씨였으므로 당연한 말이었다. 자신이 손해보는 일을 끔찍이 싫어하는 만큼 남에게도 손해를 입히지 않고 산다는 게 그의 원리원칙이었다.

"밤이나 낮이나 산으로만 달려가는 남편 꼴을 어찌 보고 살았을까요? 우리 마누라 같으면 무슨 일 저질렀지."

엄지, 엄선, 엄미 이렇게 딸만 셋을 줄줄이 낳은 마누라지만 엄씨는 그 마누라를 위해서 곧잘 밥도 짓고 청소도 해주는 애처가였다.

"그럼 어쩔 거여. 처음엔 울고불고 매달려도 봤을 꺼고 사정도 했것지. 남편 마음잡게 해보려고 여자도 무진장 애를 썼다는구먼. 여행도 보내보고 친구들을 불러오기도 허구 말여. 그랬는디도 그저 산으로만 달려가드란겨."

"헤헤, 박가 성님요. 그기 어디 사람이요? 확 한 대 쥐어박아도 시원찮을 낀데 그런 인간을 머에 쓸라꼬 사정을 할 끼고?"

주씨가 평상 바닥을 탁 치며 분개하는 바람에 옆에 놓여 있던 빈 술병이 데굴데굴 굴렀다. 흥분은 금물이라면서 엄씨가 주씨의 잔에 넘치도록 술을 따르고 김반장은 두 손을 깍듯이 받들어 박씨의 잔을 채웠다. 꽉꽉 눌러 담아라. 쥐어짜서라도 꽉꽉 채워라. 바닥난 술병을 향해 너도나도 한마디씩 식은 소리를 던지고, 그럴 줄 알았다는 듯 김반장이 평상다리에 기대놓았던 새 술병을 불쑥 쳐들어올리며 통쾌하게 웃어제쳤다.

잘 닦아놓은 오솔길로 오르면 보이지 않지만, 아랫동네의 포도밭을 지나 산다랭이논을 거쳐 산으로 들어가자면 양지바른 곳에 자리잡은 몇 개의 묘가 있었다. 한겨울에도 약수터에 다녀오는 노인들이 해바라기를 위해 모여앉아 있곤 하는 잘 손질된 묘였다. 한 발만 더 내디디면 동네가 나와버리는, 망설임 속의 하산길에 그도 종종 묘지 옆의 잔디밭에 주저앉아 시간을 보내기도 하였다. 약수를 받으러 가지 않게 되면서는 더욱 자주 그는 이곳에 앉아 시간을 보내게 되었다.

약수터에 다니는 사람들은 모두 오솔길을 이용하고 있었다. 여름철 들어 시에서 제한 급수를 실시하자 약수터는 시장바닥처럼 북적거리기 시작하였다. 한 통의 물을 받기 위해서 두 시간 이상 줄을 서야만 했다. 어디서 그렇게도 사람이 모이는지 어둠이 걷히는 신새벽부터 어둠에 묻혀가는 초저녁까지 사람의 행렬이 끊이지 않게 되었다. 그는 당연히 약수를 포기하였다. 진작부터 약수통이 거치적거린다는 기분이 있었다. 어느 날인가는 아침에 받은 물을 저녁밥상을 치우는 아내에게 건네줬다가 아내의 심사만 건드려놓은 꼴이 된 적도 있었다. 약수 때문이라면 이깐 약수 먹지 않는 쪽이 백배 낫다구요. 아내의 말대로 산에 가는 목적이 약수 때문은 아니었다.

그는 마치 다른 길로 잘못 접어든 사람처럼 보여졌다. 문제는 바른 길을 찾아가야겠다는 결심이 생겨나지 않는 데 있었다. 우거진 숲과 미풍에 살랑거리는 작은 풀, 그리고 깃을 치는 산새들의 평화로움이 그 앞에 나타나지 않았다면 보다 엄청난 일이 그를 기다리고 있었을지도 몰랐다. 그것이 무엇인지 확실하게 말할 수는 없었다. 바글거리는 인파들 속에 섞여 있으면 짐승의 체취에 질식당하고야 말 것 같았다. 붐비는 사원 식당에서, 혼잡하기 짝이 없는 도심의 거리에서 때때로 그는 치솟아오르는 구토증에 시달렸다. 사무실의 의자에 앉아 있다가 누군가 큰 소리로 부르기만 해도 울컥 짜증이 솟았다. 아무것도 아닌 일을 가지고 견딜 수 없을 만큼 적개심이 일어 어쩔 줄 모르는 일도 자주 있었다.

지난번 퇴근길의 전철에서 있었던 일도 결코 우연은 아니었다. 발 디딜 틈 하나 없는 전철 안은 아무리 보아도 짐승들을 가두어 넣은 견고한 강철 상자로밖에 보이지 않았다. 그 속에 감추어진 수성(獸性)을 그는 잘 알고 있었다.

그날은 지상으로 빠져나오는 첫 역인 남영역에서부터 거의 숨이 막힐 지경이 되어 있었다. 바람 한 점 불지 않는 무더운 날씨였다. 사람이 꽉 들어찬 전철 안은 한증탕이나 다를 바 없었다. 멈추는 역마다 개미떼처럼 몰려드는 승객들로 영등포역쯤에 이르러서는 말 그대로 터지기 직전의 꼴이 되어버렸다. 그렇게 되자 아무것도 아닌, 그저 신문을 둘둘 말아쥔 종이뭉치가 흉기가 되어 그의 이마를 내리치기도 하였다. 그 자신의 발 또한 남의 발을 짓이겼다. 조금만 몸을 움직여도 옆 사람의 끈끈한 살갗이나 땀에 달라붙은 머리칼과 닿았다. 더운 공기만을 회전시키는 선풍기는 있으나마나 오히려 더위를 부채질했다. 이럴 때는 아무 역이나 내려 잠시 바깥 공기를 마셔야만 했다. 그는 종종 그렇게 했었다.

그러나 도저히 빠져나갈 수가 없이 깊게 들어와 있어서 그는 번번이 역을 지나쳤다. 숨을 힘껏 쉬어봐도 폐 속으로는 아무것도 들어오지 않았다. 이마에서 흐르는 땀방울을 닦아내기 위해 팔을 들어올릴 만한 틈도 없었다. 한줌의 신선한 공기를 얻기 위해 발버둥치며 출입구 쪽으로 나가려 애썼지만 모든 게 허사였다. 그가 지렁이모양 꿈틀거릴 때마다 적의에 가득 찬 시선이 활처럼 내리꽂혔다. 조금만 더 버둥거린다면 사람들에게 사로잡혀 숨통이 죄어질지도 모르겠다는 공포가 그를 휩쌌다. 동시에 자신을 내리누르는 저들을 때려부수고야 말겠다는 맹렬한 적개심도 생겨났다. 차는 이미 오류동역을 지나고 있었다. 바로 그 순간이었다.

"폭파해버릴 거야! 이 차를 폭파시켜버리겠다!"

처음엔 그도 깜짝 놀랐다. 그리고 곧 자신의 입에서 터져나온 외침이었다는 것을 깨닫고 흠칫 입을 다물었다. 서로가 서로에게 사슬이 되어 옭매여 있던 승객들이 눈동자를 이리저리 굴리며 소리친 범인을 찾기 위해 웅성거렸다. 그의 주변을 에워싸고 있던 사람의 사슬이 슬며시 늦추어졌다. 마음만 먹으면 손을 뻗쳐서 달라붙은 머리칼을 치켜올려도 되었지만 그는 그렇게 하지 않았다.

어떤 것도 폭파시키지는 않았지만 질식할 것 같던 폐 속으로 무언가 한 움큼의 위안이 흘러들어갔다는 느낌이 있었다. 이윽고 차가 부천에 닿았다. 거친 노도처럼, 흡사 거대한 해일처럼 사람의 물결이 출입구로 휩쓸렸다. 그도 물결에 휩싸였다. 그리고 곧 익명이 되었다. 아무도 그를 눈여겨보지 않았고 그는 바깥으로 빠져나왔다.

약수를 포기하고 나면서 원미산은 온전히 그의 것이 되었다. 양지바른 곳의 묘지를 지나 아무도 다니지 않는 숲길로 장대봉에 오르는 코스도 찾아냈다. 잡목 덤불에 팔을 긁혀가면서 때로는 송충이들이 발 아래 으깨어지는 둔탁한 음향에 놀라기도 하면서 산을 헤매는 즐거움에 빠져 벌써 몇 번째 결근을 하고 있는 그였다. 그의 등에는 언제부터인가 작은 배낭이 메어져 있었다. 배낭 속에는 수건 한 장과 두터운 옷이 한 벌, 그리고 접었다 펼 수 있는 주머니칼 따위가 들어 있었다. 빵이나 담배 혹은 산새들에게 던져줄 과자를 챙겨 넣기도 하였다.

사람의 발길이 닿지 않은 숲 속의 땅은 스펀지처럼 폭신하고 부드러웠다. 몇백 년 내려쌓인 낙엽더미들이 그대로 숲의 양식이 되어 다시 새잎으로 피어나는 것을 보노라면 땅을 기어가는 한 마리의 벌레조차 모두 정다웠다. 실을 늘어뜨리고 공중에 매달려 있는 새끼풀쐐기와 마주치면 손가락으로 툭 튕겨서 실만을 끊어냈다. 추락한 풀쐐기는 버둥거리며 안간힘을 쓰는데 일부러 밟아버리는 짓은 하지 않았다.

배가 고프면 빵을 씹었고 목이 마르면 약수터에 가서 한 컵의 물을 마시면 되었다. 찌는 듯이 무더운 날도 산속에 있으면 한 방울의 땀도 솟지 않았다. 졸리면 나무 밑 그늘을 찾아 배낭을 괴고 눈을 붙였다.

그러나 토요일 오후나 일요일에는 사정이 달라졌다. 양념한 고기와 버너를 싸들고 놀러 오는 사람들이 저마다 은밀한 자리를 찾아 사방으로 흩어져갔다. 젊은 연인들이라면 아무리 으슥한 곳이라도 마다 않고 숲 깊은 곳으로 기어들었다. 어디까지라도 따라붙는, 벌떼처럼 왕왕거리는 사람의 물결은 섬뜩하기만 했다. 그런 날들을 피하기 위해 그는 밤에 산을 찾기도 하였다. 비어 있는 벤치마다가 그의 잠자리였다. 밤중에 눈을 떠보면 정다운 별들이 그를 내려다보았다. 나뭇가지 사이로 두둥실 떠가는 조각달도 보였다. 아무리 어두워도 원미산은 언제나 다소곳이 그를 받아들여주었다.

약수터에서 조금 비껴난 숲 속의 빈터에 텐트가 나타난 것은 그 무렵이었다. 두 명의 젊은 청년이 주인이었다. 빨랫줄까지 쳐놓고 텐트 주변에는 제법 살림살이도 많았다. 야외용 탁자랑 의자, 양동이며 세숫대야까지 골고루 갖춘 것으로 미루어 인근 동네에서 올라온 모양이었다. 그들은 낮 동안에는 대개 텐트를 비워놓았다가 시내에서의 볼일이 끝나면 집으로 찾아오듯 텐트로 돌아와 저녁을 지었다. 밤이 이슥해서 텐트 곁을 지나노라면 주황빛 랜턴불을 밝히고 그들은 곧잘 기타를 퉁겼다.

그들이 싫지는 않았지만 그는 텐트에 가까이 가지 않았다. 한밤중에 벤치에 누워 듣는 기타 소리는 참으로 좋았다. 얼마나 더 머무를 것인지, 행여 그들이 떠날까봐 조마조마해지는 기분은 그 기타 소리 때문일까. 그말고도 산을 지키는 사람이 또 있다는 사실은 어쩐지 위안이 되었다. 그들의 활기찬 웃음소리와 그릇 부딪치는 소리들을 놓치지 않기 위해 텐트 주위를 서성이면서 때로 그는 눈물을 흘렸다. 어두운 숲 속의 한 점 불빛을 쳐다보며 이유도 없이 그는 자주 울었다.

청년들의 텐트말고도 가끔씩 하룻밤을 자기 위해 또 다른 텐트가 쳐지는 일도 있었다. 대개는 젊은 남자와 여자, 두 사람이 하룻밤 묵었다가는 이내 떠나버렸다. 하지만 청년들은 좀체 떠나지 않았다. 그들이 새로 길다란 나무의자를 갖다 놓은 것을 발견하고 그는 기분이 좋았다. 당분간은 텐트가 걷히지 않을 것이었다. 지하철 안에서, 혹은 복잡한 시내의 어느 모퉁이에서 그들이 그의 팔뚝을 쳤거나 발을 밟았다 해도 깊은 밤 그들만이 곁에 남아 있는 한 너그럽게 용서할 수 있을 것 같았다.

무리지어 몰려오는 인간들이 단지 무리 속에 섞여 있다는 조건만으로 얼마나 잔인해질 수 있는가를 그는 알고 있었다. 거의 5년이 지난 일이었다. 그때 그는 한 달간의 출장으로 그 도시에 있었다. 그해 5월, 그도 그 도시의 시민들 못지않게 상처를 입었다. 그것은 밖으로는 좀체 드러나지 않는 깊은 내상(內傷)이었다. 출장 업무를 제대로 수행하지 못했음은 두말할 것도 없었다. 다만 그는 인간의 얼굴을 한 수많은 짐승의 무리들이 치켜올린 날카로운 발톱만을 보았다. 그들 모두가 홀로 떨어져 남게 되면 가장 소박한 옛날이야기에도 눈물을 글썽이는 보통의 이웃이라는 사실을 그는 도저히 인정할 수가 없었다.

아마 그때부터였을 것이다. 사람들이 많이 모여 있는 장소에 가게 되면 그의 가슴이 심하게 뛰었다. 흰 이빨의 웃음 속에 감추어진 짐승의 울음소리를 듣게 되지나 않을까 겁이 났다. 길을 묻기 위해 옆구리를 치는 행인에게 그 자신이 늑대가 되어 달려드는 모습도 끊임없이 머릿속에 되풀이 떠올랐다.

지난 봄, 산의 초입에 아카시아꿀을 따기 위해 벌통이 놓여졌었다. 우연히 벌통 속을 보게 되었을 때 까맣게 달라붙은 수백 수천 마리의 벌들에 놀라 그는 뒷걸음질을 쳤다. 스무 개 이상의 네모난 벌집마다에 모두 그처럼 수많은 벌떼가 엉겨 있었다. 아이가 떨어뜨린 사탕에 까맣게 몰려드는 개미떼를 보게 되거나 길가의 가로등 불빛을 향해 날아드는 수많은 하루살이떼들과 마주쳐도 섬뜩한 것은 마찬가지였다. 숫자가 많다는 것은, 많다는 이유만으로 충분히 위협적이었다.

그 사내에 관한 이야기가 밑도끝도없이 이어지는 사이 고흥댁이 한번 박씨를 데리러 왔다가 그냥 돌아가고 엄씨 마누라도 술이 과하다는 잔소리를 늘어놓고 들어갔다. 그 정도로 그치고 여자들이 곧장 집 안으로 사라져준 것은 모두가 텔레비전 덕이었다. 낳은 정과 기른 정 중에 어느 쪽이 우선이냐는 그 전통적인 주제로 눈물을 강요하는 국산 영화를 내보내고 있는 텔레비전 앞에서 아내들은 하염없이 손수건을 적시고 있는 중이었다.

“정신없다 카이. 눈이 뻘개갖고 내가 가니 귀찮다는 눈치 아이

가. 허참.”

늦게 본 막둥이가 자는지 어쩌는지 보려고 집에 들어갔다 나온 주씨가 사람 좋은 웃음을 마냥 흘리고 있는데 김반장이 어쩌려고 어린애 머리통만 한 수박을 들고 왔다.

“장사 때려치울 끼가? 밑천 들어먹는 기나 아닌지 모르겠다.”

“오냐, 막 들고 와라. 기왕 벌인 술판이니 신나게 먹어보자.”

“오늘 어쩐 바람이 불었다냐. 장가 밑천이 엥간히 모였는갑다.”

너도나도 한마디씩이다. 러닝셔츠를 둘둘 말아올려놓고 앉아 있던 주씨가 시나브로 불어오는 바람이 선뜻한지 옷자락을 끌어내린다. 수박 향내가 상긋하게 퍼져나가자 냄새를 맡은 형제슈퍼네 잡종 강아지가 쪼르르 달려왔다. 길바닥에서 자고 먹고 하는 처지지만 발발이 새끼처럼 종자가 잘아서 개도둑한테 끌려가지도 않고 온 동네를 쑤석이며 다니는 장난꾸러기였다. 그래도 주인이라고 김반장 앞에서 얼씬거리다 발길에 차이기라도 하면 깽깽거리며 죽는 시늉을 하였다.

“없어진 즉시 찾아나섰으면 혹시 찾았을지도 모르잖아요. 일주일씩이나 내버려뒀으니 못 찾아낼 건 당연하지…….”

엄씨 입에서 또 그 사내 이야기가 나왔다.

“그러게 말이시. 밤새고 돌아오는 일도 예사로 해대니까 마누라야 설마했을 거여. 사흘이 지나도 소식이 없으니께 그때서야 가슴이 덜컥 내려앉았다는겨.”

“사나가 그 지랄 해싸니 마누라인들 배겨나겠나. 안 그렇습니꺼, 성님. 자슥 새끼만 아니면 찾아나서지도 않았을 끼라.”

"그래도 그렇지 않았다더만. 여자가 얼매나 지성으로 찾아댕기는지 눈 뜨고는 못 보겄다고 허던디. 그 여자도 산에서 열흘 이상 살다시피 했대여. 그러코롬 샅샅이 뒤졌는디 그림자도 없드라는 겨. 죽었다면 시신이 있을 것이고 싸움판에 끼였다면 찢어진 옷자락이라도 있을까 해서 눈에 불을 켜고 뒤져도 흔적도 안 나오드라는구먼."

이때 박씨의 말을 자르고 김반장이 튀어들었다.

"칼, 주머니칼을 찾아냈다잖아요. 모르셨어요? 나무둥치 밑에 칼이 버려져 있더래요. 그걸 주워가지고 그 여자가 예비군 중대장에게 갔대요. 그래서 마침 다음 날이 동원훈련이라 예비군 수십 명이 원미산을 이 잡듯이 수색한 거라구요."

"얼라? 그때 자네도 갔던 게 사실이여?"

박씨가 눈을 동그랗게 떴다.

"아니오. 그랬다는 말만 들었지……."

"예끼, 이 사람. 그래놓고는 아까부터 진짜 수색대에 끼였던 것처럼 능청을 떨어?"

엄씨가 김반장의 등짝을 냅다 후려갈겼다.

"주머니칼 이바구는 뭐꼬? 진짜 그런 기 나왔나?"

"그건 틀림없어요. 배낭 속에 언제나 넣어다니던 빨간 주머니칼이래요. 사람은 없고 칼만 나타나니 무슨 일이 필시 생긴 거라고 수색대가 파견된 거예요."

"그런데?"

"그런데는 무슨 그런데예요. 사람 없어진 지가 열흘도 넘은 후였다는데 뭐가 있겠어요."

허, 거참 귀신이 곡할 노릇이네. 엄씨가 혼잣말로 중얼거리면서 또 한 잔의 술을 냉큼 입에 부었다. 바둑도 맞수지만 술실력도 막상막하인 주씨 역시 입 안에 술을 털어넣고 크아, 걸판진 입소리를 내었다.

"아참, 독나방 말여. 자네들 독나방 이야기는 들었능가?"

갑자기 박씨의 높은 목소리가 좌중의 귀를 사로잡았다.

"독나방이라니요? 그게 뭔데요?"

엄씨와 주씨가 동시에 무릎걸음으로 다가앉았고 김반장은 아하 그 소리, 하는 표정으로 어수선하게 널려 있는 수박 껍질을 한군데로 치우기 시작했다.

"내가 말여, 지금도 그 이야길 할랑게 오시시헌디, 처음엔 영 꺼림칙한 것이 당최 원미산 쪽으로 발길이 안 떨어지더랑게. 그쪽에 물건이 나왔대도 영 반갑잖고 말여."

"어허, 성님요. 퍼뜩 말씀하시이소."

주씨의 성마른 재촉이 떨어졌다.

"이제 보니 나도 아는 이야기 같네요. 자세히는 모르니 어디 한번 들어보지요."

뒤늦게야 짚이는 데가 있는 듯 엄씨는 한결 느긋해 있었다.

"예비군 수색대가 산을 뒤지던 날 말여. 저 아래 중앙부동산의 성씨 아들이 거기에 끼여 있었다드만. 한 오십 명 남짓 되었을랑가, 암튼 장정들이 산에 들어간 게 오후 두시쯤 되었다는디 그때가 한창 푹푹 찔 때 아닌개벼. 소풍 가는 셈치고 사람 하나 찾아내자는 걸음이라 마냥들 떠들며 산을 오르는데, 왜 이쪽 약수터 가는 중간에 쓰레기장 하나 있잖여. 구덩이 파놓은 곳 말여. 그쯤에서부터 별안간 찬바람이 훽 몰아치드라 이거여."

"시원허니 좋았을 끼구먼."

"그런 소리 말어. 그게 보통 바람이 아니었어. 축축하고 섬뜩한 것이 어찌나 기분이 나쁘던지 구불구불 기어가던 행렬이 우뚝 멈춰버렸다는 거여. 이상시럽게도 산은 괴괴하고 벌레 소리 하나 안 들리는디 소름이 쫙 돋는 찬바람이 쏴악 밀려오드라 이 말여."

"그래서요?"

엄씨가 침을 꿀꺽 삼켰다. 다 아는 이야기인데도 김반장 역시 박씨 입만 지켜보며 숨을 죽였다.

"어째 등골이 오싹했지만서도 대낮에 장정이 오십 명이라 이거지. 그냥 산속으로 파고드는데 점점 바람이 거세어지는 것이 흡사 산속에 못 들어오게 밀어내는 것 같드란겨. 더 해괴헌 게, 바람이 휘몰아치는디도 잎사귀 하나 꿈쩍 않고 풀잎도 꺼떡 없이 그대로 있다는겨. 앞서가던 예비군들부터 이상타고 해쌈시로 수군거리기 시작했는디 그래도 어쩔 것이여. 앞으로 나가야지."

"앞장섰던 예비군 몇 명은 바람에 밀려서 막 허우적거리다 꽁무니를 뺐어요."

김반장이 참지 못하고 불쑥 알은척을 하다가 주씨한테 옆구리를 쥐어박혔다.

"허허, 지방방송 치아라!"

"그래갖고 장대봉으로 빠지는 능선까지 간신히 밀어붙이긴 혔는디 바로 그때였단 말이시. 앞장서서 숲 속으로 들어가던 예비군들이 비명을 지르며 뒤돌아섰지."

"왜요?"

엄씨가 또 한 번 침을 꿀꺽 삼켰다.

"독나방이 나타났던 거여. 그것도 서너 마리가 아니라 수천 수만 마리가 숲을 시커멓게 메우고 날라다니는디 어떻게나 크던지 박쥐 떼가 몰려오는 줄 알았대는구먼. 도저히 한 발자국도 내디딜 수가 없었디야. 사방팔방으로 독가루를 뿌리며 발광을 하드란겨. 그렇게 엄청난 독나방떼는 생전에 보도 듣도 못했다고 그러드만. 새카맣게 떼지어 몰려다니는 독나방을 한번 상상혀봐. 해괴하다 못해 끔찍한 노릇 아닌개벼."

엄씨도, 주씨도 김반장도 그리고 말을 마친 박씨까지도 모두 숲 속의 독나방떼를 상상해보았다. 울울창창한 숲에서 기분 나쁜 축축한 바람이 밀어닥치는 것이다. 바람을 뚫고 수십 명의 장정이 숲으로 들어가고 있었다. 숲을 메우고 있는 암갈색의 독나방들, 팔랑팔랑 날개를 들썩일 때마다 우수수 떨어지는 독가루. 산은 조용하고 벌레마저 숨어버린 산에서 미친 듯이 날아다니는 독나방떼.

"길에서 벗어난 데로 조금만 깊이 들어가면 어디나 다 독나방떼들이 우글거리드래요. 용감한 몇 사람이 그래도 들어가보긴 했는데 눈이고 입이고 가릴 것 없이 달려드는 바람에 그냥 쫓겨나온 거예요."

김반장은 실제로 눈이랑 입을 잡아뜯는 시늉을 해 보였다.

"그것까정은 모르는 일이고 아무튼 간에 독나방 등쌀에 제대로 수색 작업을 할 수가 없었던 것은 사실인 모양여. 그날 이후로 몇 날은 사람들이 산 가까이에는 얼씬도 안 했었지. 약수터 물에도 독이 새들어갔담서 물도 길러 안 갔지. 하여간 한동안은 원미산이 쥐 죽은 듯이 조용했다는겨. 그럴 수밖에 없는 것이 산에 들어가려고만 허믄 기분 나쁜 찬바람이 씨잉 몰아친다는 거여."

그때 마침 텅 빈 길을 가로질러 시원한 산들바람이 휘익 불어왔다. 차가운 기운이 살갗에 닿자마자 네 사람 모두 입을 쩌억 벌렸다.

하룻밤 잠자리가 되어주었던 나무의자에서 몸을 일으켜세우자 아침 햇살이 그의 눈을 찔렀다. 이파리에 맺힌 이슬마다에 오색이 영롱한 무지개가 걸려 있었다. 밤새 숙이고 있던 고개를 쳐들면서 풀잎은 작고 귀여운 기지개를 켰다. 가만히 귀 기울이면 산의 이곳 저곳에서 들려오는 새 아침의 기척을 들을 수 있었다. 마디마디에 검은 얼룩점을 새겨놓은 이름모를 벌레가 그의 발밑을 지나면서 종알거리는 말도 알아들을 수 있을 것 같았다. 이제는 그의 콧잔등 위까지도 서슴없이 기어오르는 개미들도 날씬한 허리를 자랑하며 종종걸음을 쳤다.

모두들 바쁜 모양이었다. 아침이 오면 새 하루를 위해 분주한 것은 사람만이 아니었다. 첫 햇볕을 받자마자 오순도순 깨어 일어난 숲의 모든 것이 그를 재촉하는 듯하여서 더 이상 그 자리에 머무를 수 없다는 느낌이었다. 아닌게아니라 이미 먼 데서부터 사람의 기척이 들려오고 있었다. 모르면 몰라도 몇 사람쯤은 그의 초췌한 새벽잠을 구경하며 스쳐갔을 것이다. 아직은 장대봉에서 내지르는 야호— 소리가 들리고 있지 않지만 그것도 시간문제였다. 몇 번 깨긴 하였으나 그런대로 잘 잤다고 생각했는데 머리가 묵지근한 것이 도무지 아침의 개운함을 느낄 수가 없었다. 아무래도 자리를 옮겨 좀 더 아늑한 곳에서 쉬어야 할 것 같았다.

잠자리에서 오백 미터쯤 잡목숲을 헤치고 기어오르면 바깥 소로에서는 전혀 눈에 띄지 않는 작은 빈터가 있었다. 나뭇가지 위로 촘촘히 기어오른 덩굴풀 때문에 사방이 가려져 있고 의외로 바닥은 고슬고슬한 마른 땅이어서 살을 깨무는 작은 벌레 따위도 많지 않은 곳이었다. 이런 은밀한 쉼터를 그는 몇 개 더 알고 있었다. 쉼터마다에 그는 아랫동네에서 힘들여 운반해온 평평한 돌들을 가지런히 깔아놓았다. 그냥 땅바닥에 앉았다가 습기 찬 진흙으로 옷을 버린 적이 한두 번이 아니었기 때문이었다. 그는 장대봉 너머의 동쪽 기슭에도 이런 쉼터를 하나 마련해두고 있었다. 그곳이 여기보다 훨씬 아늑했다. 하지만 지금의 그로서는 사람들 눈에 드러나는 모험 따위는 할 수 없는 형편이었다. 어쩌면 아내가 직접 그를 찾아나섰는지도 모를 일이었다.

벌써 사흘째 집에 들어가지 않았다. 하루나 이틀쯤은 으레 그러려니 했겠지만 오늘 아침에는 생각이 달라져 있을 것이었다. 그렇지만 확신은 생기지 않았다. 아내가 자기를 찾으러 헤매는 모습을 보고 싶지는 않았다. 그러나 다시 생각하면 그것을 원하고 있는 마음이 안개처럼 뭉싯 피어오르는 것도 같았다. 무엇이든 간에 깊이 생각하면 할수록 미궁 속에 빠져드는 기분이었다. 무거운 머리 때문인지도 몰랐다. 차가운 돌에 머리를 대고 누워서 푸른 하늘을 올려다보고 있으면 괜찮아질지도 모르지. 그는 발치께에 배낭을 괴고 머리는 그냥 돌 위에 얹은 자세로 길게 누웠다. 하늘은 푸르렀고 마침내 장대봉을 정복한 한 사나이가 음절마다에 악을 쓰면서 야호!를 외쳐댔다.

그렇게 누워 얼마를 지났을까. 따가운 햇볕이 사정없이 그의 얼굴에 내리붓고 있었다. 잠이 들었던가, 하면서 그는 허둥지둥 놀라 일어섰다. 잠들어 있는 사이 온몸이 푹 젖을 만큼의 식은땀을 흘린 모양이었다. 햇볕은 따가웠고 땀에 젖어 있었음에도 더웁다는 느낌은 전혀 없었다. 온몸의 기운이 땅 밑으로 소롯이 새어나가서 자신의 몸이 창호지 한 장의 무게도 되지 못하는 것 같았다. 시장기도 꽤 진했고 담배도 바닥이 나 있었기 때문에 그는 가게를 찾아나서기로 했다. 역곡으로 넘어가는 능선을 따르면 그의 모습을 눈여겨보지 않을 낯선 가게쯤은 쉽게 찾아낼 것이었다. 무엇보다도 걸리는 것은 텁수룩한 수염이었다. 일회용 면도기를 하나 구할 수 있다면 좋겠다는 마음과 수염쯤이야 내버려두자는 지친 마음이 쉼터를 떠나는 그를 어중간하게 붙잡았다.

오후가 되었을 때 그는 장대봉 동쪽의 쉼터에 앉아 있었다. 쉼터에 도착하자마자 그는 한 마리의 쥐를 만났다. 그보다 먼저 쥐가 쉼터에 와 있었다. 그가 다가가도 애써 피할 기색도 없이 멀뚱멀뚱 그를 올려다보던 쥐가 할 수 없다는 듯 긴 꼬리를 늘어뜨리고 사라져 갔다. 쥐에게서 빼앗은 자신의 보금자리에 앉아 그는 등에 진 배낭부터 풀어놓았다. 올라오는 길에 수통 가득 채워온 약수의 무게마저 힘에 버거웠다. 저절로 지친 한숨이 새어나왔다. 약수터에도 그리 사람이 많지 않더니 오늘은 종일 산이 조용하였다. 몇몇 극성스런 사내아이들이 아까까지도 멀지 않은 곳에서 소리를 지르며 뛰어놀았는데 이제는 사라지고 없었다. 해는 이미 장대봉 서쪽에 있기 때문에 숲은 비밀의 방처럼 고즈넉했다.

그가 앉아 있는 쉼터에서 몇 발자국만 걸어나가면 원미산 전체를 통틀어 가장 빽빽한 소나무숲이 있었다. 적어도 몇십 년 이상의 나이를 간직하고 있을 울창한 숲이었다. 아까부터 그쪽 숲에서 이름 모를 산새가 마치 자동차 경적 같은, 짧고 높은 음으로 울어대고 있었다. 새울음 사이사이로 가만히 귀 기울이면 비행기가 구름 위로 지나는지 하늘이 우르르 우는 소리도 들려왔다.

석양이 내려앉으면서 그는 조심스레 소나무숲으로 걸어나왔다. 주홍의 노을 빛깔이 반사되어 소나무 이파리들이 황갈색으로 변해 있었다. 이파리뿐만이 아니었다. 숲 전체가 갈색의 벽지를 발라놓은 것처럼 아늑한 빛깔이었다. 이제 곧 어둠이 찾아올 것이었다. 갈색의 벽지가 사라지고 대신 검은 휘장이 숲을 내리덮으면 모든 살아 있는 것들은 둥지를 찾아 들어갈 것이다. 썩어가는 잎들이 그의 발밑에서 버석버석 자지러졌다. 나무둥치 하나에 등을 기대고 그는 삐죽삐죽 내비치는 먼 하늘을 보았다. 까닭없이 오스스 몸에 소름이 돋았다. 산새의 울음도 멈추어버린 주위가 너무 고요하여서, 그 적요가 그를 괴롭히는 것 같았다. 그래서 그는 나무둥치를 때려도 보았다.

자신이 내는 발자국 소리라도 듣지 않고는 견딜 수 없었다. 가슴속에 우물이 있다면 그 우물이 가득 차올라서 한 줌의 바람에라도 출렁 물이 넘칠 것 같은 기분이었다. 물이 가슴 밖으로 넘치지 않도록 조심하면서 그는 숲을 헤매었다. 가도가도 끝이 없을 것 같은, 깊은 터널처럼 뚫려 있는 숲이었다.

그러나 사실은 얼마 걷지 않아 시야가 트이고, 작은 키의 잡목들이 제멋대로 자라나고 있는 구릉이 내다보이곤 하였기 때문에 숲을 빠져나가지 않기 위해서는 원을 그리며 맴을 돌 수밖에 없었다. 맴을 돌다가 그는 다시 쥐와 맞부닥쳤다. 아까 쉼터를 차지하고 있던 그 쥐였다. 그와는 열 발자국쯤의 거리를 두고 쥐는 망연히 그를 올려다보았다. 그도 쥐의 까만 눈을 가만히 바라보았다. 저 혼자 떨어져나와 산을 헤매던 한 마리 쥐의 구부정한 등허리 위로 청색 어둠이 내려앉고 있었다.

이상한 놈이군. 그가 몸을 돌렸다. 몇 걸음 떼어놓고 돌아보아도 쥐는 거기에 있었다. 그의 구부정한 등허리에도 어둠이 한 켜 내려앉았다. 그는 다시 나무둥치에 등을 기대고 서서 눈을 감았다. 어둠이 다가오는 것을 보고 싶지 않았지만 눈꺼풀 밑의 어둠은 더욱 어지러웠다.

지난밤, 그는 두 청년이 텐트를 거두어 내려가버린 것을 발견했었다. 언제 내려간 것일까. 그들이 떠나는 모습이나마 보지 못한 게 아쉬웠다. 이제 주홍빛이 새어나오던 텐트도, 서투르긴 하지만 다정했던 기타 소리도 사라져버린 것이다. 어둠에 묻혀 있는 빈자리를 바라보며 그는 오랫동안 그곳을 떠나지 못하였다. 기타 소리가 안 된다면 새어나오는 한 가닥의 빛이라도, 그것도 안 된다면 잠들어 있는 건강한 숨소리라도 곁에 두고 싶었다.

더 이상 어두워지기 전에 어딘가 잠자리를 찾아 숲을 빠져나가야 함에도 그는 움직이지 않았다. 마치 나무둥치에 몸이 붙어버린 것 같았다. 길다란 손가락을 가진 딸아이와 그 애가 가져야 할 피아노가 떠올랐다. 문갑 위에 놓아두고 나온 그의 손목시계도 떠올랐다. 몇 시나 되었을까. 그는 애써 시간을 짐작해보려 하였다. 문자판 위에 길게 흠집이 남아 있는 그 시계는 지금 몇 시를 가리키고 있는지 생각해보았다.

나무둥치에 붙어버린 몸이 떨어지지 않아서, 문갑 위의 시계가 몇 시를 가리키고 있는지 알아낼 수가 없어서, 또다시 밤이 찾아와버린 것을 믿을 수 없어서, 마침내 그는 숲 가운데 홀로 남아 흐느껴 울었다.

"결국 그 남자는 사라져버리고 말았군요."

술이 다 깨어버린 얼굴로, 그래서 적잖이 침통한 기색인 엄씨의 말이었다.

"사나새끼야 사라졌거나 뒈졌거나 신경 쓸 것도 없지만도 마누라캉 새끼들은 우째 되었답니까?"

주씨는 역시 가족들한테 관심이 많은 모양이었다. 행복사진관 엄씨도 동네에서 알아주는 애처가지만 우락부락 덤비면서도 식구들한테 잔정이 많기론 주씨를 따를 수 없었다.

"한동안은 남편에게 소식이 올까 기두리고 또 찾아도봄시로 그럭저럭 살아가더니 어디론가 떠나버렸지. 식구들마저 가버리니께 누구 하나 찾으러도 안 댕기고 흐지부지 잊혀진 일이 돼버린거여.

아즉도 산에 있는 건지, 아니믄 다시 만나 사는 건지 또 죽은 건지 알 수도 없구 말여."

아직도 산에 있는 건지, 하면서 박씨는 원미산을 돌아보았다.

"박씨 아저씨는 그 사람 만나본 적 있어요?"

김반장이 물었다.

"아니. 못 봤지. 말만 들은 거니께."

"그 식구들은요?"

"없다니께. 아니, 그럼 자네는 보았능가?"

박씨의 되물음에 김반장이 고개를 흔들었다.

"주씨 자네는 혹시 얼굴이라도 본 적이 있능가?"

주씨도 손을 내저었다.

"엄씨는?"

"저도 못 봤지요. 이야기야 여러 번 들었지만서두 그 사람을 직접 본 사람은 한 명도 없던걸요."

"에헤이, 그라모 여태 우리가 무신 이야기들을 했노? 귀신 씻나락 까먹는 소리만 안했나. 하여간에 시간도 많이 됐으이 고마 들어가 잡시더. 자는 기 남는 기다."

주씨의 말에 김반장이 옳소, 를 외치며 낄낄거렸다.

"그려, 들어가서 한숨 눈이나 붙여야 쓰것다."

박씨가 에이 이눔의 물것들, 하면서 팔뚝을 탁 쳤다.

"도회지에선 모기 구경 허기가 힘들다는디 저놈의 강노인 밭 때문에 모기 극성이 엥간혀야지."

"그런 말씀 마소, 성님. 모기도 다 살자고 허는 짓이라요. 살라꼬 애쓰는 놈은 좌우당간 살려야 하는 기라요."

"정말 이대로 나가단 각시 데려와도 굶기기 딱 알맞아요. 장사가 갈수록 이문만 박해지고 나가는 돈만 커지니."

형제슈퍼 김반장의 엄살이었다.

"아무리 그래도 우리 사진관만큼 죽 쑤는 게 없다구. 좋아졌다, 좋아졌다 떠들긴 하드만 뭐 국물이 좀 있어야 살맛이 나지."

"참말이지 요새 내가 죽을 판이랑게. 전세나 몇 개 놔주는 것 바라보고 있다간 늘그막에 쪽박 찰 신세되기 십상이것어."

강남부동산 박씨도 요즘 경기가 완전 사양길이다. 슬슬 술판은 파장이 되고 취기 속에서도 네 사람은 모두 내일의 장사를 염려하느라 이마에 시름이 가득 차오른다.

"그라이 내 뭐랬노? 자는 기 남는 기라 안캤나."

주씨가 먼저 우뚝 일어섰다. 그 바람에 평상이 기우뚱거렸고 중심을 못 잡아 기울어지는 주씨의 거대한 몸집을 김반장이 아슬아슬하게 받아내었다.

"이눔의 평상다리가 끝내 말썽이라. 오야, 내일 아침엔 만사 제쳐놓고 이눔의 다리부터 맞춰놀 끼다."

주씨가 애꿎은 평상을 발로 걷어차는 순간 텅 빈 거리를 내달리는 구급차의 엥엥거리는 소리가 잠들어 있는 원미동을 뒤흔들어놓았다. 이 밤에 또 누가 죽는가. 네 사람 모두 눈을 똑바로 뜨고 쏜살같이 달려가는 구급차를 바라보았다.

[『문학사상』, 1986. 8]

비 오는 날이면 가리봉동에 가야 한다

•

두 명의 일꾼은 아침 여덟시가 지나서 들이닥쳤다. 일의 시작은 때려부수는 것부터였다. 두 사람이 덤벼들어서 함부로 두들겨 깨는 것을 지켜보다가 그는 그 요란한 소리에 이맛살을 찌푸렸다. 망치질 한 번에 여기저기로 튕겨나가는 타일 조각과 콘크리트 파편 때문에라도 더 이상은 그곳에 있을 수 없었다. 목욕탕과 잇대어 있는 주방도 어수선하기론 마찬가지였다. 목욕탕에서 옮겨온 세간살이가 옹색한 부엌을 더욱 비좁게 만들었다. 그 속에서 아내는 인부들 점심상에 내놓을 푸성귀를 다듬고 있었다.

은혜는 여태껏 텔레비전에 매달려 있는 채였다. 취학 전의 어린애들을 대상으로 하는 프로그램인데 그로서는 토옹 볼 기회가 없었으므로 아이가 화면에서 나오는 대로 따라 노래를 부르곤 하는 게 밉지는 않아서 내버려두기로 하고 작은 방을 들여다보았다. 아직 젖을 먹는 은혜 동생은 목욕탕에서 꿍꽝거리는 요란한 소리에도 아랑곳하지 않고 모로 누워 쌔근쌔근 잠들어 있다. 은혜 밑으로 다시 딸을 낳은 뒤 말은 하지 않지만 노모는 어지간히 서운한 기색이었다. 한동안은 저희에게 살 집을 주시라고 기도하더니 연립주택이나마 부천에 집을 마련한 뒤부터는 대신 저희에게 건강한 옥동자를 주시고, 라는 구절이 끼어들기 시작했다.

"어머님은 김집사네 이삿짐 거들어주시러 가셨어요."

그가 이 방 저 방을 기웃거리고 다니는 것을 어머니 찾는 것으로 여긴 아내가 하는 말이었다. 아내의 말에는 대꾸도 하지 않고 그는 다시 난장판이 되어가고 있는 목욕탕을 들여다보았다. 욕조를 상하지 않게 하려고 정교한 솜씨로 정을 대어 망치질을 하고 있는, 빛바랜 누런 티셔츠의 사내가 오늘 공사를 떠맡은 임씨였다. 바닥을 두들겨 파헤쳐놓은 일꾼은 임씨보다 적어도 열 살은 어려 보이는 젊은이였다. 아직도 한더위인데 멋을 부려보겠다는 것인지 긴 소매 남방을 입고 몸에 꽉 끼는 청바지가 노가다 복장으로는 어쩐지 서툴러 보여 미덥지가 않았다. 자칭 기술자라는 임씨조차 겨울이면 연탄 배달로 삯을 버는 연탄장수가 주업이라서 아무래도 미덥지가 않기로는 매일반이었다. 아랫동네의 임씨를 소개해준 것은 지물포 주씨였다. 도배일을 다니면서 찬찬히 살펴보았지만 임씨만큼 일솜씨 야무지고 성실한 일꾼이 없다는 것이었다. 그동안 어지간한 일들은 대신설비의 소라 아버지가 맡아 해주곤 했으나 요새 소라 아버지는 허리를 다쳐 누워 있는 중이라서 그 역시 마땅한 일꾼을 찾지 못하고 있는 판이었다.

지물포 주씨 말을 믿기로 하고 임씨가 뽑은 견적대로 일을 맡기고 나서야 그는 아내를 통해 임씨가 사실은 연탄 배달부로서 여름 한철에만 이것저것 잡일을 하는 어설픈 막일꾼이라는 것을 알게 되었다. 그렇다면 보나마나 하자가 생길 것이 틀림없다고 믿은 그는 일을 시작도 하기 전에 적잖이 기분을 그르치고 말았다. 다른 것도 아니고 목욕탕 공사야말로 급수 배관에서 방수, 그리고 미장, 타일까지 전문직이 필요한 게 아니냐는 나름대로의 이론에 비추어봐도 섣부른 결정임에는 틀림없는 것처럼 여겨졌다.

재수가 없으려니. 목욕탕 사단이 생긴 이후 그는 걸핏하면 재수타령을 하게 되었다. 하기야 집의 여기저기에 하자가 생겨 생돈을 밀어넣어야 할 경우에는 으레 튀어나오는 말 또한 재수가 없으려니, 였다. 재수가 없어도 보통 없는 게 아니었다. 서울에서 그처럼 떠돌아다니다가 전세방 생활을 청산하고 겨우 연립이나마 한 채 사서 들어왔는가 했더니 한 달이 멀다 하고 이곳저곳의 문제점들이 출몰하기 시작하는 데는 정신이 없을 지경이었다. 집에 문제점이 있다는 것은 곧바로 돈을 써야만 풀리는 숙제 같은 것이어서 집주인이 되고부터는 노상 돈에 쪼들리는 것도 그 때문이었다.

이사 오던 해 겨울에는 천장이며 벽에 습기가 배어들어 물이 흐르기 시작했다. 이어서 온 집 안에 곰팡이 냄새가 가득해지고 서서히 해동이 되면서는 숫제 비가 새듯 천장에서 물이 떨어졌다. 어차피 내 집인 이상 이쯤이야 고치고 살아야지. 그런 맘으로 그 첫 번째 공사는 시원시원하게 이루어졌었다. 원미지물포 주씨가 맡은 그 공사는 집의 외벽과 천장에 두터운 스티로폼을 붙이는 작업이었다.

온 집 안에 먼지처럼 작은 스티로폼 입자가 풀풀 떠다니고 세간살이가 제자리를 떠나 있어 집안이 온통 난장판일 때는 괴로웠었다. 하지만 그 다음에는 방습지로 말끔히 도배를 하여서 일 시작한 김에 집안꼴이 훤해진 것은 그닥 나쁘지는 않았었다.

첫 번째 공사는 말하자면 신호에 불과한 셈이었다. 그 얼마 후에 은혜와 노모가 쓰고 있는 작은방의 난방 파이프가 터져버렸다. 구들을 파헤치고 다시 방의 꼴을 갖추는 데 며칠간의 북새통은 물론이고 수월찮은 돈이 날아가버렸다.

그것뿐이 아니었다. 이어서 주방의 하수구가 막혔고 보일러의 굴뚝이 무너져 보일러까지 새로 갈아야 하는 일이 터져버렸다. 지은 지 삼 년도 채 안 되었다는 집이 걸핏하면 터지거나 막히거나 무너지는 데는 어이가 없을 뿐이었다. 그런 일들이 아니라면 하다못해 목욕탕의 수도꼭지가 헛바퀴를 돌거나 변기의 물탱크가 제구실을 못 하거나 해서 크고 작은 돈이 쉴새없이 집수리하는 데 들어갔다. 이제 더 이상의 고장은 없으려니 하고 있으면 느닷없이 보조키가 말을 들어먹지 않아서 내친김에 새로 발명되었다는 컴퓨터 보조키까지 달게 했다.

그리고는 이번의 목욕탕 사건이 터진 것이었다. 바로 어제 일이었다. 아침상을 받아놓고 껄끄러운 입맛 때문에 모래알 씹듯 밥알을 세어가며 식사를 하고 있는데 누군가가 현관문을 마구 두들겨댔다. 그 요란한 소리에 갓난애까지 잠에서 깨어나 울음을 터뜨렸다. 어엿이 벨도 달려 있고, 벨을 사용하지 않으려면 점잖은 노크 방법도 있는데 이것은 해도 너무하지 않나 싶어 그 즉시 다짜고짜 문을 열어제쳐버렸다.

현관문 밖에는 머리가 반쯤 벗겨진, 예순이 넘어 보이는 노인네가 눈을 동그랗게 뜨고 서 있었다. 스스로의 거친 행동은 잊어버린 채, 단지 문이 갑자기 열려 놀라지 않을 수 없다는 표정이어서 그는 어이가 없었다. 노인네의 일견 순진하게조차 보이는 얼굴에 자연 그의 말씨도 공손해졌다.

"무슨 일이십니까?"

"아, 저…… 물이 말씀이야……."

"물이라구요? 수돗물 말씀하시는 겁니까?"

여름 들어서 격일제로 나오는 수돗물을 가리키는 말로 그는 알아들었는데 노인은 답답하다는 듯 자꾸 침을 삼키면서 손바닥을 비벼대었다.

"물이…… 그러니까 목욕탕에서…… 물이……."

더듬거리는 말버릇도 아니고, 그렇다고 어눌하고 솜씨 없는 말투도 아닌 어조로 노인은 일껏 뒤로 빼고 있는 느낌을 주었기에 그는 소롯이 짜증이 밀려오기 시작했다. 그때 계단 아래에서 쿵쾅쿵쾅 발소리가 들리는가 했더니 이내 젊은 여자가 나타났다.

"아이구, 할아버지도, 참. 관두세요! 다른 게 아니라 그 집 목욕탕 파이프가 터졌나봐요. 오늘 아침이 물 나오는 날 아녜요. 어제는 괜찮았는데 오늘 아침부터 우리 집 목욕탕 천장으로 물이 떨어진다구요. 자꾸 더 떨어지는데 얼른 손을 보세요."

우는 아이에게 젖을 물리고 있던 아내가 아이를 추슬러 안은 채 참견을 했다.

"어머나, 어쩐지 목욕탕 물이 시원찮게 나오더라구요. 이를 어째."

그들이 돌아간 뒤 그는 수도 계량기의 꼭지를 단단히 잠가두고 다시 아침상 앞에 앉았다. 어제 받아놓은 물이 많이 남아 있으니 오늘은 그럭저럭 지내고 퇴근 후에 다시 살펴보기로 한 그는 이내 숟가락을 놓아버렸다. 몇 달 잠잠하다 했는데 기어이 큰 건수로 터져버린 것을 생각하니 울화가 치밀어서였다. 모처럼 내일은 광복절 휴일로 넉넉하게 쉬어볼까 했더니 이것 역시 그르치고 말게 될 것이 분명했다.

"그런데 아까 그 할아버지는 누구야?"

"으악새 할아버지 아녜요. 당신도 보셨잖아요."

그러면서 아내가 때맞지 않게 쿡 웃음을 터뜨렸다.

"으악새? 뭐 그 따위 이름이 있나?"

"글쎄 말예요. 김반장이 붙여놓은 건데 아주 제격이에요."

그러고보니 그 할아버지를 본 적이 있었다. 며칠 전의 퇴근길에서였다. 앞에 가던 노인네가 아무래도 수상했다. 버스 정류소에서부터 주욱 따라온 셈인데 삼십 초쯤의 간격으로 으악, 으악, 이렇게 소리를 내지르는 것이었다. 그것도 소리만 내뱉는 게 아니라 흡사 목젖 밑의 무엇을 끄집어내기 위해서인 듯 양손바닥을 탁 치면서, 혹은 팔목을 내리치면서 으악, 외치는 것이었다. 처음에 들으면 꼭 해소기침하는 노인네의 가래 긁어올리는 소리로 들리기도 하였지만 분명 그것은 아니었다. 아내의 말에 의하면 두어 달 전에 아래층의 작은 방에 세를 얻어 이사 온, 혈혈단신 혼자 사는 노인네로 걸핏하면 원미동 거리를 오르락내리락하면서 그런다는 것이었다.

미덥지 않게 보인 인상과는 달리 임씨는 흠집 하나 내지 않고 욕조를 들어내었다. 임씨의 의견에 따르면 목욕탕으로 들어오는 파이프는 욕조 밑을 지나 세면대와 변기로 이어졌음이 십 중에 여덟아홉이므로 어차피 목욕탕 전체를 파헤쳐야 한다는 것이었다. 터진 곳을 요행 쉽게 찾아낸다 하여도 방수 문제도 있고 노후된 수도관의 교체도 불가피하므로 완벽하게 공사를 마무리 짓기 위해서는 목욕탕 전체를 일체 새로 꾸민다는 각오로 덤벼야 한다, 동네 공사에 하자가 생기면 밥 먹고 사는 일에 지장이 있으므로 자기는 절대 그렇게 일을 하지는 않는다, 한번 시켜본 사람은 다음번 일에도 꼭 자기를 부르는 것 역시 다 이런 자세 때문이다, 라고 임씨는 말하였다. 입도 재빠르지만 입이 말을 하는 중에도 손놀림 또한 민첩했다. 임씨는 욕조를 들어낸 자리가 축축하게 젖어 있는 것을 보고 회심의 미소를 지으며 담배 한 개비를 빼어 물었다.

"사장님, 여길 보세요. 욕조가 끝나는 자리부터 질퍽하지요? 제대로 찾아낸 겁니다. 이 부분에서 세면대까지의 사이에 하자가 생긴 게 분명해요."

적게 보면 서른여덟, 많이 보면 마흔쯤으로 보이는 임씨가 자신을 사장님이라 부르는 소리에 그는 얼떨떨했다. 사장님은커녕 여태도 말단 사원인데 이 사람은 집주인은 무조건 사장님이라 칭하기로 내심 통일시킨 모양이었다.

"어허, 사장님. 요 나쁜 자식들 좀 보세요. 이럴 줄 알았다니까요. 이건 BS표보다도 아랫질에요. 덤핑 제품이죠. 돈도 몇 푼 차이 안 나는데도 집장수 녀석들 심뽀는 꼭 이렇다구요."

들고 있던 망치로 녹슬고 변색되어 있는 파이프를 툭툭 두들기며 임씨는 한탄을 했다. 그러자 옆에 있던 젊은이가 불쑥 나선다.

"에이, 아저씨. 그런 집장수들 덕분에 우리도 먹고사는 거 아네요. 어디 우리뿐이에요. 원미동만 해도 설비집이 수십 개인데 그 사람들 먹여 살리는 공은 생각 안 해요?"

깨부숴놓은 파편들을 부대에 담아 밖으로 나르던 일도 몇 번 만에 질렸는지 젊은 인부는 목욕탕 문턱에 앉아 아리랑 담배에 불을 붙인다. 그러고보면 임씨는 아내가 분명 아리랑 한 갑을 건네줬는데도 그것은 뜯지도 않고 피우던 담배를 꺼내놓고 있다. 그는 젊은 녀석의 껄렁한 말씨에 적잖이 노여움을 느끼고는 녀석이 뿜어대는 담배 연기에 눈살을 찌푸렸다. 스무 살이나 되어 보이는 녀석은 담배 연기를 동글동글 만들어 올리면서 옷에 묻은 먼지를 털어내었다. 저런 녀석에게 일을 맡겨봤자 몇 달 못 가 또 터지지. 그는 방으로 돌아오면서 또 한 번 미심쩍음에 시달렸다. 저런 잡역부를 데리고 다니는 임씨 또한 별다를 바가 없으리라. 파이프가 터지지 않는다면 방수를 제대로 못 해 물이 스밀지도 몰랐다. 외국에서는 수백년 이상 된 집들도 탈 없이 건재하고 있다지만 우리나라에서는 어림도 없다. 여기까지 생각하자 그는 자신도 모르게 "조선놈들은 할 수 없어"란 말이 새어나왔다.

사실 그 역시 이런 자조 섞인 욕설이 입에서 새어나오는 것에 적이 기분이 상했다. 이거야말로 일제의 잔재인데 알게 모르게 그 자신의 몸에도 깊숙이 배어 있다는 게 놀라웠다. 게다가 올봄부터 영업부에서 홍보실로 자리를 옮긴 그는 반관반민의 형태를 띤 회사에서 사보(社報) 성격의 기관지를 편집하는 직업을 가지고 있었다. 그가 맡은 일은 간략하게 말해서 가능한 한 모든 한국인의 장점과 특성·근면·성실·정직 등을 드러내는 데 주력하는 것이었다. 백 페이지쯤 되는 책자의 처음부터 끝까지가 우리는 자랑스런 한민족이라는 사실을 확인하고 검증하고 환기시키는 작업에 바쳐지는 것인데 그런 일을 한다는 자신의 입에서 새어나온다는 소리가 조선놈들은 어쩌구 하는 탄식이니 스스로도 묘한 이율배반을 느끼지 않을 수 없었다. 이건 마치 자신은 우월한 한민족이고 임씨와 저 꺼벙한 젊은 친구는 조선놈으로 편가름시키는 꼴이 되는 것이었다. 그가 이런 생각에 골몰해 있는데 그새 놀러 갔다 오는지 은혜가 뛰어들며 소리쳤다.

"아빠, 아빠. 우리도 태극기 달아요. 소라네 집이랑 정미네 집도 태극기 달았어요."

그러고보니 오늘이 광복절이었다. 창 밖으로 고개를 내밀고 살펴보니 띄엄띄엄 하얀 국기가 펄럭이고 있었다. 아이의 성화에 국기를 내어걸고 나자 은혜는 자랑이라도 하려는지 깡충거리며 또 밖으로 뛰어나갔다. 목욕탕에서는 계속 두들겨부수는 작업이 한창이고 아내는 없는 물을 아껴가며 점심을 하려니까 진땀이 나는지 연신 선풍기 방향을 돌려가면서 부엌에서 허둥대고 있었다.

"오늘 끝나기는 어렵겠죠?"

아내는 내일까지 일이 계속된다는 게 벌써부터 지겨운 듯했다.

"그럴 거야."

움직일 때마다 발부리에 차이는 세간살이들을 이리저리 옮겨놓으며 그는 건성으로 대답했다. 그 비슷한 말을 임씨에게 해보았더니 임씨 역시 건성이었다.

"사장님이야 며칠이 걸려도 아무 상관없지요. 견적 뽑은 대로만 주시는 거니께요. 나머지는 지가 백날이 걸려도 하자 없이 해놀 일만 남은 셈입니다."

임씨 말대로라면 당일로 끝낼 속셈은 아닌 듯싶었다. 젊은 인부는 삼십 분쯤 일하고 나면 담배 한 대에 냉수 한 컵 하는 식으로 일을 질질 끌고, 젊은 녀석 단속하랴 자신이 하는 일에 신경 쓰랴 입으로 한몫하랴 임씨 속도도 그가 보면 더디기 짝이 없었다. 하기야 뭐 이런 공사가 국수가닥 뽑아내듯 쑥쑥 뽑혀나오는 재미를 주는 일이야 아니겠지만 깨고 들어내고 긁어대고 하는 일은 한참 후에 들여다보아도 그게 그 모양이었다. 그렇다고 감독관마냥 문 앞에 버티고 서서 잔꾀 부리지 않도록 감시하고 있을 수도 없는 일이어서 그는 어슬렁거리며 집 안 이곳저곳을 기웃거렸다.

"왔다갔다 하지만 말고 가서 지켜보세요. 일꾼들이란 원래 주인이 안 보면 대충대충 덮어버리는 못된 구석이 있다구요."

시금치 나물을 무치면서 아내가 행여 들릴까봐 낮은 소리로 소곤거렸다. 갓난애나 징징 울어대면 애 보기나 하련만 아이는 배만 부르면 쌔근쌔근 잠들어버리는 터라 사실 그가 할 일이 딱히 없는 형편이었다. 그는 하는 수 없이 다시 목욕탕을 들여다보지 않을 수 없었다. 마침 임씨가 젊은이에게 건재상에 가서 새 파이프를 가져오라고 시키고 있을 때였다. 욕조에서 세면대로 구부러지는 이음새

쪽에 사단이 생긴 모양이었다. 땀방울이 흘러내리는 얼굴을 쳐들어 올리며 임씨가 말했다.

"사장님, 수도 좀 열어보세요. 이곳에서 물이 솟구칠 것 같은데."

임씨가 시키는 대로 계량기의 꼭지를 비틀고 돌아와 보니 아닌 게아니라 그 자리에서 물줄기가 솟아오르고 있었다.

"보세요. 요걸로 한 번만 내리치면 완전 분수처럼 솟구칠 테니까."

임씨가 옆에 놓여 있던 흙손으로 파이프를 살짝 내리치자마자 이내 감당할 수 없을 만큼 물이 터져나오기 시작했다.

"완전히 삭았어요. 사장님, 어서 계량기 잠그세요. 터진 데 찾았으니 일은 다한 거나 마찬가지라구요."

임씨는 젊은 인부를 기다리는 사이 아내에게 냉수를 한 컵 청했다. 일을 다한 거나 진배없다는 일꾼의 말에 기분이 좋아진 아내가 청량음료를 한 컵 가득 따라주며 다짐했다.

"세면대나 변기는 손댈 것 없겠지요?"

"예, 사모님. 다른 데 파이프는 구부러지게 이을 필요가 없거든요. 이 자리는 맨 처음 시공 때부터 욕조를 앉히느라고 닦달을 해댄 모양이에요."

목울대를 울리며 임씨는 맛있게 음료수를 들이켰다. 여름 한철 집수리 일이나 한다는 사내치고는 꽤 정확한 솜씨가 아닌가 하여 그는 새삼 사내의 몰골을 자세히 뜯어보았다. 원래는 자주색이었을 티셔츠는 잦은 세탁으로 누런 빛이었고 얼마나 오래 입었는지 검정 고무줄이 삐져나온 추리닝의 허리께는 서툰 손바느질로 터진 실밥을 꿰맨 자리가 어지러웠다. 작은 체구에 비하면 어깨 근육이나 팔목의 힘줄은 탄탄하게 보였고 더위로 상기된 얼굴은 이제 막 밭을 갈다 나온 농부처럼 건장해 보였다.

"지물포 주씨가 칭찬하던 대로 일을 잘하시네요."

그는 슬쩍 사내를 추켜세웠다. 인간이란 칭찬 앞에 약한 법이다. 하물며 저 단순한 육체 노동자야말로 이런 귀 간지러운 말에 자신의 온 힘을 바치지 않겠는가. 그는 자신의 한마디가 잘 계산하여 내놓은 작품임을 은근히 자만하였다. 한데 임씨의 반응은 계산과는 다르게 빗나갔다.

"뭘입쇼. 누가 와서 일해도 마찬가지니까요. 목욕탕 하자 공사는 순서가 있어요."

"그래도……." 그래도, 라고 입막음을 하려다 말고 그는 할 말이 마땅치 않아 주춤거렸다. 그래도 당신 솜씨가 최상급이오, 라는 말도 이상하게 들릴 것이고 그래도 누군들 당신만 하게 일을 처리하겠느냐, 라고 말해도 속이 보여서 곤란했다.

"사모님. 오늘 일이야 하자 없이 잘 해드릴 테니 겨울 연탄은 저희 집 것을 때세요. 저야 뭐 연탄장수 아닙니까."

이야기가 이쯤에 이르면 그는 더욱 할 말이 없어진다. 되려 임씨의 자기 선전 앞에서 스스로의 대답이 궁색해졌다. 아내 또한 딱히 연탄을 맡기겠다는 대답도 없이 웬일인지 굳어진 표정이었다.

"고향이 어디요?"

아무려면 머리 굴리는 거야 임씨보다 못하랴 싶어서 그는 말꼬리를 돌려보았다. 어딘가에는 반드시 임씨를 달뜨게 할 함정이 있을 것이다. 부드러운 말로 꽉 움켜잡아야 일에 정성을 쏟아 완벽한 공사를 해줄 게 아닌가.

"고향요?"

임씨는 반문하고서 쓰게 웃었다.

"고향이 어디냐고 묻지 말라고, 뭐 유행가 가사가 있잖습니까. 고향말 하면 기가 막혀요. 벌써 한 칠팔 년 돼가네요. 경기도 이천 농군이 도시 사람 돼보겠다고 땅 팔아갖고 나와서 요 모양 요 꼴입니다. 그 땅만 그대로 잡고 있었어도."

그때 파이프를 들고 젊은 인부가 돌아왔다. 입에는 아이들이 먹고 다니는 쭈쭈바가 물려 있고 그 겅정겅정 뛰는 듯한 걸음걸이로 성큼 욕탕 안으로 넘어섰다. 저 따위 녀석들이야 평생 노가다판에 뒹굴어도 싸지. 에이 못 배워먹은 녀석.

그들이 다시 목욕탕으로 들어가 일을 시작한 뒤 아내가 그를 마루 구석으로 끌고 갔다. 뭔가 인부들 귀에 닿지 않게 속닥거릴 이야기가 있는 모양이었다.

"그럼, 돈 계산은 어떻게 되는 거예요? 저 사람 처음에는 목욕탕을 다 뜯어발길 듯이 말하잖았어요? 견적도 그렇게 뽑았을 거예요. 이십만 원이 다 되는 돈 아네요?"

아내의 말을 들으니 딴은 중요한 문제이긴 했다. 목욕탕 공사야말로 하자 없이 해야 한다는 말을 몇 번씩이나 들먹이며 임씨가 빼놓은 견적은 욕조와 세면대 사이의 파이프만 교체하는 수준의 것이 아님은 분명하다.

"당신이 지금 가서 따져봐요. 저런 사람들 돈이라면 무슨 거짓

말을 못 하겠어요. 괜히 견적만 거창하게 뽑아놓고 일은 그 반값도 못 미치게 하자는 속임수가 틀림없어요. 우리 같은 사람이 어떻게 공사판 내용을 다 알겠어요. 이렇다 하면 그런갑다 하고 믿는 게 예사지."

아내는 애가 달았다. 이럴 줄 알았으면 이곳저곳에 견적을 뽑아 보고 시킬 것을 그랬다는 둥, 괜히 주씨 말만 믿고 덥석 일을 맡겼다가 돈만 속게 되었다는 둥, 저런 양심으로 일을 하니 연탄 배달 신세 못 면하는 것 아니냐는 둥, 종국에는 임씨의 반지르르한 말솜씨마저 다 검은 속셈을 감추기 위한 게 아니냐는 말까지 쏟아져 나왔다.

"그런 작자한테 일 잘한다고 추켜세우지를 않나, 원……."

아내는 눈까지 흘기면서 부엌으로 돌아갔다. 갑자기 그릇 부딪치는 소리가 요란해진 걸 보니 아내는 억울하게 빼앗길 돈 생각에 잔뜩 울화가 솟구치는 모양이었다. 하기야 언제까지 원미동 구석에 처박혀 살겠느냐고 벌써부터 서울 집값을 수소문하면서 아라비아 숫자들을 나열해보곤 하던 아내였으니까 너무한다고 나무랄 것도 없었다. 전철을 타고 한강을 건널 때면 멀리 강변을 따라 우뚝 솟아 있는 고층 아파트를 보는 일이 괴롭다고 하소연한 적도 있었던 그녀였다. 공장 그을음이 깔려 있는 영등포를 지나 한강을 건너 서울로 들어갈 때의 기분과 서울에서 나올 때 한강을 건너는 기분은 사뭇 다르다고 말하던 그녀였다.

다락 용도로나 쓰임직한 부엌 옆 골방까지 방 셋에 마루·부엌·욕실까지 어엿하게 꾸며진 집에서 살게 되었을 때의 흐뭇함은 일 년도 못 되어 거지반 사라지고 만 셈이었다. 서울에서 살 때의 그 끝없는 허둥댐, 떠돌아다님의 정처 없음과는 다르겠지만 이곳 원미동에서의 생활 역시 좀체 뿌리가 박히지는 않았다. 무엇보다도 잦은 공사로 그간 안정을 누리는 일 따위와는 거리가 멀었던 까닭도 있지만 간단히 말하면 그와 그의 아내는 서울에 대한 미련을 버리지 못하고 있는 중이었다.

생각하면 참 가당찮은 일이었다. 트럭의 짐칸에 실려 영등포를 지나고 개봉을 지나 부천에 들어섰을 때의 그 어줍잖은 느낌 속에도 분명 새 땅, 새 생활에의 부푼 기대 같은 게 없었다. 남의 집이 아닌 내 집을 마련했다는 약간의 흐뭇함이야 물론 없지는 않았다. 그것마저 누리지 않으려 했을 바에야 굳이 부천까지 왔을 이유가 없기 때문이었다. 가당찮은 점은 바로 여기에 있었다. 천이백만이니 천오백만이니 해대는 서울특별시에 거주하는 인간들 속에는 분명 그들보다 못 배우고 더 가난한 이들도 섞여 있을 것이었다. 그런 사람도 서울시민으로 살고 있는데 하물며 우리가 그곳에서 쫓겨나 여기까지 오게 되다니, 하는 같지 않은 느낌이 마치 문틈으로 연탄 가스가 새어들 듯 조금씩 조금씩 그들 부부를 침식해왔다. 어떤 사람 말대로 없는 사람 먹고살기로는 부천이 좋다 하지만 그는 어엿하게 한강을 건너 서울의 중심가에 직장을 둔 월급쟁이였다. 회사 주변의 술집에는 작게는 일이만 원에서 크게는 이삼십만 원의 외상 술값을 남겨놓고 다니는 적당한 주량을 가지고도 있으며 때로 실장의 곁눈질에 가슴이 철렁하는 소심함도 남 못지않기는 하지만 그래도 저 임씨처럼 겨울이면 연탄 배달에 여름이 오면 공사판 막일을 해야 하는 처지와는 사뭇 다른 것이다.

임씨에게 잔뜩 당했다고 믿고 있는 아내는 점심상을 내놓을 때까지도 얼굴이 굳어 있었다. 하다못해 많이들 드시라는 입에 발린 인사조차 내밀지 않아서 그가 오히려 민망하였다. 게다가 밥상에는 두 그릇의 밥만 올려져 있었다. 그의 몫의 식사는 함께 준비하지 않은 것이었다.

"내 밥도 가져와. 아저씨들이랑 함께 먹어치우지 뭐."

그는 짐짓 소탈하게 아내를 채근했다.

"나중에 어머님이랑 함께 드세요. 아직 이르잖아요."

아침 식사한 지가 얼마나 되었느냐는 아내의 말이었지만 인부들과 겸상으로 차릴 수 없다는 아내다운 발상임을 그는 모르지 않았다. 그때 숟가락을 들려다 말고 임씨도 아내의 말에 동조했다.

"그러시지요. 저희야 옷도 먼지투성이고, 일하던 꼴이라 망측스러우니 사장님과 함께 들기가 뭐하네요."

"어허, 무슨 말씀을. 얼른 내 밥도 가져오라구."

아내는 마지못해 밥과 숟가락을 상에 놓았다. 머리칼 위에 허옇게 내려앉은 시멘트 가루를 이고서 임씨는 고봉으로 퍼담은 밥그릇을 비워내기 시작했다. 젊은 잡역부는 아내가 달걀을 입혀 지져낸 소시지 부침만을 겨냥하는 젓가락질을 해대다가 임씨에게 머퉁이를 먹기도 하였다.

"예끼 이 자슥아. 열 살 먹은 어린애도 아니면서 입에 단 것만 골라 먹누."

"그런 말씀 마세요. 다른 집에 가면 새참에 가스테라나 우유도 내주던데 오늘은 쫄쫄 굶었단 말예요."

젊은 인부의 말이 그가 듣기에 민망했음을 고려해서인지 임씨가 녀석의 머리통을 쥐어박았다.

"일은 참새눈물만큼 해놓구선 먹기는 황소같이 처먹으려구."

"오전 시간은 짧아서 새참 내놓을 짬이 없었어요. 오후에는 술이라도 한잔 들면서 쉬었다 하지요."

그러자 임씨가 입에 가득 밥을 물고 휘휘 손을 내저었다.

"사장님도 그런 말씀 마세요. 이만하면 되었지 뭘 또. 오늘 일 마치려면 쉴 짬도 없어요. 이놈의 자식이 원래 먹성이 좋아서……."

"사실이 그렇지요 뭘. 먹어야 뱃심이 생겨 일을 잘할 꺼 아닙니까."

젊은 인부가 입을 뚱하니 내밀었다.

글줄이나 익히고 대학쯤 졸업해서 볼펜 굴리며 일하는 부류에게는 뱃심이라는 게 필요 없는 법이다. 머리를 굴리는 일에 과식은 오히려 금물이지만 이들처럼 막노동꾼에게는 그저 배불리 먹이는 게 밑천 뽑는 것 아닌가. 그는 임씨나 젊은이에게 이것저것 반찬을 돌려주면서 내심으로는 아내의 눈치를 보았다.

"이런 일은 언제부터 했어요?"

임씨의 공이 박인 손가락이 예사롭지 않아서 그는 문득 남자의 전력이 궁금해졌다.

"뭐 안 해본 게 없어요. 까짓거 몸 돌보지 않고 열심히만 하면 농사꾼보다야 낫겠거니 했지요. 처음에는 땅 판 돈이 좀 있어서 생선장사를 하다가 밑천 잘라먹고 농사꾼 출신이라 고추장사는 자신 있지 싫어 덤볐다가 아예 폭삭 망했어요."

밥그릇 비우는 솜씨도 일솜씨 못지않아서 임씨는 그가 반도 비우기 전에 벌써 숟가락을 놓았다. 그리고 은하수 한 개비를 물었다.

"밑천 댈 돈이 없으니 그 다음부터는 닥치는 대로죠. 서울서 밑천 털리고 부천으로 이사 온 게 한 육 년 되나. 이 바닥서 안 해본 게 없어요. 얼음장수, 채소장수, 개장수, 번데기장수, 걸리는 대로 했으니까요. 장사를 하려면 단돈 천 원이라도 밑천이 들게 마련인데 이게 걸핏하면 밑천 까먹기라 이겁니다. 좀 되는가 싶어도 자식새끼가 많다보니 쓰이는 돈도 많고. 그래서 재작년부터는 몸으로 벌어먹는 노가다 일을 주로 했지요. 빵기쟁이, 미쟁이, 보일러쟁이 뭐 손안 댄 게 없어요. 잡부가 없다면 잡부로 뛰고, 도배쟁이가 없다면 도배도 해요. 그러다 겨울 닥치면 공터에 연탄 부려놓고 연탄 배달로 먹고살지요."

키 작은 하청일과 키 큰 서수남이 재잘재잘 숨넘어가게 가사를 읊어대는 노래가 생각날 만큼 그가 주워섬기는 직업 또한 늘어놓기 힘들 만큼 많았다. 그렇게 많은 일을 했다면서 아직도 요 모양 요 꼴인가 싶으니 견적에서 돈 남기고 공사에서 또 돈 남기는 재주는 임씨가 막판에 배운 못된 기술인지도 몰랐다.

"연탄 배달이 그래도 속이 젤로 편해요. 한 장 배달에 얼마, 이렇게 금새가 매겨져 있으니 한철에 얼마큼만 나르면 입에 풀칠은 하겠다는 계산도 나오구요. 없는 살림에는 애들 크는 것도 무서워요. 지하실에 꾸며놓은 단칸방에 살면서 하루에 두 끼는 백 원짜리 라면으로 때우게 되더라구요. 그래도 농사질 때는 명절 닥치면 떡

한 말쯤이야 해놓을 형편이었는데……. 시골서 볼 때는 돈이란 돈은 왼통 도시에 몰려 있는 것 같음서도 정작 나와보니 돈구경하기 힘들데요."

그는 또 공사 맡아서 주인 속여 남긴 돈은 다 뭣 하누 하는 생각에 임씨 얼굴을 다시 보게 된다. 하기야 임씨 같은 뜨내기 인부에게 일 맡길 집주인도 흔치 않겠지 하고 어림하다보니 스스로가 바보가 된 것 같아서 새삼 입맛이 썼다.

"얼음장수나 계속하시지, 여름에 시원하고 좋지 않아요?"

트림을 끄윽 해대면서 젊은 녀석이 히죽 웃었다. 맛있어 보임직한 반찬만 골라 먹고 정작 밥은 그릇 밑바닥에 남겨놓은 것을 보니 참 한심한 녀석이다 싶어서 그는 녀석을 외면하고 임씨를 보았다.

"야, 그것 말도 마라. 남의 차 빌려갖고 냉동 시설을 갖추느라고 돈깨나 퍼들였지. 처음에는 좀 남는 것도 같더라고. 사실로 따지면야 물 퍼다가 만드는 얼음 아닌가. 그래 한철 진 빠지게 하고 나서 맞춰보니 어쩐 일인지 남는 게 없어. 기왕에 거래선을 잡아보겠다고 싸게 공급하느라 헛김만 뺀 거지 뭐."

"개장수하시면서는 멍멍탕깨나 잡수셨겠어."

벽에 기대고 앉아 담배를 피우던 젊은 녀석이 또 이죽거렸다.

"사장님도 보신탕 잡숫지요? 여름엔 그저 개장국에 밥 말아먹는 게 최고인데."

밥상을 내가던 아내가 입을 비죽 내밀었다. 임씨의 개장수 시절 이야기는 아내의 샐쭉함이야 어쨌든 아주 흥미있었다. 집에서 기르던 똥개가 새끼를 낳으면서 시작된 개장수는 망태기 하나 둘러메고 망태기 속에 오징어 다리나 명태 대가리들을 넣어 한적한 주택가를 헤매는 게 사실상의 일이라 했다.

"예나 이제나 똥개값이야 팔고 사는 사람들이 하도 빡빡하게 구니 남는 게 없어요. 주인 없는 발발이 새끼라도 건지는 게 돈버는 일입지요. 명태 대가리 던져놓고 다 먹기 기다려서 슬슬 걸어가기만 하면 돼요. 침을 질질 흘리면서 어디까지라도 따라오지요. 얼마큼 멀어졌다 싶으면 목에다 고리 채워서 같이 걸어가면 그뿐예요. 그래갖고 저 영등포시장에 개골목이 있지요. 거기다 넘기면 말예요, 다음 날 가보면 어제 넘긴 놈이 벌건 몸뚱이로 고깃근이 되어 좌판에 엎어져 있어요. 그것도 못할 노릇이데요. 눈깔 뻔히 뜨고 나자빠져 있으니 괜히 뒤가 구리다 이 말씀예요."

임씨 손에 끌려가 도살장에서 목을 달았을 개가 수십 마리쯤에 이르렀을 때 그는 개장수를 집어치웠다. 그렇게 맛있던 보신탕이 슬슬 역겨워지던 무렵이었다. 그리고 얼마 안 있어 개고기에 무슨 균이 있다고 신문이나 방송에서 법석을 떨어대는 통에 견공들의 수난이 좀 덜한 세월이 되었다.

그들이 슬슬 일을 시작하려고 자리에서 일어설 무렵, 은혜를 앞세우고 노모가 들어왔다.

"집도 억시기 좋드라. 부천에도 그러코롬 잘 꾸민 집이 있을 줄 내사 몰랐지."

새로 이사한 김집사네 집을 가리키는 말이다.

"어머니 식사하세요."

아내가 어느새 점심상을 차려내왔다.

"아이다. 은혜 데불러 안왔나. 목사님 모시고 이사 예배 본다꼬 점심 장만이 한창인 기라. 일하느라 걸그치는데 은혜 맡아갖고 그 집에서 점심 묵꼬 일 좀 더 봐주다 올 끼다."

더럽혀진 아이의 옷을 갈아입히고 어머니는 다시 나가버렸다. 어쩔 수 없이 혼자 밥상 앞에 앉게 된 아내가 공기밥에 물을 주르르 말아버린다. 심사가 좋지 않다는 표시였다.

"왜?"

그가 다그쳤다.

"은혜는 그냥 놔두고 가시잖고. 아, 당신이 말리지 그랬어요?"

"할머니 따라가서 맛있는 점심 먹으면 어때서 그래?"

"이사하느라 부산한 집에서 눈칫밥 먹는 게 좋아요? 생전 맛있는 음식 구경 못 한 사람처럼. 우리가 뭐 거지인가."

"허허, 이거 왜 이러시나, 김집사네 대궐 같은 집 산 것이 못마땅해?"

"누가 그렇대요. 우리 형편하고 김집사네하고 대기나 할 수 있어야 말이지……."

그래도 아내는 자신의 분수를 아주 모르지는 않는 모양이었다. 이내 임씨의 견적 문제로 되돌아오는 말꼬리를 봐도 그렇다.

"어서 가서 확실하게 다짐해둬요. 아까 이야기 들어보니 산전수전 다 겪어서 수완이 보통은 넘겠습디다."

임씨의 살아온 내력을 들었을 때 그는 지지부진한 한 인생을 떠올렸었다. 그가 끌고 다녔을 개들의 인생이나 별로 다를 바 없는, 도저히 구제할 수 없는 삶을 생각했었다. 그런데 똑같은 이야기를 듣고 아내는 임씨의 수완이 보통이 아닌 것을 간파했다고 시방 말하는 것이었다.

"돈 건넬 때 말해도 늦지 않아. 수완이 좋았다면 여태 저러고 있겠어."

알게 모르게 그는 아내 편에서 떨어져나와 임씨 편에 서 있는 셈이었다. 그렇다고는 해도 한심한 어떤 사내의 구구절절한 사연을 기웃거린 일말의 동정에 불과한 것이기가 십상이었다.

그리고 오후부터는 일의 양상이 사뭇 달라져 있었다. 마지못해 시키는 일이나 간신히 해대던 젊은 잡역부가 약속을 핑계로 일을 중단했기 때문이었다.

"반나절 일한 것, 지금 주세요. 어제 것도 안 줬잖아요? 커피값도 없단 말예요."

녀석은 그가 보거나 말거나 임씨에게 손을 내밀었다. 머리통을 한 대 쥐어박을 듯이 덤벼들었던 임씨가 욕설을 중얼중얼 내뱉으며 오천 원짜리 한 장을 꺼내서 녀석에게 주었다. 벽에 붙은 거울 앞에서 이빨 새도 살피고 지니고 다니는 빗을 꺼내 머리도 매만진 녀석이 이번에는 부엌 싱크대 수도꼭지를 틀어놓고 오랫동안 손을 씻었다. 오전 동안 일한 돈을 들고 녀석이 어디로 갈 것인지는 보지 않아도 환히 알 수 있었다.

"아직 고생을 못 해봐서 저래요. 이웃에 사는데, 집에서 빈둥빈둥 놀고 있길래 심부름이나 시킨다고 데리고 다녀보니깐 애가 영 바람만 들어갖고, 쯧쯧."

"이런 일 하러 다닐 친구로는 안 보입니다."

"맞아요. 어디 가서 제비족으로 남의 등이나 치며 사는 게 저놈한테는 딱 맞다니까."

임씨 입에서 먼저 남의 등이나 치며, 하는 말이 나왔으므로 그는 별수없이 또 견적 뽑은 대로 돈을 울궈낼 임씨의 검은 속셈을 상기하지 않을 수 없었다. 남한테는 저리 엄격하면서 자신이 남의 등을 치는 일쯤은 이해받아야 된다고 생각하는지도 몰랐다.

욕조를 들어다 제자리에 앉히는 일을 거든 것을 시작으로 하여 그는 마침내 임씨 밑에서 잡역부 노릇을 톡톡히 해내게 되었다. 아까 젊은 녀석이 겨우 그깐 일로 시간을 메우나 해서 영 시원찮던 잡부일이란 게 막상 달려들어 해보자니 보통 힘으로는 어려웠다. 우선 깨진 돌더미들을 부대에 담아 몇 차례 아래층까지 나르는 일만으로도 어깨가 뻐근했다. 계단을 서너 번 오르락내리락하니까 벌써 러닝셔츠가 땀에 푹 젖어버리고 말았다. 임씨가 사장님, 사장님 하면서도 시킬 일은 다 시키고 있는 것 같아 은근히 부아가 솟기도 하였다.

"사장님. 오늘 쉬지도 못하고 고생이 많습니다요. 어허, 이거 큰일이네. 저 땀 좀 봐요."

제 얼굴에 흐르는 땀은 모르는 듯 그의 얼굴에 맺힌 땀방울을 신기하게 바라보며 임씨는 싱겁게 웃어댔다. 시멘트와 모래를 져다 나르는 일도, 시멘트와 모래를 배합하는 일도 '사장님' 몫이고 임씨는 기술자답게 미장이 노릇만 해나갔다. 그러다가 방수액이 모자라면 뛰어내려가 건재상에 다녀와야 하고 욕조가 잘 붙도록 누르고 있으려면 한껏 팔을 뻗치고 있는 힘을 쏟아야 했다.

세시가 지나서 아내가 막걸리 한 병에 안주를 마련해왔으므로 그와 임씨는 비로소 허리를 펴고 일을 쉴 수가 있었다.

"일꾼들한테는 막걸리가 최고예요."

막걸리 한 병을 금방 비워내고 임씨는 단걸음에 타일을 가져오겠다고 뛰어갔다. 안줏감으로 돼지고기를 볶아온 아내에 대한 인사인지 아니면 겨울철의 연탄장사를 위한 사전 공작인지 임씨는 막걸리를 마시면서 이렇게 말을 했다.

"사모님. 어디 시멘트 깨진 데 있음 말하십시요. 타일만 붙이면 일은 끝날 테고 여름 해도 기니 손을 봐드립지요."

임씨가 나가고 나자 아내가 입을 비죽했다.

"자기도 양심이 있나보지. 생돈을 그냥 먹으려니 찔리는 데가 있는 거예요."

"그게 아니고 내가 잡역부 노릇을 톡톡히 해주어서 고맙다는 뜻이야. 이 사람은 그저 생각하는 것마다……."

"당신도 어느새 일꾼 심뽀 닮아가는 것 아녜요?"

어쨌거나 그들은 억울하게 생돈을 무느니 비가 많이 오면 물방울 떨어지는 소리가 들리곤 하던 안방 천장 부근의 옥상을 이 기회에 고쳐보기로 의논을 마치었다. 비가 새는 부위만 깨부수고 방수를 하면 될 일이었으나 도배지까지는 번지지 않아 그럭저럭 미루고 있던 참이었다.

타일을 깔고 어질러진 연장 뭉치들을 거두어내는 것으로 목욕탕 보수 공사는 일단락을 지었다. 여섯시가 가까운 시각이었으나 여름 해는 길어서 푸른 하늘이 선명히 올려다보였으므로 임씨는 군말 없이 옥상 방수를 해치울 차비를 차렸다. 임씨와 함께 물이 새는 부위를 어림짐작으로 찾아내어 망치질로 깨부수는 일을 시작하면서 그는 은근히 후회하였다. 몇 번의 망치질로도 어깻죽지의 힘줄이 잔뜩 땅기며 짜릿짜릿한 통증을 안겨주었기 때문이었다.

그러나 그것은 서막에 불과했다. 불과 한 평 남짓 깨부수었음에도 져 날라야 할 쓰레기는 서너 행보로는 턱없이 부족했고 그 자리를 메우기 위해서는 시멘트 두 포대와 모래가 등짐으로 다섯 번 이상이었다. 여덟 굽이의 계단을 오르는데 걸음을 옮길 때마다 아랫도리가 후들후들 떨려왔다. 그렇다고 날은 곧 어두워질 텐데 임씨더러 혼자 하라고 내맡겨놓을 수도 없는 노릇이었다. 경위야 어찌 되었든 견적에 나와 있지 않은 일을 해주고 있는 탓에 그는 팥죽 같은 땀을 흘리면서 등짐을 져 날랐다.

정말이지 아무나 할 수 있는 일이 아냐. 그는 영업부의 박찬성을 생각했다. 홍보실 발령을 받으면서 "이것 물 먹이는 것 아냐. 생판 모르는 일을 하라니 사람 놀리는 것도 아니고." 어쩌구 하며 죽을상을 지었더니 박찬성이 위로랍시고 하는 말이 이랬다. 군소리 없이 받들어 모셔야 해. 월급쟁이 노릇이 더럽다 더럽다 하지만 이 나이에 여기서 떨려나면 솔직히 우리 신세가 뭐가 되겠어? 모은 돈이 있나, 재벌 처갓집이 있나, 묵혀둔 땅덩이가 있나, 안 그래? 그렇다고 몸뚱이로 먹고살 수 있냐 하면 그것도 어림없어. 우리 몸뚱이는 이미 삭았어. 술에 삭고 눈치에 삭고 같잖은 지식에 삭고. 숟가락 들어올리는 일도 귀찮은 몸이야, 나는.

구구절절이 옳은 말이었다. 생전 안 하던 일로 용을 쓰자니 머리가 다 띵할 지경이었다. 임씨는 아침부터 몸을 굴렸음에도 아직 끄떡없었다. 날씨가 더우니 땀이야 흘리고 있지만 그는 정말이지 일에 지쳐 있는 표정이 아니었다. 오늘이 광복절이지. 마치 광복군의 투사처럼 용감하군. 장사야 장사. 고려 시대에나 태어났더라면 서릿발 같은 기상의 용맹한 장군감이 틀림없을걸.

그는 임씨의 툭 불거진, 종아리의 힘찬 알통을 바라보며 속으로 중얼거렸다. 이 아무짝에도 필요 없는 분석력, 습관화된 늘어진 엿가락 같은 생각의 실타래 때문에 공연스레 머리가 무거운거라고 그는 머리를 흔들어대기도 했다. 그러면서도 생각은 어쩔 수 없이 또 꼬리를 문다.

일꾼들이 주인의 눈을 피해 일을 허술하게 하거나 망가뜨리는 게 사실은 저항의 한 형태가 아니었을까. 광복 이전의 일제 시대에는 조센징 어쩌구 하는 냄새나는 게다짝 때문에 더욱 일인들의 눈을 피해 일을 망치게 했던 건 아닐까. 그리고 광복 이후에는 사회의 구조적인 모순이 일꾼들을 그렇게 만든 건 아닐까. 바로 오늘까지도 부유한 계층은 당당하게, 한 치의 의심도 없이 자신들의 부를 만끽하고 임씨처럼 막일을 하는 일꾼들은 또 그들대로 당당하게 공정을 무시하고 슬쩍슬쩍 눈가림을 한다. 그렇다면…….

임씨는 그의 머릿속에서 어떤 생각이 굴러가는지 알 바 없이 재빠른 솜씨로 방수액을 섞은 시멘트 배합물을 깨부숴놓은 자리에 이겨바르기에 여념이 없었다. 실내 공사야 관계없지만 일껏 방수를 해놓고 굳기 전에 비라도 내리면 산통이 깨질 것이므로 그는 어두워오는 하늘을 쳐다보았다. 여름 하늘이 노상 그렇듯 서너 장의 먹장구름이 둥싯 떠 있고 먹장구름 뒤로 물결 같은 잔구름이 남풍을 타고 흐르고 있었다. 여름날의 변덕 많은 날씨를 어찌 잡아두랴 싶어서 그는 흙 묻은 손을 털었다. 임씨의 하는 일이 대충 마무리 단계인 듯싶어 담배나 한 대 피우며 쉬어볼까 해서였다.

"여름엔 비도 잦은데 그러면 일을 못 해서 어쩝니까?"

"비가 오면 비가 오는 대로 할 일이 있습지요."

흙손을 내두르는 그의 손놀림이 더 빨라졌다. 어느새 주위가 군청빛으로 어두워오고 있었다.

"비가 오면 또 다른 벌이가 있어요?"

"비 오는 날엔 아침부터 가리봉동에 가야 합니다."

"가리봉동에?"

"예. 사장님은 몰라도 됩니다요. 암튼 비가 오면 난 가리봉동으로 갑니다."

임씨가 잠시 일손을 멈추고 알 수 없는 표정을 언뜻 지었다. 이렇게 힘든 일을 매일같이 계속했으면 비 오는 날 하루쯤은 쉬어야 할 게 아닌가, 라고 말해주려다가 그는 입을 다물었다. 누군들 쉬고 싶지 않을 거냐는, 하루에 두 끼는 라면으로 배를 채우는 식구들을 거느린 가장으로서 어찌 비 오는 날이라 하여 아랫목에서 뒹굴기만 하겠느냐는 데 생각이 미쳤던 까닭이었다.

간단하게 여겼던 옥상의 공사는 의외로 시간을 끌었다. 홈통으로 물이 잘 빠질 수 있도록 경사면을 맞춰야 하는 것도 시간을 더디게 했고 깨놓은 자리와 기왕의 자리의 이음새 사이로 물이 새지 않도록 면을 고르다보니 조금씩 더 깨부숴야 하는 추가 부담도 잇따랐다. 이미 밤은 시작된 것이나 진배없어 이웃집들의 창문에 하나 둘 불이 밝혀졌다. 그런데도 임씨는 만족하다 싶을 때까지는 일손을 놓고 싶지 않은 모양이었다. 이리 재고 저리 재고, 그러고도 모자라 이왕 덮어놓은 곳을 한 번에 으깨어버리고 또 새로 흙손질을 거듭하곤 했다. 옆에서 보고 있자니 임씨는 도무지 시간가는 줄을 모르는 사람 같았다.

몇 번씩이나 옥상에 얼굴을 디밀고 일의 진척 상황을 살피던 아내도 마침내 질렸다는 듯 입을 열었다.

"대강 해두세요. 날도 어두워졌는데 어서들 내려오시라구요."

"다되어갑니다, 사모님. 하던 일이니 깨끗이 손봐드려얍지요."

다시 방수액을 부어 완벽을 기하고 이음새 부분은 손가락으로 몇 번씩 문대어보고 나서야 임씨는 허리를 일으켰다. 임씨가 일에 몰두해 있는 동안 그는 숨소리조차 내지 않고 일하는 양을 지켜보았다. 저 열 손가락에 박인 공이의 대가가 기껏 지하실 단칸방만큼의 생활뿐이라면 좀 너무하지 않나 하는 안타까움이 솟아오르기도 했다. 목욕탕 일도 그러했지만 이 사람의 손은 특별한 데가 있다는 느낌이었다. 자신이 주무르고 있는 일감에 한 치의 틈도 없이 밀착되어 날렵하게 움직이고 있는 임씨의 열 손가락은 손가락 이상의 그 무엇이었다. 처음에는 이 사내가 견적대로의 돈을 다 받기가 민망하여 우정 지어내 보이는 열정이라고 여겼었다. 옥상 일의 중간에 잠시 집에 내려갔을 때 아내도 그런 뜻을 표했다.

"예상외로 옥상 일이 힘드나보죠? 저 사람도 이제 세상에 공돈은 없다는 사실을 깨달았을 거예요."

하지만 우정 지어낸 열정으로 단정한다면 당한 쪽은 되려 그들이었다. 밤 여덟시가 지나도록 잡역부 노릇에 시달린 그도 고생이었고, 부러 만들어 시킨 일로 심적 부담을 느끼기 시작한 그의 아내 역시 안절부절못했으니까.

아내는 기다리는 동안 술상을 보아놓고 있었다. 손발을 씻고 계단에 나가 옷의 먼지를 털고 들어온 임씨는 여덟시가 넘어선 시간을 보고 오히려 그들 부부에게 미안해하였다. "시간이 벌써 이리 되었남요? 우리 사모님 오늘 너무 늦게까지 이거 고생이 많으십니다요. 사장님이야 더 말할 것도 없구, 참 죄송하게 되었습니다."

안방에서 아이들을 보고 있던 노모가 대신 임씨의 노고를 치하해주었다.

"젊은 사람이 일도 엄청 잘하네. 늦으문 낼 하고 쉬었다 하모 좋을 끼고만 일 무서븐 줄 모르는 걸 보이 앞으로는 잘살 끼요."

노모의 덕담을 임씨는 무릎을 꿇고 두 손을 짚은 채 들었다.

"내사 예수 믿는 사람이라 남자들 술 마시는 꼴은 앵꼽아서 못 보지만 그렇기 일하고는 안 마실 수 없겠구마는. 나는 고마 들어가 있을 테이 좀 쉬었다 가소."

노모가 방문을 닫고 들어가자 임씨는 그가 부어주는 술을 두 손으로 황감히 받쳐들고 조심스레 목울대로 넘겼다.

"이거 왜 이러십니까. 편히 드십시다. 나이도 서로 엇비슷할 텐데 말이오."

그렇게 말은 했어도 그는 임씨의 나이가 그보다 훨씬 많으면 왠지 괴롭겠다는 기분을 지울 수가 없었다. 찬바람이 불면 다시 온몸에 검댕칠을 하는 연탄 배달에 나서야 하고 여름이 오면 정식으로 간판 달고 일하는 설비집 동료들이 손이 딸려야만 넘겨주는 일감에 매달려 하루 벌어 하루 먹고사는 저 사내의 앞날이 창창하다는 게 위안이 될는지 그것도 모를 일이긴 했다.

"사장님은 금년 몇이시지요? 저는 토끼띠, 서른여섯 아닙니까?"

임씨가 서른여섯에 토끼띠라면 그는 서른다섯의 용띠였다. 옆에 앉아서 지갑을 열었다 닫았다 하던 아내가 얼른 "이 양반은……." 하고 나서는 것을 그가 가로챘다.

"그래요? 나도 토끼띠지요. 서로 동갑이군요."

아내가 기가 막히다는 표정으로 그를 쳐다보았지만 그는 아랑곳하지 않고 동갑 기념이라고 또 한 잔의 술을 그의 잔에 넘치도록 부었다. 한 살 정도만 보태는 것으로 거짓말의 양을 줄일 수 있는 것이 몹시 다행스러웠다.

"토끼띠 남자들이 원래 팔자가 드센 편 아닙니까요? 여자 토끼띠는 잘사는데 요상하게 우리 나이 토끼띠 남자들은 신수가 고단터라 이 말씀입니다. 헌데 사장님은 용케 따시게 사시니 복이 많으십니다."

저런. 그는 속으로 머쓱했다.

토끼띠가 어쩌고 해쌌는 게 아무래도 아슬아슬했던지, 아니면 준비한 술이 바닥나는 게 보였던지 아내가 단호하게 지갑을 열었다.

"돈 드려야지요. 그런데……."

아내는 뒷말을 못 잇고 그의 얼굴을 말끄러미 올려다보았다. 그는 술잔을 들어올리며 짐짓 아내를 못 본 척했다. 역시 여자는 할 수 없어. 옥상 일까지 시켜놓고 돈을 다 내주기가 아깝다는 뜻이렷다. 그는 아내가 제발 딴소리 없이 이십만 원에서 이만 원이 모자라는 견적 금액을 다 내놓기를 대신 빌었다. 그때 임씨가 먼저 손을 휘휘 내젓고 나섰다.

"사모님. 내 뽑아드린 견적서 좀 줘보세요. 돈이 좀 틀려질 겁니다."

아내가 손에 쥐고 있던 견적서를 내밀었다. 인쇄된 정식 견적용지가 아닌, 분홍 밑그림이 아른아른 내비치는 유치한 편지지를 사용한 그것을 임씨가 한참씩이나 들여다보았다. 그와 그의 아내는 임씨의 입에서 나올 말에 주목하여 잠깐 긴장하였다.

"술을 마셨더니 눈으로는 계산이 잘 안 되네요."

임씨는 분홍 편지지 위에 엎드려 아라비아 숫자를 더하고 빼고, 또는 줄을 긋고 하였다.

그는 빈 술병을 흔들어 겨우 반 잔을 채우고는 서둘러 잔을 비웠다. 임씨의 머릿속에서 굴러다니고 있을 숫자들에 잔뜩 애를 태우고 있는 스스로가 정말이지 역겨웠다.

"됐습니다, 사장님. 이게 말입니다. 처음엔 파이프가 어디서 새는지 모르니 전체를 뜯을 작정으로 견적을 뽑았지요. 아까도 말씀드렸지만 일이 썩 간단하게 되었다 이 말씀입니다. 그래서 노임에서 사만 원이 빠지고 시멘트도 이게 다 안 들었고, 모래도 그렇고, 에, 쓰레기 치울 용달차도 빠지게 되죠. 방수액도 타일도 반도 못 썼으니 여기서도 요게 빠지고 또……."

임씨가 볼펜심으로 쿡쿡 찔러가며 조목조목 남는 것들을 설명해갔지만 그의 귀에는 제대로 들리지 않았다. 뭔가 단단히 잘못되었다는 기분, 이게 아닌데, 하는 느낌이 어깨의 뻐근함과 함께 그를 짓누르고 있을 뿐이었다.

"그렇게 해서 모두 칠만 원이면 되겠습니다요."

선언하듯 임씨가 분홍 편지지를 아내에게 내밀었다. 놀란 것은 그보다 아내 쪽이 더 심했다. 그녀는 분명 칠만 원이란 소리가 믿기지 않는 모양이었다.

"칠만 원요? 그럼 옥상은……."

"옥상에 들어간 재료비도 여기에 다 들어 있습니다. 그거야 뭐 몇 푼 되나요."

"그럼 우리가 너무 미안해서……."

아내가 이번에는 호소하는 눈빛으로 그를 쳐다보았다. 할 수 없이 그가 끼어들었다.

"계산을 다시 해봐요. 처음에는 십팔만 원이라고 했지 않소?"

"이거 돈을 더 내시겠다 이 말씀입니까? 에이, 사장님도. 제가 어디 공일 해줬나요. 조목조목 다 계산에 넣었습니다요. 옥상 일한 품값은 지가 써비스로다가……."

"써비스?"

그는 아연해서 임씨의 말을 되받았다.

"그럼요. 저도 써비스할 때는 써비스도 하지요."

그는 입을 다물어버렸다. 뭐라 대꾸할 말이 없었다.

"토끼띠면서도 사장님이 왜 잘사는가 했더니 역시 그렇구만요. 다른 집에서는 노임 한 푼이라도 더 깎아보려고 온갖 트집을 다 잡는데 말입니다. 제가요, 이 무식한 노가다가 한 말씀 드리자면요, 앞으로 이 세상 사시려면 그렇게 마음이 물러서는 안 됩니다요. 저는요, 받을 것 다 받은 거니까 이따 겨울 돌아오면 우리 연탄이나 갈아주세요."

임씨는 아내가 내민 7만 원을 주머니에 쑤셔넣고 자리에서 일어섰다.

그는 일층 현관까지 내려가 임씨를 배웅하기로 했다. 어두워진 계단을 앞서거니 뒤서거니 내려가면서 임씨는 연장 가방을 몇 번이나 난간에 부딪혔다. 시원한 밤공기가 현관 앞을 나서는 두 사람을 감쌌고 그는 무슨 말로 이 사내를 배웅할 것인가를 궁리해보았다. 수고했다라는 말도, 고맙다는 말도 이 사내의 그 '써비스'에 대면 너무 초라하지 않을까. 그때 임씨가 돌연 그의 팔목을 꽉 움켜잡았다.

"사장님요, 기분도 그렇지 않은데 제가 맥주 한잔 살게요. 가십시다."

임씨는 백열구로 밝혀놓은 형제슈퍼의 노천의자를 가리키고 있었다.

"맥주는 내가 사지요."

"아니오. 제가 삽니다."

"좋소. 누가 사든 가봅시다."

그들은 형제슈퍼의 김반장에게 맥주 세 병을 시켰다.

"워따메, 두 분이 어디서 그러코롬 일차를 하셨당가요."

전라도 부안이 고향이라는 김반장은 기분이 좋았다 하면 진짜 토박이말로 사람을 어르는 재주가 있었다.

"맥주도 좋소만, 임씨 아저씨 우리 외상값부텀 갚아주셔야 쓰것당게."

임씨는 두말없이 외상값 천삼백 원을 갚아주고는 기세 좋게 쥐포 세 마리 구워오라고 이른다.

"사장님요. 뭐 다른 안주도 시키십쇼."

임씨가 그를 보았다.

"어따, 동갑끼리 사장은 무슨 사장님. 오늘 종일 그 말 듣느라고 혼났어요. 말 놓으십시다."

그가 거품이 넘치는 잔을 내밀며 큰소리를 쳤다. 임씨가 잠시 아연한 눈길로 그를 바라보았다.

"좋수다. 형씨. 한잔 하십시다."

임씨가 호기를 부리며 소리 나게 잔을 부딪쳤다.

"그렇지, 그렇지. 다 같은 토끼 새끼 주제에 무슨 얼어죽을 사장이야!"

그의 허세도 임씨 못지않았으므로 이윽고 두 사람은 주거니 받거니 술잔을 비우기 시작하였다.

"내가 이래봬도 자식 농사는 꽤 지었지요."

임씨는 자신의 아들딸이 네 명이란 것, 큰놈은 국민학교 4학년인데 공부를 썩 잘하고 둘째딸년은 학교 대표 농구 선수인데 박찬숙 못지않을 재주꾼이라고 자랑했다.

"그놈들 곰국 한번 못 먹인 게 한이오, 형씨. 내 이번에 가리봉동에 가면 그 녀석 멱살을 휘어잡아야지."

임씨가 이빨 사이로 침을 찍 뱉었다. 뭐 맛있는 거나 되는 줄 알고 김반장의 발발이 새끼가 쪼르르 달려왔다.

"가리봉동에 가면 곰국이 나와요?"

임씨가 따라주는 잔을 받으면서 그는 온몸을 휘감는 술기운에 문득 머리를 내둘렀다. 아까부터 비 오는 날에는 가리봉동에 간다는 임씨의 말이 술기운과 더불어 떠올랐다.

"곰국만 나오나. 큰놈 자전거도 나오고 우리 농구 선수 운동화도 나오지요. 마누라 빠마값도 쑥 빠집니다요. 자그마치 팔십만 원이오, 팔십만 원. 제기랄. 쉐타 공장 하던 놈한테 일 년내 연탄을 대줬더니 이놈이 연탄값 떼어먹고 야반도주했어요. 공장이 망했다고 엄살을 까길래, 내 마음인들 좋았겠소. 근데 형씨. 아, 그놈이 가리봉동에 가서 더 크게 공장을 차렸지 뭡니까. 우리네 노가다들, 출신이 다양해서 그런 소식이야 제꺼덕 들어오지, 뭐."

"그럼 받아야지, 암. 받아야 하구말구."

그는 딸꾹질을 시작했다. 임씨에게 술을 붓는 손도 정처 없이 흔들렸다. 그에 비하면 임씨의 기세 좋은 입만큼은 아직 든든하다.

"누군 받기 싫어 못 받수. 줘야 받지. 형씨, 돈 있는 놈은 죄다 도둑놈이오. 쫓아가면 지가 먼저 울상이네. 여공들 노임도 밀렸다, 부도가 나서 그거 메우느라 마누라 목걸이까지 팔았다고 지가 먼저 성깔내."

"죽일 놈."

그는 스웨터 공장 사장을 눈앞에 그려본다. 빤질빤질한 상판에 배는 툭 불거져 나왔겠지.

"그게 작년 일인데 형씨, 올 여름에 비가 오죽 많았소. 비만 오면 가리봉동에 갔지요. 비만 오면 갔단 말이오."

"아따, 일 년 삼백육십오 일 비 오는 날은 쌔고 쌨는디 머시 그리 걱정이당가요?"

김반장이 맥주를 새로 가져오며 임씨를 놀려먹었다.

"시끄러, 임마. 비가 와야 가리봉동에 가지, 비가 와야……."

"해 뜨는 날은 돈 벌어서 좋고, 비 오는 날은 돈 받아서 좋고, 조오타!"

김반장이 젓가락으로 장단까지 맞추자 임씨는 김반장 엉덩이를 찰싹 갈긴다.

"형씨, 형씨는 집이 있으니 걱정할 것 없소. 토끼띠면 어쩔 거여. 집이 있는데, 어디 집값이 내리겠소?"

"저런 것도 집 축에 끼나……."

이번엔 또 무슨 까탈을 일으킬 것인지, 시도 때도 없이 돈을 삼키는 허술한 집이라고 대꾸하려다가 임씨의 말에 가로채여서 그는 입을 다물었다.

"난 말요. 이 토끼띠 사내는 말요, 보증금 백오십만 원에 월세 삼만 원짜리 지하실 방에서 여섯 식구가 살고 있소. 가리봉동 그 새끼는 곧 죽어도 맨션아파트요, 맨션아파트!"

임씨는 주먹을 흔들며 맨션아파트라고 외쳤는데 그의 귀에는 꼭 맨손아파트처럼 들렸다.

"돈 받으러 갈 시간도 없다구. 마누라는 마누라대로 벽돌 찍는 공장에 나댕기지, 나는 나대로 이 짓해서 벌어야지. 그래도 달걀 후라이 한 개 마음놓고 못 먹는 세상!"

임씨의 목소리가 거칠어졌다. 술이 너무 과하지 않나 해서 그는 선뜻 임씨에게 잔을 돌리지 못하고 있었다.

"돌고 돌아서 돈이라고? 돌고 도는 돈 본 놈 있음 나와보래! 우리 같은 신세는 평생 이 지랄로 끝장이야. 돈? 에이! 개수작 말라고 해."

임씨가 갑자기 탁자를 내리쳤다. 그 바람에 기우뚱거리던 맥주병이 기어이 바닥으로 나뒹굴면서 요란한 소리를 내었다.

"참고 살다보면 나중에는……."

"모두 다 소용없는 일이야!"

임씨의 기세에 눌려 그는 또 말을 맺지 못하고 입을 다물었다. 나중에는 임씨 역시 맨션아파트에 살게 되고 달걀 프라이쯤은 역겨워서, 곰국은 물배만 채우니 싫어서 갖은 음식 타박에 비 오는 날에는 양주나 찔끔거리며 사는 인생이 될 것이다, 라고 말할 수는 없었다. 천 번 만 번 참는다고 해서 이 두터운 벽이, 오를 수 없는 저 꼭대기가 발밑으로 걸어와주는 게 아님을 모르는 사람이 그 누구인가.

그는 임씨의 핏발 선 눈을 마주보지 못하였다. 엉터리 견적으로 주인 속이는 일꾼이라고 종일토록 의심하며 손해볼까 두려워 궁리를 거듭하던 꼴을 눈치채이지는 않았는지, 아무래도 술기운이 확 달아나버리는 느낌이었다. 제아무리 탄탄해도 라면 가닥으로 유지되는 사내의 몸뚱이는 술 앞에서 이미 제 기운을 잃고 있음이 분명했다. 임씨의 몸이 자꾸만 한쪽으로 쏠리는 것을 보면서 그는 점차 술이 깨고 있었다.

"어떤 놈은 몇 억씩 챙겨먹고 어떤 놈은 한 달 내내 뼈품을 팔아도 이십만 원 벌이가 달랑달랑한데, 외제 자가용 타고 다니며 꺼덕거리는 놈, 룸싸롱에서 몇십만 원씩 팁 뿌리는 놈은 무슨 재주로 그리 사는 거야? 죽일 놈들. 죽여! 죽여!"

임씨의 입에 거품이 물렸다.

"비싼 술 잡숫고 왜 이런당가요, 참으시오. 임씨 아저씨. 쪼매 참으시오."

김반장이 냉큼 달려들어 빈 술병과 잔들을 챙겨갔다. 임씨는 탁자에 고개를 처박고서 연신 죽여, 를 되뇌이고 그는 속수무책으로 사내의 빛바랜 얼굴만 쳐다보았다. 아무리 생각해도 저 '죽일 놈들' 속에는 그 자신도 섞여 있는 게 아니냐는, 어쩔 수 없는 괴리감이 사내의 어깨에 손을 대지 못하게 막고 있었다.

"겨울 돼봐요. 마누라나 새끼나 왼통 검댕칠이지. 한 장이라도 더 나르려니까 애새끼까지 끌고 나오게 된단 말요. 형씨, 내가 이런 사람입니다. 처자식들 얼굴에 검댕칠 묻혀놓는, 그런 못난 놈이라 이 말입니다……."

임씨의 등등하던 입술도 마침내 술에 젖는 모양이었다. 말이 제대로 입 밖으로 빠져나오지 못하니까 임씨는 자꾸 입술을 쥐어뜯었다.

"나 말이오. 이번에 비만 오면 가리봉동에 가서 말이요……."

임씨가 허전한 눈길로 그를 쳐다보았다. 목소리도 한결 풀기 없이 처져 있다.

"그 자식이 돈만 주면……, 돈만 받으면, 그 돈 받아가지고 고향으로 갈랍니다."

"고향엘요?"

"예. 고향으로 갑니다. 내 고향으로……."

공이 박인 손가락으로 머리칼을 쥐어뜯으며 임씨는 훌쩍훌쩍 울기 시작했다.

"에이, 이 아저씨는 술만 마셨다 하면 꼭 울고 끝을 보더라. 버릇이라구요, 술버릇."

가게 안에서 내다보고 있던 김반장이 임씨에게 머퉁이를 주었다. 그래도 임씨는 쫓겨난 아이처럼 울음을 그치지 않았고, 그는 오줌이라도 마렵다는 듯이 슬그머니 자리를 떠서 김반장에게 술값을 치렀다. 돈을 치르고 나니 진짜로 오줌이 마려워서 그는 형제슈퍼 건너편의, 불빛이 닿지 않는 공터로 슬슬 걸어갔다. 그때 어둠 속에서 누군가가 그를 스쳐지나갔다. 으악. 으악. 손바닥을 탁 치면 기다렸다는 듯이 목을 뚫고 비명처럼, 혹은 탄식처럼 으악 소리가 튀어나왔다. 으악새 할아버지였다. 노인은 그가 일을 다 볼 때까지도 공터 주변을 어슬렁거리면서 연신 괴로운 소리를 뱉어내었다. 으악 으악.

옷을 추스르며 뒤돌아보니 백열전구 불빛 아래 혼자 동그마니 앉은 임씨가 아직껏 머리칼을 쥐어뜯으며 취한 몸을 가누지 못하고 있었다. 이름은 모르지만 낯익은 동네 사람들이 형제슈퍼를 향해 줄달음쳐 오다가는 그런 임씨를 발견하고 흘낏흘낏 훔쳐보며 가게로 들어갔다.

밤도 꽤 깊었으리라. 광복절 공휴일도 이제 마감이었다. 가슴이 답답했다. 남은 일은 집으로 돌아가서 나무토막처럼 쓰러져 꿈 없는 잠을 기다리는 것뿐이었다. 하늘엔 별이 총총하고 아마도 내일은 비가 오지 않을 것이었다. 어둠 속을 서성이던 으악새 할아버지도 하늘을 올려다보았는지 손뼉을 탁 치면서 으악, 짧게 울었다.

[『세계의 문학』, 1986년 겨울호]

방울새

공원의 입구에는 미아보호소가 있었다. 둥근 지붕은 초록색으로 칠해져 있고 빙 둘러놓은 넓은 유리창 때문에 유리통처럼 보이는 곳이었다. 무심코 걸음을 멈춘 그녀는 딸아이 경주와 함께 유리창 안을 들여다보았다. 뒤따라오던 윤희와 윤희의 아들인 성구도 별난 것이 있나 싶은 얼굴로 걸음을 멈추었다. 안에는 대여섯 명의 고만고만한 어린애들이 더러는 얼음과자를 빨아먹으면서, 더러는 눈물 콧물로 얼룩진 얼굴로 건성건성 울어제치며 바깥의 사람들을 내다보고 있었다. 아직은 이른 시간이었지만 워낙이 많은 인파가 몰려든 탓에 일찍부터 제 부모를 잃은 아이들은 유리창에 코를 뭉개가며 바깥 세상을 향해 칭얼거렸다.

그런 미아들의 모습을 구경하면서 사람들은 웃으며 지나쳤다. 어떤 이는 손가락으로 미아들을 가리키며 재미있어하기도 했다. 아직은 제 부모의 손을 꽉 부여잡은 채인 어린아이들도 신기한 것을 발견한 듯 발돋움을 해가며 유리창 안을 들여다본다. 제 부모 곁에 있지 않고 초록색 지붕 안에 갇혀 있는 까닭에 아이들은 턱없이 초라해 보였다. 레이스가 고운 원피스도, 제법 갖추어 입은 그럴듯한 꼬마 신사의 베레모도 단지 가족과 떨어져 있다는 이유만으로 후줄근하고 남루해 보여 유리벽 바깥 사람들의 구경거리가 되어 있었다.

광장의 미아보호소에서 동물원까지는 상당한 거리라고 했다. 설치고 다니는 모양새가 이제 막 지나친 미아보호소 신세지는 일쯤 어렵지 않겠다고 판단한 듯 윤희는 다섯 살짜리 성구의 팔목을 놓치지 않으려고 애를 썼다. 동갑내기였지만 지나치게 조심성이 많은 경주는 이렇게 사람들이 많이 모인 곳에서는 늘 주눅들어했다. 언제라도 제 엄마와는 일정 거리 이상을 떨어지지 않으려고 수시로 뒤를 돌아다보며 확인하고 또 확인하였다. 딸이었으면 좋았을 것을. 윤희 모자를 보게 되면 매번 갖게 되는 아쉬움이었다. 이혼한 여자가 혼자 키우기로는 아무래도 딸인 쪽이 훨씬 수월하지 않겠느냐고 말할 때면 윤희는 이혼하기 위해 딸을 낳을 수는 없지 않겠느냐고 웃음으로 얼버무리고는 했다.

그녀들은 오래전부터 벼르고 별러온 대공원 구경을 나선 길이었다. 두 사람 모두 고향은 인천이었고 여중 여고를 함께 다닌 동창생 사이였다. 그리고 지금 두 사람 모두 부천 사람들이었다. 한 달에 한 번씩 정기 휴일을 갖는 음식점 주인인 윤희는 아들 성구를 위한 하루를 진즉부터 마련할 생각이었다. 아들의 교육에 관한 한 그녀 또한 투철한 사명감을 지닌 여느 어머니와 다를 바가 없었다. 이 혼모의 밑에서, 그것도 늘상 소란한 식당에서 자라나는 것만으로도 성구는 이미 문제아라고 단정짓는 윤희였다. 가도 좋고 가지 않아도 좋다는 생각을 가진 것은 그녀 쪽이었는데 낡아빠진 한옥 안에서 끝없이 잠겨 있는 그들 모녀를 부추겨세우는 윤희의 권유를 뿌리칠 이유가 없었다.

남편이 없다는 점에서는 두 여자가 같았다. 그녀는 이제 별수 없이 부재(不在)하고 있는 남편을 생각하게 된다. 남편 없이 두 여자가 일요일의 가족 군상들 틈에 끼어들어서만은 아니었다. 굳이 말하자면 먼 산에 고여 있는 엷은 낙엽의 기미, 혹은 아스팔트 위에 떨어지는 초가을 햇살 탓이라고 해야 한다. 그런 것들의 선명한 색상 대비는 어쩔 수 없이 남편을 생각게 했다. 그는 이제부터 또 얼마가 될지 모를 시간을 차단된 세계 속에서 보내야 한다. 가족을 이끌고 나온 젊은 가장들이 점심 보따리나 돗자리 따위를 들고 사이 좋게 앞서거니 뒤서거니 그들의 곁을 스쳐 지나갔다. 거의 대부분의 남편은 아내와 자식 곁에 있는 것이다.

황록색의 그늘로 덮여 있는 먼 산을 바라보다가 그녀는 문득 오른쪽 눈꺼풀이 파르르 떨리는 것을 느꼈다. 떨림은 이내 수초 간격으로 일정하게 반복되었고 그녀의 오른쪽 시야에 잡히는 산과 나무와, 색색으로 치장된 간이 매점들도 따라서 순간적인 경련을 일으키는 것처럼 보였다. 그녀는 손을 들어 눈두덩을 지그시 눌러보았다. 눈꺼풀의 경련이야말로 이미 오래전부터 그녀를 간섭해온 익숙한 증상이었으므로 눈두덩을 압박한 몸짓 그대로라도 얼마든지 걸을 수 있기는 하였다.

길다란 낭하를 하염없이 걸었다는 느낌이 있었다. 그때도 양쪽의 흰 벽과 침묵하는 천장이 수초 간격으로 경련을 일으켰고 그녀의 손은 눈두덩을 짓뭉개고 있었다. 그러나 면회실로 들어가는 도중에 낭하 따위는 없었다. 몇 개의 철문과 단호하게 고정된 눈초리들을 거쳤을 뿐이었다. 남편은 핏기 없는 얼굴이었고 반팔 수의 밑으로 희디흰 팔뚝이 선명하게 도드라져 보였다. 네모 반듯한 공간 안에서 그들은 확실히 둘로 갈라져서 모습을 내보이고 있다. 그는 저쪽에, 그녀는 이쪽에. 한 겹 쇠망을 거두어버릴 수도 있는 두 손을 깍지끼워 잠재우고서 그녀는 맥없이 남편의 등 뒤, 약간의 얼룩과 손자국이 묻어 있는 잿빛의 벽을 쳐다보았다. 그 또한 아무 이유 없이 바닥에다 후후 입김을 불어대고 그 입김을 발길질로 닦아내고 있다는 몸짓을 해 보였다.

장식 없이 숫자판만 커다란 벽시계는 소리도 날카롭게 면회실을 울리고 그녀는 마침내 흰 벽의 얼룩 보기를 끝내고 남편을 본다. 우리 속에 갇힌 짐승의, 그러나 이제는 번뜩이지 않는 눈빛으로 그 또한 그녀를 본다. 지난번 경주의 감기는 다 나았는가, 라는 질문이 오면 한참 뒤에 그녀는 이제 여름이 다 지났나보다는 대답을 보낸다. 걱정하지 말고 마음 편히 지내라는 말이 쇠망을 건너오면 시골의 사촌형님네에서 마늘이 왔다는 대답이 다시 쇠망을 건너간다. 반들반들 닳아 있는 윤기나는 나무의자와 되풀이되는 헛손질의 쓴맛이 그녀를 사로잡을 즈음, 남편은 또 한 번 마음 편히 지내라고 당부하며 아주 커다랗게 그러나 사실은 지극히 미미하게 웃음을 한 조각 내어미는 것이다. 계속되는 헛손질이 끝나고 말았다는 뜻의 마지막 카드를 얼굴에 남기고 그는 들어온 문으로 다시 빠져나가고 그녀 또한 몸을 돌이켜 이쪽 세상으로 빠져나온다.

남편이 가족들로부터 차단되어 홀로 저쪽 담벼락 속으로 넘겨지게 되었을 때 그녀는 아무런 대책도 가지고 있지 못하였다. 나중에 가서야 이런 경우에는 어떠한 특별 대책이 있었다 한들 아무런 도움도 얻지 못했으리라는 것을 알게 되기는 하였지만 처음에 그녀는 무력한 스스로 때문에 크게 절망하였다. 애초부터 그는 아버지로부터 물려받은, 방이 많아 월세만으로도 최소의 호구지책을 해나갈 수 있는 낡은 기와집 아래에 존재해 있던 사람은 아니었다. 그는 이 세상의 모든 이들이 가능하기만 하다면 평등하게, 그리고 따뜻한 마음을 나누면서 살아야 한다고 생각하던 사람이었다.

그 생각이 어느 무렵부터인가 주장으로 바뀌었고 이제 그는 주장만을 신봉하는 것처럼 보여졌다. 그렇기 때문에 그녀는 비어 있는 남편의 자리를 눈여겨보지 않고 사는 법을 터득하고자 했다. 말하자면 그녀 스스로 남편의 자리를 비워두고 있는 셈이었다.

처음에 그들은 거대한 원숭이우리와 만나게 되었다. 인위적으로 깎아 만든 가파른 절벽과 창공을 가로지르며 매달린 줄사다리는 원숭이들에게만 제공된 한바탕의 무대였는데 녀석들은 괴성을 내지르며 즐겁게 곡예를 연출해내었다. 원숭이를 보는 일은 아무리 하여도 지루하지가 않았다. 그가 기필코는 빨간 피터가 될 거라는 소박한 기대가 부서지지 않고 남아 있는 한 원숭이 족속은 바로 인간들의 거울이었다.

아이들은 좀체로 원숭이우리를 떠나려 하지 않았다. 아니 우리라고 말해서는 적당치 않은 그곳은 하나의 무인도처럼 보였다. 수십 마리의 재주꾼 원숭이가 섬 하나를 차지하고 앉아서 빙 둘러서 있는 구경꾼들 앞에 붉은 항문을 내보이며 야유를 보냈다. 줄사다리 위에서 벌이는 저들 간의 싸움이나 바위를 타고 오르는 저들의 재빠른 몸놀림을 구경하면서 사람들은 으레 이렇게 말하였다. 원숭이도 나무에서 떨어질 날이 있단다. 하지만 원숭이들은 결코 떨어지지 않았다. 옛 속담을 내세우는 인간들을 위로하기 위해 떨어지는 척을 해주기는 하였다. 앗, 하는 비명의 순간이 지나면 녀석은 어느새 저쪽 인조 바위 위에 야무지게 쪼그리고 앉아 사과껍질을 퉤퉤 뱉어내었다.

원숭이들의 섬을 떠나 다시 길을 가는 동안 성구는 연신 원숭이 뜀뛰기를 흉내내었다. 원숭이는 인간을 흉내내고 인간은 다시 원숭이를 흉내낸다. 무릎을 깨서 약간의 피도 흘렸건만 성구는 좀체 지칠 것 같아 보이지 않았다. 성구의 끝없이 치솟는 변화무쌍한 그 힘이 경주를 주눅들게 했다. 경주는 여자애답게 그녀 곁에 찰싹 달라붙어서 입을 오므라뜨리며 중얼거렸다. 무서워, 오빠가 무서워. 오빠는 벌레처럼 무서워.

경주가 가장 무서워하는 것은 벌레였다. 장롱 밑에서 기어나오는 오줌싸개, 쥐며느리에서부터 바퀴벌레, 돈벌레까지 그것들보다 무서운 것이 세상에 또 있으랴 하는 고집을 그 애는 지니고 있었다. 납량물로 등장하는 드라큘라를 향해 그 애는 소리쳤다. 엄마, 무서. 저 벌레 좀 봐. 달려와 텔레비전을 쳐다보면 뻐드렁니에 흐르는 핏

방울을 묻힌 드라큘라라는 이름의 벌레가 사람에게 달려들고 있었다. 두 발로 서서 돌아다니는 사람보다 더 무서운 것이 없다는 사실을 깨닫기까지는 아직도 한참을 더 기다려야 할 나이였다. 단지 인간이라는 이름 때문에 노출되고 공격당하는 일이 비일비재한 이 사회에서 불안으로부터 벗어날 수 있는 유일한 길은 스스로 벌레가 되는 것임을 알기에도 오랜 세월이 필요할 것이다.

구경거리를 찾아서 아이들을 데리고 이리저리 돌아다니는 일의 피곤함은 의외로 쉽게 찾아왔다. 뭐 그다지 진기한 구경감이 있는 것도 아니었다. 한참을 걸으면 기린이, 또 한참을 다리 아프게 걸어가면 늑대가 있는 식이었다. 인산인해를 이룬 사람들은 방향을 잃고 우왕좌왕 헤매고 있는 듯이 보였다. 표류하고 또 표류하다 널빤지라도 하나 붙잡은 꼴로 우와 하는 함성과 함께 코끼리한테 달려가고 그러고 나면 또 무리를 이루어 떠다닌다. 물결을 이룬 사람들 사이사이를 다람쥐처럼 빠져 달아나는 성구 때문에 윤희는 진땀을 흘리고, 간신히 붙잡아다 놓으면 아이는 아이스크림이거나 콜라를 사내라고 제 어미를 쥐고 흔들었다. 그러는 아이의 모습에서 그녀는 번번이 윤희의 전남편을 떠올린다.

윤희의 남편을 본 것은 고작해야 두세 번에 지나지 않았다. 결혼 전과 결혼식 당일을 합한 숫자인데 결혼하여 사는 중에는 정작 한 번도 만난 적이 없었다. 그들의 결혼 생활이 워낙 짧았던 탓도 있었지만 그녀의 가파른 삶이 도대체 그녀에게 딴 무엇을 보게 해주지 않았었다. 결혼한 뒤로는 거의 한 번도 친구들과 마음 편히 어울려본 적이 없었다. 꼭 필요한 일이 아니면 결코 인천의 친정에도 찾아가지 않았었다. 부천은 남편이 태어난 곳이었고 이제까지 자라온 터전이기도 하였다. 그는 원미동을 사랑하였고 그의 낡은 한옥을 꿈처럼 여겼었다. 그녀 역시 마찬가지였다. 나날이 변모해가는 동네의 모습일랑 관계치 않고 집 안에 틀어박혀서 만져지지 않는 꿈을, 덧없는 희망을 보듬고 살아왔었다.

어쨌든 이제 마악 걸음마를 시작한 어린 아들을 데리고 윤희가 홀로 음식점을 개업했다는 소식을 들었을 때 그녀는 정말로 놀랐다. 그 애 또한 가파른 삶의 질곡을 헤매고 있으리라는 생각은 전혀 갖고 있지 않았던 까닭이었다. 게다가 인천을 떠나 하필 부천에서 자립의 길을 찾은 것 또한 의미심장하였다. 어떤 이유로든 윤희는 새 생활을 시작할 필요가 있었다. 서울이었으면 더 좋았겠지만 그만한 경제력은 갖고 있지 않았다고 윤희는 말하였다. 친구 따라 강남도 간다는데 부천에는 네가 있지 않느냐고, 그래서 이곳에 온 것쯤으로 생각하라면서 윤희는 시종 담담하였다. 중매쟁이에게 된통 속은 것은 어쩔 수 없었다 치더라도 숱한 거짓말과 낭비벽, 게다가 도박의 습성까지는 아무리 해도 절망적이었다는 윤희의 이혼 사유를 그녀는 고스란히 수긍했다. 지극히 현실적이며 매사를 신중하게 계산해서 처리하는 윤희의 성격을 잘 알고 있음이었다. 사실로 그녀는 전혀 낙담하지 않고 오히려 더욱 화사한 모습으로 돈 버는 일에 몰두하고 있었으며 이혼은 대체로 성공적인 것으로 보였다.

"과연 동양 최대라 할 만한데. 동물들만 다 구경하려 해도 하루해가 가겠다."

윤희는 가을 햇살을 손바닥으로 가리면서 드넓은 구내를 휘이 둘러본다. 어깨에 매달린 카메라가 그녀의 갈비뼈 부근에서 반짝 금속성 빛을 발하고 있다. 윤희가 귀에 매달고 있는 동그란 귀고리에도, 목걸이에도, 팔찌에도 햇살이 부딪혀 자디잔 빛을 뿜어냈다. 구내에 들어온 지는 한 시간도 채 되지 않았지만 그녀는 수시로 앉을 자리를 찾아 몸을 구기고 주저앉았다. 피곤해하는 그녀를 보고 윤희는 '정력 부족'이라는 진단을 내려준다. 구태의연한 음식점보다는 정력 부족을 겁내하는 사내들을 겨냥하는 메뉴로 공략해 들어가는 것이 돈벌이의 비결이라는 지론을 가지고 있는 그녀는 현재의 삼계탕 전문을 가지고는 도저히 성이 차지 않는다고 말한다. 윤희의 식당은 역광장의 왼편에 있어서 꽤 잘되는 중이었다.

"뱀이면 어떻고 지렁이면 어때. 먹어서 정력이 철철 넘치면 손님 좋은 일이고, 나는 돈 벌어서 좋고."

하더니 이번에는 말끝을 잔뜩 죽여가며 이렇게 덧붙인다.

"남자들이란 말야. 정력이 시원찮다는 진단만 내려지면 대번에 사색이 되는걸 뭐."

남자들은 더 이상 여자를 원할 수 없게 되면 그들은 이미 남자가 아니라고 하는 이상한 생각에 붙들려 있다고 윤희는 말한다. 때문에 그들은 아무런 거리낌 없이 여자를 탈취하고 여자를 주제로 하는 온갖 음담을 가장 담담하게 말할 수 있으려고 애를 썼다.

그녀는 혼자 살게 되면서 무수히 많은 성적 암시를 받아야 했는데 그런 암시들이 거리에서, 시장에서, 친숙한 이웃에게서 거의 공개적으로 주어지는 것을 볼 때면 남편 부재의 뚜렷한 현실에 아연해질 수밖에 없었다. 그런 경우에 있어서 윤희는 이미 능숙한 제스

처를 익히고 있었다. 윤희의 경우는 보장된 자유와 경제적 독립 때문에 공격은 훨씬 동등한 위치에서 행해졌다. 이혼 후의 윤희는 거의 여걸처럼 굴었다. 그래야 먹고살 수 있다고 했다. 더러워. 너무 더러워. 더럽다는 말은 이제 윤희의 입버릇이 되고 말았다. 간혹 새벽에 일어나 도시를 뒤덮은 안개의 회색 실뭉치들을 보게 될 때마다, 그녀 또한 저 안개야말로 간밤에 내뿜어진 모든 욕망의 헉헉거리는 입김들의 잔해라는 생각을 머금게 되었다. 도시의 수많은 밀실과 밀실에서 혹은 어둠으로 가려진 거리의 구석구석에서 사람들이 만들어올린 음모의 입김이 새 아침을 맞아 태양이 나타나면 슬금슬금 뒤꽁무니를 빼는 모습으로 여겨졌다.

안개가 욱욱거리며 몰려다니는 것을 보게 되면 자신도 어느새 와해되어 안개의 뭉치 속에 휘말려드는 달콤한 몽상의 느낌을 가진 때도 있기는 하였다. 자고 아침에 일어난다는 일련의 반복되는 행위가 정직한 일상을 이루는 가장 첫 번째의 호흡이라고 생각한 적도 있었다. 새로운 아침을 맞을 때마다 점점 더 깊이 모를 우물 속에 빠져들고 있다는 아득한 느낌으로 허둥대고 있는 지금에 비하면 확실히 행복한 나날이었다. 다른 누구도 아닌 그녀 자신의 삶이었으므로 스스로의 미래를 자의적으로 실현시켜나갈 수 있을 것이라 생각했던 날들이었다. 결혼 역시 그런 낙관의 소산이었다. 처음 그를 보자마자 그녀는 전혀 어쩔 수 없을 만큼 그가 좋아져버렸다.

그녀가 알고 있는 한은 좋아하는 사람과 결혼하는 일이 잘못될 것은 없었다. 그가 자꾸만 좋아져서 쩔쩔매고 있을 때 그의 구혼이 있었다. 예감했던 일이었다. 앞날에 대한 즐거운 예감은 거기까지가 전부였다. 오늘에 이르기까지 그녀의 미래는 절대로 그녀의 것이 아닌 채 방치되기에 이르렀다. 남편의 거듭되는 격리 처분으로 미루어 그의 미래 또한 온당히 그의 것이 아니었다. 죄과가 일반적인 파렴치범이 아니라는 것으로는 위로받을 수 없을 만큼 생활은 엉망진창이 되어갔다. 그녀가 할 수 있는 단 한 가지 일은 떨리는 눈꺼풀 사이로 보이는 불안정한 미래를 향해 비틀거리며 걸어들어가는 것이었다. 이번의 경우 남편은 오래도록 그녀 곁으로 돌아오지 못할 것이었다. 아마 닥쳐올 겨울을 위해 솜바지를 차입해야 할지도 모른다. 봄이 온다고 해서 희망을 가져야 할는지 그것도 모를 일이다.

동물들은 거의 격리되어 있다는 느낌을 주지 않는 수용 시설 속에 들어 있었다. 놈들이 뛰어넘을 수 없을 만큼의 간격만 깊게 파놓으면 그만이었다. 그래서 사슴과 숫양 들은 사람들 곁에서 뛰노는 듯이 보였다. 앵무새는 풀밭 위의 조금 높은 대(臺)에 앉아 인간을 내려다보며 안녕하시냐고 인사를 건넸다. 코끼리는 동굴처럼 깊은 목구멍이 다 드러나도록 큰 입을 처억 벌려놓고 비스킷이 입 안으로 명중할 때까지 느긋하게 기다린다. 멀리로는 돌고래 쇼를 알리는 애드벌룬이 둥둥 떠 있고 공작들은 섬세한 무늬의 날개를 활짝 펼쳐들고 작은 발로 슬금슬금 군중 쪽을 향해 다가왔다. 그것들은 모두 이웃사촌처럼 익숙하게 굴었다. 사람들과 한 패거리로 놀아볼 생각인 양 마냥 느긋해서 이쪽과 저쪽을 갈라놓는 간격만 없다면 함께 어울려 파티를 열어도 무방할 지경이었다.

코끼리나 기린, 악어까지도 먹을 것이 던져지지는 않나 해서 한

사코 사람들 곁에서 떨어지지 않았다. 돌멩이를 던져도 일단은 받아먹고 보겠다는 표정이다. 텔레비전에서 보여주는 바에 의하면 동물들의 식사 메뉴는 쇠고기에서부터 바나나, 요구르트까지 최상급으로 적정량을 충분히 공급하고 있다는데, 놈들은 끝없이 허기진 눈매로 먹이를 구걸하였다. 놈들의 구멍 뚫린 허기와 채워지지 않은 식욕은 아마도 갇혀 있음에 연유할 것이다. 철조망이나 담장을 없애고 시각적으로 자유롭게 보이는 은밀한 간격을 대치시켜놓았다고 해서 방목의 자유를 주었다고 말할 수는 없었다.

아이들의 울음소리와 누군가를 부르는 목청 좋은 여인네의 고함, 어디선가 흘러나오는 시끄러운 로큰롤로 주위는 산만하고 정오를 넘어선 해는 잔뜩 따가웠다. 모처럼의 나들이를 나선 여인네들의 곁을 보면 거기에는 어김없이 재미없어하고 피곤해하는 남자가 유모차를 밀거나 카메라 셔터를 누르고 있다. 그들의 뒤를 느릿느릿한 걸음으로 뒤따르는 흰옷 차림의 고독한 노인네들도 동양 최대라는 이름 아래 밑도끝도없이 걷게 만드는 공원의 구조를 피곤한 눈길로 바라보았다. 들떠 있는 재잘거림과 탄성의 뒤켠에 서서 남자와 노인네들은 대체적으로 따분해하고 아이들은 어른들과는 무관하게 온전히 즐겁다. 여자와 남자와 노인네와 아이. 그들이 지어내는 순간순간의 표정과, 부딪쳐 땅에 떨어지는 토막난 대화들. 심드렁한 대꾸와 가쁜 숨소리의 곁을 스치며 그녀는 쓸쓸해한다. 어디까지라도 달라붙는 삶이라는 것의 지루함을 떠올리지 않을 수 없다. 권태롭기 때문에, 피곤하기 때문에라는 제목을 단 구경이었지만 더욱 권태로워지고 더욱 피곤해지기 위한 구경이 되어버린다.

그녀는 또다시 경련을 시작한 눈꺼풀을 손등으로 누르며 나지막하게 한숨을 쉬었다.

점심은 낮은 둔덕의 완만한 경사를 찾아 펼친 비닐자리 위에서 이루어졌다. 윤희네 주방장이 솜씨 있게 마련한 김밥과 물기 없이 바싹 구워낸 불고기, 소시지 부침 따위를 늘어놓고서 우선 아이들부터 거두어 먹이느라 두 여자는 잠시 분주하였다. 아이들은 앉은 자리에서 잠깐도 견디지 못하였다. 비탈진 곳을 기우뚱거리며 뛰어다니는 성구를 잡아놓고 한 입 넣어주면 이내 달아나고 다시 붙잡아 한 입 넣어주고……. 마침내 윤희는 젓가락을 팽개치며 한숨을 쉬었다.

"나는 저 애 밥 먹이는 일 때문에 세상에 태어났다는 생각이 들어. 기를 쓰고 먹이다보면 이게 무슨 짓인지 어처구니도 없고. 지금이야 밥 한 그릇 다 먹인 걸로도 내 마음이 흡족하지만 그 뒤로는 감당할 수 없을 것 같아……."

"이제 성구가 더 자라서 제 손으로 얼마든지 끼니를 해결하게 되면 네 할 일이 없어져서 큰일이겠구나."

그러니 얼른얼른 재혼을 하렴, 이란 말은 삼켜버린다. 그렇지 않아도 윤희는 성구의 밥 먹이는 일이 끝나게 되는 걸 두려워하면서도 기다리고 있다는 인상이었다. 간신히 부여잡고 있는 명분마저 사라진 뒤면 홀로 견디며 살아야 할 아무런 이유도 없다. 화살처럼 쏟아져 들어오는 유혹을 끝끝내 거부할 만한 타당성도 없이 혼자 사는 것도 어쩌면 옳은 일이 아니다.

"한 번 속은 것만도 충분한데 두 번씩 속고 싶지는 않아. 또 누군들 저 성구 같은 망나니를 제 자식처럼 키워주겠니? 어림없어. 남자들이란 일생을 통해 단 한 번도 진짜 속마음을 말하지 않고 죽어가는 족속이라구."

남자들이란 이렇고 저렇고 해서 결국 저러하다. 이것이 윤희의 대화 법칙인 셈인데 그에 의하면 남자들의 삶이란 너무나 지리멸렬하고 천박해서 차라리 가여울 정도로 비관적이었다.

"재혼은 싫구 말야. 슬슬 연애나 한번 해볼까. 재미만 보고 뒤는 절대 돌아보지 않는 식. 넌 어때? 남자가 그립지 않니?"

그녀는 피식 웃어버린다. 남편이 그녀 곁을 떠나지 않고 집에 있을 때면 윤희는 이렇게 물었다. 어때? 남편 재미가 좋아? 그녀가 우울한 낯빛이면 윤희는 말한다. 왜 그러니? 밤일이 잘 안 돼? 혼자 힘으로 가게를 꾸려나가고 돈 버는 일에도 차츰 이력이 붙어가는 윤희에게 남편이란 낮에는 무용지물인 존재로 비추어질지도 모른다. 그리고 지금은 묻는다. 남자가 그립지 않니?

한때는 함께 살았지만 그것보다 더 오래 떨어져 있었던 남편. 남자가 그립다면 그것은 반드시 남편이어야 한다는 느낌은 없었다. 그리운 것이 왜 하필 남자여야 하는가를 그녀는 반문해본다. 어린 시절 마당에 묻어둔 작은 돌멩이를 그리워할까. 개울가에 띄워보낸 낡은 운동화 한 짝, 스치고 지나가버린 처녀들의 향수 냄새, 그 냄새의 기억에 묻어오는 라일락의 작은 꽃뭉치들과 천장의 다락에서 누렇게 바래가는 일기장들. 그리운 것은 항용 추억의 끝에 서 있고, 긴 시간을 지낸 후에 바라보면 세상은 언제나 얼룩투성이의 낙서로 남아 있었다. 추억의 뒷그늘에서 풀려나오는 무채색의 화면들을 떠올리면서 그녀는 품속에 안겨오는 경주의 작은 몸뚱어리를 어루만졌다.

이 작은 머리통 속에도 무채색의 회상이라는 게 들어 있을까. 들어 있다면 아마도 제 아버지에 관한 의문투성이의 기억들일지도 모른다. 경주의 질문 속에 끼어드는 가장 상습적인 것. 엄마야, 아빠는 뭐 하는 사람이지? 어린아이의 머릿속에 진득하니 남아 있기로는 그의 존재가 너무 미약했다. 그는 늘 분주했으므로 좀체 아이 곁에 오래 머무르지 않았다. 아빠보다는 오히려 사진관 엄씨나 지물포 주씨를 더욱 친숙하게 느끼는 아이였다. 눈만 뜨면 보이는 게 그들 이웃이었으니까.

딱히 그렇지 않더라도 우리들은 얼마나 많은 것을 잊고 사는가. 공기 중에 확산되어 있으리라고 믿어지던 선명한 기억이 하루 후에는 일부가 뭉개지고 또 며칠 후에는 다른 쪽이, 또 몇 달 후엔 아주 작은 부분만 남긴 채 와해되어가던 것을 그녀는 익히 알고 있었다. 이제 심장의 한 켠에 비수처럼 꽂혀 있는 몇 개의 과거를 빼고 나면 다시 얼마를 더 가슴에까지 깊이 간직할 수 있을 것인가. 밤사이의 길고 충격적이었던 꿈들이 아침에 눈을 뜨자마자 어둠의 저쪽으로 함몰되어 사라지는 것을 붙잡으려 애쓰던 안타까움.

꿈이라니. 일생을 통해 심장에 박혀버린 단 하나의 꿈이 있었다. 꿈에서 깨어나 한밤중에 오도카니 앉아 있던 그 밤에 남편은 지쳐 빠진 얼굴로 잔뜩 웅크린 채 잠들어 있었다. 아침이 오면 말해주리라 했었지만 입이 열리지 않았다. 내일쯤 말할까 망설이고 있는데 그 내일이 오기 전 남편은 떠나버렸다. 그래서 꿈은 오로지 그녀 혼자만의 몫으로 남아 있었다. 때문에 더욱 온전하게 전혀 훼손되지 않고 언제라도 선명히 되살릴 수 있었다.

꽤 넓고도 환한 방이었다. 동쪽으로 큰 창문이 나 있었지만 커튼이 없는 탓인지 벌거벗은 듯한 황량함이 넘쳐흐르는 창이었다. 남쪽 벽의 구석엔 열려진 문으로 다락이 들여다보였다. 아, 다락이라고밖에는 말할 수 없는 것이 그 모양새는 깊고 깊은 음부인 양 보였다. 방은 텅 비어 있었다. 가재도구나 일용품들이 하나도 남아 있지 않은 상태였지만 그곳에서 그녀는 빗자루를 들고 서 있었다. 꿈의 무대와 배경은 이것뿐이었다.

벌거벗은 방이 사실은 수천 수만 수억의 구더기들로 뒤덮여 있는 것을 깨닫게 되면서부터 꿈은 급속도로 진행하기 시작한다. 깊고 깊은 음부의 모양새를 한 다락에서 쏟아져 내려오는 구더기떼는 몇 개의 나무계단을 뒤덮고, 방바닥을 뒤덮고, 사방의 벽을 뒤덮어버린다. 막무가내로 꿈틀거리며, 흰 몸뚱이를 뒹굴어가며 그것들은 일정한 흐름을 이루어서 방문을 향해 도도하게 밀려가고 있다. 꾸역꾸역 쏟아져 나와 꿈틀꿈틀 기어나가는 구더기의 행렬이 얼마나 엄청난지, 방문으로 흘러나가는 그것들이 머지않아 온 집 안을 다 뒤덮고 온 세상을 다 덮어버릴 거라는 불길한 예감에 그녀는 몸서리를 쳤다.

이윽고 그녀는 미칠 듯이 분노하여 사방으로 빗자루를 흔들어댄다. 더러는 발로 밟아 죽이기도 하고 죽을힘을 다해 구더기들을 밀어내기도 한다. 그것들이 꾸역꾸역 쏟아져 나오는 다락으로 쫓아오르려다 뭉클뭉클 밟히는 구더기들의 감촉에 거의 자지러지기도 한다. 돌아보면 그것은 거대한 강(江)이다. 구더기의 강이다. 햇볕을 받아 반짝반짝 튕겨오르는 흰 물결. 주름을 만들며 앞으로 앞으로 기어나가는 구더기의 흰 등허리. 구역질도 두려움도 잊은 채 그녀는 미친 듯이 비를 휘두르고 저 깊은 음부에서부터 시작된 구더기의 물결은 온 방안을 가득 메우고 당당하게 흘러간다. 누구도 이 흐름을 가로막아줄 것 같지는 않다. 그녀가 믿을 것은 하나의 빗자루뿐이고 그녀는 빗자루만으로 구더기와 맞붙어 씨름한다. 하지만 그 모습은 흡사 구더기의 강물에 빠진 조금 더 큰 구더기처럼 보일 뿐이다.

마침내 구더기의 물결이 한바탕 휘젓고 난 뒤의 말끔한 방이 나타난다. 빗자루를 쳐들고 선 채로 그녀는 자신의 승리를 확인한다. 동쪽의 창문도 처음처럼 황량히 드러나 있고 다락으로 오르는 계단도, 사방의 벽도 말끔하다. 그녀는 기진맥진해서 거의 주저앉을 듯이 보인다. 격전을 치러낸 빗자루를 멀리 던져버리고 그녀가 조금 몸을 움직인다. 그리고 힘에 겨운 몸짓으로 치맛자락을 펼쳐들고 탁탁 털어낸다. 순간 우수수 떨어지는 구더기들. 잔뜩 몸을 옹그라붙이고 그것들은 방바닥으로 나동그라진다. 그녀는 공포의 비명과 함께 정신없이 치마를 추켜올려 화드득화드득 털어낸다. 치마폭에서, 목덜미에서, 겨드랑이에서, 속옷 사이에서, 허벅지에서 구더기는 끊임없이 떨어져내리고 구더기의 무리는 순식간에 불어나 또다시 온 방을 뒤덮기 시작한다. 머리카락 사이마다에 박혀 있는 수많은 구더기를 뜯어내다 뜯어내다 결국 그녀는 끝도 없는 나락으로 떨어져내리며 허물어진다.

"밥을 먹고 나니 졸립다. 여기서 한숨 잠이나 자고 갔으면 좋으련만."

윤희는 어느새 빈 그릇들을 가방 안에 말끔히 거두고 자리 위로 드러누워 있다. 그때 자그마한 가방을 품에 껴안은 중년의 아낙이 그들의 자리로 다가와 가방의 아구리를 펼쳐보이며 아주 차가워요, 라고 말했다. 가방 속에는 몇 개의 깡통맥주가 물기에 젖어 있다. 점심을 먹는 행락객 옆을 얼씬거리는 다른 중년 아낙들의 가방 속에도 경비의 눈을 피한 몇 통의 맥주들이 들어 있을 것이다.

"두 개 주세요."

두 여자는 차가운 맥주를 조금씩 조금씩 입 안에 흘려넣는다. 먼저 깡통을 비우는 것은 윤희다.

"이런 때는 맥주가 최고야. 갈증이 싹 가신다구. 남자들 말야. 여자하고 술 빼면 무슨 재미로 사는지 모르는 족속들이야……. 엊그제는 친목계원네 안방에서 문화영화를 관람하지 않았겠니? 처음부터 끝까지 술잔을 입에서 떼지 않고 그 짓을 하더라……."

그런 유의 문화영화는 이제 싱겁기 짝이 없다고 윤희는 말했다. 그런 영화가 있다는 것을 그녀 역시 알고 있었다. 이런이런 영화가 어떻게 몰래 상영되고 있는지를 어지간한 여자들이라면 다 알고 있다. 물론 원미동 여자들도 예외는 아니다. 원미동은, 이미 옛날의 원미동이 아니니까. 그녀들은 은밀한 비밀 문서를 취급하듯 서로 간의 정보를 교환하는 일도 썩 익숙하게 해낸다. 그런 뒤엔 이런 영화가 있다는 것조차 몰랐다는 얼굴로 맑은 눈빛을 갖추고는 했다. 뒤로 감추어진 호기심에서부터 인간 본능의 끝없는 탐닉이 은밀하게 진행되고 다시 도시는 끈적끈적한 안개를 피워올린다. 모든 것의 중심에는 연막탄 같은 안개가 드리워져 있다. 사람들은 서둘러 안개 속으로 모습을 감추기 시작한다. 아침이 오기까지 안개는 사라지지 않을 것임을 그녀는 알고 있었다.

"엄마, 엄마. 돌고래 쇼 보러 가자! 빨랑 가자!"

근처에서 놀고 있던 성구가 헐레벌떡 뛰어들며 소리질렀다. 돌고래, 돌고래. 경주도 덩달아 복창을 한다. 아까부터 돌고래 쇼를 놓칠까봐 성화를 부리더니 누군가 그 애에게 돌고래를 상기시켜준 모양이었다.

공연장 주변은 사람들로 인산인해를 이루고 있었다. 표를 사기 위한 긴 행렬과, 입장을 기다리는 행렬이 서로 뒤엉키고 바깥을 겨냥한 확성기에서는 공연장 안의 효과음이 그대로 쏟아져 나와 도무지 정신을 차릴 수가 없을 지경이었다. 한쪽 구석에 윤희와 아이들을 남겨두고 그녀는 매표소로 다가가 상황을 살펴본다. 이제 막 점심을 먹었는데 마지막 공연쯤이야 살 수 있으리라는 기대는 남아 있었다.

"돈이 있다고 누구나 볼 수 있는 쇼가 아니랍니다. 나는 오늘 오자마자 줄부터 서서 겨우 우리 식구 들어갈 표를 샀다우. 점심도 안 먹었어요. 다른 데는 아예 기웃거려보지도 못하고 종일 여기에만 있은 셈이지."

반백의 할아버지가 두시 표를 디밀어 보이며 일러주는 말이었다. 이미 모든 시간대의 표는 매진되었다. 지금 팔고 있는 것은 오후 다섯시의 마지막 공연이었는데, 이것도 몇 장 남지 않아서 줄을 설 필요조차 없었다.

어쨌거나 성구의 불만은 대단했다. 암표라도 없을까 하는 기대를 버리지 못하는 윤희 모자를 설득해서 공연장을 빠져나오며, 그녀는 경주의 작은 어깨를 껴안은 채 뒤를 돌아다보았다. 엄청난 숫자의 사람들이 아직 그곳에서 왕왕거리고 있었다.

돌고래 쇼를 포기하고 나자 그들은 다시 광활한 초원 위로 내팽개쳐진 꼴이 되어버렸다. 동양 최대의 넓이와 구경꾼에 시달린 가족들과, 그 가족들을 이끌고 다니는 남자들의 팔다리가 조금씩 더 힘이 없어져 보이는 한낮이었다. 머리 위의 햇볕은 아직도 무시하지 못할 만큼의 위력을 지니고 있었다. 아이들도 이제는 흥미가 반감되어서 짜증을 내기도 하고 연신 차가운 것만 요구했다. 윤희는 가을 햇살이 노화를 촉진한다고 아우성이었다. 그들은 나무그늘에 앉아 우선 아이스크림을 하나씩 빨아먹었다. 무엇인가를 구경하기 위해 더 이상 뙤약볕 아래를 걸어갈 수는 없었다. 이곳을 떠나 족히 삼십 분 이상을 걸으면 공중열차나 치솟는 비행기, 목마 따위를 탈 수 있는 최신식 놀이 기구들이 집결된 곳이 있다는 말을 전해듣기는 하였지만 엄두조차 나지 않는 피곤함이 그들을 내리눌렀다.

그렇다고 해서 되돌아가기도 억울했다. 일껏 도시락까지 싸들고 나선 판에 몇 가지 동물이나 먼발치로, 그것도 사람들 어깨너머로 기웃거려보고 되돌아가는 것은 한심한 바보짓이라고 윤희가 말했다. 그러는 그녀도 좀체 나무그늘을 떨치고 나서지는 못한다. 그러고보니 호랑이나 사자조차도 구경 못 한 그들이었다. 남들이 하는 만큼은 해야 한다. 그것이 아무리 구경 같은 소소한 눈요기라도 최소한 남들이 본 만큼은 봐두어야 한다는 것이 윤희의 생각이었다.

이대로 돌아간다고 해도 그다지 나빴던 하루는 아닌 셈이었다. 집 안에만 갇혀 있던 그녀로서는 빠져나왔다는 의미만으로도 충분했다. 호랑이를 못 보았다고 해서 큰일이 일어나는 것은 아닐 터였다. 경주 또한 이제 원미동 아이들한테 며칠간 자랑할 만큼은 본 셈일 것이다. 그러나 윤희에게는 아무런 말도 하지 않는다. 성구에게 특별히 좋은 날이 되지 못하였다는 윤희의 낭패감 또한 그녀는 쉽사리 이해한다.

지열을 받는 나무그늘도 썩 시원한 자리는 아니었다. 게다가 아이들은 벌써 몸을 비틀어대었다. 방법이 아주 없는 것은 아니었다. 그들은 마침내 자리를 털고 일어섰다. 조류를 집결해놓은 실내 조류원의 서늘해 보이는 입구가 저만치에 보였기 때문이었다. 짐승의 나라에서 날 것의 나라로 떠나기 위해 그들은 지친 발길을 옮겼다. 끈적끈적한 목과 팔뚝을 쓰다듬으며 그녀는 하늘을 올려다보았다. 햇볕은 따가워도 하늘은 가을의 얼굴을 짓고 있다. 그녀를 따라서 경주도 하늘을 본다. 덩달아 성구도 하늘을 올려다보고 윤희도 고개를 젖혀 하늘을 본다. 아무것도 없는 푸른 하늘에서 시선을 거두고 윤희가 그녀의 손등을 탁 쳤다.

"왜 그래? 갑자기 신랑 생각이 나?"

가로 세로 일 미터쯤의 유리상자들이 벽을 따라 즐비하게 세워진 그곳은 들어서자마자 썩 좋지 않은 냄새를 풍겨주었다. 새들의 오물이나 잠겨 있는 실내 공기 탓이겠지만 냄새만으로도 이쪽 세상과 저쪽의 바깥 세상을 확연히 구분 짓게 한다. 그녀는 문득 남편을 생각했다. 냄새는, 특히 이런 유의 퀴퀴한 냄새는 언제나 남편을 떠올리게 하였다. 악취가 풍겨오는 한은 어쩔 수 없노라고 그는 말하곤 했다. 이 세상의 썩고 있는 쓰레기들을, 막혀 있는 시궁창을 치우지 않고는 아무 일도 할 수 없다고 했다.

그녀는 이제 조류원 안에서 아무런 냄새도 맡지 못한다. 잠깐 사이 후각은 마비되고 언제 냄새가 났었냐는 듯이 코는 말짱해져 큼큼거리던 짓도 멈추었다. 내맡겨지고 길들여지는 일에 익숙한 자들에게는 못 견딜 일이라곤 별로 없는 것이다.

그처럼 많은 새가 있었지만 어느 곳에서도 새소리는 들려오지 않았다. 박제되어 있는 듯한 동공과 차가운 발부리만이 일렬횡대로 즐비하게 늘어서 있을 뿐이다. 죽은 나뭇가지 위에 동그마니 얹혀져서 참새, 콩새, 종달새들이 유리벽 바깥의 인간들을 노려보고 있다. 전깃줄에서, 때로는 미풍의 보리밭 이랑에서 정답게 울어주던 바깥 세상의 새들과는 전혀 닮지 않은 것처럼 보임은 무거운 침묵 때문인가. 고목의 둥치를 잘라 시멘트로 탄탄하게 붙박아 놓은 가지마다엔 이파리 하나 매달리지 않았다. 새들은 두툼한 가지 끝에서 미동도 하지 않고 있다가 별안간 후드득 날아올라 다른 가지로 옮겨 앉는다. 그리고는 이내 부동의 자세이다. 아이들은 유리벽에 매달려 새들을 유혹하기 위해 손을 내밀기도 하고 후이익후이익 새 울음을 만들어내기도 하였다.

조류원의 중간쯤에서 그녀는 방울새를 만났다. 부리나 깃털의 색깔로 방울새를 알아낸 것은 물론 아니었다. 팻말을 통해 잿빛 깃털의 음울한 눈매를 한 그것과 맞부딪히고 나서 그녀는 적잖이 실망을 한다. 방울새야 방울새야, 쪼로롱 방울새야. 노래를 부를 적마다 떠오르곤 했던 그 이슬 같은 느낌의 청명함은 어디에도 없었다. 감춰지거나 은유되지 않고 곧이곧대로 드러나 있는 사실 속의 새 앞에서 그녀는 잠시 의아해한다. 그리고 이내 깨닫는다. 노래, 아마도 노래가 사라진 탓이었다. 방울 같은 목소리로 목청껏 노래를 부르고 있을 때만 그것은 방울새로 불려진다. 노래하지 않고 있는 방울새는 단지 잿빛 깃털을 가진 한 마리의 날 것에 불과하였다.

"저 새가 바로 방울새란다."

그래도 그녀는 딸애에게 가르쳐주어야 했다. 한 소절 한 소절을 따라부르게 하면서 노래를 가르쳐주었듯이. 간밤에 고 방울 어디서 따왔니. 쪼로롱 고 방울 어디서 따왔니……. 글쎄, 어디서 따왔을까. 방울이 어디에 있었는가를 경주는 물었고 그녀는 방울이 있었음직한 곳을 찾기 위해 곰곰 생각해보곤 했었다. 그곳은 어디에 있을까. 그리고 지금은 왜 방울을 따오지 못한 것일까. 두터운 유리벽 안에 갇혀서, 푸른 하늘 대신 시멘트 천장을 이고 죽은 나뭇가지 위에 앉아 있는 한은 방울을 따올 수 없을 것이 분명했다.

경주는 신이 나서 노래를 부르기 시작한다. 그녀와 마찬가지로 경주 또한 방울새를 보는 것은 처음이었다. 노래 속에서만 있었던 새를 눈앞에 두고 아이는 쨍쨍한 목소리로 노래를 부르고 있다. 동굴처럼 깊게 파들어간 조류원 안에서 아이는 시방 노래와 만나고 있는 것이다.

"아, 방울새는 동굴에서 살고 있구나."

경주는 고개를 끄덕였다. 그녀는 갑자기 퍼뜩 놀라 아이를 쳐다본다. 그 말이 꼭 아빠는 동굴에서 살고 있구나 하는 말로 들린 까닭이었다. 한때는 함께 산 적도 있었지만 지금은 없는 아빠가 아아, 여기 동굴 속에서 살고 있구나, 라고 아이가 소리친 줄로만 알았다.

이제 아이는 방울새 노래를 부를 때마다 저 먼 곳에 살고 있는 방울새를 생각할 것이다. 방울새 대신 노래를 불러주면서, 방울새의 닫힌 입을 대신해주면서 아이는 방울새를 떠올리겠지. 그녀는 다시 방울새를 본다. 소리도 들리지 않게 입 모양으로만 우는 작은 목숨이 다른 가지로 옮겨가기 위해 작은 날개를 퍼덕이고 있었다.

돌아가는 차편이 붐비기 전에 서둘러야 한다는 판단을 내린 것은 윤희였다. 과천의 대공원에서 부천까지는 요행히도 시내버스가 운행되고 있었지만 끔찍하게 붐비는 것이어서 그녀 또한 서두르고 싶었다. 실내 조류원에서 나와 몇 장 남은 필름을 마저 써버리기 위해 한참을 설치던 윤희는 다음 달에 다시 와서 마저 구경을 해야겠다고 말했다. 다음 달이라니. 그녀는 전혀 새로운 말을 들었을 때처럼 낯설게 윤희의 말을 받아들였다. 내일이란 미래조차도 불확실한 그녀에게 한 달 뒤의 시간을 가늠하는 일은 좀체 쉽지가 않았다. 그것을 설명할 수는 있었다. 아침저녁으로는 따뜻한 아랫목이 그리워질 것이며 낙엽을 쓸어내는 청소부가 거리의 이곳저곳에 엎드려 있을 것이다. 경주에게 긴 소매옷을 입혀야 하고 연탄도 백 장쯤 들여놓은 다음, 햅쌀로 백설기라도 빚고 미역국을 끓여서 경주의 네 돌을 기념해줘야 할 것이다.

사 년 전의 어느 완연한 가을날, 인근의 구차한 산부인과에서 스물네 시간의 진통 끝에 그 애가 태어났었다. 사 년 전의 과거라면 얼마든지 그려낼 수 있었다. 그날 밤, 딸의 출생을 알고 달려온 남편이 마련해온 선물은 한 봉지의 작은 우유였다. 우유를 마시면서 그도 그녀도 입을 열지 않았다. 옆자리에 누워 있는 갓난아이가 들어도 좋을 어떤 행복한 언어도 가지고 있지 못한 젊은 부부는 잠자코 침묵하였다.

돌아가는 길에 그들은 다시 기린을 보았다. 오전에는 보지 못했던, 우리로 들어가는 커다란 철대문과 높은 담이 둘러쳐져 있는 곳에 몇 사람이 모여서 킬킬거리며 웃고 있었다. 한 마리의 기린이 담 너머로 긴 목을 내놓고 사람들이 내미는 먹을 것을 날름날름 받아먹었다. 길다란 모가지를 담을 넘겨 아래까지 처억 내려놓으면 사람들은 기린의 벌린 입 안에 비스킷 따위를 얹어 놓는다.

그녀 일행이 기린 앞에까지 다가갔을 때는 벌써 다른 한 놈이 낌새를 알아채고 담 바깥으로 모가지를 쑤욱 내밀고 있을 때였다. 윤희가 새로 나타난 놈에게 들고 있던 과자를 한 개 내밀었다. 붉은 혓바닥이 드러나고 윤희는 그 혓바닥 위에 날름 과자를 얹는다. 성구는 껑충껑충 뛰면서 기뻐하고 윤희도 상기된 얼굴로 자랑스레 아이를 돌아보았다. 그때 또 한 놈이 나타났다. 사람들도 더 불어났다. 담 너머로 고개를 내밀고 먹을 것을 구걸하는 놈들에게 사람들이 온갖 것을 다 내밀었다. 풋사과도 있었고 알사탕과 아이스크림도 있었다. 심지어는 쥐포나 씹던 껌을 주기도 했고 어떤 이는 과자 껍데기를 둘둘 말아 입 속에 처넣어주기도 했다.

윤희는 들고 있던 과자가 바닥이 날 때까지 그곳에 있을 모양이었다. 재미난 일일 수도 있었다. 발꿈치를 한껏 치켜들으면 녀석의 머리통이라도 쓰다듬어줄 수 있을 만큼 담 아래까지 쑤욱 내려와 있는 모가지들이 가관이었다. 벌린 입의 붉은 혓바닥에, 목구멍까지 들여다보며 직접 먹이를 줄 수 있는 흥분 때문에 사람들은 좀체 돌아설 줄을 몰랐다. 기린은 어느새 다섯 마리로 불어났다. 결사적으로 목을 늘여빼서 하나라도 더 받아먹으려 드는 녀석들의 솔방울만 한 검은 눈에서 그녀는 눈물을 보았다고 생각했다. 그때 가죽장화에 긴 채찍을 든 사내가 철문 사이로 몸을 나타냈다. 휘익 채찍이 날고 그것은 철문에 부딪혀 요란한 소리를 내었다. 그래도 녀석들은 얼른 물러서지 않았고 마침내 채찍이 녀석들 중의 한 놈에게 명중한 모양이었다. 담을 넘어와 있던 긴 모가지들이 일시에 사라지면서 후드득 달아나는 소리가 들려왔다. 먹어도 먹어도 끝없이 솟아나는 허기를 주체하지 못하며 기린들이 담 저쪽으로 쫓겨난 뒤 사람들은 손을 탁탁 털며 되돌아섰다.

그들은 다시 걷는다. 기린 때문에 기분이 좋아진 아이들은 앞서거니뒤서거니 서로를 쫓으며 껑충거린다. 경주는 아까부터 방울새 노래를 부르고 있었다. 방울새야 방울새야, 쪼로롱 방울새야. 간밤에 고 방울 어디서 따왔니. 쪼로롱 방울새야, 어디서 따왔니. 노래는 계속 이어지고 윤희와 그녀는 노래에 끌려 피곤한 발을 옮겨놓는다.

그 경쾌하고 단순한 노랫가락이 끌고 가는 무거운 발걸음. 쪼로롱 방울새야. 쪼로롱을 부를 때의 아이 입은 새의 부리처럼 뾰족하고 그들의 걸음은 잠깐 허둥거린다. 쪼로롱 방울새야. 발길을 가다듬으며 그녀는 눈꺼풀의 떨림이 시작할 조짐을 느꼈다. 파드득 떨리는 눈꺼풀. 쪼로롱 방울새야. 미끄러질 듯한 걸음. 보이는 모든 것이 파들파들 몸을 떨고 아이는 나풀거리며 달려간다.

그녀는 떨리는 눈두덩을 지그시 누르면서 내일모레쯤에는 남편을 찾아가야겠다고 마음먹는다. 이번에야말로 헛손질과 얼룩진 벽만 바라보고 있지는 않을 것 같기도 하다. 방울새가 저어기에 살고 있더라는 이야기를 해도 좋다. 배고파하는 동물들의 벌려진 입을 전해주고도 싶다. 경주의 방울새 노래가 듣고 싶지 않으냐고도 물어볼 것이다.

이야기가 술술 풀려만 간다면 아니 그러고도 시간이 남는다면 구더기의 강에 대해서도 소상히 들려줄 것이다. 지금 생각해도 머리칼 깊숙이 수십 수백 마리의 구더기가 털구멍에 처박혀 몸을 오그라뜨리고 있는 느낌이라고 제법 세밀하게 이야기할 수 있을지도 모른다. 이제야 말하지만 이 꿈을 홀로 간직하는 일이 정말 두려웠다고도 말해보자. 말이란 한 번만 눈 딱 감고 시작하면 실타래에서 풀려나오는 명주실처럼 길고도 질기게 계속될 것이었다. 한 번만 입을 열어 모음과 자음을 발음한다면, 한 번만 부리를 벌려 방울 소리를 낸다면 그것만으로도 족히 견디어낼 것 같았다.

마침내 그들은 미아보호소 곁을 지나게 되었다. 오전에는 네댓 명에 불과했던 아이들의 숫자가 석양 무렵인 지금에 와서는 안이 비좁도록 가득 들어차 있었다. 유리벽 안에서 옹송그리며 불안에 찬 눈길로 아이들은 강아지처럼 칭칭거리고 있다. 실컷 더럽혀진 얼굴과 손을 늘어뜨리고 아이들은 구겨질 대로 구겨진 휴지마냥 풀이 죽어 있다. 사람들은 유리 바깥에서 못내 재미있다는 표정을 감추지 않고 미아들을 들여다본다. 아이들은 울고 있고 그것을 구경하는 바깥 사람들은 재미있어 쿡쿡 웃는다. 버스를 타러 가면서 그녀도 자꾸 뒤를 돌아다본다. 그 때문인가, 이번 면회 때는 입을 열어 말할 수 있으리라는 자신감이 슬그머니 사라진다. 이제 그녀가 할 수 있는 일은 딸애의 손을 잡고 버스를 타는 것밖에 없는 것처럼 생각되었다.

"성구야. 우리 다음에 또 오자. 그때는 꼭 돌고래 쇼도 보고 공중열차도 태워줄 거야. 엄마가 약속할게."

다리가 아프다고 칭얼대는 아이를 달래며 윤희도 뒤를 돌아다본다. 윤희 역시 이제는 썰렁한 빈방으로 돌아가는 일만 남아 있다. 햇볕과 나무와 우리 속의 동물들일랑 버려두고 내일의 장사를 염려하며, 밀린 외상값을 거두어들일 궁리를 하면서 잠들 것이다.

성구는 계속 칭얼댄다. 윤희는 하는 수 없이 아이를 들쳐업는다. 스러지는 햇빛 아래서 윤희는 조금 늙어 보였다. 다섯 살짜리 무거운 아이를 업고서 윤희는 피곤한 등허리를 내보이며 걷고 있다.

그녀는 손을 쳐들어 눈두덩을 짓누른다. 아직 눈꺼풀의 경련이 시작된 것도 아닌데 그녀는 연신 눈두덩을 짓누르고 있다. 그러다가 그것이 자신의 손버릇임을 깨닫고 이내 그녀는 손을 늘어뜨린다.

[『문예중앙』, 1985년 가을호]

찻집 여자

택시는 광장의 한가운데에다 그들을 내려놓았다. 언제라도 그렇지만 세밑의 역광장은 출렁거리는 인파로 발 디딜 틈이 없었다. 차들은 제멋대로 진입해 들어오고 사람들은 아슬아슬하게 차들을 비켜 지나갔다. 광장 왼편에 백화점이 들어선 뒤로는 복잡함이 더했다. 역에서는 쉴새없이 경인선 전철이 도착했다가 떠나곤 했으므로 쏟아져 나오는 승객들과 차를 타려는 사람들만으로도 광장은 이미 초만원이었다. 넘쳐흐르는군. 엄씨는 혼잣말로 중얼거리면서 정해진 것처럼 망설임 없이 대합실을 향했다. 여자는 한 발짝쯤 뒤에서 따라왔다. 대합실도 복잡하기는 마찬가지였다. 이제서야 부천을 떠나는 행렬들이 매표구 앞에 세 겹 네 겹으로 줄을 만들어놓았다. 어디를 보아도 사람들은 들떠있고 함부로 웃어댔다. 누구나 할 것 없이 연말 분위기에 감염되어 종종걸음을 치고 바쁜 척 설쳐대면서 사실은 뭐 재미있는 일이 없나 사방을 두리번거리고 있었다.

어디로 가볼까. 그는 제물포, 송내, 구로, 종각 등의 글씨를 눈으로 훑어나가면서 또 한편으로는 그런 이름말고 다른 곳은 없는지 생각했다. 대합실 전체를 와르릉 울리면서 전동차는 끊임없이 달려가고 사람들은 개찰구를 빠져나가기 무섭게 뛰기 시작했다. 떠나는 사람들답게 그들은 눈밭에 뒹굴어도 춥지 않을 만큼 단단히 껴입고 있었다. 그는 옆에 서 있는 여자를 돌아보았다. 낡은 바바리코트에 손을 푹 찌르고, 역시 진작 새것으로 갈아신었어야 할 남루한 구두코로 바닥을 쿵쿵 찧고 있던 여자가 "멀리 나가지는 말아요." 하고 말했다. 어차피 돌아와야 할 것이라면 전철을 타고 멀리 나갈 생각은 말자는 뜻이었다. 매표구에서 들려오는 동전 소리에 귀를 모으면서 그는 다시 운행 구간표를 보았다. 왼쪽으로 가면 바다가, 오른쪽으로 가면 휘황찬란한 도시가 나타날 것이었다.

그때 개찰구에서 표를 받고 있던 집표원이 버럭 소리를 질렀다. 너 이놈, 이리 못 와! 다리 사이에 조그만 전기난로를 끼고 앉아 있었던 탓에 집표원은 민첩하게 움직이지 못하고 손만 휘저었다. 나일론 점퍼의 소년 하나가 뒷걸음을 치다 말고 냅다 대합실 밖으로 튀어 달아났다. 그럴 줄 알았다는 듯 집표원은 이내 소년을 포기하였다. 소리지르던 위세에 비하면 싱겁기 짝이 없었다. 그냥 목청을 시험해봤다는 투였다. 달아난 소년만큼의 나이 때 그 역시 멀리서 기적이 울리기만 하면 해진 운동화 뒤축을 세우고 벌어진 앞단추를 여몄다. 산골마을을 지나는 기차를 보기 위해 종일을 역의 철책에 매달려 보냈었다. 개찰구가 조용해지자 이번에는 매표구에서 작은 실랑이가 벌어졌다. 잔돈이 적게 나왔다고 주장하는 사내와 분명히 제대로 내보냈다고 고집하는 역무원 사이의 입씨름을 지켜보다가 그는 여자 쪽으로 돌아섰다.

"인천쯤으로 가서 회를 먹어보는 것도 좋을 텐데……."

말은 그렇게 하였지만 여자를 데리고 바다에 가고 싶지는 않았다. 그랬다간 도저히 감당 못 할 어떤 일이 벌어질 것만 같았다. 여자를 위로하고 싶어서, 그래서 무작정 시내로 나온 것이긴 하지만 이 이상 더 난처한 처지에 빠지고 싶지는 않았다.

"저녁이나 먹고 빨리 들어가요."

여자 또한 말은 그렇게 하였지만 식욕이 생겨날 것 같지 않은 얼굴이었다.

"그러지. 뭐 먹을 만한 게 있는지 찾아보자고."

그는 애써 미소를 지어보였다. 여자가 그를 보았고 그는 여자의 눈길이 한결 다소곳해진 것을 확인하였다. 두 사람은 다시 광장의 인파에 휩쓸렸다. 광장의 왼편은 백화점, 오른편은 택시 주차장이었다. 어느 쪽이든 늘어진 전선을 잇대어 백열구를 밝힌 노점상들이 진을 치고 있었다. 덤핑 테이프를 리어카에 진열해놓고 스피커만은 진국으로 매달아놓았는지 쿵짝쿵짝 노래를 들려주고 있는 테이프장수 곁으로는 포장마차의 행렬이 있었다. 코스모스 피어 있는 정든 고향역, 이뿐이 곱분이 모두 나와 반겨 주겠지……. 스피커가 시드러지게 노래를 뽑아내면 포장마차 손님들이 젓가락 장단을 맞추었다. 먹을 만한 음식을 파는 곳을 찾자면 로터리 저편으로 나가야 될 것이었다. 신호등을 기다리면서 그는 저만큼 앞에서 반짝이고 있는 불빛 글씨를 보았다.

"저것 좀 봐."

엄씨의 말에 여자도 글씨를 보았다. 부천예식장이란 다섯 글자에 네모로 테두리를 해놓고 있는 네온사인은 오층 건물의 꼭대기 벽면에서 명멸하고 있었다. 순서는 일정했다. 먼저 글자 하나하나가 차례대로 깜박이고 나면 이번엔 부천 두 글자와, 예식장 세 글자의 순으로 불이 꺼졌다가 들어왔다. 그 다음엔 네모 테두리가 깜박이고 다시 글자 하나하나에 불이 나간다. 두 사람은 오랫동안 그것을 쳐다보았다. 일곱 번의 깜박이가 끝나고 나야 비로소 네모 테두리 안의 다섯 글자가 소롯이 밤하늘에 떠오르는 것이다.

"마음에 안 들어."

일곱 번씩을 기다려 일곱 번의 완성된 네온사인을 보았을까 했을 때 그녀가 혼잣말처럼 내뱉었다.

"재미있잖아."

그는 사라져버린 네모 테두리가 온전히 되살아나는 것을 보고 미소를 지었다.

"맨 처음 부천에 왔을 때부터 저놈의 시건방진 네온사인이 마음에 안 들었어요."

그녀는 앞장서서 횡단보도를 건너기 시작했다. 기분이 완전히 회복된 것은 아닌 모양이군. 그는 여자의 완강한 뒷모습을 지켜보며 금세 상심한 얼굴이 돼버렸다. 두 번째 신호 대기에서 여자가 마음에 안 든 이유를 설명했다.

"약올리는 것도 아니고 저게 뭐예요? 면사포 쓰고 결혼식을 올리지 못한 사람들이 보면 신경질날 거야. 가만히 있어도 속이 아픈데 왜 자꾸 깜박거리는지 몰라…….”

그는 할 말을 잃었다. 가만히 있어도 속이 아픈데. 엄씨가 지난 밤 내내 그의 아내를 다독거리던 말과 똑같지 아니한가. 가만히 있어도 마음이 아픈 사람을 건드릴 게 뭐야. 생각해봐. 내가 그 여자한테 새장가를 들 것도 아니고, 그 여자하고 밤보따리를 싸서 도망갈 사람도 아닌데 당신이 그 여자한테 쫓아가서 어쩌겠다는 거야. 그 여자 말야. 낯선 동네에 와서 정붙일 곳이 없으니 내가 좀 도와준 것뿐이야. 당신을 얼마나 사랑하는지 알지. 밤을 꼬박 새우며 달래고 빌고 했는데도 아내는 기어이 인삼찻집으로 쫓아가서 한바탕의 야료를 부린 것이다. 그게 오늘 낮의 일이었다. 동네가 부끄럽다고 드러누운 아내를 놓아두고 하릴없이 시내를 배회하다가 엄씨는 아까서야 여자의 가게를 찾아갔었다. 누워 있을까, 아니면 여전히 붉은 조명등 아래서 손님을 맞고 있을까. 어스름이 깔려오자 도저히 참을 수가 없었다.

한강인삼찻집은, 그러나 불이 꺼져 있었다. 밤 여덟시만 되면 셔터를 내리고 퇴근하는 서울미용실의 경자도 아직 분주하게 일을 하고 있는 때였다. 시간을 보니 겨우 일곱시 남짓인데도 어둠은 먹물처럼 진했다. 환하게 불이 내비치는 미용실에 비하면 그 옆의 찻집은 폐가처럼 스산했다. 어둠 속에서 보는 선팅의 푸른색도 죽음의 빛깔만큼이나 칙칙했다. 낮에 그만큼 당했으니 어디론가 나가버린 거겠지. 그는 동네 사람들 눈에 뜨일 것을 염려해서 얼른 형제슈퍼 쪽으로 발길을 돌렸다. 저녁 찬거리를 사러 김반장네 가게를 들락거리곤 하던 여자들도 추운 날씨를 겁내 모두 아랫목에 파묻혔는지 원미동 거리는 한산했다. 살얼음이 깔린 정육점 앞길에 웬 낯선 개만 어정거리고 있을 뿐이었다. 그는 다시 어두운 찻집 앞으로 다가갔다. 갑작스레 기온이 내려간 탓에 서울미용실의 유리문에는 허옇게 성에가 어려 있었다. 일부러 내다보지 않는 한 경자가 그를 발견할 수는 없을 것이었다. 엄씨는 조금 망설이다가 찻집의 문을 밀어보았다. 분명 잠겨져 있을 것이므로 무의식중에 손에 힘을 주었던 탓이리라. 문은, 완고하게 닫혀 있을 줄 알았던 문은 거짓말처럼 활짝 열렸다. 그 바람에 엄씨는 어이쿠, 소리를 내며 얼른 문에서 손을 떼었다. 그러나 한번 젖혀진 문은 다시 제자리로 오지 않고 열려진 채 그대로 있었다. 찻집 안의 먹물 같은 어둠을 꺼림칙하게 여기면서 그는 문을 닫으려고 손을 내밀었다. 그때 먹물 같은 어둠을 헤치고 사람의 목소리가 두둥실 떠올랐다. 오늘 장사 안 해요. 내일 오세요. 분명 그녀의 목소리였다. 그가 어둠 속에 앉아 있는 여자를 발견하기 전에 그녀가 먼저 그를 알아보았다.

"놀이터 쪽에 가 계세요. 문 잠그고 나갈게요."

울고 있지는 않은 모양이라고, 여자의 변함없는 목소리에 안도하면서 그는 여자가 시키는 대로 하였다. 놀이터 쪽으로 가면서 얼핏 돌아보니 그의 사진관 진열장에도 불이 켜져 있었다. 한창때의 문희와 남궁원의 얼굴이 거리를 향해 활짝 웃고 있다. 행복사진관에서는 그 두 사람만이 유일하게 행복할 것이라고, 엄씨는 남들처럼 자신의 가게를 바라보았다.

두 사람은 부천예식장을 지나서 얼마큼 걸었다. 음식점이 몇 군데 보이긴 했지만 두 사람 다 알은체하지 않았다. 그로서는 최후의 만찬이 될 장소를 닥치는 대로 고르고 싶지는 않았다. 여자는 식사 따위엔 관심이 없어 보였다. 허연 입김을 뿜어내는 다른 이들을 따라 무작정 걷기만 하였다. 구둣가게 앞을 지나면서 엄씨는 여자의 낡은 구두를 외면하였다. 구둣가게 다음에는 영국 기마병 복장을 한 사내가 쉬임 없이 절을 하고 있는 지하 스탠드바의 입구가 입을 벌리고 있었다. 그것 역시 그는 외면하였다. 밥 생각이 없다면 값싼 맥주집이나 들어가 어두운 구석에 처박혀 있어도 좋을 것이다. 하지만 그녀에게 술집에 가자고 할 수는 없었다. 술집에 들어서는 순간부터는 여자를 똑바로 쳐다볼 수 없을 것 같아서였다. 여자는 꼬박 팔 년 동안 술집의 부대시설과 다름없이 살아왔다. 언젠가 여자는 이렇게 말했다. 설령 남자라 하더라도, 한평생을 걸려도 다 못 마실 많은 술을 팔 년 만에 해치워버렸다고. 지나온 이야기를 할 때면 그녀는 언제나 씩씩했다. 할 수 있는 한 당당하지 않으면 잘난 척하기 좋아하는 인간들에게 말꼬리를 잡히기 일쑤라고 했다. 진작에 새 생활을 시작해보지 그랬느냐고, 마음만 먹으면 언제라도 시궁창을 벗어나는 것인 줄 알고 있는 점잖은 무리들의 야코를 죽이기 위해서는 용감하게 과거를 털어놓는 방법이 제일이라고 말했다.

여자의 이름은, 그녀의 과거만큼이나 다양했다. 옥선이, 경아, 성미, 연주 따위의 이름에 그녀의 편력이 켜켜이 쌓여 있었다. 명륜동의 일심정에서 옥선이로 불릴 때, 그녀는 하룻저녁에도 세 번씩 버선을 바꿔 신어야 할 만큼 이 방 저 방으로 날아다녔다. 일심정 시절을 말하는 순간이 여자가 가장 행복한 때였다. 천만금을 줘도 몸을 팔지 않는다는 게 일심정의 권번 수칙이었다. 권문세가의 신사들이 일심정의 여자 하나를 차지하기 위해 다투어 수표를 끊어대었어도 일심정은 결코 여자들을 내돌리지 않았다. 일심정을 끝으로 팔자를 고칠 수도 있었는데 그렇게 하지 못한 것이 아쉽다고 여자는 말하곤 했다. 호스티스로서 완벽한 경력을 쌓은 곳은 퇴계로의 맥주홀 '역마차'에서였다. 자립을 해보겠다고 명동의 혹성스탠드바에서 성미코너를 맡기도 했다. 성미라는 이름을 가졌던 그 당시에는 주먹 좀 쓰는 사내하고 뜨거운 연애 끝에 동거를 한 적도 있었다. 그리고 변두리의 뭇 룸살롱들, 나이를 먹으면서 귀퉁이로 빠져 청량리의 한 대폿집에서 작부로 전락했다. 어쨌거나 상머리에 붙어 앉아 웃음을 팔 수만 있다면, 젊은 웃음이 언제까지라도 샘솟듯 솟기만 한다면야 걱정할 게 무에 있을까 할 만큼 이력도 붙었다. 몇 년 해온 가락이 있어 작부 짓도 그닥 괴롭지는 않았는데 그나마도 후배들에게 자꾸 떠밀리다보니 퇴기 대접이 너무 역겨워서 그녀는 서울을 뜨기로 결심했다. 그 동네 나이로는 환갑 진갑 다 보낸 거나 다름없는 꽉 찬 서른까지 버틴 것만도 대단한 일이긴 했지만 아직 화장발이 받을 때 한 푼이라도 더 벌지 않으면 누가 밥 먹여줄 것인가. 이름을 바꿀 때마다 화장은 자꾸 짙어지고 스물일곱부터는 나이를 먹지 않고 지냈다면서 여자는 요새도 걸핏하면 스물일곱이라고 우기곤 했었다.

그녀에게 진짜 이름은 뭐냐고 묻는 것처럼 어리석은 일은 없을 것이다. 처음에 그가 "홍마담이랬지? 홍, 뭐요?" 하고 물었더니 오히려 "뭐가 좋을까요?" 하고 되물었다.

"이름만 바꾸나? 장씨, 김씨, 윤씨 닥치는 대로, 편리한 대로 성도 갈아치우는데……. 아직 홍씨 성은 안 써봤거든요. 당신한테는 주희라고 불리고 싶은데, 어때요? 홍주희."

극장 앞을 지나고 나니 소아과 병원, 가구점, 자전거 대리점 등이 나타났다. 어느새 불빛은 잦아들고 거리는 한산했다. 벌써 여기까지 내려왔던가. 그들은 오던 길을 되짚어 올라가기로 했다. 그럴싸한 음식점이 나타날 기미가 없었다. 부천은 어느 쪽으로 가든 이 모양이었다. 번화가는 짧고 황량한 거리는 길었다. 역을 중심으로 퍼져 있는 짧은 번화가에 몰려든 사람들은 휘황한 불빛이 끝나는 곳으로 나동그라지지 않기 위해 불빛 앞에서 웅성거리고 있다. 다시 영국 기마병의 인사를 받았고 구둣가게의 폭신한 양털 깔개 앞을 지났다. 구둣가게 바로 옆에 전주비빔밥을 파는 집이 있었다. 여자의 발길이 멎었다. 먹어야 한다면, 그러면서 여자가 갑자기 목소리를 높였다. 기분이 엉망진창이니까 비빔밥을 먹읍시다. 비빔밥을 먹어야 하는 이유를 그렇게 댈 수 있다는 것은 여자의 기분이 이미 엉망진창을 지나 있다는 뜻이 아닐까. 기껏 비빔밥을 먹으려고 추운 거리를 헤맸느냐고, 더 나은 것을 찾아보자고 말하려다가 그는 입을 다물었다. 최후의 만찬이란 생각은 어쩌면 그만의 것인지도 몰랐기 때문이었다. 그는 말을 아끼고 있는 여자의 속마음을 확연히 짚어낼 수가 없었다. 전주회관이란 간판도 다시 보니 그럴싸했다. 싸구려 식당은 아닐 것이다. 그는 식당문을 열고 여자부터 들여보냈다. 여자는 꼿꼿하게 어깨를 펴고 걸어갔다. 밝은 불빛을 환히 받아내기론 여자의 머리가 너무 부스스하였다. 긴 머리칼을 되는대로 틀어올린 것은 좋은데 비어져나온 머리칼들이 어수선하였다. 그는 아내가 여자의 머리를 쥐어뜯는 모습을 상상해봤다. 설마 그럴 리가. 자리에 앉고 나서 엄씨는 꼼꼼하게 여자의 얼굴을 살펴보았다. 닥치는 대로 때려부쉈다고 차가운 눈초리로 보고하더니 혹시 여자에게 손찌검은 하지 않았을까.

"뭘 봐요?"

뜨거운 물을 마시고 있다가 여자가 퉁명스럽게 내쏘았다.

"아니, 그냥……."

사실대로 물을 수가 없어서 그는 주춤했다.

"할퀴었을까봐 그래요?"

그러면서 여자가 얼굴을 엄씨 앞으로 바싹 내밀었다. 얼굴에 생채기는 없었다. 손톱은 내가 더 긴걸 뭐, 그렇게 중얼거리면서 그녀는 문득 정색을 하였다.

"난 함부로 싸우지 않아요. 하지만 일부종사를 자랑으로 내세우는 여자들하고 싸워선 져본 적이 없다구요. 당신 마누라, 별로 힘도 없는 것 같아서 내가 봐줬어요."

내가 봐줬어요, 라고 말할 때는 장난감을 친구에게 양보한 악동처럼 득의만만한 표정이다. 아니, 애써 그렇게 보이도록 하고 있다. 그렇지만 생각하기에 따라서는 참혹하기조차 한 낮의 일을 그런 식으로 넘겨주는 여자가 엄씨는 한없이 대견하고 고마웠다.

"등심이라도 좀 구워 먹을까?"

그는 여자의 초췌한 모습이 꼭 육고기의 부족 때문이란 듯이 서둘러본다. 그러나 여자는 고개를 흔들었고 엄씨는 더 이상 등심을 굽자고 말하지 않았다. 고기를 먹인다고 해서 아내에게 당했던 일들이 상쇄되지는 않을 것이었다. 대가를 지불하는 것이라고 여기게 될까봐 걱정이 되기도 하였다. 그때 방에서 식사를 하고 있던 한 떼의 사내들 속에서 느닷없이 원미동이 어쩌구 하는 소리가 튀어나왔다. 비빔밥을 기다리고 있던 원미동 남녀는 똑같이 어깨를 흠칫 떨었고 시선을 떨구었다.

여자가 원미동 사람이 된 것은 지난 가을이었다. 원미동 23통의 모양새를 알기 쉽게 이야기하자면 그것은 흡사 장터 객줏집의 국자와 같은 꼴이었다. 국자의 손잡이 부분에 원미지물포, 그의 행복사진관, 써니전자, 강남부동산, 우리정육점, 서울미용실 등이 한 켠으로 촘촘히 박혀 있고 맞은편에는 강노인이 푸성귀를 일궈먹는 밭과 무궁화연립, 그리고 김반장의 형제슈퍼가 자리잡고 있었다. 손잡이가 끝나고 종구라기 모양의 몸통이 시작되는 부분은 노상 이것저것 잡다한 종류의 가게가 문을 열었다가는 슬그머니 사라지고 또 누군가가 새로운 가게를 열었다가는 이내 문을 닫곤 하는, 말하자면 원미동 23통의 사각 지대였다. 그도 그럴 것이 허투루 문을 열었다가는 원래 주택보다 잡다한 점포가 더 많은 이 동네에서, 게다가 공터를 앞에 두고 있는 그 자리에서는 달리 불러모을 고객이 없는 탓이었다. 문제는 바로 그 자리에, 서울미용실을 지나 모퉁이를 끼고 도는 세모꼴 가게터에 한강인삼찻집이란 이름의 가게가 개업을 하고부터 일어났다. 원미동 아낙들 말대로 별 볼일 없이 가게에 죽치고 앉아 있는 사내들을 꼬드겨서 인삼차 한 잔에 천 원씩을 부르는 불여우 같은 계집이 등장한 것이다. 원미동 여자들은 약속이나 한 것처럼 모두 그 여자를 싫어하였다.

여자는 한강인삼찻집을 개업한 이후 시도 때도 없이 원미동 거리에 모습을 나타내었다. 긴 머리칼이 찰랑찰랑 어깨를 덮고 있는 것으로 봐서는, 말하자면 백 미터 전방에서 보았을 때는 틀림없이 처녀로 보이는 여자였다. 그녀를 가까이서 보았을 때, 그리고 여자가 수줍은 듯이, 적어도 빤빤한 시선은 아닌 게 분명한 미소를 보이며 지나칠 때는 노처녀라고 생각되었다. 처녀거나 노처녀거나 아무튼 그런 호칭으로 부를 만한 나이에서는 이미 비켜난 지 한참 되었을 것이라는 확신은 비로소 여자를 자신의 렌즈 안에 잡아두고 요모조모 뜯어본 다음이었다. 처음 여자가 사진관 문을 비긋이 열고 들릴 듯 말 듯한 목소리로 계세요, 하고 인기척을 내었을 때 행복사진관 엄씨는 느닷없이 마누라가 이 자리에 없음을 천만다행이라고 여겼다. 왜 그랬는지는 몰랐다. 인삼찻집에는 아직 가보지 못했으나 하여간 얼마 전부터 원미동 거리에 등장한 여자를 그는 여러 번 보았으므로, 그리고 여자의 긴 머리칼이 꽤 인상적이었으므로 여자가 그의 사진관에 찾아온 일을 범상히 넘겨버릴 수 없었다. 물론 여자는 사사로운 일이 있어 그를 찾아온 게 아니었다. 여자는 단순히 증명판 사진을 찍고자 하였다. 몸에 밴 애교나 눈웃음쯤은 있으려니 미루어 짐작했으나 여자는 함부로 입을 열지 않는 편이었다. 어지간하면 인삼찻집을 개업한 누구누구이니 한번쯤 찾아와주시라는 인사말쯤 던질 만도 하련만 여자는 그렇게 하지 않았다. 그것이 또 엄씨의 마음에 들었다. 보글보글 지져올린, 물들인 노란 머리칼에 짙은 색의 매니큐어, 푹 꺼진 눈두덩을 화폭 삼아 온갖 색의 아이새도를 칠해놓은 무리들 속에 끼여 있는 여자치고는 대견하지 않으냐는 게 엄씨의 느낌이었다. 그가 촬영 준비를 하는 동안 여자는 여느 고객들과 다름없이 머리를 추슬러올리고 블라우스의 깃을 바로잡는 일에 열중해 있다가는 혹간 한번씩 검은 괴물처럼 버티어선 사진기를 흘낏 쳐다보았다.

여자를 의자 위에 앉히고 그는 필요 이상으로 오랫동안 렌즈를 통해 비치는 그녀의 얼굴을 세밀하게 살펴보았다. 긴 머리를 뒤로 깡똥하니 묶어버린 탓에 여자의 얼굴만 렌즈 가득 확대되어 있어서 그는 유감없이 눈이며 코, 입 따위를 뜯어볼 수 있었다. 얼핏 스쳐지났을 때보다는 훨씬 나이 들어 보이는 얼굴이었다. 그래서 미인인가 아닌가를 따져보는 일도 무의미한 것처럼 여겨졌다. 그 나이 또래의 다른 아낙들에 비해서 여자의 얼굴은 오히려 깨끗하고 날카롭게까지 보였다. 그러나 자세히 보면 두드러지는 광대뼈와 눈 밑 그늘의 예사롭지 않은 연륜이 여자의 겁내하지 않는 동그란 눈 때문에 한결 누그러져 있을 뿐임을 알 수 있었다.

촬영용 백열등을 남김없이 켜놓은 뒤 사진기의 검은 너울을 뒤집어쓰고서 그는 여자의 잘생긴 코에다 초점을 맞추었다. 그 검은 너울 속에서 마른침을 한번 삼켰기도 했을 것이었다. 그는 이유도 없이 긴장하고 있었다. 조금 숙여진 듯 보이는 얼굴을 추켜세우기 위해 여자의 머리통에 손을 대었을 때, 또 여자의 어깨에 손을 대어 기우뚱해 있는 자세를 고쳐주었을 때, 그 모든 지시를 열심히 따르고 있는 그녀와 함께 그는 작품 촬영에 임하고 있다고 느꼈다. 정말이지 오랜만에 느끼는 기분이었다. 누가 뭐래도, 비록 지금은 누추한 모양의 동네 사진관을 열고 있지만 엄씨는 한때 사진 예술가로서의 미래를 꿈꾸던 적도 있었다. 기와를 덮은 푸른 이끼, 나무의 둥근 나이테, 들바람에 휘청거리는 야생화 등을 찾아서 몇 날이고 낯선 지방을 헤매던 젊음이 있었다. 기차역 부근에 살면서 늘상 어디로 떠날까를 궁리하던 소년은 훗날 원 없이 어디론가 떠났었다. 형편이 어려워 대학에 들어가 체계적인 공부를 하지는 못했지만 녹빈홍안의 고운 모델도, 벽계산간의 그럴싸한 풍경도 마다하는 스스로의 안목을 그는 소중히 여겼었다. 지금은 마구잡이로 아무 얼굴이나 찍어대는 삼류 사진사에 불과하다 해도 그에게는 견장처럼 한 시절의 예술적 혼이 어깨에 걸려 있었다.

"사진 찍는 일도 쉽지는 않군요."

증명사진 한 장을 그렇게 오랜 시간에 걸쳐 찍어본 적이 결코 없었을 여자가 촬영의 어려움에 놀랐다는 표정을 지으면서 이렇게 말했을 때 그는 여자에게 남다른 재주가 있음을 발견하였다. 그녀는 벌써 사진사라는 직업의 애환을 속속들이 알아버렸다는 투로 말을 했던 것이다. 다른 이들도 종종 이런 말을 던져오기는 했었다. 그것은 인사치레 이상도 이하도 아니었지만 여자는 맨얼굴 그대로, 진심으로 말했을 뿐이었다. 밤마다 인삼찻집의 붉은 조명등 아래서 위스키를 따르고 헤픈 웃음으로 돈을 벌어야 하는 여자한테 맨얼굴의 속마음이 있다는 게 신기로웠다. 어쩌면 오랜 세월 고통 속에서 살아온 사람들만이 가질 수 있는 마음의 눈인지도 모른다는 생각이 들기도 하였다. 간혹 시청 앞을 지나노라면 검은 승용차 안에 앉아 있는 사람들을 보는 수가 있었다. 그들은 절대로 걸어서 들어가지 않았다. 청사 앞에까지 차를 탄 채 들어가 기사가 열어주는 문을 통해 번쩍이는 구두부터 내밀어 차에서 내렸다. 그런 사람의 얼굴은 아무리 해도 알 수 없는, 짐작조차 할 수 없는 두꺼운 가면으로 덮여 있었다. 설령 웃고 있다 하더라도 화가 난 듯한 표정, 사실이 화를 내고 있다 하더라도 미소 짓는 듯한 얼굴은 그에게 수수께끼 같은 느낌만 던져 주었다. 그런 이의 얼굴은 렌즈를 통해 들여다보아도 살가죽의 질감밖에는 더 이상 알아낼 게 없을 것이었다.

이제 머지않아 사십을 바라보는 나이에 이르기까지 살아오는 동안 그에게는 두 개의 세상이 존재해온 셈이었다. 각막을 통해 들어오는 세상과 렌즈 속의 세상, 두 가지는 거의 언제나 그의 내부에서 각각의 목소리를 내고 있었다. 하기야 언제부턴가 그는 렌즈 속의 세상을 포기한 채로 지내온 게 사실이었다. 하나의 목소리를 눌러 버린 것이었다. 세 번째 딸을 낳았고 이제는 자식들을 위한 삶만 남은 게 아니냐는 깨달음은 나이가 들면서 저절로 다가왔다. 태평한 시대는 지난 것이다. 처음 부천에 왔을 땐 한 집 건너 하나씩 복덕방이 생기더니 얼마 가지 않아 한 집 건너로 미용실이 문을 열었다. 그리고 이제는 두어 집 건너로 사진관이 생겼다. 비디오테이프를 갖추어놓고 대여를 시작한 것은 살아보자는 안간힘 중의 하나였고 필름 한 통을 현상하는 데 확대 사진 한 매를 선물하는 것은 이웃 가게들이 모두 그렇게 하기 때문이었다. 백일사진이나 돌사진 손님도 많이 줄었다. 다른 동업자 탓만은 아닐 것이다. 강남부동산 박씨 말대로 예전처럼 네댓씩 아이를 낳는 것도 아니고 하나 아니면 둘이 고작이니 수요가 준 것은 당연할지도 몰랐다.

그나마라도 행복사진관이 유지되고 있는 것은 큰길 쪽에 있는 샛별유치원 덕분이었다. 아이들 이모가 유치원 보조교사로 취직이 되던 올 봄부터 엄씨는 샛별유치원의 전속 사진사가 되었다. 유치원에서 좀 색다른 행사가 있다 하면 그는 달려가서 아이들의 사진을 찍어댔다. 필름값에 출장비까지 포함해서 한 장에 삼백 원씩 하는 사진값은 밀리는 법 없이 제때제때 수금되었다. 엄지 엄마가 기회만 있으면 샛별유치원 홍보역을 자청해서 맡는 것도 그쪽 수입이 만만치 않은 탓이었다. 아이들 꽁무니를 좇아다니며 거푸거푸 셔터를 눌러대면서, 견학이나 소풍을 가는 아이들과 함께 봉고차에 실려가면서, 때로는 우는 아이를 업어 달래주면서 엄씨는 자신의 예술적 영감이 찌그러지고 녹슬고 삐걱거리는 소리를 들었다. 같이 살고 있는 아내조차 아주 우습게 여기고 있는 것을 알고 있기는 하지만 자신에게는 특별한 예술적 혼이 있다는 것을, 그 믿음을 버릴 수 없었다.

아내는 예전에는 그러지 않았는데 점차 그에게 맞서고 있는 느낌이었다. 긴 머리칼을 매만지던 연애 시절의 추억쯤은 잊었는지, 그렇게도 긴 머리로 기르라고 성화를 대었건만 짧게 잘라서 오그라 붙여놓은 퍼머도 마뜩지 않았다. 미적 조화는 염두에 두지 않고 오직 처발랐다는 것만 시위하는 제멋대로의 화장 솜씨를 보노라면 서른네 살의 늙지도 젊지도 않은 모호한 나이의 아내가 무엇을 꿈꾸는 여자인지 짐작도 할 수 없었다. 아내는 이미 예전에 그가 알아왔던 아내가 아니었다.

오랜 시간 기다린 끝에 마침내 비빔밥이 나왔다. 방을 차지하고 앉아 고기 연기를 피워올리는 술손님 시중 때문에 종업원들은 무척 바쁜 듯이 보였다. 돌그릇은 손을 댈 수 없게 뜨거웠고 밑바닥의 밥이 눌어붙는 소리가 들려왔다. 갖가지 고물을 빙 둘러놓은, 보기 좋은 내용물은 돌그릇이 주는 중후한 느낌으로 한층 돋보였다. 그다지 초라한 식사는 아니라고 생각될 만큼의 소박한 식탁이었다. 두 사람은 묵묵히 밥을 비볐다. 밥숟갈을 뜨기도 전에 그는 다 먹은 뒤를 생각했다. 그것은 아마 여자도 마찬가지일 것이다. 돌아가지 않을 수 있는, 다만 한두 시간이라도 늦출 수 있을 만한 적당한 일이 어딘가에서 기다리고 있을지도 모른다는 심정. 세밑의 밤장사는 모처럼 만의 활기로 수입이 좋을 텐데 하루 장사를 거르게 해서 여자에게 미안한 생각도 들었다. 집세를 물기에도 벅찰 만큼 한강 인삼찻집은 손님이 없었다. 장소도 워낙 한적하고 지나다니는 행인도 동네 사람 외엔 별로 없는 곳이었다. 가지고 있는 돈을 탁탁 털어보니 맞춤해서 세를 얻었다지만 엄씨보다 더 태평한 쪽은 그녀였다. 여태 뜯기면서 살아왔으나 이제는 뜯어갈 사람도 없으니 홀가분하다고, 한 입 먹고사는 일이야 이만해도 감당할 수 있다고 여자는 뜨악한 손님들을 조르지도 않았다. 그럴 때 간혹 그녀의 머나먼 옛 시절 이야기가 흘러나오곤 했다. 갓 상경했을 때의 엄청난 두려움이 사라지고 나자 다음에는 길을 잘못 들었다는 절망감으로 시달렸다고 했다. 인간답게라느니 진실이 어쩌구 하는 고상한 낱말들을 멀리하면 훨씬 편안하다는 것을 깨닫기까지 절망은 깊고도 아득했었다. 나이가 들면서 그녀는 점차 아등바등한 삶이 지겨워졌다고 했다.

"니도 물장수로 돈 벌라 카면 안즉 새까맣다. 사람이 들어오면 날래 달려들어갖꼬 이리 앉아라 저리 앉아라, 쓰다듬어주고 보듬아 줘도 인삼차 한 잔 먹어줄 똥 말 똥 한데 그래 느려터져갖꼬는 파이라 이 말이다."

주씨는 자칭 오라비라면서 찻집에 한 번씩 들를 때마다 목청을 돋우었다. 지물포 주씨는 누구에게라도 이만한 말쯤은 예사로 하는 사람이었다. 단칸방에 끼여 샛잠을 자고 있는 지물포 심부름꾼 소년인 선구에게도 매일같이 장사 철학을 강의하곤 하였다. 가을이사 일감이 밀려 그렇다 하지만 지금처럼 일이 없는 겨울철에도 선구를 잡아두는 까닭이야말로 훈계하는 재미를 놓치기 싫어서인지도 몰랐다. 그런 주씨를 익히 알고 있음에도, 또한 주씨가 그들 두 사람 사이를 알지 못한다는 사실을 다행스럽게 생각하면서도 그런 말을 듣는 게 엄씨는 매우 껄끄럽고 화가 났다.

"이런 장사를 해보지 그래……."

말은 찻집이지만 밤에는 공공연히 술을 파는 그런 장사말고 이런 먹는 장사도 있지 않느냐는 그의 말이었다.

"안 하던 소리를 하구 그래요? 왜요? 내가 이런 장사를 하면 나하고 결혼해줄 거예요?"

냅킨으로 입을 문지르면서 여자가 시큰둥하게 되물었다.

"안 하던 소리는 누가 하는데……, 화난거야?"

"대답 못 하잖아요. 까마귀는 어디에 있어도 까마귀예요."

여자가 두고 쓰는 말 중의 하나였다. 그러다 공격적인 어투로 까마귀로 태어나고 싶어 태어났나요, 하는 것도 그녀의 말버릇이었다. 망년회 손님들이 들이닥치는지 회사원으로 보이는 젊은 남녀들이 무리를 지어 들어오면서 식당 안은 시장바닥처럼 소란스러워졌다. 그들이 방에 들어가 좌석을 정하여 앉고 나서부터는 간단없이 터져나오는 웃음소리가 홀을 진동시켰다. 어디를 가든 무리 중에는 우스갯소릴 잘하는 사람이 몇 명씩 끼여 있게 마련이었다. 그런 재주도 없으니, 그는 자신의 싱거운 말솜씨가 원망스러웠다. 그녀를 위로할 수 있다면, 잠시라도 우스갯소리로 즐겁게 해줄 수 있다면 좋으련만. 여자는 흐트러진 머리를 다시 틀어올리고 자리에서 일어났다. 아까보다는 훨씬 단정하게 보였다.

바깥으로 나오자 잊고 있었던 추위가 재빠르게 달려들었다. 밤이 깊어지면서 수은주는 한층 더 곤두박질한 모양이었다. 여자가 입고 있는 홑겹 가을 코트로 막아낼 성질의 추위가 아니다. 어디로 갈까. 그는 사방을 휘둘러본다. 이대로 돌아가버리면 여자한테 변변한 위로 한마디 못 한 것이 두고 두고 마음에 걸릴 텐데. 동네에 소문이 나버렸다면 내일부터는 마음놓고 만날 수 있는 형편이 아니었다. 어차피 길게 끌고 갈 관계는 아니었지만 이런 식으로 빠른 파국이 올 줄은 미처 몰랐었다. 왜 이렇게 돼버렸지. 그는 새삼스레 여자를 돌아보았다. 추위에 내맡겨진 채인 얼굴은 고스란히 여자의 나이를 드러내고 있다. 서른하나랬던가, 둘이랬던가. 한물갔어요, 하면서 나이를 말하는 여자에게 같이 있던 주씨가 얼른 날샜네, 하고 맞받아치는 바람에 다시는 나이 소리를 입에 올리지 않았었다.

두 사람은 잠시 어정쩡하게 서 있으면서 지나가는 이들의 발길에 차이고 있었다. 여자가 먼저 가요, 하고 말했지만 어디로 가라는 말은 없었으므로 그는 내처 머뭇거렸다. 세 딸들은 초저녁잠이 많으니 지금쯤 하나둘씩 잠이 들었겠지만 아내는 아직도 씨근덕거리며 분을 삭이지 못해 어쩔 줄 몰라 하고 있을 것이다. 여자는 또 한 번 가요, 하고 말했다. 어디로? 그는 말 대신 눈으로 물었다. 그녀가 가리킨 곳은 역광장의 택시 주차장이었다. 길만 건너면 원미동을 지나는 버스들이 줄을 잇고 있었지만 귀가하는 사람들로 발 디딜 틈이 없었다. 사람이 너무 많다고 그는 생각했다. 어디든 사람들로 북적이고 있는 것이 마땅치 않았다. 대목을 맞은 택시들은 서슴없이 합승을 하고 있고 인도의 가장자리를 메우고 있는 노점상들은 지치지도 않고 손님을 불러모았다. 상인들은 두르고 있는 옷의 무게에 눌려 땅 밑으로 꺼질 것처럼 보였다. 여자가 광장의 택시주차장을 향해 걸었다. 별수없이 그도 여자의 뒤를 따랐다. 이번엔 돌아가서 아내를 위로할 차례인가. 여자가 자꾸만 빨리 돌아가자고 저러는 것도 아내를 의식해서일 것이다. 오늘 같은 날 두 사람이 이렇게 버젓이 시내를 돌아다니고 있는 줄을 알게 되면 아내는 어쩌면 최후 선언을 해버릴지도 모른다. 결국은 아내와 세 딸들 곁으로 돌아가겠지만, 어차피 여자 몫은 없었지만 그래도 아내가 두려운 게 사실이었다.

머리를 내리지 않고서. 그는 하얗게 드러나는 여자의 목덜미가 안쓰러웠다. 겨울 외투 하나 갖고 있지 못한 여자의 주변머리 없음이 안타깝기도 했다. 그는 얼굴도 보지 못한 그녀의 가족들을 원망하였다. 고향에는 아무도 없지만 서울에는 여자의 오빠도 있고 동생도 있었다. 진작에 세상을 떠난 부모 대신 곁에서 보살펴주던 이

모도 성남시 어딘가에 살고 있었다. 그녀가 원미동으로 오기 전까지 몇 안 되는 피붙이들이 번갈아가며 돈을 뜯어갔다. 그녀가 술집을 전전하며 지내는 동안 가족들은 당연히 살기가 수월했다. 돈이 좀 모아지면 그 돈을 필요로 하는 사람이 꼭 나타나더라고, 어차피 남 좋은 일 시키려고 태어난 팔자는 다른 모양이더라고 여자는 말했다. 젊음을 바쳐 그들을 도왔지만 그들 중 누구도 잘살고 있지는 못하였다. 한 여자의 젊음만으로는 역부족인 게 가난의 끈질김이었다. 서른을 넘기니까 가족들도 그녀를 단념하였다. 말라버린 샘이요, 수명이 다한 기계라는 것을 알아준 탓이었다. 한강인삼찻집을 차리면서 수중에 있는 돈을 다 털어넣었다는 것을 알고는 있었지만 처음으로 그녀의 방에 들어섰을 때의 놀라움을 그는 잊지 않고 있었다. 서로가 서로를 좋아한다는 눈치쯤은 채고 있었으나 지척에 집을 둔 그로서는 감히 여자의 방에 들어갈 생각은 하지 못하던 때였다. 손님도 없을 모양이니 일찌감치 문을 닫겠다는 그녀의 말을 따라 방으로 들어가지만 않았더라면, 그 쓸쓸하고 추운 방을 보지 않을 수만 있었더라면 오늘 같은 일은 벌어지지 않았을 텐데. 신호 대기에 걸린 여자 옆에 서서 그는 막연한 후회를 하고 있었다.

같은 건물인 서울미용실과 인삼찻집의 가게에는 방이 딸려 있지 않았다. 그래서 경자도 따로 방을 얻어 출퇴근을 하였다. 아내를 언니처럼 따르고 있는 경자는 방이 없어서 여간 번거롭지 않다고 말하곤 했었다. 방이 생긴 것은 인삼찻집 전에 분식센터를 차렸던 젊은 부부에 의해서였다. 실컷 방만 들여놓고 몇 달 만에 가게문을 닫은 그 젊은 부부는 그 뒤로 남부역 어디에서 포장마차를 한다고 했다. 어쨌거나, 가스레인지가 놓여 있는 가스대와 개수대가 한 짝씩 자리잡고 있는 협소한 주방의 맞은편이 방이었다. 더할 나위 없이 비좁은 방이 그만큼 썰렁하니 비어 있는 꼴도 놀라웠지만 천장이라 해야 엄씨의 키를 반듯이 세울 만한 높이도 못 되었으니 차라리 개집이라고 해야 옳은 꼴이었다. 삭막한 풍경에 놀라 앉지도 못하고 엉거주춤 서 있는 그를 흘겨보며 그녀는 아랫목에 깔려 있는 전기장판의 코드를 꽂아주었다. 그러고보니 방구들은 그대로 냉골이었다. 연탄 아궁이를 아예 만들지 않은 모양이었다. 그 방의 유일한 가구는 커다란 화장품 가방이었다. 베이지색 화장품 가방조차 호사스럽게 보이던 방에 쪼그리고 앉아서 그는 밖에 있는 여자가 들어오면 무릎맞춤을 하여야 할 형편임을 딱하게 여기었다. 두루마리 화장지, 뚜껑 없는 휴지통, 머리칼 한 올이 길게 묻어 있고 얼룩투성이인 분홍 베개 위엔 은박지 속의 알약이 올려져 있었다. 나중에 여자는 그 약을 맥주와 함께 삼키면서 간장약이라고만 말했다. 여자가 가지고 있는 옷도 한쪽 벽을 다 채우지 못할 만큼이었다. 걸려 있는 옷마저도 색깔만 화사했지 값비싼 것은 보이지 않았다.

그날 밤에 여자는 그에게 맥주 세 병을 대접했다. 홀을 치장하다 보니 방이 좀 어설픈 것 같다고, 그래도 살기에는 부족한 게 없다고 말은 그리하였지만 여자는 아무래도 민망한 모양이었다. 홀에 있던 커다란 스테레오 녹음기를 들고 와서 테이프의 노래를 고르다가 그것 때문에 비좁은 방이 더 좁아 보인다며 다시 들고 나가기도 했다. 당신한테는 주희라고 불리고 싶다던 말도 그 밤에 했었다. 텅 빈 방에 여자를 홀로 남겨두고 돌아올 수 없어서 조금만 더, 조금만 더 머무른다고 하는 게 소주까지 마시게 되었다. 상당한 술을 마신 여자의 어깨가 자꾸만 그에게로 무너져온 것은 방의 협소한 면적 탓이었다. 기울어지는 여자의 어깨를 받아 안았을 때 그는 여자의 야윈 몸이 서러웠다. 장난감처럼 가늘고 둥근 어깨뼈가 한순간 오롯이 그의 가슴에 닿았다가 떨어졌다. 서른 해가 넘도록 그 여자를 받쳐온, 험난한 질곡의 세월을 떠받들고 견뎌온 여자의 어깨를 그는 다시 한번 품에 안았다. 그래라. 나에게 너는 홍주희일 뿐이다. 그러면서 그는 여자의 긴 머리칼을 몇 번이고 쓰다듬었다.

머리를 내리면 덜 추울 텐데. 그는 또 한 번 여자의 휑하니 드러난 목덜미에 눈을 주었다. 원미동 구석에 인삼찻집을 열어가지고는 저 여자가 어느 세월에 코트를 장만하랴 싶으니 참 막막하였다.

"약국에 갔다 올게요."

택시를 기다리는 행렬 쪽으로 가다 말고 그녀가 맞은편의 약국을 가리켰다.

"속이 안 좋아?"

"아녜요. 먹던 약이 다 떨어졌어요."

그는 은박지에 싸여 있던 알약을 떠올렸지만 다시 묻지는 않았다. 그것말고도 약국에서 사먹는 약의 종류가 많았으나 여자는 그저 간장약이라고만 말해왔다. 얼마 전에 고등학교 동창들과 만난 자리에서 그가 지나가는 말처럼 여자가 먹는 약에 대해 물어본 적이 있었다. 약국을 개업하고 있는 친구한테였다.

"호스티스 말야. 늙으면 술병 안 걸리나?"

"왜 안 걸려? 남자들도 못 삭이는 술을 여자가 매일 밤 마시는데 무슨 수로 배기냐. 늙기까지 기다릴 것도 없다. 그 짓 몇 년이면 벌써 얼굴이 노랗게 뜨는걸 뭐. 겉은 멀쩡해도 속은 칠십 노파보다 더 삭은 게 저런 여자들이야. 이 약 저 약 사먹으면서 견뎌보는 거지만 평생 골골하다 가는 거지."

약국의 환한 불빛 속으로 들어가는 여자를 쳐다보면서 엄씨는 동창 녀석의 말을 되새겨보았다. 여자가 약사에게 무어라고 말을 건네는 게 보였다. 흰 가운의 포켓에 손을 푹 찌르고 선 채 약사는 이마의 주름을 모았다. 다시 그녀가 손을 쳐들어올리며 무슨 말을 했다. 그제서야 느릿느릿 몸을 움직이며 약사는 진열장에서 작은 상자갑 하나를 꺼내었다. 여자가 돈을 치르고 되돌아섰다. 약사는 다시 주머니에 손을 찌르고 무표정하게 거리를 내다보았다. 이 세상에서 일어나는 일을 다 알 수가 있겠냐는 듯이, 설령 알고자 하더라도 다 알 수야 있겠느냐는 듯이.

그 또한 다가오는 여자에게 약사처럼 무표정한 얼굴을 내보이려 했었다. 그러나 여자는 얼른 그를 찾아내지 못하였다. 무심코 주차장 쪽으로 가려다가 그녀는 걸음을 멈추었다. 손에 들고 있는 약봉투를 호주머니 안에 쑤셔넣으면서 그녀는 주위를 두리번거렸다. 수십 개의 과일 리어카가 양쪽에 도열해 있고 사람들은 그 사이를 빠져나오느라고 뒤범벅이었다. 아무래도 그녀는 쉽게 그를 알아보지 못할 모양이었다. 먼 곳만 보고 있는 그녀를 잠시 더 지켜보다가 그는 천천히 여자에게로 갔다. 그를 발견한 여자의 눈에 순간 반가움과 안도의 빛이 떠올랐다가 이내 스러졌다. 그때 낡은 중절모의 사내가 그림자처럼 나타났다. 때 묻은 목도리를 친친 두르고, 발등을 덮을 듯이 치렁거리는 외투는 십 년 전쯤에 사람들이 내다버렸을 깃이 넓은 구식이었다.

"정자를 내놔! 정자가 어딨어?"

여자가 사내의 움켜쥔 주먹을 손으로 밀쳐냈다.

"미친 영감이야. 빨리 가요."

여자의 뒤를 따르면서 그는 몇 번씩 뒤를 돌아보았다. 중절모의 사내가 처녀애들을 놀라게 하였고 여자들의 비명이 소란스러웠다. 사내는 외투 자락을 끌면서 광장의 이곳저곳으로 뛰어다녔다. 택시를 기다리고 있던 사람들이 저마다 혀를 끌끌 찼다. 생불여사(生不如死)라, 사는 게 죽느니만 못해. 앞줄의 어딘가에서 지긋한 음성이 탄식했다. 택시들은 끊임없이 승객을 실어날랐고 또 그만큼의 사람들이 줄의 꼬리에 달라붙었다. 한 발짝씩 앞으로 나가는 사이에도 삭풍은 모질게 달려들어 여자의 비어 있는 목을 할퀴었다. 뒤에 있는 줄도 길었지만 앞의 줄도 만만치 않았으므로 그는 택시를 타기로 한 것을 후회하였다. 차라리 만원버스 속에 끼어들어 여자의 추위를 녹여줄 것을.

그나마 주머니 하나에는 약봉투가 들어 있어 그녀의 한 손은 서릿발 같은 추위에 방치되어 있었다. 그는 슬그머니 여자의 손을 잡았다. 얼음장 같은 손가락이 그의 손 안에서 꼼지락거렸다. 역 구내에서는 땅을 구르며 전동차가 지나갔고 과일행상들은 천 원에 서른 개짜리 귤을 비닐봉투에 주워 담으면서 연신 손님들을 불러모으고 있었다. 그도 다른 날 같으면 저들에게서 귤이며 사과 따위를 사들고 집으로 갔을 것이었다. 역광장을 지날 때는 운집해 있는 과일 리어카의 유혹을 물리치기가 어려웠다. 어쩌다 한 번씩의 서울 나들이를 끝내고 귀가하는 손에 먹을 것이 담긴 봉투가 들려 있지 않으면 세 딸들이 입을 비죽거렸다. 아들만 둘을 키우고 있는 지물포 주씨와 딸만 셋을 두고 있는 그는 서로서로 자식 키우는 재미를 자랑하였다. 쓰레기차가 오면 무거운 연탄재는 언제나 그가 들고 나가 버려주었고 아내가 바쁠 때는 딸들의 머리도 묶어주었다. 딸들에게만큼은 아직 그의 희망대로 긴 머리를 유지시키고 있었으므로 그는 즐거이 봉사하였다. 아내가 찻집 여자의 일을 알아버리기 전인 어제 오후까지도 그는 아내의 심부름으로 시장까지 뛰어가서 고등어자반을 한 손 사가지고 왔었다. 여자를 만나고 그 여자를 보통 이상의 감정으로 대하였다 하더라도 그는 언제나 세 딸과 아내를 우선으로 생각했다고 믿었다.

추측이지만 그러나 거의 확실히, 아내에게 여자의 일을 전해준 것은 경자일 것이다. 서울미용실의 유리창으로 경자는 그가 찻집에 드나드는 것을 눈치챘을 것이다. 경자는 아내에게 말하기 전에 또 누구에게 귀엣말을 하였을까. 앞의 줄이 점점 짧아지고 점차 그들이 탈 차례가 가까워지면서 그는 자신의 난처한 처지를 떠올리고 있었다. 미용실을 들락거리는 동네 여자들에겐 진작부터 소문이 퍼져 있는지도 모른다. 그로서는 한껏 조심한다고 세 번 갈 것을 한 번 가는 정도로 주위의 눈치를 살펴왔지만 어리석은 일이었다. 소문이 나기로 하면야 풍선처럼 부풀어오른다 해도 어쩔 수 없을 만큼의 불씨들이 그간 쌓여왔기도 했다. 한강인삼찻집이 문을 열자마자 동네 여자들은 알게 모르게 남편들을 단속했다. 아가씨도 두지 않고, 이미 젊은 여자로 불릴 수 없는 나이의 마담만 가게를 지키는 것을 보고는 여자들이 먼저 혀를 찼었다. 구석진 곳에 처박혀 있는 찻집의 시들한 운명을 그네들이 먼저 알아차렸다. 점포 주인은 인삼찻집이 밤에는 칸막이 술집으로 변하는 것을 알고부터 동네 사람들 눈총에 시달린다고 하였다. 술집이라면 시청을 끼고 즐비한 판에 굳이 주택가에까지 쳐들어올 것은 무어냐고 김반장도 제법 분개하는 척했다. 근처에 행여 구멍가게가 새로 들어설까봐 가게 자리만 비면 강남부동산을 뻰질나게 드나드는 김반장이었다. 여자의 찻집에 음료수나 맥주를 대고 있는 김반장은 생각보다 물량이 소소하여서 일찌감치 김이 새버린 터였다.

눈만 뜨면 마주 대하고 사는 그들 모두를 대할 일이 막막하여서 엄씨는 맥이 풀렸다. 택시를 기다리는 동안 한마디 말도 하지 않고 있는 여자의 속마음을 알고 싶기도 하였다. 무슨 생각을 하고 있을까. 여자의 꼿꼿한 등 너머로 문득 호루라기 소리가 들려왔다. 사람들은 일제히 소리 나는 쪽을 쳐다보았다. 털모자를 눌러쓴 소년 하나가 입에 물고 있던 호각을 얼른 등 뒤로 감추었다. 역광장에 버티고 서 있는 철망을 두른 국방색 호송버스를 사람들은 불안한 시선으로 바라보았다. 지하도 입구에서 그도 한번 불심 검문을 당한 적이 있었다. 대학생 차림의 젊은이들은 책가방 속까지 보여줘야 했다. 그는 문득 여자가 찍었던 증명사진을 떠올렸다.

"증명사진 어디다 쓰시려구요?"

사진을 찾으러 왔을 때 그가 물었다. 정성을 쏟은 만큼 잘 나온 사진이라고 자부하였으나 여자는 사진이 어떻게 나왔는가에 대해선 별로 관심이 없는 듯이 보였다.

“주민등록증을 새로 발급받을까 해서요.”

“아, 주민등록증을 잃어버리셨군요. 그거 한번 잃어버리면 동사무소에 서너 번은 걸음해야 되고 여간 귀찮지 않아요.”

그의 말에 여자가 모호하게 웃었다.

“잃어버린 것은 아녜요. 그냥 새것이 갖고 싶어서…….”

그리고 여자는 사진값을 내놓은 뒤 곧바로 돌아갔다. 방에서 여자를 지켜보고 있었던지 아내의 비아냥거리는 목소리가 들려왔다.

“할 일도 되게 없는갑다. 주민등록증이 새거면 어떻고 낡았으면 어때서…….”

그는 새 주민등록증이 나왔느냐고 물어보려다가 그만뒀다. 여자가 왜 새 주민등록증을 갖고 싶었는지 알 수 있을 것도 같았다. 뒷면의 너절한 주소란이 보기 싫었던 게지. 떠돌아다닐 때마다 족쇄처럼 발을 묶어놓던 주소지를 지우고 싶었던 거라고 그는 짐작했다. 언젠가 그녀가 말했었다. 원미동 23통이 마지막 주소였으면 좋겠다고. 다른 낯선 곳으로 떠나기에는 기운이 모자란다면서 시들하게 웃기도 하였다. 어린 시절의 그는 기차만 보면 늘 올라타고 싶었다. 사진에 빠지고부터는 피사체를 찾아 노상 어딘가로 떠날 궁리만 했었다. 지금에 와서는 행복사진관을 이끌고 좀더 장사가 잘되는 곳으로, 가능하면 목이 좋은 서울의 어딘가를 향해 떠날 꿈을 키우고 있는 그였다. 여자도 아마 같으리라. 어딘가를 향해 매일매일 떠났다가 실패하고 다시 떠나고 또 실패하고, 마지막으로 그녀가 떠나온 곳이 원미동 23통이 아닐까. 한 사람에게는 멍에 같은 곳이 또 다른 누구에게는 새로운 내일의 출발점이 되기도 하는 것이다. 그는 여자에게 끝내 새 주민등록증에 대하여 물을 수가 없었다. 발이 참을 수 없을 만큼 얼어붙었다고 느껴졌을 때 이윽고 택시 한 대가 그들 앞에 멈추었다.

택시 안은 훈훈했다. 미터기를 꺾는 기사에게 그는 원미동으로 가자고 말하였다. 여자가 차가운 볼을 감싸쥐고 있다가 비로소 입을 열었다. 훈훈한 기운에 얼어붙은 입이 녹았다는 듯이.

"아까 말예요. 지하도 앞에서 거지를 보았어요."

여자의 말은 엉뚱했다.

"어떤 거지? 여태 거지 생각만 하고 있었군그래."

여자가 되물었다.

"못 봤어요?"

"모르겠는데……."

"등에다가 종이를 붙여놓고 있길래 읽어봤지요. 읽어보니까……, 거지였어요."

그가 무얼 읽었느냐고 물었다.

"이렇게요. 나는 참 불쌍한 사람입니다. 도와주세요."

어이가 없어서 그는 피식 웃고 말았다. 여자가 다시 한번 또박또박 말했다. 나는 참 불쌍한 사람입니다. 도와주세요.

"뭐가 어떻게 되어서 불쌍하다는 설명도 없이?"

그때 기사가 말을 거들었다.

"그 사람 바보예요. 정신박약이라나 뭐라나. 등에 써 붙이고 다니는 종이쪽지도 누가 써줬대요."

"그런 말을 누가 제정신으로 써 붙이고 다니겠어요. 아무리 거지라 해도……."

말끝을 흐리면서 그녀는 창밖을 보았다. 차는 우회전 신호를 보내다가 원미동 쪽으로 접어들고 있었다. 시청 앞을 지나는데 여자가 차를 세웠다. 집까지는 조금 더 가야 했지만 그는 요금을 치르고 차에서 내렸다. 여자는 시청 뒷담을 끼고 있는 어두운 길로 접어들었다. 뒷길로 갈 모양이었다.

"여기서 헤어져요."

여자가 작별 인사를 대신하여 웃어 보이는 척했다. 그는 먼 곳의 어둠을 보았다. 추운 밤거리를 쏘다니기만 했을 뿐 정작 두 사람에게 닥친 일에 대해서는 서로 간에 말을 나누지도 않았잖은가. 그는 한꺼번에 떠오르는 많은 생각 때문에 입을 열지 못하였다.

"큰길로 가세요. 나는 이쪽으로 가겠어요."

여자가 그의 등을 돌려세웠다.

내일은? 그는 무심코 내일은, 이라고 말하려다가 입을 다물었다. 두 사람이 같이할 내일이 없다는 사실을 확인하고 싶지 않았다. 아니, 여자의 확인을 받고 싶었던가. 그는 여자의 담담함이 마음에 걸려서 어떤 말도 자유롭게 나오지 않았다. 일이 터져버려서 곤란한 쪽은 여자가 아니라 그였다. 여자가 한동네에 있는 한은 언제까지라도 동네 사람들의 입방아에서 벗어나지 못하리라. 그에게 씌워진 굴레를 알은체하지 않는 그녀가 야속하다는 생각도 들었다. 원미동에서 벗어나 있을 때는 아내에게 한바탕 휘둘렸을 그녀의 처지가 안쓰럽기만 했었다. 그러나 원미동에 돌아와서는 바위처럼 단단한 여자의 위로를 받고 싶기도 하였다.

"엄지 엄마한테 또 당하고 싶지 않으니까 앞으로 알은체도 맙시다."

그녀는 말을 마치기가 무섭게 달려가기 시작했다. 그는 잠시 어지러운 여자의 발짝 소리를 듣고 있다가 이내 그녀의 뒤를 따랐다. 여자가 벌써 저만큼 앞서 뛰어가고 있는 게 보였다. 서울미용실의 아크릴 간판은 불이 꺼져 있었다. 건너편의 형제슈퍼에서 새어나오는 흐릿한 불빛에 의지해서 여자가 열쇠를 꽂았다. 그는 어둠에 몸을 감추고 있다가 아무도 없음을 확인한 뒤 내처 찻집 안으로 들어섰다.

"불 켜지 말아요."

따라올 줄 알았다는 듯이 바로 옆에서 여자가 나지막이 말했다. 발길에 차이는 것들을 치우면서 그는 더듬더듬 주방의 휘장을 걷어냈다. 등 뒤에서 여자가 가게문을 잠갔다.

아무래도 그녀 쪽이 어둠에 익숙했다. 별로 지척거리지도 않고 그녀는 방문을 열고 들어가 스위치를 올렸다. 그도 망설이지 않고 방으로 들어갔다. 방문을 닫고 나면 불빛은 아무 데로도 새어나가지 않았다. 들창 하나 없는 궤짝 같은 방. 낮은 천장 때문에 두 사람은 구부정하니 서서 서로를 마주보았다. 밖에서 안으로 들어왔는데도 후드득 몸이 떨렸다. 여자가 잠자코 전기장판의 코드부터 꽂았다. 그 손이 눈에 보일 정도로 흔들렸다. 추웠다. 오히려 바깥 추위보다 더한 것 같았다. 귓바퀴를 시리게 하는, 사방의 벽에서 뿜어나오는 냉기가 자꾸만 그의 어깨를 떨게 했다. 여자는 바닥에 깔린 담요 위에 쭈그리고 앉아 차가운 손을 무릎이 굽혀진 곳에 찌르고 있다. 결국 이 방에 다시 들어왔구나. 그는 담요 자락을 들어올려 여자의 등을 덮어주었다. 그리고 담요째 여자를 껴안았다.

"조금만 있으면 따뜻해질 거야."

그는 좀더 세게 여자를 끌어당겼다. 여자가 그의 어깨에 얼굴을 묻으면서 무어라고 중얼거렸다. 돌아가라는 말이겠지. 그는 여자를 안은 손에 더욱 힘을 주었다.

"이리 들어와요. 한결 나은걸."

그녀가 담요 자락을 펼쳤다. 그는 여자와 함께 나란히 담요를 두르고 앉았다. 조금씩 조금씩 전기장판 위로 온기가 번져왔다. 여자의 입김이 그의 목덜미 근처에 닿았다. 그가 다시 여자의 어깨에 팔을 둘렀다. 그 바람에 담요가 스르르 미끄러져내렸다. 조금 있다가 여자는 앉은 채로 외투를 벗어 윗목으로 던졌다. 보랏빛 스웨터 차림의 그녀는 따뜻한 그의 품으로 바싹 다가앉았다. 여자의 차가운 입술을 더듬으면서 그는 불을 껐으면 좋겠다고 생각했다. 방을, 사방으로 버티어선 누추한 벽을, 낮은 천장을 보고 싶지 않았다. 여자의 이마가 그의 볼에 닿았다. 여자는 눈을 감고 있었다. 눈을 감은 여자는 갓난아이처럼 편안하게 보였다.

두 사람은 나란히 누워서 멀리서 들려오는 개 짖는 소리를 듣고 있었다. 여자가 입을 열었다.

"늦었을 거예요. 어서 돌아가세요."

내어놓은 얼굴은 찬바람이 할퀴어서 쓰릴 지경이다. 그는 몸을 일으키기가 두려웠다. 여자가 엄씨 쪽으로 돌아누우면서 나지막이 한숨을 쉬었다.

"엄지 엄마가 뭐랬는 줄 아세요?"

그는 대답할 수가 없다.

"나보고 이 동네를 떠나래요. 넓고 넓은 서울바닥에서야 물장사를 하든 술장사를 하든 상관치 않을 테니 빨리 가게를 내놓고 떠나랬어요."

아내는 그렇게 말할 수 있으리라. 당장 보따리를 싸서 떠나라고, 한 번만 더 내 남편을 만났다간 그때는 죽고 살기로 덤벼서 끝장을 보고야 말겠다고 으르렁거렸으리라. 여자는 아내의 요구대로 떠날 것인가. 그는 비로소 현실적인 해결책 앞에 마주선 것을 깨달았다. 둘 중의 누군가 떠나야 한다면 당연히 여자 몫임을 그는 의심하지 않고 있었다. 그때 여자가 말했다.

"내가 왜 떠나요? 난 가지 않아요. 나 같은 여자가 남자와 어쩌구 저쨌다고 겁날 게 뭐 있어요. 죽을힘을 다해서 벌여놓은 장사인데 걷어치우고 떠날 수는 없어요. 정말이에요. 난 절대 못 떠나요."

그렇지만, 하고 말을 이으려다 말고 그녀는 잠시 생각에 잠겼다. 여자가 다시 입을 열기까지 그는 숨을 죽이고 있었다. 동네 사람들의 수군거림이, 아내의 끝없는 감시가, 간단없이 들려올 여자에 관한 이야깃거리들이 그의 머릿속에 펼쳐졌다. 그러고보면 여자가 떠날 것이라고, 아마 그렇게 될 것이라고 기대했던 것은 아닐까. 떠나겠다는 확실한 언질을 받아내려고 밤거리를 서성였고 여기까지 쫓아온 것은 아니라고 스스로를 변명하면서 그는 잠자코 여자의 다음 말을 기다렸다.

"원미동에서 밀려나면 갈 곳이 없다고는 말하지 않겠어요. 어디든 갈 수는 있어요. 하지만 이런 생활 이하로는 떨어져내리고 싶지 않아요. 이만큼 살 수 있다는 것을 얼마나 감사하며 지내왔는데요……. 다신, 이곳에 얼씬도 마세요."

여자는 결단코 지금 생활을 포기할 수 없다고 말하는 것이다. 여자가 옳다, 라고 그는 애써 여자의 결정을 수긍하였다. 아무도 그녀를 필요로 하지 않을 것이다. 한때는 그녀를 붙잡아두지 못해 안달을 하던 많은 사람들도 이제 와서는 그녀를 모른체할 것이 분명했다. 이름도 모를 갖가지 알약을 삼켜가면서, 할 수 있는 일은 오직 웃음을 팔며 술을 따르는 게 전부인 여자에게 한강찻집을 포기하라면 다음은 불을 보듯 뻔한 것이다. 얼마 되지 않은 보증금마저 까먹고 여자는 추한 까마귀가 되어 거리에서 연명할지도 모른다. 그게 아니면 병이 깊어져 어느 집 뒷방에서 뒹굴다가 죽어갈지도 모른다. 그는 결연히 몸을 일으켜 옷을 주워입었다. 담요 속을 벗어나자 일제히 온몸에 소름이 돋았다. 벗어놓은 여자의 외투를 담요 위에 덧씌워주고, 전기장판의 온도 눈금을 한껏 높여주고 나서도 그는 선뜻 문을 열고 나갈 수 없었다. 황량한 들판에 여자를 팽개쳐두고 그냥 떠나는 기분이었다.

어떻게, 무엇으로 방을 따뜻하게 해줄 수는 없을까. 그때 홀에 있는 석유난로가 떠올랐다. 어둠에 눈이 익기를 기다렸다가 그는 홀안을 더듬거렸다. 홀이랬자 한 세 평 남짓 될까. 세모꼴 터를 이용하여 탁자 네 개를 간신히 들여놓고 그 탁자마다를 칸막이로 가려놓고 있었는데 칸막이들이 모두 쓰러져 있고 탁자며 의자도 주르르 밀려나 있는 게 어슴푸레하게 보였다. 아내가 한 짓일 것이다. 불을 켜지 말라고 몇 번씩이나 단속하던 것도 이 때문이었을까. 구석에 박혀 있는 석유난로를 찾아내기까지 엄씨는 펄떡거리는 가슴을 어쩌지 못하고 있었다. 방 안에 난로를 들여놓고 그는 심지부터 돋우었다. 여자는 꼼짝도 하지 않고 누워서 그가 하는 양을 바라만 보았다. 매캐한 석유 그을음이 좁은 방안을 가득 채우고 나서야 낡은 난로는 제 기능을 시작할 낌새였다. 반짝이고 눈부신 새것은 하나도 가지고 있지 못한 여자였다. 불꽃이 살아나기를 기다렸다가 그는 손잡이를 돌려 불꽃을 키웠다. 오래되어 빽빽한 손잡이는 한 바퀴 돌아갈 때마다 쇳소리를 내질렀다. 여자가 벽을 향해 돌아누우면서 말했다.

"빨리 가요."

서로 등을 돌린 채 밤을 새우고 나니 아침에는 세 딸들마저 엄씨 앞에서 쌀쌀하게 굴기 시작했다. 제 엄마 뒤만 따라다니면서 그에게는 알은체도 않는 딸들의 하는 짓이 섭섭했지만 어쩔 수 없었다. 모래알 같은 밥을 몇 숟갈 뜨고 그는 이내 가게로 나와버렸다. 아내는 공연히 아이들을 울렸고 몸에서 찬바람이 나도록 얼음장 같은 표정으로 일관했다. 하루쯤 돌보지 않았다고 가게도 썰렁하기가 나간 집같이 보였다. 연탄난로의 뚜껑을 열어보니 불붙은 탄이 들어 있긴 했다. 난로 앞에 앉아 불을 쬐면서 그는 유리창 밖으로 환하게 내비치는 바깥을 보았다. 어제와 다름없이 추운 날씨였다. 지나다니는 이들도 많지 않고 햇볕도 오락가락해서 음산하기조차 한 날이었다. 여느 때 같으면 가게문을 활짝 열어놓고 환기도 시키고 물걸

레도 쳤을 테지만 엄씨는 오늘만큼은 선불리 가게 밖으로 나갈 수 없었다. 안에서는 세 딸과 아내가 차가운 눈초리로 노려보고 있고 밖에서는 이웃들이 조소를 보낼 것이다. 그는 너무도 막막하여 차라리 울고 싶어졌다. 그때 지물포 주씨가 벌컥 문을 열고 들어왔다. 입가에 얄궂은 미소가 어려 있고 잔뜩 서두르는 품이 첫새벽부터 쫓아오려는 것을 여태 참았던 게 분명했다. 아니나다를까.

"보래이, 니 그게 사실이가? 홍마담과 니캉 보통 사이가 아니란 기 사실이가?"

엄지 엄마에게 들릴까봐 목소리는 낮추었지만 그에게는 천둥소리만큼이나 커다란 목소리로 들렸다.

"왜 이러세요. 형님까지……."

"야 봐라. 안즉도 잡아떼면 될 줄 아는갑다. 어제 엄지엄마가 어짜고 저짰다고 여자들이 지금 쑥덕이고 난리 아이가."

엄씨는 그냥 입을 다물었다.

"언제부터 그리 되얐노. 엄지 엄마 뒤집어쓰고 누웠제? 허참, 소문난 공처가 신세 우습게 되얐다."

조금 있으려니 놀러 온 것처럼 부동산 박씨가 사진관으로 들어섰다.

"어따메. 자네 재주도 좋소잉. 언제 그러코롬 만리장성을 쌓았등가? 하여간에 재주는 재주시."

"왜들 이러십니까……."

"재주는 좋은데 한 가지가 빠졌능기라. 마누라한테는 와 들키노?"

주씨가 한쪽 눈을 찡긋 감았다. 박씨의 목소리가 은근해졌다.

“그나저나 자네도 몹쓸 사람이시. 그런 재미가 있었으면 우리 헌티도 쬐깐 맛을 보여줘야지 혼자만 살살 즐겼당가?”

“아저씨 그게 아니고…….”

“그게 안이면 바깥이라 말가 뭐꼬? 니 총각 때 바람핀 야그는 바로 니 입으로 했으이께 모른다 못 할 끼고 그 버릇이 어데 가겠노? 그렇긴 해도 야야, 좀 추접다. 안 그렇습니꺼, 형님. 초원다방에 가믄 펄펄 나는 젊은 처녀가 쌔고 쌨는디 니는 하필이모 홍마담을 찍었노? 그 여자, 술집 찌끄래기 아이드나?”

아무래도 주씨의 말은 너무했다. 여자를 위해서는 응당 화를 냈어야 옳았지만 엄씨는 두 사람의 놀림에 속수무책일 수밖에 없었다.

“어쩌끄나. 내일 모레가 섣달 그믐인데 우리 인삼찻집에 가서 망년회나 한판 벌려보재이. 애인이 왔는데 설마하니 바가지야 씌우겠노? 엄가, 니가 한턱 쓰는 기다. 알겄제?”

“너무 그러지들 마세요.”

그가 정색을 하자 다행히도 주씨는 그쯤 해두고 먼저 갔다.

“엄지 엄마 등쌀에 자네가 그날까지 견뎌내겠능가? 시방도 영 얼굴이 안되부렀구만그려.”

츳츳 혀까지 차면서 박씨도 물러났다.

오후가 되면서 하늘이 심상찮았다. 간간 내비치던 해도 구름 속으로 영 사라져버리고 북풍이 몰아쳤다. 와랑와랑 유리문을 흔드는 바람 소리를 들으며 엄씨는 자꾸만 바깥을 내다보았다. 여자는 지금 무얼 하고 있을까. 낮손님은 좀 들었는지. 손님이나 와야 난로의 심지를 돋우고 찬 기운을 몰아낼 텐데. 그는 고적하게 홀로 앉아 여자를 근심하였다. 아내는 시위라도 하려는 듯 세 딸을 거느리고 외출을 해버렸다. 애들 이모가 방을 빌려 자취하고 있으니까 아마 거기에 갔을 것이다. 아니면 서울미용실에 버티고 앉아 오가는 사람들을 지켜보고 있을지도 모른다. 아침에 다녀간 뒤 무얼 하는지 주씨는 얼굴도 비치지 않고 있다. 짓궂게 놀려대기는 하겠지만 주씨라도 놀러 오면 형벌 같은 이 시간이 이처럼이나 더디 가지는 않을 텐데. 지물포에 가볼까 하다가 그는 얼른 생각을 고쳐먹는다. 주씨 마누라의 눈초리를 어찌 견디겠는가 말이다. 여자만 떠나준다면 금세 찻집 일은 잊어들 주겠지만 여자가 거기에 있는 한은 가망 없는 채찍의 시간만 남을 것이다. 그는 여자를 이해하면서 동시에 여자를 원망하였다. 그는 또한 스스로의 마음 약함을 한없이 혐오하였다. 여자를 좋아했으면 보다 떳떳해도 되지 않을까. 주씨가 함부로 내뱉은 말에도 항의를 했어야 옳았다. 하필이면 술집 찌끄래기를, 늙고 병든 술집 찌끄래기를 고를 건 뭐 있노. 아내 말도 떠올랐다. 체면도 없이 그 더러운 계집이 뭐 좋다고, 못된 짓만 해처먹으며 굴러다닌 더러운 년을 손대다니…….

왔으면 했던 주씨 대신 부동산 박씨가 다시 얼굴을 내밀었다.

"날씨가 영 지랄 같네그려."

난로를 껴안을 듯이 바싹 다가서서 박씨가 고개를 설레설레 흔들었다.

"맹랑혀. 참말이지 맹랑한 여자여."

보나마나 그녀의 이야기지 싶어서 엄씨는 얼른 대꾸를 하지 못하였다.

"인삼찻집 자리에 화장품 할인코너를 하겠다는 임자가 나섰단 말이시. 그러고 본께 화장품 장사가 그 자리엔 딱 맞는다 말이여."

"그게 누군데요?"

"경자 친구라드만. 눈치를 보아하니 경자 돈도 합쳐갖고 열 모양인디 당최 홍마담이 말을 들어줘야 말이지."

그러면서 박씨는 또 혀를 끌끌 찼다. 난 못 떠나요. 그녀의 말이 생각났다.

"암만혀도 자네가 한번 나서봐야 쓰겄어. 안 그려도 내가 인자막 말은 다 했제. 내가 시방 찻집에서 오는 길이랑게. 사진관 엄씨도 홍마담이 한동네에 있으면 사람꼴이 우습게 될 껀 뻔헌게 이참에 보증금 빼갖고 딴 데로 가라고 혔지. 그랬더니 뭐라고 했는지 들어볼랑가?"

엄씨는 고개를 떨어뜨리고 말았다.

"엄씨하고 저하고 무슨 상관이냐는 거여. 지가 좋아서 쫓아다녔지 자기는 눈 하나 꿈쩍 안 했다는 거여. 그런디 왜 내가 떠나야 하느냐고 댑대로 성깔이지 뭐여. 머리를 꼿꼿이 쳐들고 말여, 눈에다가는 퍼런 불을 쓰고 달라드는디 워메, 보통이 아니드랑게."

"계약 기간이 아직 남았는데 나가라니까 그러겠지요."

엄씨는 겨우 한마디의 변명을 내어놓았다.

"계약 기간이 중요하간디? 동네에 소문이 나쁘게 돌면 저도 별수없는 거여. 주인도 인삼찻집 내보내고 화장품 코너를 들였으면 좋겠다니께 쫓겨나는 건 시간 문제고 점잖게 말헐 때 나가주면 여러 사람 좋은 일 시킬 것인디 끝내 애를 먹일 판이구먼그려."

몇 푼 안 되는 구전 먹기도 이렇게 힘들다면서 박씨는 이마를 찡그렸다. 새 임자가 나섰고 박씨가 끼어들었으니 여자가 쫓겨나는 것은 정말 시간 문제일 것이다. 내가 왜 떠나요. 나 같은 여자가 남자와 어쩌고 저쨌다고 겁날 게 뭐 있어. 여자의 단호한 얼굴이 떠올랐다. 강남부동산 박씨가 구전을 먹겠다고 덤벼들었으니 이미 승부는 명백했다. 이제 여자는 어떻게 될 것인가. 이런 생활 이하로는 떨어져내리고 싶지 않다는 그녀를 벼랑 끝으로 밀어붙이고 있는 손의 임자는 박씨가 아니었다. 여자의 등을 떠밀고 있는 자신의 검은 손을 엄씨는 두려움 속에서 떠올렸다.

"자네가 한번 말이라도 혀봐. 아, 솔직히 말혀서 자네 존 일 시키겄다고 내가 나선 거 아녀. 어차피 저런 여자는 빨리 내보내는 게 상책이구 말여. 알겄제? 그럼 난 가네."

문을 밀고 나가려던 박씨가 참, 하면서 몸을 돌이켰다.

"아까 보니께 이 집 간판에서 뭐가 하나 떨어지드만. 그러코롬 코만 빠치고 있지 말고 나와서 간판이나 손보고 그려."

박씨가 밀고 나간 문으로 바람이 우르르 몰려들어왔다. 아직 어둠이 몰려오려면 멀었는데도 사진관 안은 어두컴컴했다. 뭐가 어떻게 되었다는 말인지. 그는 조심스레 문을 열어보았다. 쓰레기 뭉치가 밀려다니고 헐벗은 나무들조차 몸을 비벼대며 울부짖는 소리를 내고 있었다. 그는 간판을 올려다보았다. 행보사진관. 행복의 '복'자에서 기역 받침이 날아가버리고 없었다. 한시라도 빨리 받침을 찾아 제자리에 붙여놓지 않으면 영영 달아나버릴 행복이기나 한 것처럼 그의 가슴이 서늘해졌다.

행보사진관. 받침이 있던 자리에는 본드 자국만 얼룩덜룩 남아 있다. 어디로 가버렸지. 그는 떨어져나간 아크릴 조각을 찾아보려고 사방을 두리번거렸다. 뒹굴어다니는 쓰레기들을 일일이 들쳐보기도 했다. 엉겨 있는 먼지 뭉치들이 나비떼처럼 공중에 떠다녔다.

센 바람에 그깟 받침 하나는 이미 십 리 밖으로 날아갔을 것이었다. 받침 조각 찾는 것을 포기하고 그는 다시 한번 자신의 간판을 올려다보았다. 행보사진관. 글자들 사이로 여자의 얼굴이 다가왔다. 여자가 떠나거나 떠나지 않거나 간에, 날아가버린 기억 받침을 다시는 찾을 수 없으리라. 그는 어깨를 늘어뜨린 채 기운 없이 사진관 안으로 들어갔다. 바람은 억세게도 불어댔다.

[『매운 바람 부는 날』, 창작과비평사 1987]

일용할 양식

원미동에 사는 사람들은, 아니 더 정확히 말하여 원미동 23통 5반 사람들은 이 겨울 들어 아주 난처한 일이 하나 생겼다. 생각하기에 따라서는 무에 그리 대단한 일이겠느냐고, 제법 요령 있게 넘어갈 수 있는 방법이 있지 않겠느냐고 하겠지만 어쨌든 딱한 일임에는 분명하였다.

일의 시작은 지난 연말부터였다. 여름의 원미동 거리는 가게에 딸린 단칸방의 무더위를 피하기 위한 동네 사람들로 자정 무렵까지 북적이게 마련이었으나 추위가 닥치면 그렇지가 않았다. 너 나 할 것 없이 아랫목으로 파고들어서 텔레비전이나 쳐다보는 것으로 족하게 여기고 찬 바람이 씽씽 몰아치고 있을 밤거리야 상관할 바가 아니었다. 낮 동안 햇살이 발갛게 비치어 기온이 다소 올라가도 사정은 크게 달라지지 않았다. 요즘 집집마다 유행처럼 번지기 시작한 유선 방송이라는 게 시도 때도 없이 영화를 보내주고 있기 때문에 사람들은 변소 갈 시간도 아끼면서, 법석을 떨어대는 아이들이나 바깥으로 내몰아놓고서 이내 텔레비전 앞에 붙어 앉는 것이다. 옥상마다 다닥다닥 붙어 있는 안테나 사정 탓인지 따로이 선을 잇지 않아도 유선 방송이 잘 잡히더라는 집도 더러 있었다. 날씨는 춥고, 아랫목은 따뜻하고, 눈요기할 만한 필름은 텔레비전이 담당하였다. 그러저러 겨울이 깊어가던 연말에 동네 사람들은 행복사진관 엄씨가 일으킨 연애 사건으로 한동안 모이기만 하면 쑤군쑤군 입을 맞추었으나 인삼찻집이 문을 닫아버리고 나서는 찻집 여자와 엄씨의 관계에 초점을 모으던 화제도 시들해져 있었다.

그때를 맞추기나 한 듯이 일이 시작된 것이다. 처음에는 어떤 일이나 그렇듯 대수롭지 않았다. '김포쌀상회'의 상호가 '김포슈퍼'로 바뀌었을 뿐인 것이다. 원래는 쌀과 연탄만을 취급하면서 23통 일대의 쌀과 연탄을 도맡아 배달해주던 김포쌀상회의 경호 아버지가 어지간히 돈을 모은 모양이었다. 비어 있는 옆 칸을 헐어 가게를 확장한 것이다. 김포쌀상회가 김포슈퍼로 도약하였을 때는 응당 상호에 걸맞게시리 온갖 생활필수품들이 진열대를 메우는 것은 당연한 노릇이었다. 한쪽에는 싸전을, 또 한쪽에다는 미니슈퍼를, 그리고 가게 앞 공터에다는 연탄을 쟁여놓고 있는 폼이 제법 거창하기까지 해서 김포쌀상회의 눈에 뜨이는 성공은 동네 사람들을 놀라게 하였다. 충청도 산골 마을에서 야망을 품고 상경한 이들 내외는 품팔이로 번 돈을 모아 사 년 전, 원미동에 어엿하게 김포쌀상회를 내었다. 처음엔 고향 동네의 쌀을 받아다 파는 정도에 불과했지만 다음해에는 연탄 배달까지 일을 벌일 만큼 내외간이 모두 억척스럽고 성실한 일꾼이었다. 성품 또한 모난 데 없이 두루뭉실하여 어른 알아볼 줄 알고 노상 웃는 얼굴이어서 원미동 사람들에게 고루 인정을 받고 있었다. 그래서 김포슈퍼의 개업일에는 많은 사람들이 부러 찾아가서 과자 한 봉지, 두부 한 모라도 사주면서 부지런한 내외의 앞날을 격려해주었다. 김포슈퍼가 개업 기념으로 돌린 수수팥떡이 두 시루도 넘었다는 말을 입증하기나 하려는 듯 그날은 아이들마다 모두 입가에 팥고물을 묻혀놓고 있었다. 큰길가의 번듯한 슈퍼마켓은 아니지만 그래도 옹색한 꼴은 면한 가게를 꾸며놓고서 내외간이 어찌나 벙싯벙싯 웃어대는지 보기만 해도 배가 부르더라고, 이웃의 세탁소 여자가 사람들마다에 귀띔을 해주기도 하였다.

이제 그들은 그 큰 가게를 꾸려나가면서 더욱 착실히 돈을 모을 것이라고 강남부동산의 고흥댁 같은 이는 경호네의 성공을 여간 부러워하지 않았다. 원미동 거리에서는 하기야 모처럼 보게 되는 사업 확장인 셈이었다. 겨울철 추운 날씨가 제아무리 기승을 떤다 해도 손님만 북적거리면 누군들 유선 방송의 흘러간 중국 영화에나 매달려 있을까. 봄 가을 잠시 반짝 일손을 재촉하고 나면 그뿐인 원미지물포나, 필름 현상이 고작인 행복사진관이나, 건전지나 형광등 몇 개 파는 정도인 써니전자 주인들이 썰렁한 가게를 놓아두고 방구석에만 처박혀 있는 것도 다 까닭이 있어서였다. 우리정육점이야 어쩌네저쩌네 해도 돼지고기 반 근짜리 손님이나마 해거름에는 심심찮게 모여드니 돈이 아쉽지는 않겠지만 겨울엔 퍼머 머리가 잘 안 나온다고 서울미용실마저 드라이 손님 몇에 매달려 난로의 연탄만 축내고 있는 형편이었다. 요새야 원미동 거리 어느 가게나 다 그렇지만 특히 강남부동산은 아주 죽을 지경이었다. 벌써 몇 년째, 그 좋던 벌이는 다 옛말이고 말 그대로 파리만 날리고 있는 형편이 언제 나아질지 그것조차 까마득했다.

"복덕방 벌이가 시방처럼 가겟세도 못 당헐 것 겉으면 누구라고 문 열어놓을랍디여. 인자부터 애들도 여의고 돈 쓸 일이 널린 판인디 돈줄이 이러코롬 꽉 막혀부렀으니 사람 환장하제이. 이런 판에 경호네 집은 참말 어쩐 일인가 몰라. 인자 막 돈줄이 붙는갑소. 운이 닿으니 저렇제. 안 그려봐, 암만 머리 싸매고 덤벼도 어림없지."

고흥댁 말대로 김포슈퍼의 경호네 앞날은 가히 풍년의 조짐이 보이기도 하였다. 싹싹한 경호 엄마는 백 원짜리 꼬마 손님한테도 일일이 뻥튀김 한 장씩을 선물로 주었다. 입에다가는 언제나 어서 오세요, 안녕히 가세요, 감사합니다를 매달아놓았고 까다로운 사람이 와도 활짝 웃는 낯에 고분고분 응대하여 곧잘 비위를 맞추었다. 경호 아버지는 겨울철이라 밀려드는 연탄 주문으로 신새벽부터 해거름까지 눈코 뜰 사이 없었다. 연탄 배달 틈틈이 쌀 배달도 지체 없이 해치우고 야채를 받아오기 위해 신나게 자전거 페달을 밟고 큰 시장으로 내달리는 모습은 일견 대견하게까지 보였다. 생필품 외에도 채소며 과일을 종류대로 팔고 있는 터라 가게는 그럭저럭 매상이 오르는 눈치였다. 시장이 먼 탓에 어지간한 찬거리는 가게에서 구입하는 원미동 여자들 사이에 김포슈퍼 부식 값이 시장 상인들보다 오히려 싼 편이며 채소나 과일들도 모두 싱싱하고 질이 좋더라는 소문이 핑 돌기 시작한 것은 개업 후의 며칠 만의 일이었다.

바로 그 무렵, 원미동 여자들은 형제슈퍼의 김반장이 가게 앞 공터에 수백 장씩 연탄을 부리는 현장을 목격하였다. 또, 형제슈퍼의 간이 창고 구실을 하던 입구의 천막 속엔 쌀과 잡곡들이 제각기 망태기에 담겨져 있고 그 옆에 돌 고르는 석발기까지 덜덜거리며 돌아가는 모습도 목격하였다. 물론 형제슈퍼는 쌀과 연탄을 취급하던 가게가 아니었다. 과일이나 야채·생선을 비롯하여 생활필수품들을 파는 구멍가게에 불과한 규모이긴 해도 이름만은 곧잘 '슈퍼'로 불리던 그런 가게였었다. 형제슈퍼가 느닷없이 쌀과 연탄을 벌여놓고 빨간 페인트로 '쌀·연탄'이라고 쓴 어엿한 입간판까지 내다놓은 것은 누가 뭐래도 김포슈퍼의 개업과 발을 맞춘 것임이 분명하였다.

"우리도 연탄 배달합니다. 거기다 또 대리점 대우라서 한 장에 이 원씩 싸게 드립니다요. 쌀이라면 우리 고향 쌀, 아시지라우? 계화미, 호남 평야의 일등품만 취급하니까 한번 잡숴만 보세요. 틀림없다구요."

김반장이 만나는 동네 사람들마다에게 쏟아놓는 대사였다. 아니, 부러 가게 앞에 나와 서서 짐짓 쾌활한 얼굴과 목소리로 자신만만하게 단골들을 설득하였는데, 사람들은 그제서야 형제슈퍼와 김포슈퍼의 간격이 일백 미터도 채 못 된다는 사실을 깨달았다. 그리고 김포에서 쌀과 연탄만을 취급했을 때는 모두 김반장의 형제슈퍼에서 물건을 샀다는 사실도 깨달았다. 모두들 경호네의 눈부신 발전에만 정신이 팔려서 깜박 김반장을 잊고 있었던 것이다.

김반장은 이제 스물여덟의, 역시 싹싹한 총각이었으며 23통 5반을 손바닥 안에 꿰뚫고 있는 반장 직책을 가지고 있었다. 때문에 동네의 잡다한 사건에 그가 끼이지 않는 법이 없었고 원미동 거리에서 가장 자주 듣게 되는 높다란 전라도 사투리도 틀림없이 그의 음성일 게 확실한, 이 동네의 대변자이기도 하였다. 그의 형제슈퍼에는 네 명의 어린 동생과 다리 골절로 직장을 잃은 아버지와 잔소리가 많은 어머니, 또한 팔순의 할머니가 매달려 있었다. 식구가 복잡한 만큼 가게도 복잡하여 누구 말대로 없는 것 빼고는 다 있는 만물상임은 틀림없지만 기득권을 가진 가게답게 적잖이 무질서하고 부식의 신선미도 떨어지는 편이어서 사람들은 알게 모르게 깔끔하고 정돈되어 있는 김포슈퍼 쪽으로 발길을 돌렸던 것이다. 뭐든 새것이 역시 새 맛으로 좋은 법이었다. 그렇다고는 해도 김반장이 그처럼 재빠르게 쌀과 연탄을 팔겠다고 나설 줄은 몰랐었다. 아는 사람은 다 아는 일이지만 지난 가을 김반장은 작은 짐차를 하나 샀다가 한 달도 못 되어 사고를 저질러 그 뒷수습에 바짝 쪼들리고 있는 중이었다. 물건도 실어 나르고 채소나 과일은 산지에서 밭떼기를 해볼 작정으로 모아놓은 장가 밑천을 다 털어서 차를 샀던 것인데 그만 사람을 다치게 한 것이었다. 합의를 보고, 피해자 보상해주고, 이것저것 뒷갈망을 하는 데 차는 물론이요 빚도 수월찮게 얻었다는 내막을 동네 사람들은 알고 있었다. 그런 처지에 빚돈을 얻어 싸전을 벌이고 연탄까지 팔겠다고 나서다니, 지물포 주씨 말대로 제 죽을 구멍 파는 미련한 짓이라고 욕을 먹을 만도 하였다. 경호 아버지가 쌀과 연탄을 도맡아 대고 있는 줄 번연히 알면서 말이다.

"김포슈퍼요? 아, 난 상관없어요. 우리도 연탄 배달 쌀 배달 다

하는데요. 무작정이 아니라구요. 관에다 허가받고 시작한 장사인데 나라고 왜 못 해요?"

말은 요만큼 하여도 그동안 김반장이 얼마나 끙끙 앓았는지 짐작할 만하였다. 비어 있는 점포에 구멍가게가 들어설까봐 가게 계약 건수만 있으면 강남부동산을 번질나게 드나들곤 하던 김반장이었다. 김포쌀상회가 김포슈퍼로 도약하여 자신의 목을 조를 줄은 생각도 못했을 것이다. 어디거나 동네의 조그마한 구멍가게가 대상으로 하는 지역은 암암리에 지정되어 있는 터, 같은 업종의 가게가 새로 문을 열 때는 일정 거리 이상을 유지하는 게 상호간의 예의라는 형제슈퍼의 김반장 이론은 분명히 옳았다. 우리 가게 하나도 제대로 소화시키지 못하는 조그마한 구역에 똑같은 구멍가게가 마주보고 앉아서 어쩌자는 것이냐고, 다 같이 죽자는 모양인데 나는 못 죽어주겠다, 옛정을 봐서 우리 연탄이나 쌀도 팔아줘야 할 게 아니냐, 가격도 싸고 품질도 월등 좋은데…….

김반장은 원미동 거리에 서서 입이 닳도록 외웠다. 김반장의 어머니도, 김반장의 허리 꼬부라진 할머니도 동네 여자들을 향해 "우리 연탄도 좀 때요. 이번 참엔 우리 것 좀 들여놓아, 꼭!" 하며 우겨대었다.

팔순을 넘긴 김반장 할머니는 꼬부라진 허리를 아랑곳 않고 추위를 피해 종종걸음치는 아낙네들 뒤를 따라가면서까지 외워댔다.

"우리 것도 팔아주랑게……."

참말로 딱하게 된 것은 원미동 여자들이었다. 이제까지 대놓고 쓰던 경호네를 나 몰라라 하고 김반장한테 돌아설 수가 없는 것이,

김포슈퍼 개업일 때 무심코 던진 말들을 기억하고 있는 탓이었다.

"모쪼록 잊지 말고 들러주십시오. 성의껏 모시겠습니다."

허리 굽혀 인사하면서 은박지 쟁반에 담긴 팥떡을 나누어주던 경호네한테 누구라 할 것 없이 덕담처럼 던진 말이 있었다.

"다른 건 몰라도 쌀 안 먹고 연탄 안 때고 살 수는 없으니까 경호네를 잊고 살 수는 없지."

딱히 그것뿐이라면 또 모른다. 듣기 좋은 말만 뜯어먹고 살 수 있는 세상은 아니므로 그깟 덕담쯤이야 인사치레로 돌릴 수도 있었다. 하지만 김포슈퍼에 들를 때마다 은근히 얹어주던 덤이며, 찾아줘서 고맙다고 손에 쥐어주던 빨랫비누 한 장씩을 누구라도 한 번씩은 받게 마련이었으므로 입 싹 씻고 돌아서기가 여간 난처한 게 아니었다.

일이 이쯤에 이르자 김반장이 쌀과 연탄을 벌인 게 잘못이라는 사람들도 있고 애초에 김포슈퍼로 가게를 확장한 경호네가 잘못이라는 사람들도 생겨났다. 그렇지만 어느 쪽도 딱 부러지게 죽을죄를 진 것은 아니었다. 모두 다 살기 위하여, 어쨌거나 한번 살아보기 위하여 저러는 것이었으므로 애꿎은 동네 사람들만 가게 가기가 심란스러워진 셈이었다.

"김반장 말도 맞아. 어쩔까. 이번에는 형제슈퍼에서 연탄 백 장 들여놓아야 할까봐."

우리정육점 안주인이 처음으로 김반장에게서 연탄을 샀다. 형제슈퍼 코앞에 우리정육점이 있었다. 서로서로 가게를 열고 있는 처지라서 딱해 죽겠다던 이였다.

"할 수 없잖아. 김포 몰래 우리도 이십 킬로그램짜리 쌀 팔았어. 괜히 경호 아버지 눈치가 보이고, 참말 내 돈 내고 쌀 팔면서 무슨 죄를 짓는 것처럼 이게 뭐야."

써니전자의 시내 엄마도 이마를 찌푸렸다.

"이번에는 김포, 다음에는 형제, 그렇게 하면 되잖아요."

64번지 새댁이 공평한 결론을 내리는가 했더니 고흥댁이 "그럼 계란이니 두부니 라면도 일일이 나눠갖고 사러 다닐 꺼여? 아이구, 난 이젠 늙어서 기억력도 모자라는디 헷갈려서 그 짓 못혀" 하며 고개를 설레설레 흔들었다. 딴은 그러했다. 김포에서 대어먹던 쌀이나 연탄을 가끔씩이나마 김반장에게로 거래를 옮긴다면 형제슈퍼에서 사오던 부식이나 잡다한 일용품들도 이쪽저쪽 공평하게 사러 다녀야 할 판이었다. 어느 쪽으로 가나 한쪽의 눈총이 뒤통수에 달라붙어 있기는 마찬가지겠지만 섣불리 굴었다간 괜히 이웃 간에 정만 날 것이고 하여간 난처한 일이었다.

일은 그게 다가 아니었다. 김포슈퍼에서는 또 가만 앉아 당할 수가 없으니 그들 내외는 머리를 짜내어 모든 물건의 가격을 일이십 원꼴로 낮추어 팔기 시작하였다. 형제슈퍼에서 180원 하는 과자는 170원으로, 300원짜리는 280원으로 내려받으면서 저울눈금으로 파는 채소까지 후하게 달아주었다. 뿐이랴. 계란 두 줄을 사면 하나를 덤으로 주고 형제에서 천 원에 스무 개씩 귤을 팔면 김포는 스물세 개를 담아주었다. 500원에 세 개들이 비누를 형제슈퍼에서 산 누구는 김포에서 450원에 판다는 귓속말을 듣자마자 가서 비누를 물리기도 하였다. 뒤통수에 달라붙은 눈총이야 모른 척하면 그만이지만 당장 잔돈푼이 지갑 속으로 떨어져 들어오는 데야 김포슈퍼로 치달리는 걸음에 의혹이 있을 수가 없었다.

김반장은 그럼 두 손을 늘어뜨리고 구경만 할 것인가. 제까닥 김포슈퍼보다 십 원씩 더 가격을 내리고 저울 눈금도 마냥 후하게 달았다. 스무 개짜리 귤은 아예 스물다섯 개씩 팔아넘기니 한 박스 팔아도 본전 건지면 천만다행인 장사가 시작된 셈이었다. 새해 들면서 김포와 형제의 공방전이 여기에 이르자 오히려 살판난 것은 동네 여자들이었다. 구입할 게 많다 싶으면 세 정거장쯤 떨어져 있는 시장으로 가던 여자들이 시장 발걸음을 끊은 것도 새해 들어서의 버릇이었다. 굳이 시장에 갈 일이 없었다. 어지간한 것은 모두 형제나 김포에 있었고 바겐세일이라도 이만저만 파격 세일이 아닌 까닭이었다.

"워메, 그게 콩나물 이백 원어치여? 시상에 난 김포가 더 싼 줄 알았더니 김반장네가 훨씬 많구만그려."

어느 날 고흥댁이 소라 엄마의 손에 들린 콩나물의 부피에 입을 쩍 벌린 것도 무리는 아니었다. 시장에 가더라도 오백 원어치 꼴은 실히 될 만한 양이었기 때문이었다.

"아녜요. 연탄은 김포가 더 싸요. 난 어제 백장 들였는데 오백 원이나 깎아주고 플라스틱 바구니까지 얹어주던걸요."

소라 엄마가 소곤소곤 정보를 일러주고 가자 이번에는 원미지물포 안주인이 아이들에게 초콜릿을 물리고 오면서 또 소곤거린다.

"어쩌려고 저러는지. 이백 원짜리 초콜릿을 김반장은 백오십 원에 팔드라니깐요. 떼온 값도 안 되게 막 팔아넘긴대요. 이판사판이래요."

그러면 고홍댁은 정말 헷갈리기 시작하는 것이다. 아까까지만 해도 김포에서 적어도 삼십 원은 싸게 샀다고 자부한 판인데 잠깐 사이에 형제에서는 오십 원이나 싸게 팔고 있다니 어느 쪽으로 가야 이익일는지 계산하기가 썩 어렵잖은가 말이다. 그러잖아도 지난번에 형제슈퍼에서 산 비누를 물리고 그 즉시로 김포슈퍼에서 싼 값으로 비누를 샀다고 해서 동네 여자들 구설수에 올라 있는 고홍댁이었다. 한마디로 너무 노골적이라는 비난이었는데 그깟 몇십 원 때문에 당장 산 물건을 되물리는 법이 어디 있느냐는 거였다. 이쪽 저쪽을 다니더라도 좀 눈치껏 하지 않고 너무 표 나게 굴었던 까닭이었다. 고홍댁도 말귀를 알아들었다. 싸게 주는 쪽으로 가는 것이야 말리지 않지만 요령껏, 어느 쪽이 더 싼지 눈치를 살핀 후에 행동에 옮기라는 말일 것이었다. 말귀는 알아들었다 해도 번번이 한 수 뒤처지는 것이 고홍댁은 여간 억울하지 않았다. 아까 콩나물만 해도 그랬다. 김포 콩나물이 엄청 양이 많더라고 오전에 이미 소문을 들었던 터라 경호네한테 가서 이백 원어치를 한 봉투 받아왔었다. 역시나 흡족할 만큼 많이 뽑아주어서 내심 기분이 좋았는데 잠시 후에 보니 소라 엄마는 김반장네에서 훨씬 많은 콩나물 봉투를 들고 오는 게 아닌가. 그래서 괜히 자기만 손해보았다고 지물포 여자한테 하소연을 좀 했더니 단박에 머퉁이만 돌아오고 말았다.

"아이구 아줌마도. 손해는 무슨 손해요? 김포에서 받은 것도 이백 원어치 곱절은 됐을 텐데, 안 그래요?"

말을 듣고 보니 맞는 소리였다. 눈치를 잘 보아서 김반장한테로 갔으면 더 이익은 봤을망정 손해는 아니었으니까.

"그나저나 고래 싸움에 새우 등 터진다는 옛말은 다 틀린 말여. 고래들이 싸우는 통에 우리 같은 새우들이 먹잘 게 좀 많은가 말여."

그러나 고흥댁의 그럴싸한 옛말 풀이는 1월이 거지반 지날 무렵부터 서서히 모양새가 바뀌어가기 시작했다. 유난히도 날씨가 맵지 않아 집집마다 김장 김치들이 부글부글 괴어오르던 정월이었다. 서울미용실 옆으로 비어 있는 점포가 서너 개 있었다. 원래가 이 동네는 허울 좋은 상가주택만 즐비한 터여서 가게는 비워놓고 방만 세들어 있는 수도 많았다. 집을 지었다 하면 약속이나 한 듯 아래로는 가게를 두 칸 내고 이층에 살림집을 올리는 식이었다. 게다가 기왕의 주택이나 연립주택들마저 아래층은 개조를 해서까지 점포를 만들었다. 요즘에 와서야 수요가 없는 점포는 오히려 단칸방 월세보다 시세가 없다는 사실을 깨닫긴 한 모양이었지만 어쨌든 지난 사오 년 사이의 원미동 23통 거리는 상가주택이 대유행이었다. 시청을 끼고 있어서 몇 년 지나지 않아 한몫하려니 했던 기대는 완전 물거품이 된 셈이었다. 시청 정문 앞이라면 혹시 몰라도 이만큼 한 행보 멀어져 있고서는 어느 세월에 상가가 조성될지 아득하기만 했다.

다른 데는 어쨌거나 영세한 꼴이나마 점포들이 문을 열었어도 서울미용실 옆의 상가주택들이 비어 있는 까닭은 앞이나 옆이 모두 공터인 탓이었다. 소방도로를 끼고 꺾어 돈 자리에 앉아 있는 서울미용실까지는 그럭저럭 큰길에서 내다보이는 이점이 있지만 그 다음부턴 도무지 무엇을 벌여도 밑천 잘라먹기가 예사인 점포들이었다. 그래서 이것저것 퍽도 많은 종류의 가게들이 철새 날아오듯 문을 열었다 닫았다 하였는데 그 중의 한 가게에서 별안간 '싱싱청과물'이란 간판을 내건 것이었다.

새로 생긴 싱싱청과물의 위치를 설명하자면 이렇다. 형제슈퍼의 맞은편에 서울미용실이 있고 소방도로를 끼고 구부러지면서 '종합화장품 할인 코너'란 이름의 화장품 가게가 들어 있는데 서울미용실의 경자가 새해 벽두에 친구와 동업 형식으로 문을 열어서 동네 여자들을 상대로 화장품을 할인하여 팔고 있었다. 이 자리가 바로 인삼찻집이 있던 그 가게였다. 행복사진관 엄씨와 꽤 진한 연애를 했던 탓에 어쩔 수 없이 이 동네를 떠나야 했던 찻집 여자의 뒷소식은 아무도 몰랐지만 사람들은 화장품 코너에 들어설 때마다 영락없이 사진관 엄씨의 바람난 이야기를 입에 올리곤 하였다. 화장품 할인 코너 옆은 가게를 비워둔 채 살림만 사는 명옥이 집이고 명옥이 집과 붙은 또 하나의 점포 역시 그간은 진만이네가 싸구려 화장지들을 도매로 떼어다 쌓아놓는 창고 구실만 하고 있었다. 진만이 아버지는 끝내 리어카 행상이 되어 화장지를 팔러 다니더니 지난 연말에 시골로 내려가고 말았다. 진만이네가 살던 점포는 이내 가내 수공업 형태의 바지공장이 들어섰다. 아마 집주인이 직접 일꾼 서넛 데불고 일을 하는 모양이었다. 선팅된 유리문 안으로 미싱 돌리는 청년들의 머리통이 보이고 방에 가득 원단이 쟁여져 있는 것도 눈에 띄었다.

바지 공장 다음이 싱싱청과물이었다. 싱싱청과물 옆으로 다시 두 칸의 빈 점포가 있고 이어 서너 필지의 공터와 공터 맞은편에 김포슈퍼가 자리잡고 있었다. 싱싱청과물 자리 역시 원래는 살림만 하던 빈 점포였는데 언제 이사를 가고 새로 들어왔는지 눈치채지 못할 만큼 갑작스런 개업이었다. 아마 강남부동산을 거치지 않고 위쪽의 다른 복덕방이 성사시킨 물건이기가 십상이었다. 강남부동산을 거쳤다면 김반장이 모르고 있었을 리가 없었다.

싱싱청과물의 주인 사내는 이제 막 이사 와서 동네 형편은 전혀 모르는 듯하였다. 무작정 과일전만 벌였으면 혹시 괜찮았을 것을 눈치도 없이 '부식 일절 가게 안에 있음'이란 종이쪽지를 붙여놓고 파·콩나물·두부·상추·양파 따위 부식 일절이 아닌 부식 일체를 팔기 시작하였다. 참 답답한 노릇이었다. 김포슈퍼와 형제슈퍼의 딱 가운데 지점에서, 그것도 결사적인 고객 확보로 바늘끝처럼 날카로운 두 가게 앞에 버젓이 부식 일절 운운한 쪽지를 매달아놓았으니 무사할 리가 없었다. 김포의 경호네나 형제의 김반장이나 밑천 잘라먹기식의 장사를 한 탓에 서로들 적잖이 지쳐 있는 때였다. 웃음 많고 상냥하던 경호 엄마의 얼굴에도 시름이 덕지덕지 끼었고 세탁소집 여자 말을 들으면 밤중에 곧잘 부부 싸움도 벌어지고 있는 모양이었다. 김반장은 꺼칠한 얼굴에 술만 늘어서 소주 네 홉이 하루 기본이라고 외치는 판이었다. 김반장의 경우는 좀 지나치다 할 만큼 술주정까지 덧붙여진 탓에 동네 사람들의 이맛살을 찌푸리게 하는 수도 많았다. 한번 술에 취하면 장사고 뭐고 때려치우겠다고 날뛰지를 않나, 기분이 상한다고 턱도 없는 값에 물건을 팔아넘기질 않나, 팔리지도 않는 쌀과 연탄은 무슨 고집으로 외상을 내서라도 쌓아놓지를 않나, 참말 속이 터져 죽을 노릇이라고 김반장의 어머니와 할머니는 매일 징징대었다. 특히 그 허리 굽은 할머니는 "이날 이때껏 장가도 못 들고 지 부모 대신 동생들 갈치느라고 마음 고생만 시킨 내 큰손주 다 버리겄어"라면서 눈물까지 글썽거렸다.

"사람 폴짝 뛰다 죽겄네. 얼라! 과일만 팔아도 속이 뒤집힐 판에 부식 일절? 참 골고루들 애먹이는구먼."

김반장의 눈빛이 곱지 못하듯 김포슈퍼 내외간도 안색이 좋지 못하였다.

"정말 죽어라 죽어라 하네요. 김반장 등쌀에도 피가 마르는데 인제는 싱싱청과물까지 끼어들어 훼방을 놓으니……."

웃음 많던 경호 엄마가 한숨을 푹 쉬었다. 그런 걸 아는지 모르는지 싱싱청과물의 유리창에는 또 하나의 쪽지가 나붙었다. '완도 김 대량 입하'

며칠 후 경호네와 형제슈퍼 김반장이 휴전 협정을 맺었다는 소문이 동네 안에 좌악 퍼졌다. 아닌게아니라 두 집의 물건 값이 같아졌고 저울 눈금도 확실히 하고 있어서 이제는 어느 집으로 가든 같은 가격으로 물건을 살 수밖에 없었다. 말로 표현하지는 않았지만 동네 여자들은 내심 김이 빠졌다. 그래도 고흥댁은 나이가 많으니 솔직해도 흉이 되지 않는다.

"진작 이렇게 되었어야 혔지만, 그래도 어째 좀 아쉬운디……."

그러나 얼마 지나지 않아 여자들은 새로운 사실을 알게 되었다. 경호네와 김반장이 단순한 휴전 조약만을 맺은 게 아니라 당분간 동맹 관계를 유지하기로 약조를 했다는 것이다. 물론 이 동맹자들이 쳐부숴야 할 적군은 싱싱청과물이었다. 믿을 만한 소식통에 의하면 먼저 동맹을 제안한 쪽은 김반장이라고 했다. 김반장이 늦은 밤, 경호 아버지와 함께 공단 쪽 돼지갈빗집에서 술을 마시는 걸 보았다는 사람도 있었다. 제안은 김반장이 했지만 이것저것 묘책은 경호 아버지한테서 나온 것이란 말도 있었고 서로 형님, 아우 해가면서 신세 한탄도 할 만큼 사이가 좋아졌다는 소문도 있었다.

남은 일은 싱싱청과물이 어떻게 당하는지 구경하는 것뿐이었다. 고흥댁 말대로 고래가 세 마리로 불어났으니 먹을 게 더 많아지리라는 기대도 조금 있었다. 아닌게아니라 주된 전략은 바로 가격 인하였다. 싱싱청과물에서 취급하는 품목에 한해서만 두 가게가 모두 대폭적으로 가격을 내리기로 하였다는 것이었다. 그 외의 상품들은 동맹 이후 두 가게가 같이 정상 가격으로 환원하였다. 완도김을 대량 입하했던 싱싱청과물에 맞서 김반장은 위도김을 들여와 집집마다 산지 가격으로 나누어주었다. 부지런한 경호 아버지가 서울의 청과물 도매 시장에서 들여온 사과와 귤이 김반장네 가게에도 진열되어 싼값으로 팔려나가기 시작했다. 원미동 여자들이야 굳이 싱싱청과물을 들러야 할 이유가 없었다. 과일이나 부식은 경호네나 김반장 쪽이 훨씬 값이 헐했으므로, 또한 한동네 이웃으로 낯이 익은 그들의 가게에서 싱싱청과물 쪽을 지켜보고 있을 게 뻔한데 원성을 사가면서까지 찾아갈 까닭이 무언가.

이렇게 되자 싱싱청과물의 주인 남자는 슬그머니 부식 일절 운운한 쪽지를 거두어들였다. '완도김 대량 입하'라는 쪽지도 떼었다. 과일만 취급할 것임을 공표하기나 하는 듯 대신 '과일 도산매'란 종이쪽지가 나붙었다. 콩나물이나 파 따위 팔아봤자 큰돈 남는 것도 아니고 그래, 너희들 소원대로 딴눈 안 팔고 과일이나 팔아보겠다, 이러면서 땅바닥에 침을 탁 뱉는 것을 보았노라고 서울미용실 경자가 드나드는 여자들한테 말을 전하곤 하였다. 그만큼 해두었으니 동맹을 맺은 보람이 있은 셈이었다. 이제는 김반장이나 경호 아버지의 동맹 관계가 지속될 이유가 없어진 게 아니냐고, 앞으로는 어떻게 일이 되어갈 것인지 동네 사람들은 성급히 앞일을 궁금해하였다. 허나 싱싱청과물을 향한 일제 공격이 끝난 게 아닌 모양이었다. 경호 엄마 말에 의하면 그들 내외도 사실상 동맹 관계가 끝난 것으로 해석하고 있었다는 것이었다. 그런데 김반장이 펄쩍 뛰며 야단이더라고 전했다.

"우리는 과일 안 팔아? 그놈이 문 닫는 꼴을 보기 전에는 절대로 그만두지 않을 거요."

김반장이 기어이 싱싱청과물 망하는 꼴을 보아야겠다고 이를 악물더라는 말을 들은 동네 여자들의 반응은 가지가지였다.

"지독하구나. 경호네는 김반장이 그런다고 따라해? 어린 사람이 악심을 품으면 경호 아버지가 달래야 사람 도리지."

"그런 소리 말아요. 어떻게 김반장 말을 거역해요? 동맹을 맺었을 때는 끝까지 의리를 지켜야죠."

"의리 좋아하네. 모르긴 몰라도 경호네 역시 싱싱청과물 망하는 꼴 보려고 같이 작당했을걸."

"만약에 그렇다면 경호네가 잘못 생각한 거야. 사실로 말해서 김반장이 진짜로 망하는 꼴 보고 싶은 마음으로 치자면야 경호네 김포슈퍼지 어디 그깟 싱싱청과물 가지고 성이 차겠수?"

"김반장 그 사람, 너무 악착스러워. 젊은 사람이 어찌 그리 인정머리가 없을꼬."

"그래 말야. 지 엄마한테는 왜 그리 툴툴거리는지, 남들한테는 곧잘 싹싹하면서 지 부모한테는 얼굴 펴는 걸 못 보겠드라구."

"그게 다 무능한 부모들이 받아야 할 대접인 게지. 우리도 이 꼴로 나가다간 자식들한테 그런 대접 받기 십상이지."

과일 도산매만 하겠다면 설마 어쩌랴 싶었던지 싱싱청과물에서는 구정 대목이 다가오자 울긋불긋한 꽃종이로 포장한 사과·귤·배·진영 단감·온상 딸기 들을 가게 안팎으로 가득 벌여놓기 시작하였다. 신정 연휴가 사흘이나 된다 하여도 음력 설만큼 돈이 풀리려면 어림도 없다. 우리정육점도 연일 비린내를 풍기며 고깃근을 쟁여놓고 대목 장사를 준비하던 무렵이었다. 김포슈퍼와 형제슈퍼에도 울긋불긋 과일전이 흐드러졌다. 김반장이 차를 빌려 서울까지 원정 나가서 도매로 들여온 물건이었다. 가격은 싱싱청과물을 기준으로 하여 정해졌다. 싱싱 쪽에서 사과 한 상자를 만오천 원에 판다면 그들은 만사천 원에 금을 매겼다. 깎으려고 드는 손님들도 그냥 돌려보내지 않고 한껏 금을 내려주었다. 구정 선물용으로 대개 상자째 팔려나가는 때였다. 그것뿐이 아니었다. 싱싱에서 물건을 흥정하는 손님이 있으면 김반장은 어디서 구해왔는지 빽빽거리는 핸드마이크를 쳐들고 훼방을 놓았다.

"과일 바겐세일입니다. 조생 귤이 있습니다. 산지에서 금방 올라온 맛 좋은 부사 사과를 파격적인 가격으로 판매합니다. 자, 과일 바겐세일!"

어떤 때는 김포슈퍼를 선전해주기도 하였다. "과일 세일합니다. 사과·배·귤 모두 세일합니다. 저쪽 김포슈퍼로 가시든가 여기로 오시든가 마음대로 하세요. 몽땅 세일합니다요."

싱싱청과물 사내가 김반장한테 쫓아간 것은 당연한 일이었다. 하지만 싸움은 초반부터 싱싱청과물 사내가 불리한 쪽에 있었다. 생각 없이 대뜸 내뱉은 첫말이 당장 김반장의 공격망에 걸려버린 것이다. 나이가 어리다 하여 만만히 여기고 다짜고짜 말을 놓은 게 실수였다.

"당신 눈에는 내가 자식새끼로 보이는 모양인데 그런 눈깔로 무슨 돈을 벌겠대? 눈먼 돈이 나 잡아가슈 하고 엎드려 기다리는 줄 아시나? 말뽄새나 새로 고쳐 배워가지고 뭘 해도 해먹으슈."

싱싱청과물 사내가 말꼬리를 붙잡혀서 정작 장사를 훼방한 것에 대해서는 따질 기회도 얻지 못한 채 전전긍긍하고 있을 때 경호 아버지가 싸움에 끼어들었다. 이때다 싶었던지 몰리고 있던 싱싱청과물 사내가 버럭 소리를 질렀다.

"당신들 말야. 왜 어깃장을 놓아? 가격이야 뻔한데 본전치기로 넘기면서 남의 장사 망쳐놓는 속셈이 대관절 무엇이야? 엉! 왜 못 살게들 굴어?"

경호 아버지도 어름하게 물러서지는 않았다.

"싸게 사서 싸게 파는 것도 죄요? 원 별소릴 다 듣겠네."

얼굴이 벌개진 싱싱 사내는 공연스레 목청만 돋운다.

"이 사람들, 이제 보니 심보가 새까맣군, 그래. 싸게 사서 싸게 파는 것도 죄냐구? 말해! 나하고 무슨 원수가 졌냐? 날 죽여보겠다는 심보는 대체 뭐야!"

그러면 김반장이 또 씩씩거리며 대들었다.

"이게 좁쌀밥만 먹고 살았나. 말마다 영 기분 나쁘게시리 반말로만 내뱉는군. 단단히 정신을 차릴 필요가 있는 작자라니까."

마침내 싱싱청과물 사내가 죽기 살기로 김반장의 멱살을 잡고 바둥거리기 시작했다. 몸피가 유난히 왜소하여 애초 김반장의 상대가 되지도 못하면서 기를 쓰고 덤벼드는 그를 김반장은 여유 있게 메다꽂았다. 이 못된 놈이 사람 친다, 고 악을 쓰면서 덤벼드는 그를 향해 김반장은 알게 모르게 주먹 솜씨를 발휘하였다. "어디서 굴러먹던 뼉다귀인지 생전 보지도 못한 놈이 남의 장사 망치려고 덤벼든 것을 생각하면 내 속이 터진다구."

김반장의 목소리는 칼날처럼 서늘했다.

코피가 터져 선혈이 낭자하게 묻어 있는 싱싱청과물 사내의 퉁퉁 부은 얼굴에 사정없이 날아드는 김반장의 주먹에는 경호아버지마저 하얗게 질려버렸다. 게다가 그 살기등등한 악담이라니.

"어느 놈이든 내 장사 망치는 놈은 가만두지 않을 거야. 내가 어떻게 살아온 놈인데 그냥 주저앉아? 어림도 없지."

경호 아버지는 마침내 슬그머니 꽁무니를 뺐고, 동네 사람들이 뜯어말리지 않았더라면 싱싱청과물 사내는 무슨 일을 당해도 크게 당했을 것이었다. 죽기 살기로 김반장 주먹 밑으로 기어들며 무모하게 덤벼든 그 사내에게도 문제는 있었다.

"와 이라노? 이게 무슨 짓들이가. 한동네 삼시로 서로 웬 주먹질이란 말이가. 보소, 아저씨가 참으소. 맞는 사람만 손해라 카이. 아이구마 김반장아, 니가 깡패로 나섰노? 이러는 기 아니다. 아무리 억울헌 일이 있다 캐도 나이 많은 아저씨한테 이러는 기 아니다. 이 손 치아라! 내 말 안 들을라면 인자부터 니랑 내랑 아는 체도 말자 고마. 이 손, 치아라!"

원미지물포 주씨가 적극적으로 두 사람을 뜯어말렸다. 지물포 주씨가 뜯어말리는 그 사이에도 김반장은 연신 싱싱 사내의 옆구리를 향해 헛발길질을 해대고 있었다.

싸움 구경에 나섰던 사람들은 그날의 사건을 두고두고 입에 올렸다. 다음다음 날, 싱싱청과물 사내가 입술을 깨물며 리어카 행상으로 과일 처분에 나선 것을 보고는 모두들 김반장의 잔인함에 몸을 떨었다. 구정 대목을 보려고 무리하면서까지 들여놓은 과일들을 소화하기 위해서는 그 수밖에 없기는 하였다.

"지독해. 김반장네 가게에선 앞으로 두부 한 모도 사지 않을 거야."

시내 엄마는 질렸다는 듯이 고개를 설레설레 흔들었다. 이제 네 살짜리 시내 하나를 두고 있는 그녀는 얼핏 보기엔 64번지 새댁보다 훨씬 앳되어 보였다. 써니전자를 꾸려나가는 그들 부부의 사는 모습도 지극히 낭만적이어서 깊은 밤, 문 닫힌 그들 가게에서 흘러나오는 애수 어린 음악 소리만 들어도 그것을 능히 짐작할 수 있는 터였다.

"경호 아버지도 다시 봐야겠어. 어쩌면 그렇게 몸을 사릴까. 약아빠졌어. 난 김반장보다 경호 아버지가 더 얄밉드라."

64번지 새댁이 분개하였지만 여자들은 김반장 쪽이 아무래도 나빴다는 쪽으로 의견들을 모았다. 그렇게까지 독한 줄은 몰랐었는데 정말이지 사람이란 두고두고 겪어보아야만이 속을 안다고 입을 비쭉였다.

원래가 목이 좋지 않아 어느 장사든 길게 가본 적이 없는 싱싱청과물은 문을 연 지 한 달 만에 셔터를 내리고야 말았다. 만두집, 돼지갈비 전문, 오락실 따위의 장사를 벌였던 이전의 주인들도 두세 달을 채우지 못했으니까 그다지 이상할 것도 없는 일이었다. 다만 몇 푼이라도 가게 치장에 돈이 든 것도 아니고 미처 팔지 못한 과일이나 부식은 식구들이 먹어치우면 될 것이니 딴 사람들에 비해 큰 손해는 없을 것이라고 여자들은 수군거렸다. 동맹자들이 결국은 목적을 달성한 사실에 대해 한편으로는 놀라기도 하면서 혹은 언짢게 생각하기도 하면서.

특히 시내 엄마가 싱싱청과물의 폐업을 가장 가슴 아파했다.

"오죽하면 여기까지 와서 장사를 벌였을라구. 이 동네가 어디 장사해서 돈 벌 곳이 되나? 그깟것 같이 좀 먹고살면 어때서. 너무 잔인해."

"문 닫은 걸 보니 안되긴 좀 안됐어. 그래도 어쩌겠나. 다들 먹고 살아보려고 아옹다옹하는 것이니……."

원래 대범한 편인 지물포 여자가 다소나마 김반장을 감싸주었다.

이월로 접어들면서 영상 10도 이상의 따뜻한 날씨가 며칠 계속되는 중이었다. 언제 꽃샘추위가 밀어닥쳐 꽁꽁 얼어붙게 할는지 그것은 알 수 없지만 하여간 요사이라면 봄이 왔다고 해도 틀린 말은 아니었다. 원미동 거리는 모처럼 시끌벅적하였다. 아이들도 모조리 쏟아져 나와서 세발자전거를 타기도 하고 무작정 달음박질을 쳐보기도 하였다. 아이들을 거느린 채 써니전자 앞의 양지에 한 무리 모여 서 있던 여자들 중의 하나가 낮은 목소리로 킥킥 웃었다.

"저것 봐. 봄이 오긴 왔어. 겨우내 뜸하더니만 으악새 울음소릴랑 이제 실컷 듣게 생겼군."

아닌게아니라 겨울 동안 기척도 없던 으악새 할아버지가 무궁화 연립의 계단 앞에 나와 있었다. 벌써 한바탕 으악새 울음을 쏟아놓고 온 길인지 팔굽을 탁 치고 으악, 손뼉을 탁 치고 으악, 하는 일련의 동작들이 무르익을 대로 무르익었다. 으악새 할아버지는 그렇게 얼마 동안 미친한 울음을 다 뱉어내고 나서는 머리를 쓰다듬으며 계단을 밟아 현관 안으로 사라져버렸다.

"참말로 저것이 무슨 병인지 몰라. 보는 사람도 이렇게 심장이 지랄 같은데 으악, 으악 치밀어올라오는 그 할아버지야 오죽할까."

"그러게 말예요. 내 생전에 저렇게 요상스런 병은 처음이에요. 예전에 누군가는 자꾸만 웃음이 나오는 병이 있다고 그러긴 합디다만."

"그래 말야, 차라리 웃음이 나오는 병이면 듣기라도 좋게? 저건 꼭 가래 긁는 소리 같기도 하고 등에 칼침 맞는 소리 같기도 하고……."

"에이구, 징그런 소리도 한다. 저 양반이 그래도 어찌나 정갈한지 혼자 사는 노인네 빨래가 안집 것보다 많대. 가끔가다 으악새 소리만 안 내면 나무랄 데가 없는 노인인데……."

한참 동안 으악새 할아버지를 입에 올렸던 원미동 여자들은 고흥댁의 출현으로 다시 화제가 옮겨졌다. 원미동 여자들이 환담하는 자리에는 꼭 끼여 있던 고흥댁이 어째 보이지 않는가 했더니 강남부동산 문이 벌컥 열리면서 그녀가 나타난 것이다.

"뭐 좋은 일이 있어요?"

날씨 탓도 있겠지만 고흥댁 얼굴이 썩 밝아 보이는 것을 두고 묻는 우리정육점 여자의 물음이었다.

"좋은 일이 머시당가? 요새 복덕방 좋을 일 있등가?"

"그런 말씀 마세요. 봄도 오고 슬슬 집들이 뜰 텐데……. 그나저나 한 건 했나보죠? 뭐예요. 전세?"

이번에는 소라 엄마가 기어이 물고늘어졌다.

"아따 족집게네. 싱싱청과물 가게가 나갔어. 인자 막 계약혔네."

"벌써요? 하긴 빨리 뜨는 게 그 사람한테는 좋을 거야."

시내 엄마는 새삼 김반장의 형제슈퍼를 흘겨본다.

"그란디 이번엔 시내네가 쬐깐 괴롭겄어야."

고흥댁의 의미심장한 말에 여자들은 모두 시내 엄마의 얼굴을 쳐다보았다.

"아니 왜요? 왜 우리가 괴로워요?"

시내 엄마가 눈을 동그랗게 떴다.

"글씨 말여. 그 사람들도 딱 작정헌 것은 아니라고 허드만 워낙이 배운 기술이 그것뿐이당게 딴 장사를 할 리가 없제잉."

"네에? 그럼 전파상이 온단 말예요?"

시내 엄마 얼굴이 금세 변했다.

"아직 딱 부러지게 정헌 것은 아니래여. 이것저것 알아본 담에 헌다니께……."

이웃 간에 미리 일러주지 않고 구전부터 챙긴 죄가 있어서 고흥댁은 자연 말꼬리를 흐렸다.

"오죽하면 이 동네까지 와서 전파상을 벌일라구. 같이 먹고 살아야지. 안 그래?"

시내 엄마가 한 말을 흉내내는 우리정육점 안주인 때문에 여자들은 모두 깔깔 웃어댔다. 시내 엄마는 샐쭉한 얼굴로 웃는 둥 마는 둥 하는 중이었다. 64번지 새댁은 그러나, 이제부터의 일이 더 궁금해서 못 견디겠는 모양이었다.

"앞으로는 어떻게 되지요? 또 싸울까요? 그때 보니 경호네도 보통 아니든데요?"

동맹을 맺어 틈 사이로 기어드는 싱싱청과물을 제거하는 데 성공했으므로 남은 일은 김포와 형제가 어떤 방침으로 돌아서느냐 하는 것뿐이었다. 말하자면 휴전 협정의 효력은 다한 셈이니 이제는 어떤 일이 벌어지겠느냐 하는 이야기였다.

"아이구, 새삼스레 뭘 또 싸우리라구. 이왕지사 그리 된 것, 서로 타협해서 좋도록 해야지."

이것은 고흥댁의 타협안인데 아무래도 시내 엄마를 염두에 둔 말인 듯싶었다.

"어머나. 김반장이 가만있겠어요? 그리고 이 바닥에서 똑같은 장사를 벌여놓았다가는 결국 두 집 다 망하고 말걸요."

시내 엄마의 발언 내용이 잠깐 사이에 극과 극으로 달라진 것을 모를 리 없는 여자들은 모두 입을 조심하였다. 섣불리 잘못 말하였다간 이웃 사이에 금만 갈 뿐이다.

"우리야 뭐 굿이나 보고 떡이나 먹어야지."

소라 엄마의 심드렁한 말에, "고래 싸움에 새우들 배부르는 재미 말이제?" 하고 고흥댁이 예의 그 옛말풀이를 들고 나왔다.

"김반장도 끝을 보는 성격인데 심상찮아."

많은 식구 거느리고 살다보니 자연 악만 남았다는 김반장의 자기 변명을 가장 잘 이해하는 이웃인 지물포 여자의 근심 어린 걱정도 나왔다.

"왜들 이렇게 장삿길로만 빠지는지 몰라."

우리정육점 여자의 우문이었다.

"먹고살기가 힘드니까 그렇지요."

새댁이 즉각 현명한 답을 내놓았다.

그리고는 잠시 잠시 말이 끊겼다. 매일매일을 살아내야 한다는 점에서 원미동 여자들 모두는 각자 심란한 표정이었다. 그 중에서도 시내 엄마가 가장 울상이었다. 아이들 속에서 끼여 놀던 지물포집 막둥이가 넘어졌는지 입을 크게 벌리고 앙앙 울어대는 것을 신호로 여자들은 제각각 흩어져버렸다. 그리고 빈자리에는 이른 봄볕만 엄청 푸졌다.

[『우리 시대의 문학』 6집, 문학과지성사 1987]

지하 생활자

눈을 떴지만 시계는 보지 않았다. 불을 켜서 시계를 보지 않아도 시간은 어김없이 새벽 4시를 가리키고 있을 것이었다. 그의 손목시계는 오 분가량 빠르게 가고 있었다. 정각 4시가 되려면 오 분을 더 기다려야 했다. 하기야 기다려가면서 4시에 맞추어야 할 이유는 한 가지도 없었다. 그럼에도 불구하고 그는 숨을 죽이면서 바깥에 귀를 모았다. 4시가 되면 원미산 자락에 자리잡은 석왕사에서 무딘 종소리를 흘려보냈다. 그리고 사방의 교회들이 두서없는 동작으로 차임벨을 울렸다. 그는 언제나 오 분 일찍 깨어서 그 소리들을 기다리곤 하였다.

오 분은 더디 흘렀다. 새벽이라곤 하나 한 점의 빛도 스며들지 않는 지하실방은 무거운 어둠뿐이었다. 막막한 어둠 속에서 그는 몸을 뒤척였다. 그리고 벽을 향해 모로 누웠다. 습기찬 벽지가 뺨어내는 매캐한 곰팡이 냄새가 한순간 그의 이마를 찡그리게 하였다. 벽에서만 그런 게 아니었다. 추진 이부자리에서도 냄새가 풍겨왔다. 물이 새는 곳도 없건만 방은 온통 습습했다. 돌아누울 때마다 버석버석 소리를 내는, 세게 풀 먹인 무명 홑청으로 몸을 감고 잠들어본 지가 언제던가. 흘러간 기억들을 붙잡아보려고 애쓰면서 그는 슬몃 뻗어 있던 다리를 끌어모았다. 그리고는 둥글게 몸을 구부렸다. 모른 척하려 해도 점점 더 세게 변의(便意)가 솟구치고 있었다. 그는 활처럼 탱탱하게 몸을 구부린 채 냄새나는 요 위에 얼굴을 묻었다. 눅눅한 요껍데기가 얼굴에 찰싹 달라붙었다. 그는 다시 한번 이마를 찡그렸다. 그러자 기다렸다는 듯이 둔탁한 석왕사 종소리가 울려퍼지기 시작했다. 종소리는 마치 땅 밑에서 울려나오는 듯했다. 절이 거기 있다는 것을 몰랐다면 틀림없이 땅속 어딘가에서 울려오는, 첫 예불을 올리려고 모여드는 혼령들을 부르는 소리로 여겼음직했다. 그는 한층 더 몸을 오그라뜨리고서 참을 수 있는 데까지 참아보려고 안간힘을 다했다. 밤사이 식어 있던 몸에 금세 후루루 열기운이 뻗쳐오르고 등허리에 식은땀이 배어나왔다. 더 이상은 어쩔 수가 없었다. 마침내 그는 벌떡 몸을 일으켜 바닥에 팽개쳐놓았던 작업복 바지를 꿰입었다.

언제나 그렇지만 오늘 역시 트럭 한 대와 초콜릿 빛깔의 자가용이 나란히 세워져 있었다. 길 쪽의 시선은 차들이 막아주었고 또 다른 쪽은 자신의 방이 있는 무궁화연립의 측면 벽이어서 완벽하게 차단막이 되어주었다. 자신의 것이 분명한 또 다른 오물들을 밟지 않으려고 조심하면서 그는 차의 뒤편으로 돌아갔다. 어둠은 한 겹

걷히긴 했지만 아직은 발밑을 알아볼 수 없을 만큼 캄캄하였다. 초콜릿빛 자가용의 뒷바퀴 앞에 쪼그리고 앉아 그는 문득 하늘을 보았다. 말갛게 세수를 하고 나온 깨끗한 새벽별들이 오순도순 모여 앉아서 그를 내려다보고 있었다.

볼일을 마친 그가 차 뒤에서 빠져나와 써니전자 앞을 지날 때 저만큼 앞에 소리도 없이 자전거가 굴러오고 있었다. 짐받이에는 조간신문이 실려 있었다. 자전거를 운전하는 소년의 발은 짧았고 안장에 닿아 있어야 할 엉덩이는 공중에 쳐들려 있어 몹시 위태롭게 보였다. 소년은 그의 앞에서 멈추었다. 64번지의 닫힌 대문 틈으로 신문을 밀어넣고 난 소년이 자전거에 올라탄 다음 불안한 시선으로 그를 보았다. 컴컴한 첫새벽에 하릴없이 거리를 서성이는 한 사내를 흘낏거리며 소년은 멀어져갔다. 64번지의 닫힌 대문을 그는 심상히 보아넘길 수가 없었다. 아래에는 원미지물포와 행복사진관이 있고 이층에도 두 가구 이상 살고 있는 그 집은 원래 대문을 닫아놓는 법이 없었다. 언제라도 대문을 밀고 들어서면 되었다. 그는 그 집의 아래층 화장실을 몇 번 이용한 적이 있었다. 그러나 어느 날부터인가 밤이 깊으면 대문이 잠겼다. 써니전자와 강남부동산이 들어 있는 65번지 대문도 어느 날부터인가 문단속을 하기 시작했다. 그 옆의 우리정육점과 서울미용실의 안채 대문 역시 마찬가지였다. 그 이유를 그는 모르지 않았다. 닫혀 있는 원미동 거리의 철문들을 하나하나 확인한 다음 그는 발길을 돌렸다.

지하로 내려가는 계단은 가파르고 옹색했다. 눈짐작으로 하나씩 어두운 계단을 짚어내려가다 나동그라진 적도 있었다. 계단을 다 내려오면 주인집의 허섭살림들이 쌓여 있는 좁은 통로가 있었다. 더듬더듬 방문을 찾다보면 삐죽이 빠져나와 있는 연탄난로의 연통이 옆구리를 찌르기도 하였다. 방문 바로 옆에는 수도꼭지가 하나 돌출해 있었다. 하수구도 없이, 그저 꼭 필요한 물만 받을 수 있을 뿐이었다. 쓰고 난 허드렛물은 양동이에 모아 두었다가 밖으로 날라야 했다. 그것도 격일제 급수여서 잊지 않고 물을 받아두어야 하는 번거로움까지 뒤따랐다. 방문을 열자 퀴퀴하고 눅눅한 냄새가 훅 끼쳐왔다. 방 안에 있을 때는 코가 마비되어 느끼지 못하여도 밖에서 들어오려면 맨 먼저 곰팡이 냄새가 그를 반겼다. 천장에 거의 맞닿다시피 조그만 들창문이 하나 붙어 있기는 하였지만 크기가 워낙 작아서 환기를 시키지는 못하였다. 밖에서 보면 창은 땅바닥과 거의 닿아 있을 지경이었다. 노상 흙먼지와 빗물이 얼룩져 있고 먼지 때문에 뻑뻑해진 창틀은 문을 여닫는 데 굉장한 노력을 요구했다.

이 지하실방으로 이사를 오던 날, 그는 맨 먼저 의자를 놓고 올라서서 창문의 유리에 흰 종이를 바르는 일부터 해치웠다. 측백나무로 울타리를 쳤고 또 앞은 강노인의 채소밭이어서 딱히 들여다볼 눈도 없을 것이지만 무방비 상태로 노출당하는 일은 예방할 필요가 있다는 생각에서였다. 그는 밤이 되면 의자를 놓고 올라서서 창을 닫았다. 여름이 되면서 그나마 숨통이 막힌 방은 후텁지근했다. 그래도 창을 열어놓은 채 자고 싶지는 않았다. 원미동의 모든 도둑고양이들이, 겁 없는 쥐들이 잠들어 있는 그의 얼굴을 밟고 뛰어놀지도 모를 일이었다. 방향 감각을 잃은 취객이 하필 그 창에 대고 방

뇨를 하지 말란 법도 없었다.

앞으로도 두 시간쯤은 더 잘 수 있다는 계산을 하고 난 다음 그는 다시 눅눅한 이부자리 위에 드러누웠다. 위층 어느 집에선가 수도꼭지를 연 모양이었다. 바로 위에서 물이 쏟아지는 듯한 요란한 소리가 천장을 타고 흘러왔다. 한번 깬 잠은 쉽게 찾아오지 않았다. 그는 어둠 속에서 땅 위의 모든 소리들을 가늠하였다. 새벽밥을 짓는 여자가 누구일까, 라는 부질없는 생각도 해보았다. 바로 위에서 수돗물 소리가 들려오긴 하지만 일층은 아닐 것이었다. 그가 누워 있는 바로 위, 무궁화연립의 102호는 말하자면 그의 주인집인 셈이었다. 무궁화연립의 일층에 사는 이들에겐 모두 이만한 넓이의 지하실이 배당되어 있었다. 대개는 창고 식으로 쓰고 있지만 간혹 식구가 많은 집에서 방을 들이는 경우도 있었다. 아이들의 공부방으로 사용하거나 또는 잠만 자고 다니는 공원들에게 세를 주기도 했다. 세를 줄 때에는 꼭 주인집의 현관 열쇠가 필요하게 마련이었다. 지하에는 화장실이 없는 까닭이었다. 누구라도 다 그렇지만 아무 때나 벌컥벌컥 문이 열리는 꼴을 좋아할 집은 별로 없었다. 집을 비워야 할 때는 열쇠를 가지고 있는 지하실의 타인이 마음에 걸리기도 하였다. 그런저런 이유로 돈이 꼭 필요한 집이 아니면 지하실방을 세주는 일이 없게 되었다. 그 역시 방을 얻으면서 변소 사용에 관한 권리를 주장하기는 했었다. 계약 때 만난 주인 여자는 나이를 분간할 수 없을 만큼 젊은 옷차림이었다. 몸에 착 달라붙는 진바지에 대롱대롱 매달려 있는 동그란 귀고리, 계약금을 헤아려보는 손톱은 선홍색이었다. 딸 하나를 데리고 혼자 산다는 여자는 짧게 쳐올린 머리를 손가락으로 빗어넘기면서 이렇게 말했었다.

"걱정 마세요. 난 좀체 집을 안 비우거든요. 열쇠는 필요 없을 거예요."

하지만 여자는 결코 문을 열어주지 않았다. 집을 비우는 것은 아니었다. 집에 있으면서도, 그가 얼마만큼이나 급한 용무로 시달리는가를 뻔히 알면서도 문을 열어주지 않았다. 돈이 필요해서 지하실에 세를 들였으면 절대 그래서는 안 되었다. 그는 갑자기 여자의 새빨간 입술과 천연덕스러운 미소를 떠올리고는 몸을 부르르 떨었다. 잠을 청하려면 이따위 적의에 찬 회상을 해서는 아니 되었다. 그는 애써 생각을 딴 데로 돌리었다. 오늘은, 그래 오늘은 월급날이었다. 빳빳한 만 원짜리 지폐를 떠올리면서 그는 눈을 감았다. 머릿속으로는 살아야 할 날들의 명세서가 영화의 자막처럼 주르르 흘러갔고 그는 다시 우울해졌다. 잠을 제대로 못 잔 날은 어김없이 재단칼에 손을 벤다는 사실을 상기하고 또 상기하면서 그는 어린애처럼 가슴에 손을 얹고 반듯이 누워보았다.

뒤늦게 빠진 잠은 깨어날 때의 괴로움을 한층 깊게 만드는 법이었다. 밀리는 주문으로 출근 시간이 앞당겨져 있는 때였다. 간신히 잠을 떨치고 일어났을 때는 벌써 일곱시 반이었다. 대충 세수만 하고 뛰어가는 데 이십 분쯤 소요될 것이고, 공장 앞의 식당에서 대먹는 아침밥을 십 분 만에 해치운다면 겨우 지각은 면할 터였다. 점심을 뺀, 아침과 저녁 식사는 식당의 오백 원짜리 백반으로 붙여먹고 있는 그였다. 그것도 수월찮은 금액이었으나 요즘같이 야근이 잇따르면 저녁까지 공장에서 해결하게 되므로 밥값은 적게 들었다. 세

수는 번개처럼 해치웠는데 수건이 보이지 않았다. 간신히 찾아낸 세수수건에서는 악취가 풍겨왔다. 침침하긴 했지만 낮에는 불을 켜지 않는 게 그의 버릇이었다. 그래도 아침이 오면 꾀죄죄한 방안 풍경이 남김없이 드러나 보였다. 옷을 입으면서 그는 발길질로 이부자리를 한쪽에 몰아놓았다. 양말은 별수없이 어제 것을 다시 신을 수밖에 없었다. 계속되는 야근으로 빨래를 할 시간이 없었다. 물 버리는 일만 수월하다면야 아무 때라도 양말짝이나 수건쯤은 주물러 널 수도 있었다. 좀더 나은 곳을 찾아봐야겠다고, 이미 그럴 처지가 아니란 결론쯤은 빤히 알고 있으면서도 그는 새삼스레 자신의 방을 둘러보았다.

공장으로 내려가는 계단 또한 가파르고 옹색했다. 어디나 다 그랬다. 이층으로 오르는 계단은 넓고 안전하게 설계되지만 지하로 내려가는 계단은 금방이라도 고꾸라지게 만들 작정으로 설계된 듯이 보였다. 원래는 슈퍼마켓의 창고로 쓰이던 곳이라고 했었다. 지을 때부터 슈퍼마켓을 염두에 두었으므로 당연히 옆구리에 물건을 저장하는 지하 창고를 마련한 것이었다. 하지만 생각보다 훨씬 장사가 안 되었다. 주인으로서는 목돈을 들여 물건을 쌓아놓고 장사를 할 처지가 아니었다. 진열대의 물건조차 먼지가 쌓여 있는 형편이었다. 그곳은 벌써 철거되어야 할 낡은 공장들이 터만 넓게 자리잡고 있는, 공장 지대도 주택가도 아닌 지역이었다. 그가 방을 얻어 있는 동네도 원미동이었고 이곳 역시 행정 구역상 원미동이었다. 그는 매일같이 십여 분씩 걸어서 출퇴근을 하고 있었다. 말하자면 그는 매일매일 도보로 원미동의 이쪽 끝과 저쪽 끝을 횡단하고 있는 셈이었다. 원미동 저쪽의 지하에서 웅크려 자다가 간신히 지상으로 올라왔는가 하면 또다시 썩은 공기가 괴어 있는 지하로 내려가야 하는, 그런 삶의 나날이었다.

정말이지 공장 안의 공기는 썩어 있다고 할밖에 다른 표현이 있을 수가 없었다. 그가 공장 안에 들어섰을 때는 일을 시작하기 전에 너 나 할 것 없이 피워 무는 담배 연기까지 자욱하게 퍼져 있었다. 환풍기 하나가 열심히 돌아가고는 있었지만 어림도 없었다. 원단에서 풍겨오는 고약한 냄새가 그나마라도 빠져나가주는 게 고마울 지경이었다. 그래도 요새는 투명 비닐 원단으로만 작업을 하기 때문에 좀 나은 편이었다. 염색 가공을 한 레자나 카펫 원단을 풀썩이며 작업을 하는 때는 코가 매워서 콧물이 줄줄 흘렀다. 아직 사장이 나오지 않은 것을 확인한 그는 수돗가로 가서 양치질부터 하였다. 문기사와 오토바이 정씨는 여태 출근하지 않은 모양이었다. 문기사는 결혼하여 가정을 꾸미고 있었으므로 곧잘 늦었지만 오토바이 정씨는 좀체 시간을 어기는 사람이 아니었다. 언제나 구시렁구시렁 불만을 달고 다니는 것에 비하면 지각도, 결근도 하지 않는 것이 오히려 이상하게 보였었다. 그는 시계를 보았다. 8시 10분이었다. 5분 빨리 가는 시계였으므로 이제 8시 5분인 셈이었다. 이 시간이면 박군은 원단 앞에, 나씨와 그는 재단대 앞에, 문기사와 배기사는 고주파기 앞에 앉아 있어야 했다. 주문량이 많아지면서는 사장의 잔소리가 없어도 누구나 다 그렇게 하였다.

"시작 안 해요?"

그는 누구에게랄 것도 없이 물으면서 자신부터 재단대 앞에 앉았다. 제자리를 지키고 있는 사람은 고주파기를 다루는 배기사밖에 없었다. 굵고 검은 안경테 때문에 그는 자칫 근엄한 대학교수처럼 보였다. 풍채도 그럴듯해서 사람들은 그를 배박사라고 불렀다. 아닌게아니라 고주파를 다루는 그의 솜씨는 능히 박사 수준에 이르는 것이기도 하였다. 그 배박사 역시도 일을 시작한 것은 아니었다. 곧 들이닥칠 사장을 겁내는 기색도 없이 배기사는 새 담배에 불을 붙였다. 박군은 아예 원단 뭉치에 등을 기대고 누워 있었으며 나씨는 그의 버릇대로 벽에 붙은 쪽거울을 들여다보며 한가롭게 여드름을 짜는 중이었다. 아무래도 보통 때와는 다른 분위기였다.

"일 안 해요?"

이번에는 배기사를 향해 물었다.

"위에들 모였어. 사장도 거기 있지."

배기사의 콧구멍에서 담배 연기가 술술 빠져나왔다.

"스트라이크. 우리 데모하기로 했어요."

야구광이고 축구광인 박군이 보충 설명을 했다.

"자네는 어제 왜 빠졌어?"

나씨의 책망하는 듯한 물음이었다. 어제 야근이 끝난 후에 한잔들 하자고 오토바이 정씨가 술판을 꾸미더니 그 자리에서 모의가 된 모양이었다. 그는 술을 즐기지 않았다. 담배도 배우지 않았다. 남하는 것 다 따라했다가는 어느 세월에 번듯하게 살아보랴 싶은 옹골찬 마음이 소년 적부터 그에게 있었다.

"하필 이렇게 바쁜 때에……."

그의 말이 끝나기도 전에 나씨가 그에게 면박을 주었다.

"이런, 하는 소리라고는……. 바쁜 때 해야 말발이 서지. 오토바이 정씨가 머리는 비상하더라구. 우리야 뭐 하라는 대로만 하면 생기는 게 좀 있을걸."

나씨가 다시 쪽거울에 얼굴을 들이대었다. 재단칼을 잡으려다 말고 그는 다시 한번 오늘의 스트라이크를 확인했다.

"정말 일 시작하지 말아요?"

"그렇대도……. 조금 있으면 정씨가 결과 보고하러 올 거야. 그 사람 올 때까지 기다려야 해."

배기사는 느긋하게 의자에 등을 기댔다. 그때 전화벨이 울렸다. 오늘의 첫 주문 전화일 것이었다. 아침부터 전화가 쏟아져 들어오면 물건을 대기 위해 눈코 뜰 새 없는 하루였다. 나씨가 메모지에 주문량을 적고 있었다.

"예, 엑셀로만 삼십 장요. 알았어요. 사장님 나오시는 대로 전하지요. 예? 르망은 찍어놓은 게 없어요. 한 댓 장 될까……. 예……. 그럼 르망은 열 장……."

전화기를 내려놓고 나씨가 어깨를 으쓱 세워 보였다. 주문은 받았지만 오늘 작업이 어찌 될는지는 알 수 없는 일이었다. 독촉에 시달리는 사장의 시커먼 얼굴을 상상하면 속이 언짢기도 하였다. 모르면 몰라도 사장은 혼자서라도 재단해서 고주파 기계를 돌릴 것이었다. 그래봤자 왕왕거리는 거래처 인간들의 입을 당할 수는 없겠지만. 다시 전화벨이 울렸다. 또 엑셀 스무 장이 추가되었다. 어찌 된 셈인지 새 차가 출고되어도 엑셀 주문은 줄어들지 않고 계속되었다. 몇 분 지나지 않아 전화벨이 또 울렸다. 아침나절은 늘 이랬다. 나씨는 고개를 설레설레 흔들면서 전화를 받았다. 그는 자신도 모르게 재단칼을 집어들었다. 원단을 잘라주는 일을 하는 박군도 슬몃 몸을 일으켰다. 나씨가 전화기를 내려놓고 투덜댔다.

"어느 놈이 요새 포니를 탄대? 어이, 박군. 포니 찍어놓은 것 있나 찾아봐라. 숨넘어간다. 다섯 장이면 된다는데. 배박사님, 찍어놓은 것이야 팔아도 되겠죠?"

이런 데모는 처음인지라 모두들 서툴렀다. 배기사 같은 숙련공도 주문 전화가 쇄도하자 벌써 기계 발판에 발을 얹고 있었다.

"없어요. 맵시는 재고가 꽤 있는데요. 스텔라도 많고……."

칸막이 뒤에서 나오며 박군이 손을 흔들었다.

요새 포니나 맵시 주문은 통 없었다. 승용차의 바닥 커버를 만들어내는 게 그들의 작업이었다. 운행 때 스며드는 먼지를 막아주고 승용차 실내의 품위도 높여주는 효과가 있어 바닥 커버는 이제 필수품처럼 인식되고 있었다. 따라서 새로운 차종(車種)이 나올 때마다 작업 내용도 바뀌게 마련이었다. 얼마 전까지만 해도 스텔라 커버를 만드느라 정신이 없었는데 그 뒤로 르망이 출고되면서 스텔라는 그만 찍었다. 르망과 함께 엑셀이 요즘의 주품목이었다. 엑셀은 원단도 적게 들고 수공도 많지 않아서 능률이 높은 편이었다. 이제 또 어떤 이름의 새 차가 나올 것인지, 그렇게 되면 익숙지 못한 선을 따라가느라 몇 번씩 재단칼에 손을 베일 것이었다.

전화통에 매달리느라고 여드름 짜기를 그만둔 나씨의 얼굴이 울긋불긋 요란했다. 스물다섯인가, 한데도 여드름 만발한 고등학생처럼 어려 보이는 나씨였다. 전화벨 때문에 알게 모르게 죄어오는 마음을 눙치기 위해 그들은 괜한 잡담들을 끌어내고 있는 중이었다.

"빨강색 르망 봤지? 여자들이 빨간 르망을 많이 타드라구. 선글라스 처억 끼고, 멋져."

배기사가 있지도 않은 수염을 배배꼬는 시늉을 해 보였다. 사실은 문기사보다 두 살 아래인데도 워낙이 노련해 보여서 깐깐한 문기사조차 선불리 말을 놓지 못하였다. 일찍 결혼을 한 탓에 큰아이가 벌써 중학생인 배기사는 이 공장의 터줏대감 격의 존재였다. 사장은 고주파를 찍고 배기사는 재단을 하고, 그렇게 시작된 공장이었다.

"우리들은 죽자살자 깔개를 찍어내도 남의 자가용도 얻어타 보기 힘든 판에 누구는 마누라한테 빨강색 르망 사주며 생색내고……. 에이, 재미없다."

나씨가 벌건 얼굴을 문대었다.

"참, 슈퍼 아줌마가 변소 좀 깨끗이 쓰래요. 안 그러면 변소에 쇠통 채우겠다고 신경질을 박박 내던데."

박군의 말이었다. 변소래야 지하까지 삼층인 건물에 하나뿐이었다. 그것도 남자 여자 공용이었고 언제나 안에 사람이 들어 있는 꼴이었다. 그렇지 않아도 공장 사내들이 변소를 너무 드나든다고 끙짜를 잘하던 여자였다. 사장까지 남자가 일곱이었다. 여름철엔 소변보러 들락거리는 것조차 슈퍼 아줌마 보기에 민망할 지경이었다. 하필이면 슈퍼 계산대에서 빤히 올려다보이는 곳에 화장실이 있었다. 드나드는 사람이 워낙 많다보니 변소가 깨끗할 리 없었다. 그렇다고 밀린 일 제쳐놓고 변소 청소를 하러 올라갈 수도 없는 노릇이었다.

"화장실이야 자네가 제일 많이 가잖아? 청소 당번도 아예 맡아."

나씨가 비아냥거렸다. 새벽마다 고통스럽게 솟구치는 변의를 해결해보려고, 공장 변소를 사용할 수 있는 시간에 볼일을 보게 해보려고, 억지로라도 변소에 들락거리고 있는 그였다. 묘한 것이, 아무리 애를 써도 뜻대로 되지 않는 게 그 일이었다. 결국은 새벽에 잠이 깨어 낑낑거리며 똥눌 데를 찾아다녀야 했다. 낑낑거리며, 라는 스스로의 표현 앞에서 그는 문득 기가 막혔다. 개처럼 낑낑거리고 싶지는 않았다. 그는 새삼스레 붉은 입술의 주인 여자를 원망하였다.

사장네 집의 문간방에서 기식하며 지냈던 때가 그래도 좋았다고 그는 생각하였다. 말이 사장이지 사는 형편이 별반 뛰어날 것도 없는 보통의 집이었다. 가르쳐야 할 아이들은 많고 마누라는 병골이었다. 흥망성쇠를 거듭하는 동안에 빚도 적잖았다. 요즘 주문이 밀린다고 해야 빚이나 가릴 수 있을까, 그는 오토바이 정씨의 말을 떠올리며 고개를 갸웃거렸다.

"원래 주인은 죽는소리 하는 거야. 그 사정 다 받아주면 안 돼. 예전에 여기 있다 나간 윤기사가 공장을 차렸드라구. 거기도 요새 마구 찍어내는데 사람이 모자란대. 여기서 떨려나도 겁날 것 없어. 얼마든지 데려오래. 얼마든지……."

오토바이 정씨가 윤기사 소식을 전해준 게 얼마 전이었다. 그것 믿고 하는 짓이란 짐작은 할 수 있었다. 사장네 집에서 몇 달을 지내본 그로서는 단순히 죽는소리로만 여길 수 없는 살림살이의 내막을 느낄 수 있었으므로 오토바이 정씨의 말이 전적으로 받아들여지지는 않았다. 문기사와 배기사가 물건을 찍어내면 정씨는 그것을 포장하고 배달하였다. 배달 때문에 거의 공장에는 붙어 있을 시간이 없는 정씨였다. 그의 오토바이 타는 솜씨는 유별났다. 그전에 있던 배달꾼은 곧잘 교통순경에게 걸리곤 해서 잔돈푼이 들어갔지만 정씨는 그렇지 않았다. 지하에 처박혀서 쉴 새 없이 일을 하는 그들에 비해 정씨는 당연히 얻어듣는 소문이 많은 사람이었다. 원래 얻어듣는 소문이 많을수록 불만도 많은 법이었다. 정씨는 언제나 구시렁구시렁 세상살이의 온갖 이치를 향해 불평을 하곤 했다. 지금도 이층의 중국집에서 정씨는 사장을 앞에 앉혀놓고 구시렁거리고 있을 것이었다. 보나마나 문기사는 한 마디도 거들지 않은 채 정씨 말에 맞장구만 칠 것이었다. 그들 두 사람이 원래 장단이 잘 맞았다. 정씨의 모든 발언은 곧 문기사의 마음까지도 대변한 것이라고 보면 맞았다.

두 사람은 그렇다 치고 이 난데없는 스트라이크에 사장은 어떤 얼굴일까. 바닥 커버를 제작하는 다른 업체들보다 특별히 박하다거나 더할 것도 없는 보통의 대우를 해주고 있다고 믿어 의심치 않을 사장이었다. 그리고 그 믿음은 틀린 게 아니었다. 사장 또한 이 바닥에서 삯일꾼으로 시작한 사람이었으므로 자기가 보고 겪은 대로만 하고 있을 뿐이었다. 불과 몇 달 전만 해도 여기에서 고주파를 찍던 윤기사가 지금은 사장이 되었듯이, 이 바닥에서 사장이라고 뭐 특별한 게 있느냐는 게 그의 의견이었다. 사장은 아마도 이마를 구기고서 담배만 빽빽 빨아대며 앉아 있을 것이었다. 청년 때 오른손의 새끼손가락이 프레스에 눌려 한 마디 잘려나간 이후 사장은 줄곧 왼손으로 담배를 피우고, 왼손으로 건배를 하였다.

"뭣들 하는 거야. 좌우당간에 빨리 결판을 짓고 일어설 일이지. 이거 일은 밀려 있고, 안 하자니 좀이 쑤시고……."

또 한차례 주문 전화를 받고 난 나씨의 말이었다. 아닌게아니라 위층의 일이 궁금하여 모두들 좀이 쑤시는 판이었다.

"가보세요. 배박사님이 한번 올라가보세요."

박군의 말에 배기사가 휘휘 손을 저었다.

"아휴, 난 안 가. 김사장 인상 쓰는 얼굴을 어떻게 봐? 안 그래도 내가 제일 미울걸. 배신했다고 할 거야."

그러는 판인데 입구 쪽에서 요란한 발소리가 들려왔다. 계단이 가파르다보니 내딛는 구둣발 소리가 쿵쾅쿵쾅 지하를 흔들었다. 그러나 정작 나타난 것은 오토바이 정씨와 문기사뿐이었다. 남아 있던 이들이 고개를 빼내어 뒤를 살폈지만 사장은 내려오지 않았다.

"어떻게 되었어?"

배기사의 물음에 정씨가 고개를 흔들었다. 문기사는 손을 목에 대고 주욱 긋는 시늉을 해 보였다.

"마음대로 하래. 주문을 못 대서 신용이 떨어지고 장사를 망치는 한이 있어도 안 된다는 거야. 제기랄. 아침부터 푹푹 찌네. 아휴 더워."

정씨는 예상보다 훨씬 주눅든 표정을 하고 있었다.

"우리 쪽 조건이 뭐였는데요?"

생각해보니 그는 자신을 포함한 그들의 요구 조건조차 모르고 있었다. 박군이 답답해 죽겠다는 듯이 "정기 보너스 삼백 프로!" 하고 소리쳤다. 그의 머릿속이 한순간 환해졌다. 마치 꼬마전구 하나에 번쩍 불이 들어왔다가 이내 스러지는 듯한 느낌이었다.

"사장은 다른 공원을 구하겠다고 나갔어. 막무가내야. 오토바이 시동 거는 소리도 요란하더라."

문기사도 한결 풀이 죽은 목소리였다.

"어떡하죠?"

박군이 근심스런 표정으로 사람들을 둘러보았다.

"어떡하긴. 끝까지 밀고 나가야지."

정씨가 주동자답게 큰소리를 쳤다.

"누구 한 사람은 남고 나머지는 다들 나가자고. 월급은 오후에 주겠다니까 그때까지 땡땡이를 쳐야지. 걱정일랑 붙들어매. 요새 사람 구하기 쉽잖아. 여섯시까지 여기 모여."

"내가 남을게요."

그가 나섰다.

"설마 일을 할 작정은 아니겠지?"

정씨가 다짐했다.

"그럼 다 나가면 되잖아요."

나씨가 거들었다.

"텅텅 비워놓을 수는 없으니 한 사람 남는 게 역시 좋겠구먼. 자네가 남아서 전화나 받고 있어."

배기사가 결정을 하였다.

"당구나 한판 합시다."

당구를 치자는 나씨의 제안에 박군과 배기사와 정씨가 찬성했다.

"오토바이 아저씨는 거시기, 윤기사님이 차렸다는 공장에 안 가 보세요?"

박군이 울상을 지었다.

"시끄러, 임마. 여기 아니면 밥줄 끝나는 줄 알아? 책임진다니까 그러네."

정씨가 목청을 돋우었다.

"맞는 말이다. 어쨌거나 이런 기회에 한번 쉬어보자. 요새 어깨며 허리가 쑤셔서 더 일도 못 하겠드라."

배기사가 먼저 앞장을 섰다.

모두들 나간 다음 그는 텅 빈 공장 안을 휘 둘러보고 재단대 의자에 앉았다. 어쨌거나 제 위치가 마음 편하였다. 벌써 점심 시간이 다 되어 있었다. 점심은 사장이 제공하였다. 위층의 중국집이거나 길 건너 식당에서 번차례로 시켜먹었는데 오늘은 어쩔 것인지 알 수가 없었다. 일도 하지 않았는데, 편편히 놀면서 끼니를 다 찾아먹는다는 것은 그에게 용납되지 않았다. 점심 시간에는 전화도 잠잠하였다. 한 끼쯤이야 얼마든지 굶을 수 있다는 생각으로 그는 심심풀이 삼아 고주파 기계에 앉아보았다. 재단사 월급보다 고주파 기사 수입이 훨씬 나았다. 재단은 그저 손목의 유연한 놀림일 뿐이었다. 힘이 센 젊은이라면 한꺼번에 여러 장을 잘라낼 수 있으므로 나이가 적을수록 유리한 것밖에는 얻을 게 없었다. 누구나 처음에는 필요한 너비대로 원단을 잘라내는 단순한 가위질부터 시작하여서 초보자가 하나둘 들어오면 이내 재단대로 옮겨앉곤 하였다. 차의 종류대로 견본을 미리 떠놓고 재단칼로 꾹꾹 찍어누르며 칼질을 하는 것이 재단사의 몫이었다. 사장은 일이 밀릴 것을 염려하여 진작부터 고주파 기계를 한 대 더 들여놓고 싶어했다. 새로 기능공을 들이지 않는다면 나씨거나 그, 두 사람 중의 하나가 기계를 맡게 될 것이었다. 나씨는 기름밥 경력이야 많았지만 이 동네에서는 초보나 다름없었다. 그는 벌써 이태째 이 동네를 맴돌고 있었다. 맡겨만 준다면 발판을 눌러 금형 내리는 일쯤이야 못 할 것도 없다는 생각이었다. 그래서 수입이 더 많아지면, 그는 오른발에 힘을 넣어 금형을 내려놓고 다시 왼발로 발판을 눌러 전기를 넣어보았다. 월급이 많아지면 적금을 하나 들 수도 있었다. 적금을 못 넣더라도 관절염으로 고생하는 고향의 어머니에게 약값쯤은 더 얹어 우송할 수도 있을 것이었다. 아니, 무엇보다도 지하실방을 떠나서 좀더 나은 방을 얻을 수 있을지도 모를 일이었다. 적어도 마음놓고 사용할 수 있는 변소가 있는 곳으로.

처음부터 주인 여자의 말을 곧이곧대로 믿은 것이 실수였었다. 하기야 방을 소개해준 강남부동산 박씨의 말도 믿을 수밖에 없었던 그였다.

"그게 지하실방이라서 싼 게 아니고, 화장실 사용이 불편하단 이유로 싸게 나온 거라 이 말여. 아, 젊은이도 방 얻으러 댕겨보았겠지만 어디 이만한 방이 있습디여? 방이야 돈대로 가는 거여. 그 돈으로 이만한 방 얻어가면 횡재니께 그란 줄 알어. 이 아줌씨가 나댕기는 사람 아니고 집에만 기신다니께 화장실이야 얼마든지 드나들 수 있겄어. 열쇠 나누어 갖고 서로 미심쩍어하는 것보단 몇 배 낫을 것잉께."

이사 온 다음 날 아침, 좀 이르다 싶었지만 그는 일층으로 올라가 벨을 눌렀다. 열 살은 넘어 보이는 딸도 있으니 등교 준비 때문에라도 일어나 있을 시간이었다. 한데 아무런 기척이 없었다. 고장인가 싶어 귀를 기울여 보니 분명 집 안에 울려퍼지는 벨소리를 들을 수 있었다. 늦잠이 들었거나 집을 비웠거나, 그런 이유가 있으려니 여기고 그는 돌아설 수밖에 없었다. 하지만 아침 식전에 대변을 보는 버릇을 갑자기 어찌할 수가 없어서 그는 궁리 끝에 공장 변소를 떠올렸다. 아랫배를 움켜쥐고 허겁지겁 뛰어가 보니 슈퍼의 셔터는 내려져 있고 속수무책이었다. 슈퍼가 열려야 화장실을 이용할 수 있었다. 공장의 출입구와 화장실의 출입구는 서로 달랐다. 식은땀을 흘리며 참아내기는 하였지만 사정은 다음 날도 마찬가지였다. 일층의 주인집은 철옹성처럼 닫혀 있었다. 아무리 벨을 눌러대어도 꿈쩍도 하지 않았다. 혹시 오랜 시간 집을 비울 일이 생기지나 않았나 싶어서 저녁 퇴근길에 주인집으로 올라가보기도 했다. 역시 응답이 없었다.

목소리로나마 응답을 들을 수 있었던 것은 며칠이 지난 저녁이었다. 오늘 역시 빈 집이려니 여기고 있는데 한참 후 거짓말처럼 주인 여자의 목소리가 들려왔다.

"누구세요?"

"저, 지하에 이사 온……."

"네…… 웬일이세요?"

웬일이냐니, 그는 기가 막혔다. 더구나 문도 열어주지 않은 채였다.

"화장실에……."

그가 말을 꺼내자 여자가 화들짝 놀라는 시늉을 했다.

"어쩌나, 지금 샤워중이라서 곤란한데요."

그는 절로 낯이 붉어졌다. 그렇다면 지금 현관문을 사이에 두고 알몸의 여자와 서 있다는 이야기인가.

"지금은 괜찮습니다. 아침에, 일곱시나 여덟시쯤에……."

"알았어요. 그때 오세요."

다음 날 아침 그는 여전히 대답 없는 현관문 앞에서 아랫배를 움켜쥐고 서 있었다. 어제 한 말은 깡그리 잊었는지, 여자의 잠버릇이 그런 건지 도무지 알 수가 없는 노릇이었다. 그날 이후에도 몇 번이나 더 주인집 문 앞에서 속절없이 서 있다가 되돌아서야 했다. 다행히 죽으란 법은 없다고, 원미동 거리의 상가주택들 덕분에 무시로 열려 있는 아래채의 변소들을 사용할 수 있다는 것을 알게 되었다. 깊은 밤이거나 새벽에 슬쩍 남의 집 변소를 사용하는 방법을 터득한 뒤로는 굳이 일층 102호로 올라갈 생각은 하지 않았다. 변의가 솟구치는 시간도 깊은 밤이나 새벽으로 자연스레 바뀌어져갔다. 점포 사람들이 공동으로 사용하는 변소는 대개 대문에서 멀지 않은 곳에 있었으므로 민첩하게 행동하면 누구와도 맞닥뜨리지 않을 수 있었다. 미안한 점이 있다면 잠든 사람들을 깨울까봐 물을 내릴 수 없다는 것이었다. 그동안 대문단속을 하지 않던 이웃들이 기겁을 하고 대문을 걸어잠그는 이유도 아마 거기에 있을 것이었다. 언제인가, 그는 강남부동산 박씨에게 넌지시 자신의 딱한 처지를 하소연한 적도 있었다. 집에 있으면서도 밤이나 낮이나 여간해선, 아니 도무지 문을 열어주지 않는다는 그의 말에 박씨는 벌컥 역정부터 내었다.

"하여간에 변소 갈 때 다르고 나올 때 다르다더니 똑 그짝이시. 무궁화연립 지하에 사는 이들이 못 되어도 열은 넘을 틴디 주인집 변소 맘놓고 쓰는 집이 없구만그랴. 지하에 사는 사람들 땜에 이쪽 우리네까지 똥타령이라 이 말여. 아무나 휭 들어와서 제집처럼 일보고 나가니까 말들이 좀 많아야제. 그랑께 밤 되면 다들 문을 걸어 잠그고……."

방을 얻어준 사람이니 대책을 강구해줄 줄 알았던 그는 박씨의 느닷없는 역정에 어이가 없을 뿐이었다. 그때 두 사람 말을 듣고 있던 고흥댁이 끼어들었다.

"102호 여자, 원래 그런 여자랑께. 아무나 가도 좀체 현관문 따주는 법이 없대여. 하고 다니는 차림새로 봐서는 집 안에만 처박혀 있을 여자가 아닌디, 좌우당간 문 안 열어주고 딱 엎드려 있다고 소문났드만. 그래도 계약 때 자기 입으로 헌 말이 있는디 그라면 되는가."

어쨌거나, 그렇게 말을 시작하면서 박씨는 마누라의 사설을 잘라내고 여전히 짜증스런 얼굴로 그를 보았다.

"어쨌거나 계약 때 헌 말이 있으니깐두루 자네가 가서 따져봐야제. 안 그런가? 사람이 한 입 갖고 두말허면 되겄능가."

박씨에게서는 어떤 해결책도 나올 수 없다는 것을 그는 알아차렸다. 마찬가지로, 문을 열어주지 않겠다고 단단히 작정한 주인집 여자한테도 기댈 수 없다는 것을 알게 되었다. 주인 여자는 아마 집

안에 그를 들이는 게 싫은 거라고, 반들반들 닦아놓은 깨끗한 욕실에 지저분한 사내를 끌어들이고 싶지 않은 거라고 그는 단정하였다. 돈이 필요하여 세를 주긴 했지만 아무래도 그와 같은 변기를 사용하는 일은 망설여지는 게 틀림없었다.

그렇다면 방법은 하나뿐이었다. 볼일 보는 시간을 낮으로 바꾸는 일이었다. 그 길밖에 없다고 판단했으므로 그는 온갖 방법을 동원하여 공장 변소에서 볼일을 볼 수 있게 자신의 소화 기관을 유도해보았다. 물론 용이치 않았다. 아니, 그렇게 애를 쓰면 쓸수록 공장에서는 전혀 변의가 느껴지지 않았다. 그리고 지하실방으로 돌아와, 이제는 절대 변의가 솟구치면 안 된다고 내심 각오를 하기가 무섭게 시도 때도 없이 아랫배가 부글부글 끓었다. 어떻게 된 노릇인지 알 수가 없었다. 자꾸만 거꾸로 치닫는 스스로의 신진 대사가 어리둥절할 지경이었다. 하는 수 없는 일이었다. 대문을 밀어보다 잠겨 있으면 원미동 거리의 어디 으슥한 데를 찾아 쭈그리고 앉아야 했다. 노상에서 볼일을 보자면 사람들의 왕래가 없는 시각이어야 눈에 띄지 않을 것이었다. 공터는 몇 군데 있었지만 공터에는 마땅한 은폐물이 없어 불안했다. 사방이 가려진 곳을 찾아다녀야만 했는데 그런 곳이 많을 턱이 없었다. 대개는 거리에 주차해놓은 트럭이나 자가용, 봉고차 등의 뒤켠이 남의 눈에 뜨이지 않는 곳이었다.

오나가나 자동차 덕분에 사는구나. 고주파 기계를 쳐다보며 그는 씁쓰레하게 웃어버렸다. 자동차 바닥 커버로 목구멍에 풀칠을 하고 자동차를 은폐물 삼아 먹은 것을 내보내고. 그는 강남부동산 박씨의 빤빤한 얼굴을 떠올리면서 이마를 찡그렸다. 변소 문제만 아니라면 박씨를 원망할 이유가 없었다. 지하의 방 한 칸이 그의 처지에는 딱 맞았다. 그는 지하 생활에 익숙한 사람이었다. 지상으로 올라갈 날이 있기도 하겠지만 지금은 지하의 방 한 칸도, 지하의 일자리 하나도 목숨처럼 소중한 사람이었다. 그의 소망은 그저 일하기 위해 먹은 밥이었으므로 응당 자유롭게 배설할 수도 있어야 한다는, 아주 소박한 것이었다.

여느 때 같으면 점심 시간이 끝나고 오후 일을 시작할 시간인 1시 30분에 정씨에게서 전화가 걸려왔다.

"사장한테서 연락도 없었단 말이지? 이거, 좀 수상쩍은데……."

정씨는 입맛을 쩍쩍 다셨다.

"재미 좋으세요? 지금 어디들 있지요?"

"문기사는 마누라한테 봉사하겠다고 집에 갔고, 모두들 역 앞 다방에 앉아 있는 거야. 따분해. 그나저나 자네도 꽉 막힌 지하에 처박혀서 답답해 죽을 지경이겠구먼. 안됐네."

정씨는 마치 스스로는 지상의 생활인이기나 한 것처럼 천연덕스럽게 굴었다. 정씨와의 통화를 끝내고 얼마 있지 않아 잔뜩 볼이 부은 사장이 들어왔다. 그 혼자만 공장을 지키고 있는 것을 확인한 사장은 허망한 표정으로 사방을 두리번거렸다. 사장의 빛바랜 남방셔츠는 등에 찰싹 달라붙어 있었다. 바깥의 더위가 대단한 모양이었다. 오토바이 소리도 나지 않았는데 달려오기라도 했단 말인가. 그는 어떤 말을 해야 할지 알 수 없어서 그저 사장의 거동만 지켜보고 있었다. 사장은 수도꼭지를 틀어 철철 넘치도록 한 컵의 냉수를 받아 단숨에 마셔버렸다. 그리고는 고주파 앞에 앉아 묵묵히 금형을 내리찍기 시작했다.

"재단해둔 것 있으면 내놔."

사장이 무뚝뚝한 어조로 내뱉었다. 르망이 오십 장쯤, 엑셀은 백 장쯤 재단된 것이 있었으므로 그는 기계 옆에 원단들을 옮겨놓았다. 사장이 칠판의 주문 내용을 보았는지 그것은 알 수 없었지만 그는 르망부터 손댈 수 있도록 신경을 써놓았다. 아까부터 숨이 넘어가게 독촉을 해대는 르망 스무 장을 혼자서라도 다 찍어내어 입막음을 해버렸으면 싶었다.

사장은 익숙한 솜씨로 기계를 다루고 있었다. 묵혀둔 실력인데도 배기사 손놀림보다 더 재빠른 듯이 보였다. 누군가 와서 그 모습을 본다면 아무도 사장이라고는 생각하지 않을 것이었다. 땀에 젖은 머리칼, 세월이 그을려놓은 검은 얼굴, 후줄근한 옷차림이 배기사나 문기사보다 더 나을 게 하나도 없었다. 기계 돌아가는 소리가 나자 비로소 지하실의 가라앉은 공기가 움직이는 것 같았다. 일을 해야 할지, 가만히 구경만 하고 있어야 하는지 알 수 없어서 그는 가슴이 답답했다. 손을 늘어뜨리고 남 하는 양만 지켜보는 일은 그의 마음에 맞지 않았다. 두 손을 움직일 수 있는 날까지는, 몸의 매듭을 끊는 날까지는 일을 해야 성이 풀렸다. 놀면서 굶는 것보다는 차라리 일하면서 굶는 것이 견디기 쉬웠다. 그가 재단칼을 만지작거리며 망설이고 있는 중에 전화벨이 울렸다. 받으나마나 독촉 전화려니 여기고 있는데 사장이 먼저 전화를 받았다.

"내일로 돌려. 아, 급하면 화곡동에서 받아와. 암튼 오늘은 물건 못 나가."

그는 만지작거리던 재단칼을 내려놓았다. 어쨌든 약속은 약속이었다. 사장은 내일부터 새로 출근할 공원들을 다 맞춰놓고 온 것인지도 몰랐다. 공장을 전전하며 몸으로 때우는 일을 하는 동안 그가 터득한 것은 동료들과의 약속을 어기면 안 된다는 것이었다. 의외로 배신감에 큰 비중을 두는 고지식한 동료들을 다치게 하면 안 되었다. 어쩌면 이리도 시간이 더디 흐르는지, 이제 겨우 3시였다. 점심을 건너뛴 탓에 뱃속이 허전하였다. 개처럼 낑낑거리고 다닐 때는 차라리 굶어버릴까 오기도 치솟았지만 한 끼를 거른 흔적은 꽤 깊었다. 기승를 부리는 한더위도 고픈 배로는 견디기가 쉽지 않았다. 그가 선풍기의 스위치를 누르는 것을 본 사장이 생각난 듯이 훌훌 남방을 벗어던졌다. 사장의 얼굴에서 굵은 땀방울이 흘러내리고 있었다.

"밥 먹었나?"

사장의 물음에 그가 고개를 흔들었다.

"짜장면이나 두 개 시켜. 곱빼기로."

사장도 점심을 굶은 모양이었다. 짜장면이 오자 두 사람은 재단대에 마주앉았다. 나무젓가락의 종이를 벗겨내면서 사장은 어서 먹으라는 눈짓을 보내었다. 사장네 집에 있을 때가 생각났다. 아침에 밥상을 앞에 놓고 사장이 세수를 마치길 기다리노라면 물 묻은 얼굴을 흔들면서 곧잘 그런 눈짓을 보내주곤 했었다. 그들이 짜장면을 먹는 동안에도 전화벨은 두 번이나 울렸다.

"받지 마. 어차피 오늘은 글렀어."

입가에 꺼멓게 짜장을 묻혀놓고 있는 사장의 꺼칠한 얼굴을 외면한 채 그는 열심히 젓가락에 면발을 감아올렸다. 그들은 어디에 있을까. 그는 문득 바깥, 땅 위의 어딘가를 딛고 있을 동료들을 떠올렸다. 그리고 사장을 보았다. 다른 때 같으면 사장은 땅 위의 어딘가에 있을 것이고, 그들은 여기에 박혀 있을 것이었다. 사장은 여기, 지하하고는 아무 연관이 없는 사람이라고 생각했던 것은 아닐까. 한쪽 손으로는 연신 이마의 땀을 훔쳐내며, 또 한 손으로는 짜장면을 둘둘 감아올리는 사장의 모습이 전혀 낯설지 않다는 사실에 그는 놀라고 있었다.

잠시 후 사장이 먼저 그릇을 비워내고 이어 그도 젓가락을 내려놓았다. 다 먹은 그릇들을 입구 쪽에 내다놓은 다음 그는 화장지를 말아쥐고 이층으로 올라갔다. 위 속에 무언가를 집어넣은 후에는 반드시 화장실로 쫓아가는 것은 이미 그의 버릇이었다. 물론 공장에 있을 때만의 버릇이었다. 배설시켜야 할 무엇을 담아둔 채 지하실방으로 돌아가는 일을 겁내하는 탓이었다. 거의 이십 분씩이나 안간힘을 써가면서, 때로는 성공을 위한 주술까지 시험해가면서 화장실에 박혀 있다가 그는 별수없이 들고 간 화장지를 고스란히 다시 쥐고 지하로 내려왔다. 식곤증 때문인지 사장은 의자 등받이에 머리를 얹어놓은 채 졸고 있었다. 안락함 따위는 무시되고 걸상의 기본틀만 겨우 갖추고 있는 의자의 등받이는 사장의 고개를 편안히 받치기로는 높이가 너무 낮았다. 게다가 재단대 위에 발 하나를 얹고 있어서 자세가 사뭇 엉망진창이었다. 잠을 자기로 한다면야 의자를 몇 개 붙여놓아도 될 것이고 원단 뭉치에 등을 기대고 졸아도 괜찮을 터였다.

아마도 잠깐의 노곤함을 못 이긴 졸음일 것이었다. 사장의 잠을 깨우지 않기 위해서 그는 맨 아래 계단에 그대로 걸터앉았다. 한 시간 남짓이면 동료들이 돌아올 시각이었다. 부리는 일꾼들이 단행한 느닷없는 스트라이크에 사장은 어떤 해결책을 마련한 것인지, 그는 사장의 꺾여진 얼굴을 넘겨다보았다. 입은 쩍 벌려 있고 구겨진 미간 밑으로 두 눈은 힘겹게 닫혀 있었다. 마치 잠들어 있으면서도 세상을 향해 눈살을 찌푸리고 있는 듯이 보였다. 좀더 편하게 잘 수도 있으련만. 사장의 머리를 괴어줄 만한 마땅한 것을 찾아보려고 그는 몸을 일으켰다. 그때 계단을 밟고 내려오는 누군가의 부주의한 슬리퍼 소리가 들려왔다. 문기사였다. 그는 자신도 모르게 입술에 손을 얹었다.

"있어?"

문기사도 덩달아 잔뜩 목소리를 낮추었다. 그는 몇 계단 위로 올라앉으면서 고개를 끄덕였다.

"왜 혼자 와요?"

"집에 들렀다가……. 윤기사네 공장에 가봤어."

그래도 속으로는 걱정이 대단했던 모양이었다. 남보다 먼저 윤기사, 아니 윤사장의 공장에 자리를 확보해두려고 머리를 굴렸는지도 모를 일이었다. 여태까지는 오토바이 정씨와 가장 죽이 잘 맞던 문기사가 가시 돋친 목소리로 정씨를 헐뜯기 시작했다.

"배달 때마다 물건 몇 개씩 빼가는 거야 나도 알았다구. 요새는 바쁜 틈을 타서 꽤 많이 해먹었나봐. 사장이 진작부터 벼르고 있었던 걸 눈치챈 게지. 그래놓고는 우리들 꼬드겨서 데모 주동을 벌인 거야. 사장 입막음하려는 작정이지 뭐. 윤기사네 공장에 자리가 어 딨어? 일손 부족하다는 소리는 하지도 않았대."

문기사의 속살거리는 이야기를 들으면서 그는 머릿속으로 최소한의 생활비, 송금할 액수, 가게 외상값 따위를 펼쳐보고 있었다. 비집고 들어가기로 친다면야 일자리는 있겠지만 당장의 계획들은 실타래처럼 엉클어질 게 뻔한 노릇이었다.

"뭐라고 해? 사람 맞추어놓았다고 안 그래?"

문기사가 울상을 지어보였다. 고주파 밟는 문기사가 울상을 짓는 판인데 그가 태평할 수 없었다.

"그런 말은 없었어요. 되게 피곤한 모양이에요. 몇 장 찍어놓고 한숨 눈 붙이고 마는데요……."

사장은 원래 말이 없는 사람이었다. 거의 일 년째 같이 있어 보았지만 시원스레 웃는 모습도 본 적이 없었다. 살아온 세월이 지난하면 지난한 만큼 요즘 같은 호경기에는 웃음을 보일 만도 하련만 좀체 빽빽한 표정을 지울 줄 모르는 것이었다.

"시간 다되어가지? 월급 줄 돈은 은행에서 찾아왔나? 설마 이 공장에서의 마지막 월급은 아니겠지."

엉덩이를 털면서 일어서는 문기사를 따라 그도 엉거주춤 몸을 일으켰다.

오토바이 정씨를 앞장세운 일행은 여섯시를 이십 분 남기고 돌아왔다. 잠에서 깨어나 몇 개비째 담배를 태우고 있던 사장이 모인 사람들을 흘낏 쳐다보았다. 굴속 같은 지하에서 벗어나 한나절 동안 일없이 빈둥거리고 온 동료들은 괜히 무렴하여 벽을 쳐다본 채 사장의 입이 열리길 기다리고 있었다. 모르긴 몰라도 그들 모두 바깥 세상에서의 한나절을 감당하는 일에 진이 빠져 있을 것이었다. 무엇보다도 배기사의 축 늘어진 어깨가 그 사실을 느끼게 해주었다. 고주파 기계를 다루는 솜씨말고는 그의 어깨를 추켜올릴 그 무엇도 지상에는 없었을 것이 분명했다. 사장은 이윽고 지니고 다니는 검은 손가방에서 준비해놓은 월급 봉투를 꺼내었다. 사장이 월급 봉투를 나누어주는 동안 아무도 입을 여는 사람은 없었다.

"이번 달엔 좀 많을 거야. 주욱 야근들을 했으니까. 그리고, 얼마 안 되지만 몇 푼 더 넣었으니까 그런 줄 알고."

그들 중 누구도 봉투 안을 들여다보지는 않았다. 계면쩍을 땐 늘 그렇듯이 뒤통수를 문지르며 사장이 말을 이었다.

"이제 겨우 빚이 가려지나 하는 중인데……. 자네들이나 나나, 뭐 다를 게 있어야 말이지."

혼잣말처럼 나직한 목소리였으나 사장의 말을 못 알아들은 사람은 없는 것처럼 보였다. 정씨가 큼큼 헛기침을 하며 사장의 시선을 피했고, 박군과 나씨는 눈을 껌벅껌벅하고 있었다.

"지금부터라도 몇 시간 찍어낼까요. 어지간히 닦달들을 해댈 텐데……."

문기사의 제안이었다.

"그러면이야 고맙겠지만."

사장은 또 뒤통수를 문질러댔다.

"이왕지사 일이 이렇게 된 것, 오늘은 그냥 말자구."

배기사가 어깨를 곧추세우며 끼어들었다. 모두들 눈이 일시에 배기사에게 쏠렸다.

“욕할 놈은 욕하라 하고, 우리는 내일부터 일 시작합시다. 그리고 빚 좀 가려지거든 보너스 구경도 좀 시켜주시구려.”

나중 말은 사장에게 하는 소리였다. 그때쯤엔 배기사의 어깨에도 빳빳하게 힘이 들어가고 있었다.

사장이 사주는 저녁까지 얻어먹고 돌아오는 길인데도 섬머타임 속의 얄궂은 여름해는 아직 시청 옥상의 안테나에 빨긴 녹물처럼 묻어 있었다. 식당 화장실에 들어가서 낮 동안에 먹었던 것들이 배설되도록 끙끙거려보긴 했으나 역시 허탕을 쳤던 그는 멀리로 김반장의 형제슈퍼가 보이자 불안함을 감추지 못하였다. 벌써부터 뱃속이 부글부글 끓는 듯한 느낌을 지울 수가 없었다. 아까 식당에서 나씨가 한 말이 생각났다.

“자네 또 변소에 가서 염불하다 오는 거여? 이런 쑥맥. 주인 여자하고 담판을 해봐, 담판을! 입 뒀다 뭐 해?”

그러더니 은근히 목소리를 낮추고 이렇게 말하였다.

“오늘 좀 보라구. 하루 놀았지, 몇만 원씩 얹어 받았지, 이렇게 돼지갈비까지 뜯고 있지, 생기는 게 좀 많냐구.”

나씨 말이 맞는 것 같았다. 아니, 정말로 나씨 말대로 해봐야겠다고 그는 다짐했다. 문이 열릴 때까지 죽치고 기다리면 될 것 아닌가. 문이 열리면 밀고 들어가서 열쇠를 내줄 때까지 절대 물러서지 않을 것이다.

마침내 그는 지하의 자기 방으로 가지 않고 곧장 주인집으로 향했다. 딩동 딩동. 초인종은 그의 마음과는 달리 경쾌하게 집안으로

울려퍼지고 있었다. 딩동 딩동 딩동. 문은 쉽사리 열릴 것 같지 않았다. 연신 눌러도 보고, 돌아가지 않는 손잡이를 흔들기도 하면서, 주먹을 불끈 쥐고 탕탕탕 문을 두들겨보기도 하면서 그는 하염없이 서 있었다. 입은 두었다 뭐 하냐지만 사람이 나와야 담판을 짓든 사정을 하든 할 게 아닌가. 굳건하게 버티고 있는 철문을 한번 노려본 뒤 그는 지하실방으로 내려왔다. 방문을 열자 기다렸다는 듯이 퀴퀴한 냄새가 밀려왔다. 의자 위로 올라서서 들창문부터 열어놓은 뒤 그는 밀쳐놓은 이불을 베개 삼아 반듯이 드러누웠다. 모처럼 일찍 돌아왔고 수돗물이 나오는 날이기도 하니까 밀린 빨래라도 해두는 게 좋으리라 싶었지만 지금 당장은 몸을 움직이고 싶지 않았다. 아직 장마철도 아닌데 비닐 방바닥에선 물기가 돋아나고 있었다. 이러다가 잠이 들고 말지, 하는 걱정을 했었던가. 깜박 졸았나 싶었는데 멀리 위, 들창문 바깥이 소란스러워 그는 번쩍 눈을 떴다.

"도대체 어떤 놈이야! 똥쌀 데가 없으면 처먹지를 말아야지."

칼끝 같은 목소리에 놀란 그는 자신도 모르게 불끈 일어섰다. 분명 그에게 던진 말이라고 생각되었지만 목소리만으로는 누구인지 알아낼 수가 없었다. 원미동 거리에서 노상 들려오는 귀에 익은 목소리는 아니었다.

"맞심더. 냄새가 나서 못 살겠다 아입니꺼. 치워봤자라예. 또 쌀끼 분명한테 우찌 당할 낍니꺼."

대답하는 목소리는 지물포 주씨가 틀림없었다. 그러고보니 고무호스에서 뿜어져나오는 세찬 물소리가 바로 지척에서 들려오는 듯했다. 그는 들창문 가까이 귀를 대고서 바깥의 소리를 하나도 놓치지 않으려고 온 신경을 쏟았다. 땅에 뿌려지는 물줄기는 지표를 두드리고 지하로 스며들어 금세 그의 가슴까지 축축하게 적시는 것 같았다.

"똥파리가 얼마나 극성이라구요. 하루 이틀도 아니고……."

여자의 음성도 끼어들었다. 높은 소프라노가 당장 시내 엄마인 것을 알게 했다.

"하기사 요렇게 말짱하게 치워놓으면 지도 사람인 이상 또 싸겠습니꺼. 아주 안방맨크롬 맨들맨들하게 물청소를 해놓아야 됩니더."

그러더니 물줄기 떨어지는 소리가 한결 높아졌다.

"아침에 차 빼라고 보면 꼭 그 모양이지 뭡니까. 오늘 아침엔 뭔가 물컹 밟히길래 보니까, 아이구 참 재수없게시리……."

귀에 익지 않은 목소리의 주인공이 허허 웃었다. 아침의 실수 때문에 종일토록 벼르다가 고무호스 들고 나온 초콜릿빛 자가용의 주인인 모양이었다. 얼굴이 뜨뜻해짐을 느끼면서 그는 털썩 주저앉았다.

제발, 하고 빌고 또 빌었지만 허사였다. 눈을 뜨고 나서 얼마간 뒤척이다 보니까 어김없이 석왕사의 둔탁한 종소리가 새벽공기를 가르며 들려왔다. 그리고 연달아서 교회의 차임벨들이 울려나왔다. 어제와 조금도 다를 바가 없었다. 서서히 뒤틀려오는 아랫배의 조짐까지도 똑같았다. 다리를 한껏 오므린 채 그는 심호흡을 하였다. 초콜릿빛 자가용 뒤가 아니더라도 찾아보면 몇 군데쯤 은밀한 곳을 발견할 수 있을지도 몰랐다. 너무 집 가까운 곳을 택했었다는 후회가 밀려왔다. 좀 멀리서 찾아봤어야 했다. 정 급하면 강노인이 채소 농사를 짓는 밭고랑도 한 번쯤은 이용할 수 있었다. 오이 덩굴에 몸을 숨길 수도 있고 꽤 자란 고추밭도 괜찮을 것이었다. 똥쌀 데가 없으면 처먹지를 말아야지. 칼끝 같은 목소리만 아니었으면 그럴 수도 있을 것이었다. 허우대가 큼직하고 입이 걸은 강노인한테서는 그보다 훨씬 더한 욕설이 나올 게 틀림없었다. 이러지도 저러지도 못 하는 사이 등줄기에서는 식은땀이 차오르기 시작했다. 저도 사람인데 또 싸겠습니꺼. 주씨의 걸걸한 음성이 또 한 번 그의 얼굴을 달아오르게 하였다. 사람 노릇을 못 하게 한 자가 누구인가. 그는 배를 움켜쥐고 앉았다. 이마엔 땀이 배고 팔뚝으로는 좁쌀 같은 소름이 후르르 솟아올랐다. 눅눅한 이부자리에 머리를 처박아보기도 하고 일어서서 좁은 방을 맴돌기도 해보았지만 아무런 소용도 없었다. 낮 동안엔 그렇게도 안 나오던 것이 왜, 하필 이 방안에만 들어오면 용틀임을 하는지, 그는 자신의 알 수 없는 뱃속 때문에 한없이 절망하였다. 그리고 맹렬한 적개심과 함께 주인 여자의 붉은 입술이 떠올랐다. 이 밤만 넘기고 나면, 무사히 이 밤만 넘기고 나면 발길질을 하고 문을 두들겨 부숴서라도 여자를 만나고야 말리라. 곰팡이 냄새나는 벽지에 볼을 비비면서 그는 이 깊은 어둠이 어서 걷혀주기를 간절히 소원하였다.

어떻게 잠들 수 있었는지, 눈을 떴을 때 그는 방문 앞의 맨바닥에 새우처럼 몸을 구부리고 엎드려 있었다. 처음에 그는 자신이 잠들어 있었다는 사실조차 알지 못하였다. 아까까지의 몸부림이, 그 지독한 고통이 눈을 뜨자마자 선연히 떠올랐다. 여섯시 이십분, 시계를 볼 수 있을 만큼 밝아진 방안이 그를 위로하였다. 결국 사람 노릇을 해낸 셈인가, 그런 생각을 하고 있는데 바로 옆에서 쨍그렁, 유리창 깨지는 소리가 들려왔다. 그러고보니까 그의 잠을 깨운 것도 바로 저 소리였다. 아니면 그의 들창문 앞으로 유리 파편들이 쏟아져 내리는 소리였을지도 몰랐다. 그는 숨을 죽였다. 아주 짧은 순간 그는 자신을 겨냥하고 날아드는 돌멩이를 생각했다. 도대체 어떤 놈이냐고 씨근덕거리던 자가용 사내의 손에 들려진 모난 돌멩이까지 보아버린 듯한 느낌이었다. 바로 그 순간 또 한 장의 유리가 박살이 났다. 이어서 들창문 밖으로 우박처럼 유리 조각들이 쏟아져 내렸다. 어떤 것들은 들창문에 튕겨지기도 하였다.

"문 열어! 문 열란 말야!"

숨소리까지 손에 잡힐 듯 바로 앞에서 여자의 독기 어린 목소리가 들려왔다. 그리고 조금 있으려니 이번에는 벽이 쿵쿵 울리도록 어느 집의 현관문을 두들기는 소리가 났다.

"문 열어! 다 알고 왔으니 문 열란 말야!"

구둣발로 문을 걷어차기도 하는 모양이었다. 여자의 짓이라고는 믿어지지 않을 만큼 난폭한 발길질이 계속되고 있는 어느 한 순간, 그는 자신의 귀를 의심하였다. 발길에 차이고 있는 문은 분명히 102호였다. 틀림없이 102호 앞에서 여자의 구두굽 소리가 난무하고 있었다. 불과 몇 시간 전에 그가 맹렬한 적개심으로 때려부수겠다고 다짐한 바로 그 문이었다. 대체 어떻게 된 일인가. 새벽의 난입자는 앞뒤로 분주히 오가면서 현관문을 두들기고, 베란다의 유리창에 돌을 던졌다. 현관문이 부서지거나 말거나, 베란다의 창문들이 와장창 깨지거나 말거나 안에서는 숨소리 하나 들려오지 않았다. 너무나 완강한 침묵이었으므로 모르는 사람 같으면 빈집이라고 믿어버리기 십상일 것이었다. 닫힌 현관문 안의 지독한 침묵을 숱하게 경험했던 그조차도 혹시, 하는 의구심이 생겨났을 정도였다. 하지만 난입자는 확실하게 행동하였다.

"문 열어! 다 알고 왔어! 문 열어!"

쾅쾅 두들기는 소리에 벽이 울리는가 하면 와장창 유리가 박살이 나고 파편이 우박처럼 쏟아졌다.

"남의 사내 가로채고 살면서 무사할 줄 알았더냐. 이년, 문 열어."

마침내 난입자의 정체가 밝혀졌다. 난폭하게 굴고 있는 여자는 본처였고 시방 저 안에서 부들부들 떨고 있는 여자는 시앗인 모양이었다. 누가 와도 좀체 문을 열지 않는다는 주인 여자의 선홍빛 손톱이 떠올랐다. 마음놓고 문을 열어줄 수 없었던 주인 여자의 속사정 때문에 그 또한 사람 노릇을 제대로 못 한 셈이었다.

"이래도 문 안 열거야? 문 열어! 열라구."

이번엔 아주 큰 돌멩이가 날아간 듯했다. 요란한 파열음과 함께 유리조각들이 한참이나 땅으로 쏟아졌다. 더 이상 깨뜨릴 유리가 남아 있을 것 같지 않다는 생각으로 그는 설레설레 고개를 흔들었다.

아닌게아니라 그의 생각이 틀리지 않은 듯, 이내 쇠난간을 뛰어넘는 난입자의 거친 움직임이 들려왔다. 들창문을 조금 비껴서 바로 위에 102호의 난간이 있었다. 땅에서 난간까지의 높이가 웬만한 어른 키만큼이었는데 유리창이 박살난 판이라 뛰어넘자면 그다지 어려운 일도 아닐 터였다. 이제 어떤 일이 일어날 것인가. 정부(情夫)와 함께 새파랗게 질려 있을 주인 여자를 상상하면서 그는 조마조마한 심정으로 사태의 진전을 지켜보았다. 이윽고 여자의 악쓰는 소리, 와장창 부서지는 소리, 울부짖는 소리들이 한꺼번에 밀려오기 시작했다. 유리창을 깨부수고 나면 당연히 베란다를 통해 본처가 들어오리라는 사실을 알지 못했던가. 차라리 처음부터 문을 열어주었더라면 이만한 소동은 없었을 게 아닌가. 그는 주인 여자의 미련한 고집이 안쓰러웠다. 보나마나 동네 사람들 모두가 그 난장판을 구경하였을 것이었다. 이상한 일이었다. 주인 여자를 향해 솟구치던 적개심은 어느 순간 먼지처럼 날아가버렸다. 이제는 미워할 대상도 사라져버렸다는, 집주인을 잘못 만난 자신의 재수없음을 어쩔 것이냐는 생각이 그를 쓸쓸하게 만들 뿐이었다.

출근길에 그는 102호의 폐허 같은 모습을 보았다. 소란을 피우던 본처는 돌아간 듯싶었다. 집 안은 무섭도록 조용하였다. 바깥으로 난 창문이란 창문은 모조리 깨져 있었다. 베란다뿐만 아니라 안방 창문도 남아 있지 않았다. 그의 들창문 앞에는 수북하게 파편들이 쌓여 있었고 날카로운 햇빛의 반사가 그것들을 번쩍번쩍 빛나게 하였다. 지나는 사람들마다 가릴 것 없이 드러난 집 안을 기웃기웃 들여다보았다. 동네 사람들도 나와서 한바탕의 난리에 대해 수군거리고 있었다. 행복사진관 앞에서 102호를 구경하고 있는 엄씨와 주씨의 시선이 자기에게 옮겨올까봐 그는 빠른 속도로 걸어갔다. 초콜릿빛 자가용은 이미 보이지 않았고 주위에 비해 그 자리만 유난히 말끔한 것이 한눈에 들어왔다.

얼마큼이나 걷다가 그는 문득 뒤를 돌아다보았다. 바로 앞의 강노인 밭은 초록의 푸성귀들로 싱싱한 데 반해 102호의 뻥 뚫린 모습은 한없이 을씨년스러웠다. 바깥의 햇볕이 너무 밝고 강렬한 탓일까, 동굴 속처럼 어둡게 보이는 집 안은 섬뜩한 느낌마저 불러일으켰다. 그토록이나 자신을 거부했던 102호가 고작 저런 모습이었던가 생각하니 허망하기도 하였다. 그는 오랫동안 그 자리에 서 있었다. 지하의 자기 방과 다를 바 없는 동굴 같은 102호의 모습을 그는 보고 또 보았다. 등허리로 쏟아지는 햇살은 아침인데도 뜨겁기만 하였다. 땅 밑, 그의 방은 아무리 하여도 보이지 않았다. 들창문조차 찾아낼 수 없었다. 동굴같이 보이는 102호 밑으로 또 하나의 동굴이 있다는 엄연한 사실을 그는 믿을 수가 없었다.

언제까지나 그러고 있을 수는 없었다. 그는 몸을 돌려 자신이 가야 할 길을 쳐다보았다. 멀리 보이는 사거리에서 왼쪽으로 돌면 공장이 있었다. 지금부터 가야 할 곳 역시 또 하나의 동굴이란 사실까지는 미처 깨닫지 못한 채 그는 발길을 재촉했다. 아침부터 푹푹 찌는 날씨였다. 목덜미는 이미 끈끈하게 젖어 있고 몸을 움직일 때마다 옷에 밴 퀴퀴한 곰팡이 냄새가 풍겨왔다. 지하생활자들만의 냄새였다.

[『문학사상』, 1987. 8]

한계령

•

전화에서 흘러나오는 여자의 목소리는 지독히도 탁하고 갈라져 있었다. 얼핏 듣기에는 여자인지 남자인지 구분하기가 힘들 정도였다. 그 목소리를 듣자 나는 곧 기억의 갈피를 젖히고 음성의 주인공을 찾아보기 시작했다. 내게 전화를 건 적이 있는 그런 굵은 목소리의 여자는 두 사람쯤이었다. 한 명은 사보 편집자였고 또 한 명은 출판인이었다. 두 사람 다 만나본 적은 없었지만 아무래도 활동적이고 거침이 없는 여걸이 아니겠냐는 선입견을 가지고 있는 터였다.

두 사람 중의 하나라면 사보 편집자이기가 십상이라고 속단한 채 나는 전화 저편의 여자가 순서대로 예의를 지켜가며 나를 찾는 것에 건성으로 대꾸하고 있었다. 가스레인지를 켜놓고 무언가를 끓이고 있던 중이어서 내 마음은 급하기 짝이 없었다. 급한 내 마음과는 달리 여자는 쉰 목소리로 또 한 번 나를 확인하고 나더니 잠깐 침묵을 지키기까지 하였다. 그리고는 대단히 자신 없는 목소리로 이렇게 말하였다.

"혹시 전주에서…… 철길 옆 동네에서 살지 않았나요?"

수필이거나 꽁트거나 뭐 그런 종류의 청탁 전화려니 여기고 있던 내게는 뜻밖의 질문이었다. 그러나 어김없이 맞는 말이기는 하였다. 나는 전주 사람이었고 전주에서도 철길 동네 사람이었다. 주택가를 관통하며 지나가던 어린 시절의 그 철길은 몇 년 전에 시 외곽으로 옮겨지긴 하였지만 지금도 철로연변의 풍경이 내 마음에는 고스란히 남아 있었다. 그렇다는 대답을 듣고나서도 전화 속의 목소리는 또 한 번 뜸을 들였다.

"혹시 기억할는지 모르겠지만 난 박은자라고, 찐빵집 하던 철길 옆의 그 은자인데……."

잊었더라도 할 수 없다는 듯이, 그리고 이십 년도 훨씬 전의 어린 시절 동무 이름까지야 어찌 다 기억할 수 있겠느냐는 듯이 목소리는 한층 더 자신이 없었다.

박은자. 그러나 나는 그 이름을 또렷이 기억하고 있었다. 얼마만큼이나 또렷하게 기억하고 있는가 하면 전화 속의 목소리가 찐빵집 어쩌고 했을 때 이미 나는 잡채가닥과 돼지비계가 뒤섞여 있는 만두속 냄새까지 맡아버린 뒤였다. 하지만 나는 만두 냄새가 난다고 말하지는 않았다. 세월이 그간 내게 가르쳐준 대로 한껏 반가움을 숨기고, 될 수 있으면 통통 튀지 않는 음성으로 그 이름을 분명히 기억하고 있음을 알렸을 뿐이었다. 그렇게 했음에도 반기는 내 마음이 전화선을 타고 날아가서 그녀의 마음에 꽂힌 모양이었다. 쉰 목소리의 높이가 몇 계단 뛰어오르고, 그러자니 자연 갈라지는 목소리의 가닥가닥마다에서 파열음이 튀어나오면서 폭포수처럼 말이 쏟아져 나오기 시작했다.

"반갑다. 정말 얼마 만이냐? 난 네가 기억하지 못할 줄 알았거든. 전화 할까 말까 꽤나 망설였는데……. 그런데 자꾸 여기저기에 네 이름이 나잖아? 사람들한테 신문을 보여주면서 야가 내 친구라고 자랑도 많이 했단다. 너 옛날에 만화책 좋아할 때부터 내가 알아봤어. 신문사에 전화했더니 네 연락처 알려주더라. 벌써 한 달 전에 네 전화번호 알았는데 이제서야 하는 거야. 세상에, 정말 몇 년 만이니?"

정확히 이십오 년 만에 나는 은자의 목소리를 듣고 있는 중이었다. 철길 옆 찐빵집 딸을 친구로 사귀었던 때가 국민학교 2학년이었으므로 꼭 그렇게 되었다. 여기저기 이름 석 자를 내걸고 글을 쓰다보면 과거 속에 묻혀 있던, 그냥 잊은 채 살아도 아무 지장이 없을 이름들이 전화 속에서 튀어나오는 경우가 더러 있었다. 물론 반갑기야 하고 추억을 떠올리게도 하지만 단지 그것뿐이었다. 서로 살아가는 행로가 다르다는 엄연한 사실을 확인하면서도 겉으로는 한번 만나자거나 자주 연락을 취하자거나 하는 식의 말치레만으로 끝나는 일회성의 재회였다.

그렇지만 찐빵집 딸 박은자의 전화를 받으리라고는 상상도 하지 않았었다. 그 애가 설령 어느 지면에서 내 이름과 얼굴을 발견했다손 치더라도 나를 기억할 수 있겠느냐고 전혀 자신 없어 한 것은 오히려 내 쪽이었다. 만에 하나 기억을 해냈다 하더라도 신문사에 전화를 해서 내 연락처를 수소문할 이유는 전혀 없었다. 우리들은 그저 60년대의 어느 한 해 동안 한동네에 살았을 뿐이었다. 지금 와서 돌이켜보면 나에게는 그 한 해가 커다란 위안이었지만 그 애에게는 지겨운 나날이었을 게 분명했다.

그 뜻밖의 전화는 이십오 년이란 긴 세월을 풀어놓느라고 길게 이어졌다. 무엇보다도 먼저 나는 그 애에게 왜 가수가 되지 않았느냐고 물을 참이었다. 검은 상처의 블루스를 너만큼 잘 부르는 사람은 아직 보지 못했노라고 말해주고 싶었다. 하지만 좀처럼 말할 기회가 주어지지 않았다. 어디어디에서 너의 짧은 글을 읽었다는 것과 네가 내 친구라는 사실을 믿지 않던 주위 사람들의 어리석음과 네 이름을 발견할 때의 기쁨이 어떠했는가를 그 애는 몇 번씩이나 되풀이 말하였다. 그런 이야기 끝에 은자가 먼저 자신의 직업을 밝혔다.

"난 어쩔 수 없이 여태도 노래로 먹고산단다. 아니, 그런데 넌 부천에 살면서 '미나 박'이란 이름도 들어보지 못했니? 네 신랑이 샌님이구나. 너를 한 번도 나이트클럽이나 스탠드바에 데려가지 않은 모양이네. 이래봬도 경인지역 밤업소에서는 미나 박 인기가 굉장하다구. 부천 업소들에서 노래 부른 지도 벌써 몇 년째란다. 내 목소리 좀 들어봐. 완전 갔어. 얼마나 불러제끼는지. 어쩔 때는 말도 안 나온단다. 솔로도 하고 합창도 하고 하여간 징그럽게 불러댔다."

그제서야 난 전화에서 흘러나오는 쉰 목소리의 다른 모습들을 떠올릴 수 있었다. 가수들의 말하는 음성이 으레 그보다 훨씬 탁했었다. 목소리가 그 지경이 될 만큼 노래를 불렀구나 생각하니 갑자기 가슴이 뜨거워졌다. 노래를 빼놓고 무엇으로 은자를 추억할 것인지 나는 은근히 두려웠던 것이다. 노래와는 전혀 무관한 채 보통의 주부가 되어 있다가 내게 전화를 했더라면 어떤 기분이었을까. 비록 텔레비전에 자주 출연하는 인기 가수가 아니더라도, 밤업소를 전전하는 무명 가수로 살아왔더라도 그 애가 노래를 버리지 않았다는 것이 내게는 중요했다. 그래서 나는 슬쩍 검은 상처의 블루스나 버드나무 밑의 작은 음악회, 그리고 비 오는 날 좁은 망대 안에서 들려주었던 가수들의 세계 따위, 몇 가지 옛 추억을 그 애에게 일깨워주었다. 짐작대로 은자는 감탄을 연발하면서 기뻐하였다. 그렇게 세세한 일까지 잊지 않고 있는 나의 끈질긴 우정을 그녀는 거의 까무러칠 듯한 호들갑으로 보답하면서 마침내는 완벽하게 옛 친구의 자리로 되돌아갔다.

그 밖에도 나는 아주 많은 부분을 기억하고 있었다. 그해 여름 장마 때 하천으로 떠내려오던 돼지의 슬픈 눈도, 노상 속치마바람이던 그 애의 어머니도, 다방 레지로 취직되었던 그 애 언니의 매끄러운 종아리도, 그 외의 더 많은 것들도 나는 말해줄 수 있었다. 그럴 수밖에 없는 것이 몇 년 전 나는 은자를 주인공으로 하는 유년 시절에 관한 소설을 한 편 발표한 적이 있었다. 소설을 쓰는 일이 과거를 되살려 불러낼 수도 있다는 것과 쓰는 작업조차도 감미로울 수 있다는 깨달음을 안겨준 소설이었다. 마치 흑백사진의 선명한 명암대비처럼 유난히 삶과 죽음의 교차가 심했던 유년의 한때를 글자 하나하나로 낚아올려내던 그때의 작업만큼 탐닉했던 글쓰기는 경험해본 적이 없었다. 육친의 철저한 보호 속에 갇혀 있다가 굶주림과 탐욕과 애증이 엇갈리는 세계로의 나아감, 자아의 뾰죽한 새 잎이 만나게 되는 혼돈의 세상을 엮어나가던 그 사이사이 나는 몇 번씩이나 눈시울을 붉히곤 했었다. 은자는 그때 이미 나보다 한 발 앞서 세상 가운데에 발을 넣고 있었다. 유행가와 철길과 죽음이 그 애의 등을 떠밀어서 은자는 자꾸만 세상 깊은 곳으로 나아가고 있었다. 그 애가 세상과 익숙한 것을 두고 나의 어머니는 '마귀새끼'라는 호칭까지 붙여줄 지경이었으니까. 흡사 유황불이 이글거리는 지옥의 아수라장처럼 무섭기만 했던 그 세상에서 나는 벌써 몇십 년을 살고 있는가. 아니, 살아내고 있는가…….

그러나 나는 은자에게 소설 이야기는 하지 않았다. 사실은 할 기회도 없었다. 어떻게 해서 밤업소 가수로 묶이고 말았는지를 설명하고 지금처럼 먹고살 만큼 되기까지 어떤 우여곡절을 겪었는지 대충 말하는 데만도 시간이 많이 걸렸다. 나는 고작해야 십몇 년 전에 텔레비전 전국노래자랑에 출전하지 않았느냐고, 그런 말을 들은 적이 있다는 것만 알려줄 수 있었을 뿐이었다.

"맞아. 그때 장려상인가 받았거든. 그리고 작곡가 선생님이 취입시켜준다길래 부지런히 쫓아다녔는데 밑천이 있어야 곡을 받지. 아까 전주 관광호텔 나이트클럽에서 잠깐 노래 부른 적이 있다고 했지? 그때가 스무 살이었어. 돈 좀 마련해서 취입하려고 거기서 노래 부른 거라구. 그러다 영영 밤무대 가수가 되고 말았어. 아무튼 우리 만나자. 보고 싶어 죽겠다. 니네 오빠들은 다 뭐 해? 참, 니네 큰오빠 성공했다는 소식은 옛날에 들었지. 암튼 장해. 넌 어때? 빨리 만나고 싶다. 응?"

전화로는 아무래도 이십오 년을 다 풀어놓을 수가 없다는 듯이 은자는 만나기를 재촉했다. 거절할 수도 없는 것이 매일 밤 바로 부천의 어느 나이트클럽에서 노래를 한다는 것이었다. 그녀의 무대는 밤 여덟시에 한 번, 그리고 열시에 또 한 번 있었으므로 나는 아홉시쯤에 시간 약속을 해서 나가야 했다. 작가라서 점잖은 척해야 한다면 다른 장소에서 만날 수도 있다고 그녀는 말하였다. 그래놓고도 작가라면 술집 답사 정도는 예사가 아니겠느냐고 제법 나를 부추기기도 하였다.

물론 나 역시 은자를 만나고 싶었다. 그러나 당장 오늘이나 내일로 시간을 정하라는 그녀의 성화에는 따를 수 없었다. 밤 아홉시면 잠자리에 들어야 할 딸도 있었고, 그 딸이 잠든 뒤에는 오늘이나 내일까지 꼭 써놓아야 할 산문이 두 개나 있었다. 이십오 년이나 만나지 않았는데 하루나 이틀 늦어진다고 무엇이 잘못되겠느냐, 매일 밤 부천에서 노래를 부른다면 기어이 만날 수는 있지 않겠느냐고 말을 했더니 은자는 갑자기 펄쩍 뛰었다.

"오늘이 수요일이지? 이번 주 일요일까지면 계약 끝이야. 당분간은 부천뿐 아니라 경인지역 밤업소 못 뛴단 말야. 어쩌다 보니 돈을 좀 모았거든. 찐빵집 딸이 성공해서 신사동에다 카페 하나 개업한다니까. 보름 후에 오픈이야. 이번 주일 아니면 언제 만나겠니? 넌 내가 안 보고 싶어? 아휴, 궁금해 죽겠다. 일단 한번 보자. 얼굴이라도 보게 잠깐 나왔다가 들어가면 되잖아? 너네 집이 원미동이랬지? 야, 걸어와도 되겠다. 그 옛날 전주로 치면 우리 집서 오거리까지도 안 되는데 뭘. 그땐 맨날 뛰어서 거기까지 놀러갔었잖아?"

넌 내가 보고 싶지도 않아? 라고 소리치는 은자의 쉰 목소리가 또 한 번 내 가슴을 뜨겁게 하였다. 그 닷새 중에 어느 하루, 밤 아홉 시에 꼭 가겠노라고 약속을 한 뒤에서야 우리는 비로소 긴 전화를 끊었다. 수화기를 내려놓으면서 나도 모르는 사이에 긴 한숨이 흘러나왔다. 이십오 년을 넘나드느라고 나는 지쳐 있었다. 그리고 현실로 돌아왔을 때 그제서야 나는 가스레인지의 푸른 불꽃과 끓고 있는 냄비가 생각났다. 황급히 달려가봤을 때는 벌써 냄비 속의 내용물이 바삭바삭한 재로 변해버린 뒤였다.

이상한 일이었다. 난데없는 은자의 전화가 아니더라도 나는 요즘 들어 줄곧 그 시절의 고향 풍경을 떠올리고 있었다. 하필 이런 때에 불현듯 그 시절의 은자가 나타난 것이었다. 고향에 대한 잦은 상념은 아마도 그곳에서 들려오는 큰오빠의 소식 때문일 것이었다. 때로는 동생이, 때로는 어머니가 전해주는 이야기들은 어떤 가족의 삶에서나 다 그렇듯이 미주알고주알 시작부터 끝까지가 장황했지만 뜻은 매양 같았다. 항상 꿋꿋하기가 대나무 같고 매사에 빈틈이 없어 도무지 어렵기만 하던 큰오빠가 조금씩 조금씩 허물어지고 있다는 것이었다. 처음에는 큰오빠의 말수가 점점 줄어들고 있다는 소식이 고작이었다. 자식들도 대학을 다닐 만큼 다 컸고 흰머리도 꽤 생겨났으니 늙어가는 모습 중의 하나일 것이라고, 식구들은 그렇게 여겼을 뿐이었다.

그때가 작년 봄이었을 것이다. 술이 들어가기 전에는 거의 온종일 말을 잊은 채 어디 먼 곳만을 쳐다보고 있는 날이 잦다고 어머니의 근심 어린 전화가 가끔씩 걸려왔었다. 건강이 좋지 않아 절제해오던 술이 폭음으로 늘어난 것은 그 다음부터였다. 때로는 며칠씩 집을 나가 연락도 없이 떠돌아다니기도 하였다. 온 식구가 발을 동동 구르며 애를 태우고 있으면 큰오빠는 홀연히 귀가하여 무심한 얼굴로 뜨락의 잡초를 뽑고 있기도 하였다. 그렇게 열심히 매달려왔던 사업도 저만큼 던져놓은 채 그는 우두망찰 먼 곳의 어딘가에 시선을 붙박아두고 있는 사람처럼 보였다. 어머니는 그런 큰오빠를 설명하면서 곧잘 "진이 다 빠져버린 것 같어……"라고 말하였다. 동생은 또 큰오빠의 뒷모습을 보면 눈물이 핑 돌 만큼 애달프다고 말하였다. 아닌게아니라 전화 저편의 어머니도 진이 빠진 목소리였고 동생 또한 목메인 음성이곤 하였다. 그것은 마치 믿고 있던 둑의 이곳저곳에서 물이 새고 있다는 보고를 듣는 것처럼 나에게도 허망한 느낌을 불러일으켰다.

그렇지 않아도 세상살이의 올곧지 못함에 부대껴오던 나날이었다. 나는 자연 튼튼하고 믿음직스러웠던 원래의 둑을 그리워하지 않을 수 없었다. 이제는 결코 젊다고 할 수 없는 나이의 그가, 더욱이 몇 년 전의 대수술로 건강마저 염려스러운 그가 겪고 있는 상심(傷心)의 정체를 나는 알 것도 같았다. 아니, 정녕 모를 일인 것처럼 여겨지기도 하였다. 그를 짓누르고 있던 장남의 멍에가 벗겨진 것은 겨우 몇 해 전이었다. 아버지가 없었어도 우리 형제들은 장남의 어깨를 밟고 무사히 한 몫의 사람으로 커올 수 있었다. 우리들이 그의 어깨에, 등에 매달려 있던 때 그는 늠름하고 서슬 퍼런 장수처럼 보였었다. 은자도 알 것이었다. 내 큰오빠가 얼마나 멋졌던가를. 흡사 증인(證人)이 되어주기나 하려는 듯 홀연히 나타난 은자를, 그 애의 쉰 목소리를 상기하면서 나는 문득 마음이 편안해졌다.

그러나 그날 밤에도, 다음 날 밤에도 나는 은자가 노래를 부르는 클럽에 가지 않았다. 그렇다고 그 애의 전화를 잊은 것은 절대 아니었다. 잊기는커녕 틈만 나면 나는 철길 동네의 풍경 속으로 걸어들어가곤 했다. 멀리는 기린봉이 보이고, 오목대까지 두 줄로 뻗어 있던 레일 위로는 햇살이 눈부시게 반짝이며 미끄러지곤 했었다. 먼지 앉은 잡초와 시궁창물로 채워져 있던 하천을 건너면 곧바로 나타나던 역의 저탄장. 하천은 역의 서쪽으로도 뻗어 있었고 그곳의 뚝방 동네는 홍등가여서 대낮에도 짙은 화장의 여인네들이 둑길을 서성이곤 했었다.

동네에서 우리 집은 아들 부잣집으로 일컬어졌었다. 장대 같은 아들이 내리 다섯이었다. 그리고 순서를 맞추어 밑으로 딸 둘이 더 있었다. 먹는 입이 많아서 어머니는 겨울 김장을 두 접씩 하고도 떨어질까봐 노상 걱정이었다. 둥근 상에 모여앉아 머리를 맞대고 숟가락질을 하다보면 동작 느린 사람은 나중에 맨밥을 먹어야 했다. 단 한 사람, 우리 집의 유일한 수입원인 큰오빠만큼은 언제나 따로 상을 받았다. 그 많은 식구들을 책임지고 있는 가장답게 큰오빠는 건드리다가 만 듯한 밥상을 물렸고 그러면 그 밥상이 우리 형제의 별식으로 차례가 오곤 했었다.

학교에서 나누어주는 옥수수빵 외에는 밀떡이나 쑥버무리가 고작인 우리들의 군것질 대상에서 은자네 찐빵이나 만두는 맛이 기가 막혔다. 그 애의 부모들이 평소 위생 관념에는 젬병이어서 어머니는 그 집 빵이라면 거저 주어도 먹지 말라고 신신당부를 했었지만 오빠들은 몰래 은자네 집을 드나들며 빵을 사먹곤 했었다. 비 오는 날, 오빠들이 서로서로의 옹색한 용돈을 털어내어 내게 시키는 심부름은 대개 두 가지였다. 은자네 찐빵을 사오는 일과 만화가게에서 만화를 빌려오는 일이었다. 돈을 보태지 않았으니 응당 심부름은 내 몫이었다. 은자네 집에 빵을 사러 가면 은자는 제 엄마 몰래 두어 개쯤 더 얹어주었고 만화가게까지 우산을 받쳐주며 따라오기도 했었다. 그 우산 속에서 은자는 목청을 다듬어 노래를 불렀다. 오빠들 몫으로 전쟁 만화를, 내 몫으로는 엄희자의 발레리나 만화를 빌려 품에 안고 돌아오는 길에 나는 은자의 노래를 듣고 또 듣곤 했었다. 우리 집 대문 앞에까지 왔는데도 노래가 미처 끝나지 않았으면 제자리에 서서 끝까지 다 들어주어야만 집에 들어갈 수 있었다.

사는 모양새야 우리 집보다 더 옹색하고 구질구질한 은자네였지만 그래도 그 애는 잔돈푼을 늘 지니고 있어서 우리 또래 아이들 중에서는 제일 부자였다. 가게에서 찐빵 판 돈을 슬쩍슬쩍 훔쳐내다가 제 아버지에게 들켜 아구구구, 죽는소리를 내며 두들겨맞는 은자를 나는 종종 볼 수 있었다. 은자 아버지는 은자만이 아니라 처녀인 그 애 큰언니도, 그 애의 어머니도 곧잘 때렸고 그래서 그 애네 집 앞을 지나노라면 아구구구, 숨넘어가는 비명쯤은 예사로 들을 수 있었다. 은자가 가수의 꿈을 안고 밤도망을 쳤을 때 그 애 아버지는 이미 이세상 사람이 아니었다. 만약 살아 있었다면 은자도 어린 나이에 밤도망을 칠 엄두는 못 냈을 것이었다. 가수가 되어 성공하면 돌아오겠노라던 은자는 그 뒤 철길 옆 찐빵집으로 금의환향하지는 못했다. 그 애가 성공하기도 전에 찐빵가게는 문을 닫았고 내가 기억하기만도 그 자리에 양장점 · 문구점 · 분식센터 · 책방 등이 차례로 들어섰었다. 그리고 지금, 은자네 찐빵가게가 있던 자리는 자취도 없이 사라졌다. 철길이 옮겨진 뒤 말짱히 포장되어 4차선 도로로 변해버린 그곳에서 옛 시절의 흙냄새라도 맡아보려면 아스팔트를 뜯어내고 나서야 가능할 것이었다.

금요일 정오 무렵 다시 은자에게서 전화가 왔다. 첫마디부터가 오늘 저녁에는 꼭 오라는 다짐이었다. 이미 두 번째 전화여서 그 애는 스스럼없이, 진짜 죄복쟁이 친구처럼 굴고 있었다.

"일어나자마자 너한테 전화하는 거야. 어젯밤에는 너 기다린다고 대기실에서 볶음밥 불러 먹었단다. 오늘은 꼭 오겠지? 네 신랑이 못 가게 하대? 같이 와. 내가 한잔 살 수도 있어. 그 집 아가씨 하나가 말야, 네 소설도 읽었다더라. 작가 선생이 오신다니까 팔짝팔짝 뛰고 난리야."

그러고나서 그 애는 아들만 둘을 두었다는 것과 악단 출신의 남편과 함께 사는 지금의 집이 꽤 값나가는 아파트라는 사실을 알려주었다. 그 애의 전화를 받고 난 뒤 내내 파리가 윙윙거리던 그 애의 찐빵가게만 떠올리고 있었던 것을 알고 있었다는 듯이 은자는 한창 때 열 군데씩 겹치기를 하던 시절에는 수입이 얼마였던가까지 소상히 일러주었다. 그 애가 잘살고 있다는 것은 어쨌든 기분 좋은 일이었다. 그래봤자 얼마나 부자일까마는 여태까지도 돼지비계 섞인 만두속 같은 퀴퀴한 냄새를 풍기고 있다면 얼마나 막막한 삶일 것인가.

"오늘 꼭 와야 된다. 니네 자가용 있지? 잠깐 몰고 나오면…….
뭐라구? 돈 벌어 다 어데 쌓아두니? 유명한 작가가 자가용도 없어
서야 체면이 서냐? 암튼 택시라도 타고 휭 왔다 가. 기다린다야."

그 애는 제멋대로 나를 유명한 작가로 만들어놓았다. 그리곤 자
가용이 없다는 내 말에 은자는 혀까지 끌끌 찼다. 짐작하건대 그 애
는 나의 경제적 지위를 다시 가늠해보기 시작했을 것이었다. 은자
는 그만큼 확신을 가지고 자가용이 있느냐고 물었으니까. 어쩌면
그 애는 스스로가 오너드라이버란 사실을 말하고 있는 건지도 몰
랐다. 은자는 내가 과거의 찐빵집 딸로만 자기를 기억하고 있는 것
을 몹시 안타깝게 여기고 있었다. 얼마나 달라졌는가를, 지금은 어
떤 계층으로 솟구쳤는가를 설명하는 쉰 목소리는 무척 진지하였다.
만나기만 한다면야 그 애의 달라진 현실을 확실히 알 수가 있을 것
이었다. 만남을 회피하지 않고 오히려 간곡하게 재회를 원하는 그
녀의 현실을 나는 새삼 즐겁게 받아들였다. 언젠가의 첫 여고 동창
회가 열렸던 때를 기억하고 있는 까닭이었다. 서울 지역에 살고 있
는 동창 명단 중에 불참자가 반 이상이었다. 물론 피치 못한 이유가
있어서 불참한 경우도 있겠지만 졸업 후의 첫 만남에 당당하게 나
타날 만한 위치가 아니라는 자괴심이 대부분의 이유였을 것이다.

은자의 전화가 있고 난 뒤 곧바로 전주에서 시외전화가 걸려왔
다. 고춧가루는 떨어지지 않았느냐, 된장 항아리는 매일 볕에 열어
두고 있느냐 등을 묻는, 자식의 안부보다는 자식의 밑반찬 안부를
주로 묻는 친정어머니의 전화였다. 나는 어머니에게 은자의 소식을

전했다. 이름을 언뜻 기억하지 못했어도 찐빵집 딸이라니까 얼른 "박센 딸?" 하고 받으시는데 목소리에 기운이 없었다. 어머니의 전화는 예사롭게 밑반찬 챙기는 것만으로 그칠 것 같지는 않았다. 따라서 나 역시 은자의 이야기를 길게 늘어놓을 일도 아니었다. 모녀는 잠깐 침묵을 지켰다. 어머니 쪽에서 무슨 말이 나오리라 기다리면서 나는 한편으로 전화 곁의 메모판을 읽어가고 있었다. 20매, 3일까지. 15매, 4일 오전 중으로 꼭. 사진 잊지 말 것. 흘려쓴 글씨들 속에 나의 삶이 붙박여 있었다. 한때는 내 삶의 의지였던 어머니의 나직한 한숨 소리가 서울을 건너고 충청도를 넘어 전라도 땅의 한 군데에서 새어나왔다.

"아버지 추도 예배 때 못 오것쟈?"

어머니는 겨우 그렇게 물었다. 노상 바쁘다니까, 이제는 자식의 삶을 지휘할 수 없다는 것을 잘 아니까 어머니는 오월이 가까워오면 늘 이렇게 묻는다. 그러나 오늘의 전화는 그것만도 아닐 것이다. 나는 잘 알고 있었다. 어젯밤에도 큰오빠는 어머니의 치마폭에 그 쇳조각 같은 한탄과 허망한 세월을 털어놓으며, 몸이 못 버텨주는 술기운으로 괴로워하며, 그 두 사람이 같이 뛰었던 과거의 행로들을 추억하자고 졸랐을 것이다. 어려웠던 시절의 뼈아픈 고생담을 이야기하면서, 춥고 긴 겨울밤을 뜬눈으로 지새우며 앞날을 걱정했던 그 시절의 암담함을 일일이 들추어가면서 큰오빠는 낙루도 서슴지 않았으리라. 어머니는 그런 큰아들 때문에 가슴이 미어지도록 슬펐을 것이다. 그렇지만 나는 끝내 입을 열지 않았다.

"네 큰오빠, 어제 산소 갔더란다. 죽은 지 삼십 년이 다 돼가는 산소는 뭐 헐라고 쫓아가쌓는지. 땅속에 묻힌 술꾼 애비랑 청주 한 병을 다 비우고 왔어야…….”

큰오빠가 공동묘지에 묻혀 있던 아버지를 당신의 고향땅에 모신 것도 벌써 오래전의 일이었다. 어린 시절, 추석날이면 나는 다섯 오빠 뒤를 따라 시(市)의 끝에 놓인 공동묘지를 찾아가곤 했었다. 큰오빠는 줄줄이 따라오는 동생들의 대열을 단속하면서 간혹 “니네들 아버지 산소 찾아낼 수 있어?” 하고 묻곤 했었다. 대열 중에서는 아무 대답도 나오지 않았다. 찾을 수 있거나 찾지 못하거나 간에 큰형 앞에서는 피식 멋쩍게 웃는 것이 대화의 전부인 오빠들이었다. 똑같은 크기의 봉분들이 산 전체를 빽빽하게 뒤덮고 있는 공동묘지에 들어서면 큰오빠는 한 번도 멈추지 않고 단숨에 아버지가 누운 자리를 찾아냈다.

세월이 흐르고 하나씩 집을 떠나는 형제들 때문에 성묘 행렬에 구멍이 생기기 시작하던 무렵, 큰오빠는 아버지 묘의 이장을 서둘렀었다. 지금에 와서는 단 한 번도 형제들 모두가 아버지 산소를 찾아간 적은 없었다. 산다는 일은 언제나 돌연한 변명으로 울타리를 치는 것에 다름 아니니까. 일 년에 한 번, 딸기가 끝물일 때 맞게 되는 아버지의 추도식만은 온 식구가 다 모이도록 되어 있었다. 그 유일한 만남조차도 때때로 구멍난 자리를 내보이곤 하였지만.

“박센 딸은 웬일루?”

전화를 끊으려다 말고 어머니는 가까스로 은자에 대한 호기심을 나타냈다. 기어이 가수가 된 모양이라고, 성공한 축에 끼였달 수도 있겠다니까 어머니는 “박센이 그 지경으로 죽었는데 그 딸이 무슨 성공을……" 하고는 나의 말을 묵살하였다. 은자의 언니를 다방 레지로 취직시킨 것에 앙심을 품은 망대지기 청년이 장인이 될지도 모를 박씨를 살해한 사건은 그해 가을 도시 전체를 떠들썩하게 했었다. 어머니는 아직도 찐빵집 가족들을 마귀로 여기고 있는 모양이었다. 유황불에서 빠져나올 구원의 사다리는 찐빵집 식구들에게만은 영원히 차례가 가지 않으리라고 믿는지도 몰랐다. 살아남은 자의 지독한 몸부림을 당신만큼은 더할 나위 없이 잘 알면서도 짐짓 그렇게 말하는 건지도 모를 일이었다.

어머니와의 통화는 언제나 그렇지만 마음을 심란하게 만들었다. 늦은 밤이나 이른 아침에 울리는 전화벨 소리가 가슴을 철렁 내려앉게 하듯이 요즘에는 고향에서 걸려오는 전화 또한 온갖 불길함을 예상하게 만들었다. 될 수 있는 한 외출을 삼가고 집에만 박혀 있는 나에겐 전화가 세상과의 유일한 통로인 셈이었다. 아마 전화가 없었다면 이만큼이나 뚝 떨어져 있을 수도 없을 것이다. 싫든 좋든 많은 이들을 만나야 하고 찾아가야 했으리라. 그런 의미에서 전화는 세상을 연결시키는 통로이면서 동시에 차단시키는 바람벽이기도 하였다. 고향에 대해서도 예외는 아니었다. 일 년에 한 번쯤이나 겨우 찾아가면서 그다지 격조함을 느끼지 못하는 이유는 전화가 있기 때문이었다. 또한 찾아가지 않아도 되게끔 선뜻 나서서 제 할 일을 해버리는 것도 전화였다.

마음이 심란한 까닭에 일손도 잡히지 않았다. 대충 들춰보았던 조간들을 끌어당겨 꼼꼼히 기사들을 읽어나가자니 더욱 머리가 띵해왔다. 신문마다 서명자 명단이 가지런하게 박혀 있고 일단 혹은 이단 기사들의 의미 심장한 문구들이 명멸하였다. 봄이라 해도 날씨는 무더웠다. 창가에 앉으면 바람이 시원했다. 이층이므로 창에 서면 원미동 거리가 한눈에 내려다보였다. 행복사진관 엄씨가 세 딸을 거느리고 시장길로 올라가고 있는 게 보였다. 써니전자의 시내 아빠는 요즘 새로 산 오토바이 때문에 늘 싱글벙글이었다. 지금도 그는 시내를 태우고 동네를 몇 바퀴씩 돌고 있었다. 냉동오징어를 궤짝째 떼어온 김반장네 형제슈퍼는 모여든 여자들로 시끄러웠다. 김반장의 구성진 너스레에 누가 안 넘어갈 것인가. 오늘 저녁 원미동 사람들은 모두 오징어요리를 먹게 될 모양이었다. 그들이 아니더라도 거리는 소란스럽기 짝이 없었다. 부천시 원미동이 고향이 될 어린아이들이, 훗날 이 거리를 떠올리며 위안을 받을 꼬마치들이 쉴새없이 소리지르고, 울어대고, 달려가고 있었다.

얼마를 그렇게 창가에 있었지만 쓰다 만 원고를 붙잡고 씨름할 기분은 도무지 생겨나지 않았다. 이제 다시 전화벨이 울린다면 그것은 분명코 저 원고를 챙겨가야 할 충실한 편집자의 전화일 것이 분명했다. 그럼에도 불구하고 나는 불현듯 책꽂이로 달려가 창작집 속에 끼여 있는 유년의 기록을 들추었다. 그 소설은 낮잠에서 깨어나 등교 시간인 줄 알고 신발을 거꾸로 꿰어신은 채 달려가는 이야기로부터 시작되고 있었다. 눈물주머니를 달고 살았던 그때, 턱없이 세상을 무서워하면서 또한 끝도 없이 세상을 믿었던 그때의 이야기들은 매번 새롭게 읽혀지고 나를 위안했다. 소설 쓰는 것을 업으로 삼는 자가 자기가 쓴 소설을 읽으며 위안을 받는다는 사실을 어떻게 설명해야 할지 모른다. 깊은 밤 한창 작업에 붙들려 있다가도 마음이 편치 않으면 나는 은자가 나오는 그 소설을 읽었다. 시간을 거꾸로 돌려서, 자꾸만 뒷걸음쳐서 달려가면 거기에 철길이 보였다. 큰오빠는 젊고 잘생긴 청년이었고 밑의 오빠들은 까까중머리의 남학생이었다. 장롱을 열면 바느질통 안에 아버지 생전에 내게 사주었다는 연지 찍는 붓솔도 담겨 있었다. 아직 어린 딸에게 하필이면 화장도구를 사주었는지 지금에 와서 생각하면 알 듯도, 모를 듯도 싶은 장난감이었다.

네 큰오빠가 아니었으면 다 굶어죽었을 거여. 어머니는 종종 이런 말로 큰아들의 노고를 회상하곤 했지만 그 말은 사실이었다. 떠도는 구름처럼 세상 저편의 일만 기웃거리며 살던 아버지는 찌든 가난과, 빚과, 일곱이나 되는 자식을 남겨놓고 갑자기 세상을 떠났다. 가장 심하게 난리 피해를 당했던 당신의 고향 마을에서도 몇 안 되는 생존자로 난리를 피한 아버지였다. 보리짚단 사이에서, 뒤뜰의 고구마움에서 숨어 살며 지켜온 목숨이었는데 도시로 나와 아버지는 곧 이승을 떠나버렸다. 목숨을 어떻게 마음대로 하랴마는 어머니에게 있어 그것은 결코 용서 못할 배반이었다. 나는 그래도 연지붓솔이나 받아보았다지만 내 밑의 여동생은 돌을 갓 넘기고서 아버지를 잃었다.

아버지 살았을 때부터 야간대학을 다니면서 생계를 돕던 큰오빠는 어머니와 함께 안간힘을 쓰며 동생들을 거두었다. 아침이면 우리들은 차마 입을 뗄 수 없어 수도 없이 망설이다가 큰오빠에게 손을 내밀었다. 회비·참고서값·성금·체육복값 등등 내야 할 돈은 한없이 많았는데 돈을 줄 사람은 하나밖에 없었다. 밑으로 딸린 두 여동생들에겐 관대하기만 했던 큰오빠의 마음을 이용해서 오빠들은 곧잘 내게 돈 타오는 일을 떠맡기곤 했었다. 밑으로 거푸 물려줘야 할 책임이 있는 셋째오빠의 부대자루 같은 교복이, 윗형 것을 물려받아서 발목이 드러나는 교복바지의 넷째오빠가, 한 번도 새 옷을 입은 적이 없다고 불만인 다섯째오빠의 울퉁불퉁한 머리통이 골목길에 모여서서 나를 기다렸다. 나는 오빠들이 일러준 대로 기성회비·급식값·재료비 따위를 큰오빠 앞에서 줄줄 외우고 있는 중이었다. 공장에서 돈을 찍어내도 모자라겠다. 그러면서 큰오빠는 지갑을 열었다.

자라면서 나 역시 그러했지만 오빠들은 큰형을 아주 어려워했다. 아무리 맛있는 음식이라도 큰형이 있으면 혀의 감각이 사라진다고 둘째가 입을 열면 셋째도, 넷째도, 다섯째도 맞장구를 쳤다. 여름의 어떤 일요일, 다섯 아들이 함께 모여 수박을 먹으면 큰오빠만 푸아푸아 시원스레 씨를 뱉어내고 나머지는 우물쭈물하다가 씨를 삼켜버리기 예사였다. 두레박으로 물을 길어올려 등목이라도 하게 되면 큰오빠 등허리는 어머니만이 밀 수 있었다. 둘째는 셋째가, 셋째는 넷째가 서로서로 품앗이를 하여 등목을 하고 난 뒤 큰오빠가 "내 등에도 물 좀 끼얹어라" 하면 모두들 쩔쩔매었다. 우리 형제들뿐만 아니라 동네 사람들도 큰오빠를 예사롭게 대하지 않았다. 인조 속치마를 펄럭이고 다니면서 동네의 온갖 일을 다 참견하곤 하던 은자 엄마도 큰오빠가 지나가면서 인사를 하면 허둥지둥 찐빵가게로 들어갈 궁리부터 했으니까.

기다린다아, 고 길게 빼면서 끊었던 은자의 전화를 의식한 탓인지 나는 그날따라 일찍 저녁밥을 마쳤다. 서두르지 않더라도 아홉 시까지는 그 애가 일한다는 새부천클럽에 갈 수가 있었다. 작은방에서 책을 읽고 있던 남편도 아이야 자기도 재울 수 있으니 어서 가보라고 권하였다. 소설의 주인공이 부천의 한 클럽에서 노래를 부르고 있다는 사실에 대해 그 역시 은자에게 흥미가 많은 사람이었다. 시간은 자꾸 흘러가고 있었다. 아홉시가 가까워오자 아이는 연신 하품을 하기 시작했다. 재울 것도 없이 고단한 딸애는 금방 쓰러져 꿈나라로 갈 것이었다. 집 앞 큰길에는 귀가하는 이들이 타고온 택시가 심심치 않게 빈차로 나가곤 하였다. 일어서서 집을 나가 택시만 타면 되었다. 택시기사에게 "시내로 갑시다"라고 이르기만 하면 되었다. 그런데도 얼른 몸을 일으킬 수가 없었다.

여덟시 무대를 끝내고 은자는 내가 올까봐 입구 쪽만 주시하며 있을 것이었다. 아홉 시를 알리는 시보가 울리고 텔레비전에서 저녁뉴스가 시작될 때까지도 나는 그대로 있었다. 아이는 마침내 잠이 들었고 남편은 낚시잡지를 뒤적이면서 월척한 자의 함박웃음을 부러운 듯이 들여다보고 있었다. 몇 가지 낚시도구를 사들이고, 낚시에 관한 정보를 놓치지 않으려고 귀를 모으면서, 매번 지켜지지 않을 낚시 계획을 세우는 그는 단 한 번의 배낚시 경험밖에 없는 사람이었다. 단 한 번의 경험은 그를 사로잡기에 충분하였다. 어느 주말 홀연히 떠나가 낚싯대를 드리우게 되기까지는 그 자신 풀어야 할 매듭이 많은 사람이었다. 어떤 때 그는 마치 낚시꾼이 되기 직전의 그 경이로움만을 탐하는 것처럼 보이기도 하였다. 봉우리를 향하여 첫발을 떼는 자들이 으레 그렇듯 그는 세상살이의 고단함에 빠질 때마다 낚시터의 꾼들 속에 자기를 넣어두고 싶어했다. 나는 그가 뒤적이는 낚시잡지의 원색화보를 곁눈질하면서 미구에 그가 낚아올릴 물고기를 상상해보았다. 상상 속에서 물고기는 비늘을 번뜩이며 파닥거리고 시계는 은자의 두 번째 출연 시간을 가리키며 째깍거리고 있었다.

다음날 아침 어김없이 은자의 전화가 걸려왔다. 토요일이었다. 이제 오늘밤과 내일밤뿐이었다. 은자도 그것을 강조하였다.

"설마 안 올 작정은 아니겠지? 고향 친구 한번 만나보려니까 되게 힘드네. 야, 작가 선생이 밤무대 가수 신세인 옛 친구 만나려니까 체면이 안 서대? 그러지 마라. 네 보기엔 한심할지 몰라도 오늘의 미나 박이 되기까지 참 숱하게도 넘어지고 또 넘어지고 했으니까."

그렇게 말할 만도 하였다. 고상한 말만 골라서 신문에 내고 이렇게 해야 할 것 아니냐, 저렇게 되면 곤란하다, 라고 말하는 게 능사인 작가에게 밤무대 가수 친구가 웬말이냐고 볼멘소리를 해볼 만도 하였다. 나는 아무런 대꾸도 할 수 없었다. 박은자에서 미나 박이 되기까지 그 애는 수없이 넘어지고 또 넘어진 모양이었다. 누군들 그러지 않겠는가. 부천으로 옮겨와 살게 되면서 나는 그런 삶들의 윤기 없는 목소리를 많이 듣고 있었다. 딱히 부천이어서가 아니라 내가 부천 사람이어서 그랬을 것이었다. 창가에 붙어 앉아 귀를 모으고 있으면 지금이라도 넘어져 상처입은 원미동 사람들의 이야기를 들을 수 있었다. 넘어졌다가 다시 일어나고, 또 넘어지는 실패의 되풀이 속에서도 그들은 정상을 향해 열심히 고개를 넘고 있었다. 정상의 면적은 좁디좁아서 아무나 디딜 수 있는 곳이 아니라는 엄연한 현실도 그들에게는 단지 속임수로밖에 납득되지 않았다. 설령 있는 힘을 다해 기어올랐다 하더라도 결국은 내리막길을 마주해야 한다는 사실 또한 수긍하지 않았다. 부딪치고, 아등바등 연명하며 기어나가는 삶의 주인들에게는 다른 이름의 진리는 아무런 소용도 없는 것이었다. 그들에게 있어 인생이란 탐구하고 사색하는 그 무엇이 아니라 몸으로 밀어가며 안간힘으로 두들겨야 하는 굳건한 쇠문이었다. 혹은 멀리 보이는 높은 산봉우리였다.

은자는 마침내 봉우리 하나를 넘었다고 믿는 사람 중의 하나였다. 노래로는 도저히 먹고살 수 없어서 노래를 그만둔 적도 있었다고 했다. 처음의 전화 이후, 아니 더 정확히 말하면 내가 허겁지겁 달려나오지 않으리란 것을 그 애가 눈치챈 이후 은자는 하나씩 둘씩 자신의 과거를 털어놓곤 했었다. 싸구려 흥행단에 끼여 일본 공연을 갔던 적이 있었는데 돌아오지 않을 작정으로 마지막 공연날, 단체에서 이탈해 무작정 낯선 타국땅을 헤맨 경험도 있다는 말은 두 번째 전화에서 들었던가. 그런데 오늘은 더욱 비참한 과거 하나를 털어놓았다. 악단 연주자였던 지금의 남편을 만나 살림을 차린 뒤 극장식 스탠드바의 코너를 하나 분양 받았다가 빚더미에 올라앉게 되었던 모양이었다. 은자는 주안 · 부평 · 부천 등을 뛰어다니며 겹치기를 하고 남편 역시 전속으로 묶여 새벽까지 기타줄을 튕겨야 했다고 하였다. 첫아이를 임신하고 있는 중이었으나 부른 배를 내민 채 술집 무대에 설 수가 없었다. 코르셋으로, 헝겊으로 배를 한껏 조이고서야 허리가 쑥 들어간 무대 의상을 입을 수가 있었다. 한 달쯤 그렇게 하고났더니 뱃속에서 들려오던 태동이 어느 날부터인가 사라져버렸다. 이상하긴 했지만 그런 대로 또 보름가량 배를 묶어놓고 노래를 불렀다. 그러고나서야 병원에 갔다가 아이가 이미 오래전에 숨졌다는 사실을 알게 되었다면서 은자는 이렇게 말하였다.

"유명하신 작가한테는 소설 같은 이야기로밖에 안 들리겠지? 아무리 슬픈 소설을 읽어봐도 내가 살아온 만큼 기막힌 이야기는 없더라. 안 그러면 무슨 소리인지 도통 못 알아먹을 소설뿐이고. 너도 읽으면 잠만 오는 소설을 쓰는 작가야? 하긴 네 소설은 아직 못 읽어봤지만 말야. 인제 읽어야지. 근데, 너 돈 좀 벌었니?"

은자가 내 소설들을 읽지 않았다는 것은 참으로 다행한 일이었다. 바로 어젯밤에도 나는 '읽으면 잠만 오는' 소설을 쓰느라 밤새 진을 빼고 있었는지도 모를 일이었다. 그래놓고도 대단한 일을 한 사람처럼 이 아침 나는 잠잘 궁리만 하고 있는 중이었다. 그런데 은자 또한 이제부터 몇 시간 더 자야 한다고 말하는 것이었다. 귀가시간은 언제나 새벽이 다 되어서라고 했다. 그 애나 나나 밤일을 한다는 하나의 공통점이 있다는 사실을 떠올리며 나는 씁쓰레하게 웃어버렸다.

은자는 졸음이 묻어 있는 목소리로 다시 오늘 저녁을 약속했다. 주말의 무대는 평일과 달라서 여덟 시부터 계속 대기중이어야 한다고 했다. 합창 순서도 있고 백코러스로 뛸 때도 있다면서 토요일 밤의 손님들은 출렁이는 무대를 좋아하므로 시종일관 변화무쌍하게 출연진을 교체시키는 법이라고 일러주었다.

"무대에 올라도 잠깐잠깐이야. 자정까진 거기 있으니까 아무 때나 와도 좋아. 오늘하고 내일까지는 그 집에 마지막 서비스를 하는 거지 뭐. 내 노래 안 듣고 싶어? 옛날엔 노래 잘 들어줬잖니? 그리고 말야, 입구에서 미나 박 찾아왔다고 말하면 잘 모실 테니까 괜히 새침 떼느라고 망설이지 마라."

물론 가겠노라고, 어제는 정말 짬이 나지 않았노라고 자신 있게 입막음을 하지도 못한 채 나는 어영부영 전화를 끊었다. 처음 그 애가 "혹시 은자라고, 철길 옆에 살던……" 하면서 전화를 걸어왔을 때의 무작정한 반가움은 웬일이지 그 이후 알 수 없는 망설임으로 바뀌어져 있었다.

은자는 내 추억의 가운데에 서 있는 표지판이었다. 은자를 기둥으로 하여 이십오 년 전의 한 해를 소설로 묶은 뒤로는 더욱 그러하였다. 기록한 것만을 추억하겠다고 작정한 바도 없지만 나의 기억은 언제나 소설 속 공간에서만 맴을 돌았다. 일 년에 한 번, 아버지 추도식에 참석하기 위해 고속버스를 타고 전주에 갈 때마다 표지판이 아니면 언뜻 알아볼 수 없을 만큼 달라져 있는 고향의 모습이 내게는 낯설기만 하였다. 이제는 사방팔방으로 도로가 확장되어 여관이나 상가 사이에 홀로 박혀 있는 친정집도 예전의 모습을 거의 다 잃고 있었다. 옛집을 부수고 새로이 양옥으로 개축한 친정집 역시 여관을 지으려는 사람이 진작부터 눈독을 들이고 있는 중이었다. 집 앞을 흐르던 하천이 복개되면서 동네는 급격히 시가지로 편입되기 시작하였다. 그나마 철길이 뜯기면서는 완벽하게 옛 모습이 스러져버렸다. 작은 음악회를 열곤 하던 버드나무도 베어진 지 오래였고 찐빵가게가 있던 자리로는 차들이 씽씽 달려가곤 했다. 아무래도 주택가 자리는 아니었다. 예전에는 비록 정다운 이웃으로 둘러싸인 채 오순도순 살아왔다 하더라도 지금은 아니었다. 은성장여관, 미림여관, 거부장호텔 등이 이웃이 될 수는 없었다. 게다가 한창 크는 아이들이 있었다. 우리 형제들은 물론, 조카들까지 제 아버지에게 이사를 하자고 졸랐었다. 하지만 큰오빠는 좀체 집을 팔 생각을 굳히지 못하였다. 집을 팔라는 성화가 거세면 거셀수록 그는 오히려 집수리에 돈을 들이곤 하였다. 그 동네에서 마지막까지 버티고 있는 유일한 사람이 바로 큰오빠였다.

일 년에 한 번씩 타인의 낯선 얼굴을 확인하러 고향 동네에 가는 일은 쓸쓸함뿐이었다. 이제는 그 쓸쓸함조차도 내 것으로 남지 않게 될 것이었다. 누구라 해도 다시는 고향으로 돌아가지 못할 것이었다. 고향은 지나간 시간 속에 있을 뿐이니까. 누구는 동구 밖의 느티나무로, 갯마을의 짠 냄새로, 동네를 끼고 흐르는 긴 강으로 고향을 확인하며 산다고 했다. 내게 남은 마지막 표지판은 은자인 셈이었다. 보이는 것들은, 큰오빠까지도 다 변하였지만 상상 속의 은자는 언제나 같은 모습이었다. 은자만 떠올리면 옛 기억들이, 내게 남은 고향의 모든 숨소리가 손에 잡힐 듯이 다가오곤 하였다. 허물어지지 않은 큰오빠의 모습도 그 속에 온전히 남아 있었다. 내가 새부천클럽에 가서 은자를 만나버리고 나면 그때부터는 어떤 표지판에 기대어 고향을 찾아갈 수 있을 것인지 정말 알 수 없었다.

은자의 지금 모습이 어떤지 나는 전혀 떠올릴 수가 없다. 설령 클럽으로 찾아간다 하여도 그 애를 알아볼 수 있을지 자신할 수도 없었다. 내 기억 속의 은자는 상고머리에, 때 낀 목덜미를 물들인 박씨의 억센 손자국, 그리고 터진 겨드랑이 사이로 내보이던 낡은 내복의 계집아이로 붙박여 있었다. 서른도 훨씬 넘은 중년 여인의 그 애를 어떻게 그려낼 수 있는가. 수십 년간 가슴에 품어온 고향의 얼굴을 현실 속에서 만나고 싶지는 않다, 라고 나는 생각하였다. 만나버린 뒤에는 내게 위안을 주었던 유년의 소설도, 소설 속의 한 시대도 스러지고야 말리라는 불안감을 떨쳐버릴 수가 없었다. 그렇다 하더라도 이미 현실로 나타난 은자를 외면할 수 있을는지 그것만큼은 풀 수 없는 숙제로 남겨둔 채 토요일 밤을 나는 원미동 내 집에서 보내고 말았다.

일요일 낮 동안 나는 전화 곁을 떠나지 못하였다. 이제 은자는 가시 돋친 음성으로 나의 무심함을 탓할 것이었다. 그녀의 질책을 나는 고스란히 받아들일 작정이었다. 나는 그 애가 던져올 말들을 하나하나 상상해보면서 전화를 기다렸다. 오전에는 그러나 한 번도 전화벨이 울리지 않았다. 일요일은 언제나 그랬다. 약속을 못 지킨 원고가 있더라도 일요일까지 전화를 걸어 독촉해올 편집자는 없었다. 전화벨이 울린다면 그것은 분명 은자라고 나는 생각하였다.

오후가 되어서 이윽고 전화벨이 울렸다. 그러나 수화기에선 쉰 목소리 대신에 귀에 익은 동생의 목소리가 흘러나왔다. 고향에서 들려오는 살붙이의 음성은 모든 불길한 예감을 젖히고 우선 반가웠다. 여동생이 전하는 소식은 역시 큰오빠에 관한 우울한 삽화들뿐이었다. 마침내 집을 팔기로 하고 계약서에 도장을 찍었다는 것과, 한 달 남은 아버지 추도 예배는 마지막으로 그 집에서 올리기로 했다는 이야기였다. 계약서에 도장을 찍은 것은 어제였는데 큰오빠는 종일토록 홀로 술을 마셨다고 했다. 집을 팔기 원했으나 지금은 큰오빠의 마음이 정처 없을 때라서 식구들 모두 조마조마한 심정이라고 동생은 말하였다.

집을 팔았다고는 하지만 훨씬 좋은 집으로 옮길 수 있는 힘이 큰오빠에게 있으므로 걱정할 일은 아니었다. 하지만 큰오빠는 어제 종일토록 홀로 술을 마셨다고 했다. 나도, 그리고 동생도 걱정하지 않을 수 없을 만큼.

"이번 추도 예배는 한 사람이라도 빠지면 안 되겠어. 내가 오빠들한테도 모두 전화할 거야. 그렇지 않아도 큰오빠 요새 너무 약해졌어. 여관숲이 되지만 않았어도 그 집 안 팔았을 텐데. 독한 소주를 얼마나 마셨는지 오늘 아침엔 일어나지도 못했대. 좋은 술 다 놓아두고 왜 하필 소주야? 정말 모르겠어. 전화나 한번 해봐. 그리고 추도식 때 꼭 내려와야 해. 너무들 무심하게 사는 것 같아. 일 년 가야 한 번이나 만날까, 큰오빠도 그게 섭섭한 모양이야……."

그 집에서 동생들을 거두었고 또한 자식들을 길러냈던 큰오빠였다. 그의 생애 중 가장 중요했던 부분이 거기에 스며 있었다. 큰오빠는, 신화를 창조하며 여섯 동생을 가르쳤던 큰오빠는 이미 한 시대의 의미를 잃은 사람이 되고 말았다. 이십오 년 전에는 젊고 잘생긴 청년이었던 그가 벌써 쉰 살의 나이로 늙어가고 있었다. 이십오 년을 지내오면서 우리 형제 중 한 사람은 땅 위에서 사라졌다. 목숨을 버린 일로 큰오빠를 배신했던 셋째말고는 모두들 큰오빠의 신화를 가꾸며 살고 있었다. 여태도 큰형을 어려워하는 둘째오빠는 큰오빠의 사업을 돕는 오른팔의 역할을 묵묵히 수행하면서 한편으로는 화훼에 일가견을 이루고 있었다. 내과전문의로 개업하고 있는 넷째오빠도, 행정고시에 합격하여 고급 공무원이 된 공부벌레 다섯째오빠도 큰오빠의 신화를 저버리지 않았다. 고향의 어머니와 큰오빠가 보기에는 거짓말을 능수능란하게 지어낼 뿐인, 책만 끼고 살더니 가끔 글줄이나 짓는가보다는 나 또한 궤도 이탈자는 결코 아닌 셈이다. 아버지가 세상을 뜨던 해에 고작 한 살이었던 내 여동생은 벌써 두 아이의 엄마가 되어 음악 선생으로 일하고 있는 중이었다.

그러나 정작 큰오빠 스스로가 자신이 그려놓은 신화에 발이 묶이고 말았다. 공장에서 돈을 찍어내서라도 동생들을 책임져야 했던 시절에는 우리들이 그의 목표였다. 새로운 사업을 시작할 때마다 실패할 수 없도록 이를 악물게 했던 힘은 그가 거느린 대가족의 생계였었다. 하지만 지금은 동생들이 모두 자립을 하였다. 돈도 벌을 만큼 벌었다. 한때 그가 그렇게 했듯이 동생들 또한 젊고 탱탱한 활력으로 사회 속에서 뛰어가고 있었다. 저들이 두 발로 달릴 수 있게 된 것은 누구 때문인가, 라고는 묻고 싶지 않지만 노쇠해가는 삶의 깊은 구멍은 큰오빠를 무너지게 하였다. 몇 년 전의 대수술로 겨우 목숨을 건진 이후부터는 눈에 띄게 큰오빠의 삶이 흔들거렸었다. 이것도 해선 안 되고 저것도 위험하며 이러저러한 일은 금하여라, 는 생명의 금칙이 큰오빠를 옥죄었다. 열심히 뛰어 도달해보니 기다리는 것은 허망함뿐이더라는 그의 잦은 한탄을 전해들을 때마다 나는 큰오빠가 잃은 것이 무엇인가를 생각해보지 않을 수 없었다. 내가 수없이 유년의 기록을 들추면서 위안을 받듯이 그 또한 끊임없이 과거의 페이지를 넘기며 현실을 잊고 싶어하는지도 모를 일이었다. 그러면서 한 발자국 한 발자국씩 이 시대에서 멀어지는 연습을 하는지도.

머지않아 여관으로 변해버릴 집을 둘러보며, 집과 함께해온 자신의 삶을 안주삼아 쓴 술을 들이키는 큰오빠의 텅 빈 가슴을 생각하면 무력한 내 자신이 안타까웠다. 아버지 산소에 불쑥불쑥 찾아가서 죽은 자와 함께 한 병의 술을 비우는 큰오빠의 마음을 알 수 있을 것도 같았다. 한 인간의 뼈저린 고독은 살아 있는 자들 중 누구도 도울 수 없다는 것, 오직 땅에 묻힌 자만이 받아 줄 수 있다는 것은 의미심장하였다. 동생은 마지막으로 어머니의 결심을 전해주고 전화를 끊었다. 말하자면 그것은 어머니가 큰아들을 위해 할 수 있는 유일한 방법인 셈이었다.

“오늘 아침부터 엄마, 금식 기도 시작했어. 큰오빠가 교회에 나갈 때까지 아침 금식하고 기도하신대. 몇 달이 걸릴지 몇 년이 걸릴지, 노인네 고집이니 어련하겠수.”

교회만 다니게 된다면, 그리하여 주님을 맞아들이기만 한다면 당신이 견뎌온 것처럼 큰오빠 또한 허망한 세상에 상처받지 않으리라 믿는 어머니였다. 어쨌거나 간에 나로서는 어머니의 금식기도가 가까운 시일 안에 끝나지길 비는 수밖에 다른 도리가 없었다. 동생의 전화를 받고 난 다음 나는 달력을 넘겨서 추도식 날짜에 붉은 동그라미를 두 개 둘러놓았다.

오후가 겨웁도록 은자에게서는 아무런 연락도 없었다. 지난밤에도 나타나지 않은 옛 친구를 더 이상은 알은체 않겠다고 다짐한 것은 아닌지 슬그머니 걱정이 되기도 하였다. 오늘밤의 마지막 기회까지 놓쳐버리면 영영 그 애의 노래를 듣지 못하리라는 생각도 나를 초조롭게 하였다. 그 애가 나를 애타게 부르는 것에 답하는 마음으로라도 노래만 듣고 돌아올 수는 없을까 궁리를 하기도 했다. 진달래가 흐드러지게 피었더라고, 연초록 잎사귀들이 얼마나 보기 좋은지 가만히 있어도 연초록물이 들 것 같더라고, 남편은 원미산을 다녀와서 한껏 봄소식을 전하는 중이었다. 원미동 어디에서나 쳐다볼 수 있는 길다란 능선들 모두가 원미산이었다. 창으로 내다보아도 얼룩진 붉은 꽃무더기가 금방 눈에 띄었다. 진달래꽃을 보기 위해서는 꼭 산에까지 가야만 된다는 법은 없었다. 나는 딸애 몫으로 사준 망원경을 꺼내어 초점을 맞추었다. 원미산은 금방 저만큼 앞으로 걸어와 있었다. 진달래는 망원경의 렌즈 속에서 흐드러지게 피어났고 새순들이 돋아난 산자락은 푸른 융단처럼 부드러웠다. 그 다음에 그가 길어온 약수를 한 컵 마시면 원미산에 들어갔다 나온 자나 집에서 망원경으로 원미산을 살핀 자나 다를 게 없었다. 망원경으로 원미산을 보듯, 먼 곳에서 은자의 노래만 듣고 돌아온다면…….

마침내 나는 일요일 밤에 펼쳐질 미나 박의 마지막 무대를 놓치지 않겠다고 작정하였다. '검은 상처의 블루스'를 다시 듣게 된다면 더 이상 바랄 게 없겠지만 미나 박의 레퍼토리가 어떤 건지는 짐작할 수 없었다. 미루어 추측하건대 그런 무대에서는 흘러간 가요가 아니겠느냐는 게 짐작의 전부였다. 그렇다 하더라도 내 귀가 괴로울 까닭은 없었다. 나는 이미 그런 노래들을 좋아하고 있었다. 얼마

전 택시에서 흘러나오는, 끝도 없이 이어지는 트로트 가요의 메들리가 그렇게 듣기 좋을 수가 없었다. 부천역에서 원미동까지 오는 동안만 듣고 말기에는 너무 아쉬웠다. 그래서 나는 택시기사에게 노래 테이프의 제목까지 물어두었다. 아직까지 그 테이프를 구하지는 못했지만 구성지게 흘러나오는 옛 가요들이 어째서 술좌석마다 빠지지 않고 앙코르되는지 이제는 확실하게 이해할 수 있었다.

새부천나이트클럽은 의외로 이층에 있었다. 막연히 지하의 음습한 어둠을 상상하고 있었던 나는 입구의 화려하고 밝은 조명이 낯설고 계면쩍었다. 안에서 들려오는 요란한 밴드 소리, 정확히 가려낼 수는 없지만 수많은 사람들이 어우러져 내는 소음들 때문에 나는 불현듯 내 집으로 돌아가고 싶어졌다. 이런 줄도 모르고 아까 집 앞에서 지물포 주씨에게 좋은 데 간다고 대답했던 게 우스웠다. 가게 밖에 진열해놓은 벽지들을 안으로 들이던 주씨가 늦은 시각의 외출이 놀랍다는 얼굴로 물었었다.

"어데 가십니꺼?"

봄철 장사가 꽤 재미있는 모양, 요샌 얼굴 보기 힘든 주씨였다. 한겨울만 빼고는 언제나 무릎까지 닿는 반바지 차림인 주씨의 이마에 땀이 번들거리고 있었다. 가죽문을 밀치고 나오는 취객들의 이마에도 땀이 번뜩거리는 것을 나는 보았다. 계단을 내려가는 취객들의 어지러운 발자국 소리를 세고 있다가 나는 조심스럽게 가죽문을 밀고 안으로 들어섰다.

기대했던 대로 홀 안은 한껏 어두웠다. 살그머니 들어온 탓인지 취흥이 도도한 홀 안의 사람들 가운데 나를 주목한 이는 한 사람도 없었다. 구석에 몸을 숨기고 서서 나는 무대를 쳐다보았다. 이제 막 여가수 한 사람이 스포트라이트를 받으며 등장하는 중이었다. 은자의 순서는 끝난 것인지, 지금 등장한 여가수가 바로 은자인지 나로서는 전혀 알 도리가 없었다. 내가 서 있는 자리에서 무대까지는 꽤 먼 거리였고 색색의 조명은 여가수의 윤곽을 어지럽게 만들어놓기만 하였다. 짙은 화장과 늘어뜨린 머리는 여가수의 나이조차 어림할 수 없게 하였다. 이십오 년 전의 은자 얼굴이 어땠는가를 생각해보려 애썼지만 내 머릿속은 캄캄하기만 하였다. 노래를 들으면 혹시 알아차릴 수도 있을 것 같아 나는 긴장 속에서 여가수의 입을 지켜보았다. 서서히 음악이 흘러나오기 시작하였다. 악단의 반주는 암울하였으며 느리고 장중하였다. 이제까지의 들떠 있던 무대 분위기는 일시에 사라지고 오직 무거운 빛깔의 음악만이 좌중을 사로잡았다.

그리고 탁 트인 음성의 노래가 여가수의 붉은 입술에서 흘러나오기 시작하였다. 저 산은 내게 우지 마라, 우지 마라 하고 발 아래 젖은 계곡 첩첩산중……. 가수의 깊고 그윽한 노랫소리가 홀의 구석구석으로 스며들면서 대신 악단의 반주는 점차 희미해져갔다. 나는 자신도 모르게 한 걸음 앞으로 나가서 노래를 맞아들이고 있었다. 무언지 모를 아득한 느낌이 내 등허리를 훑어내리고, 팔뚝으로 번개처럼 소름이 돋아났다. 나는 오싹 몸을 떨면서 또 한 걸음 앞으로 나갔다. 가수는 호흡을 한껏 조절하면서, 눈을 감은 채 노래를 이어가고 있었다. 저 산은 내게 잊으라, 잊어버리라 하고 내 가슴을 쓸어내리네…….

거기까지 듣고나서야 나는 비로소 저 노래를 예전부터 알고 있었다는 데 생각이 미쳤다. 분명 몇 번 들은 적이 있었다. 그랬음에도 전혀 처음 듣는 것처럼 나는 노래에 빠져 있었다. 아니, 노래가 나를 몰아대었다. 다른 생각을 할 틈도 없이 노래는 급류처럼 거세게 흘러 들이닥쳤다. 아, 그러나 한줄기 바람처럼 살다 가고파. 이 산 저 산 눈물구름 몰고다니는 떠도는 바람처럼……. 여가수의 목에 힘줄이 도드라지고 반주 또한 한껏 거세어졌다. 나는 훅, 숨을 들이마셨다. 어느 한순간 노래 속에서 큰오빠의 쓸쓸한 등이, 그의 지친 뒷모습이 내게로 다가왔다. 그 모습을 보지 않으려고 나는 눈을 감았다. 눈을 감으니까 속눈썹에 매달려 있던 한 방울의 눈물이 볼을 타고 흘러내렸다.

노래의 제목은 '한계령'이었다. 그러나 내가 알고 있었던 한계령과 지금 듣고 있는 한계령 사이에는 커다란 차이가 있었다. 노래를 듣기 위해 이곳에 왔다면 나는 정말 놀라운 노래를 듣고 있는 셈이었다. 무대 위에서 혼신의 힘을 다해 노래를 부르는 저 여가수가 은자 아닌 다른 사람일지라도 상관없는 일이었다. 나는 온몸으로 노래를 들었고 여가수는 한순간도 나를 놓아주지 않았다. 발밑으로, 땅 밑으로, 저 깊은 지하의 어딘가로 불꽃을 튕기는 전류가 자꾸 쏟아져내리는 것 같았다. 질펀하게 취하여 흔들거리고 있는 테이블의 취객들을 나는 눈물 어린 시선으로 어루만졌다. 그들에게도 잊어버려야 할 시간들이, 한줄기 바람처럼 살고 싶은 순간들이 있을 것이었다. 어디 큰오빠뿐이겠는가. 나는 다시 한번 목이 메었다. 그때, 나비넥타이의 사내가 내 앞을 가로막고 정중하게 고개를 숙였다.

"테이블로 안내해드릴까요?"

웨이터의 말대로 나는 내가 앉아야 할 테이블이 어딘가를 생각했다. 그리고는 막막한 심정으로 뒤를 돌아다보았다. 뒤는, 내가 돌아본 그 뒤는 조명이 닿지 않는 컴컴한 공간일 뿐이었다. 아마도 거기에는 습기차고 얼룩진 벽이 있을 것이었다. 나는 웨이터에게 무언가를 말하려고 하였다. 하지만 아무런 말도 나오지 않았다. 저 산은 내게 내려가라, 내려가라 하네. 지친 내 어깨를 떠미네……. 더듬거리고 있는 내 앞으로 '한계령'의 마지막 가사가 밀물처럼 몰려오고 있었다.

집에 돌아와서야 나는 내가 만난 그 여가수가 은자라는 것을 확신하였다. 넘어지고 또 넘어지고, 많이도 넘어져가며 그 애는 미나박이 되었지 않은가. 울며울며 산등성이를 타오르는 그 애, 잊어버리라고 달래는 봉우리, 지친 어깨를 떨구고 발 아래 첩첩산중을 내려다보는 그 막막함을 노래 부른 자가 은자였다는 것을 그제서야 깨달은 것이었다.

그날 밤, 나는 꿈속에서 노래를 만났다. 노래를 만나는 꿈을 꿀 수도 있다는 사실을 그 밤에 나는 처음 알았다. 노래 속에서 또한 나는 어두운 잿빛 하늘 아래의 황량한 산을 오르고 있는 한 무리의 사람들도 만났다. 그들은 모두 지쳐 있었고 제각기 무거운 짐꾸러미를 어깨에 메고 있었다. 짐꾸러미의 무게에 짓눌려 등은 휘어졌는데, 고갯마루는 가파르고 헤쳐야 할 잡목은 억세기만 하였다. 목을 축일 샘도 없고 다리를 쉴 수 있는 풀밭도 보이지 않는 거친 숲에서 그들은 오직 무거운 발걸음만 앞으로 앞으로 옮길 뿐이었다.

그들 속에 나의 형제도 있었다. 큰오빠는 앞장을 섰고 오빠들은 뒤를 따랐다. 산봉우리를 향하여 한 걸음씩 옮길 때마다 두고온 길은 잡초에 뒤섞여 자취도 없이 스러져버리곤 하였다. 그들을 기다려주는 것은 잊어버리라는 산울림, 혹은 내려가라고 지친 어깨를 떠미는 한줄기 바람일 것이었다. 또 있다면 그것은 잿빛 하늘과 황토의 한 뼘 땅이 전부일 것이었다. 그럼에도 등을 구부리고 짐꾸러미를 멘 인간들은, 큰오빠까지도 한사코 봉우리를 향하여 무거운 발길을 옮겨놓고 있었다.

그리고 사흘이 지났다. 은자는 늦은 아침, 다시 쉰 목소리로 내게 나타났다.

"전라도말로 해서 너 참 싸가지 없더라. 진짜 안 와버리대?"

고향의 표지판답게 그녀는 별수없이 전라도말로 나의 무심함을 질타하였다. 일요일 밤에 새부천클럽으로 찾아갔다는 말은 하지 않은 채 나는 그냥 웃어버렸다. 물론 '한계령'을 부른 가수가 바로 너 아니었느냐는 물음도 하지 않았다.

"내가 지금 바쁜 몸만 아니면 당장 쫓아가서 한바탕 퍼부어주겠지만 그럴 수도 없으니. 어쨌든 앞으로 서울 나올 일 있으면 우리 카페로 와. 신사동 로터리 바로 앞이니까 찾기도 쉬워. 일주일 후에 오픈할 거야. 이름도 정했어. 작가 선생 마음에 들는지 모르겠다. '좋은 나라'라고 지었는데, 네가 못마땅해도 할 수 없어. 벌써 간판까지 달았는걸 뭐."

좋은 나라로 찾아와. 잊지 마라. 좋은 나라. 은자는 거듭 다짐하며 전화를 끊었다. 그녀가 카페 이름을 '좋은 나라'로 지은 것에 대해 나는 조금도 못마땅하지 않았다. 얼마나 좋은 이름인가. 다만 내가 그 좋은 나라를 찾아갈 수 있을는지, 아니 좋은 나라 속에 들어가 만날 수 있게 될는지 그것이 불확실할 뿐이었다.

[『한국문학』, 1987. 8]

작가 후기

지난 2년 동안에 쓴 연작들을 모아 한 권의 소설책으로 묶는다. 착잡함과 설렘이 교차한다. 전혀 낯설었던 원미동(遠美洞)이란 곳을 무턱대고 찾아왔던 그때의 심정도 이랬었다. 이사해야 할 날짜는 다가오고, 어느 날 문득 전철을 타고 내달려와서 기웃거리다가 우리 형편과 비교적 맞는 것 같아서 살게 된 곳이 이 원미동이었다. 이름이, 동네의 어설픈 외양과는 별 상관 없이 낭만적이었다. 그것도 위안은 되었다.

한동네에서 6, 7년을 산다는 일은 이웃 아이들의 이름을 알고, 이웃들이 무슨 벌이를 해서 먹고살며, 앞으로의 희망은 무엇인가를 흐릿하게나마 짐작하고 엿볼 수 있다는 사실을 가리키기도 한다. 그들은 전라도에서, 경상도에서, 충청도에서, 강원도에서, 그야말로 전국 각지에서 몰려온 사람들이다. 연탄 배달도 하고 날품팔이도 하며 공장에도 다니고 그렇게들 산다. 또 회사원도 많고 대다수의 사람들은 이러저러한 장사를 해서 먹고살기도 한다. 한국 사회의 이주(移住) 현상을 무슨 표본실처럼 보여주는 이 도시의 안간힘을 나는 동병상련하게 되었고, 그것이 이 연작을 구상케 하였다.

소설을 쓴다는 일은 사람 살아가는 이야기를 하는 것이지만 특히 이 연작을 쓰는 동안에는 사람 살아가는 속내를 배운다고 할까, 오늘의 이 동네가, 그 구성원들이 어떤 굽이굽이를 넘어서 이에 이르렀는가를 배우면서 쓰게 되었다. 바꾸어 말하면 원미동이 나에게 우리 사회의 계층에 대해서 많은 생각을 하도록 했다는 사실이다. 침통한 심정이, 분노에 가까운 감정이 나를 보채고 닦달해댈 때도 있었다.

원미동은 마구 헝클어져 나뒹구는 욕망의 실꾸러미로 싸여진 동네이다. 그 한쪽 끝을 따라가다 보면 각각의 복잡한 관계가 개인의 차원을 이미 벗어나 깊은 역사성을 띠고 있음을 깨닫게 하곤 하였다. 내 소설을 꼼꼼하게 읽어주는 한 독자는 그래서 좀더 분명한 메시지를 담을 만도 하지 않느냐고 바라기도 했지만 나는 그 지적의 타당함을, 지름길을, 충분히 이해는 하지만 애써 둘러가는 것이 소설의 길이라고 여전히 생각하고 있다. 소설은, 내가 생각하기에는 참으로 비정한 장르이다. 너무 빨리 다가가 손잡으려고 들면 그것은 삽시간에 스쳐 지나가버리고 만다.

원미동 사람들을 둘러싸고 있는 삶의 모습은 그래서 자연 비관적으로 비칠 수밖에 없었고 나는 그 어두움을 묵묵히 좇아갔을 뿐이다. 그러면서도 은연중에, 아주 은밀하게, 못다 쓴 의도들이 소설 속에서 저들대로 수정되고 통합되어 어떤 의외의 모양새까지 갖추어주었으면 하고 기대한 것도 사실이다. 삶이 꼭 비관적인 것만은 아니기 때문이다. 기대는, 그러나, 독자들이 보듬어안아줄 때 제 값을 찾는다는 것도 물론 기억하고 있다.

「멀고 아름다운 동네」에서 시작하여 「한계령」을 넘게 되기까지 마음에 두고 있었던 한 주인공에 대해 조명하지 못한 것이 아쉽다. 소설의 몇 군데에서 설핏 얼굴을 내미는 '으악새 할아버지'가 그인데, 우리 현대사의 어느 굽이에 맞물려 있는 그이의 고달픈 삶이 원고지 몇백 장으로는 가당치 않음을 뒤늦게 깨달았다. 그이의 일대기는 좀더 시간을 벌면서 낱낱이, 그리고 세밀하게 써야 할 것이다. 그 대신에 이 연작을 구상하던 당시에 발표했던 「방울새」를 조금 손질해서 함께 묶었다. 이 일은 나로 하여금 원미동은 우리 사회 어느 곳에든지 있다는 것을 실증해주었다는 면에서 의미 있는 작업이었다.

원미동은 이사가 잦은 동네이다. 정들 만하면 이웃은 떠나고 그 자리엔 낯선 이웃이 자리를 잡는다. 오늘날 한국사회의 부박한 삶과 그 진행의 현상이 축약되어 있음을 실감하면서 살아가야 하는 곳이 이 동네이다. 그것을 느끼는 일은 쉬운 일이지만, 그렇게 느끼며 '살아가는' 일은 고달프다.

책을 묶어준 문학과지성사의 여러분께 감사드린다.

1987년 10월

양귀자

원미동 : 작고도 큰 세계

홍정선(문학평론가)

양귀자가 그려 보이는 원미동은 작고도 큰 세계이다. 그 세계는 소설 속에서는 부천시 원미동이라는 구체적 장소에서, 그 장소에 살고 있는 몇몇 인물들이 펼쳐 보이는 작은 삶들로 이루어져 있지만, 양귀자의 소설을 읽는 독자들에게 그 세계는 커다란 세계이다. 그것은 원미동의 세계가 지금 우리가 살고 있는 삶이기 때문이다. 부천·부평·주안·시흥·안양·군포, 그리고 서울 변두리의 고만고만한 동네에서 우리는 원미동을 만난다. 원미동은 '멀고 아름다운 동네'라는 문자 그대로의 의미로, 양귀자의 역설적 표현을 빌리면 "가나안에서 무릉도원까지"의 아득한 거리에 있는 동네가 아니라, "기어이 또 하나의 희망"을 만들어가며 살아야 할 우리들의 동네이다. 그러므로 원미동은 작고도 큰 세계이다. 양귀자의 원미동에는 희망과 절망, 폭력과 소외, 갈등과 이해 등으로 얼룩져 있는 우리들의 작은 삶이 압축적으로 들어 있다. 거기에는 사소한 일로 종종 말다툼이 벌어지고, 몇 푼 안 되는 돈 때문에 명암이 교차하며, 개인들의 조그마한 삶이 부스러지고 주워 담아진다. 예컨대 원미지물포 주씨는 그 우락부락함 때문에 자주 말다툼을 하고, 형제슈퍼의 김반장은 이웃에 새로 생긴 김포슈퍼 때문에 울화통이 터지고 있으며, 행복사진관 엄씨는 때늦은 사랑을 통해 바스러져가는 자신의 삶을 움켜잡으려 한다. 그러므로 원미동은 우리들의 세계이며 작고도 큰 세계이다. 양귀자가 보여주는 이러한 원미동은 먼저 다음과 같은 원경으로 우리 앞에 제시된다. 이 풍경은 마치 토머스 하디가 보여주는 황무지의 풍경들처럼 상징적으로 나타난다.

> [……] 여기저기에 난립한, 똑같은 모양의 집장사 집들이 공터들 사이에 어색하게 서 있는 한적한 거리를 몇 분 달리고 나자 비로소 그가 살아야 할 동네가 저 멀리에 펼쳐지기 시작하였다. 그리고 주택가와 잇대어 있는 암회색의 어두운 공장 지대와 굴뚝의 시커먼 그을음이 보였다. 그리 멀지 않은 곳에 동네를 따라 길게 누워 있는 병풍 같은 산자락 위에 드문드문 남아 있는 흰 눈이 어두운 하늘 밑에서 부연 먼지처럼 바래지고 있는 모습도 보였다.(p.35)

이 원경은 이주민과 원주민, 공장 지대와 주택가, 인위적인 풍경과 자연적인 풍경이 뒤엉켜 이루어진 풍경이며, 이 풍경 속에서 양귀자의 이야기들이 펼쳐질 것이라는 것을 상징적으로 드러내 보인다. 예컨대 농경지를 매립해서 주택지로 바꾸어놓은 원미동에는 「마지막 땅」의 강만성 노인과 같은 인물이 그때까지 완강하게 농경인으로 버티고 살면서 땅을 화폐가치로만 생각하는 사람들에게 저항하고 있고, "주택가와 잇대어 있는 암회색의 어두운 공장 지대"에는 「지하 생활자」의 '그'가 "동굴 속처럼 어둡게 보이는" 삶 속을 헤매고 있다. 또한 아직 덜 훼손된 원미동 주변의 산들 속에는 도시 생활의 울타리를 뛰어넘은 「한 마리의 나그네 쥐」가 외롭게 자유(본성의 회복)를 향한 여행을 하고 있다. 그리고 무엇보다 주택가에는 이 소설집에 실린 대부분의 소설들에서 크고 작은 역할을 맡을 인물들이 살고 있다. 이처럼 양귀자가 앞에서 제시한 원경은 그 자체로 빠짐없이 소설 속에서 일정한 역할을 담당한다. 이 원경과 관련된 사람들의 답답하고, 우울하고, 사소하고, 어두운 생활 - 그러면서도 내일을 생각하며 희망을 키워나가게 될 원미동 사람들의 생활을 그것은 잘 계산된 상징성으로 드러내 보인다.

그러므로 원미동으로 들어가는 입구에서 소설의 배경으로 제시된 앞의 원경을 기억하는 우리에게 다음과 같은 표정으로 원미동이 나타나는 것은 자연스러운 일이다.

> 마침내 트럭은 멈추었다. 노모와 어린 딸과, 만삭의 아내를 이끌고 그는 이렇게 하여 멀고 아름다운 동네, 원미동(遠美洞)의 한 주민이 되었다. 트럭이 멈추자 맨 처음 고개를 내민 것은 강남부동산의 주인 영감이었고 이어서 어디선가 꼬마가 서넛 튀어나와 트럭

을 에워쌌다. 미장원집 여자는 퍼머를 말다 말고 흘낏 문을 열어보았다. 지물포집 사내도 도배일을 나가다 트럭이 멈춘 것을 보았다. 연립주택의 이층 창문으로 나타난 퀭한 눈의 한 청년도 트럭이 짐을 푸는 것을 지켜보았다.(p.36)

앞으로 우리들에게 원미동의 모습을 증언해 보일 관찰자인 '그'의 가족들, 좀더 노골적으로 말해 화자의 가족들이 원미동의 한 주민으로 편입되는 모습과 그들의 눈에 비친 원미동의 표정(근경)은 위와 같다. 이 표정(근경)은 뒤에 원미동 연작에서 구체성을 띠고 나타나게 되겠지만, 위에서 제시된 것만으로도 안정되지 못하고 들떠 있는 어떤 모습을 느낄 수 있다. 그것은 강남부동산, 미장원집, 지물포집, 연립주택과 같은 것들이 주는 인상에서도 그렇지만, 그 속의 사람들이 보여주는 반응에서도 역시 그렇다. 이번엔 어떤 사람들이 또 이사를 오는가 혹은 떠나는가 하는 눈길로 그들은 관찰자 가족을 맞이하고 있는 것이다. 후에 관찰자는 훨씬 객관적으로 이삿짐을 풀었던 앞의 거리를 다음처럼 다시 묘사해놓는다.

[……] 원미동 23통의 모양새를 알기 쉽게 이야기하자면 그것은

흡사 장터 객줏집의 국자와 같은 꼴이었다. 국자의 손잡이 부분에 원미지물포, 그[「찻집 여자」의 주인공. 필자 주]의 행복사진관, 써니전자, 강남부동산, 우리정육점, 서울미용실 등이 한 켠으로 촘촘히 박혀 있고 맞은편에는 강노인이 푸성귀를 일궈먹는 밭과 무궁화연립, 그리고 김반장의 형제슈퍼가 자리잡고 있었다. 손잡이가 끝나고 종구라기 모양의 몸통이 시작되는 부분은 노상 이것저것 잡다한 종류의 가게가 문을 열었다가는 슬그머니 사라지고 또 누군가가 새로운 가게를 열었다가는 이내 문을 닫곤 하는, 말하자면 원미동 23통의 사각 지대였다.(p.236)

앞에서 묘사해놓은 거리 풍경에는 첫인상 때의 경우보다 훨씬 많은 상호가 추가되어 있다. 그러나 이 거리가 앞의 거리와 동일한 것임은 강남부동산, 서울미용실, 무궁화연립 등의 상호에서 쉽게 확인할 수 있다. 이제 관찰자 가족은 원미동 주민의 하나로 살아가는 데 익숙해짐으로써 "잡다한 종류의 가게가 문을 열었다가 슬그머니 사라지고 또 누군가가 새로운 가게를" 여는 원미동의 거리 풍경을 이해하고, 그들 역시 원미동에 이주해온 틈입자를 자신들이 이사 올 때 받았던 시선으로 맞이할 준비가 되어 있다. 그래서 이러한 변모를 거친 관찰자의 시선을 통해 다시 묘사된 풍경은 앞과 같이 나타난다. 그러면 앞과 같은 풍경을 지니고 있는 원미동에 살고 있는 사람들은 어떤 인물들일까. 우리는 이미 앞에서 몇몇 인물들의 등장을 보았고, 그들이 일련의 원미동 연작에서 크든 작든 일정한 역할을 담당할 것이라는 예상을 가질 수 있었을 것이다. 예컨대 관찰자 일가가 이사 올 때 얼굴을 내밀었던 인물들, 빈터에서 푸성귀를 일궈먹는 강노인, 형제슈퍼의 김반장 같은 인물들이 바로 그렇다. 그렇다면 이번에 좀더 자세하게 원미동 연작에서 중요한 역할을 담당하는 인물들의 면모를 살펴보기로 하자.

먼저 관찰자 일가의 면모를 생각해볼 필요가 있다. 관찰자 일가는 원미동 연작에서 그들 자신이 소설 속의 주요한 역할을 담당하고 있을 뿐만 아니라, 3인칭 주인공으로 나타나는 원미동의 인물들을 우리 앞에 보고해주는 역할을 하고 있기 때문에 대단히 중요하다. 일단 소설 속에 나타나는 것으로 보았을 때 이들의 가족 구성은 서울의 직장에 출퇴근하는 그(남편)와 주부이면서 작가인 아내, 그리고 노모와 어린 딸로 이루어져 있다. 작품에 따라 구별하기 힘든 변화도 있지만, 이들 가족은 원미동에서 그런대로 안정된 생활을 영위하고 있다(「비 오는 날이면 가리봉동에 가야 한다」와 「한계령」의 경우를 보면 그렇다). 그러나 이들 인물들의 성격은 뚜렷하게 부각되어 있지 않은데, 그것은 이들 가족이 원미동의 주민이면서도 원미동 사람들과 늘상 어울려 지내는 것이 아니라 어느 정도의 거리를 두고 지내기 때문으로 생각된다. 소설을 써나가는 수법을 보면 '그(남편)'는 주로 원미동 밖의 세계를 독자들에게 알려주는 데 이용되고, 아내이자 작가인 '나'는 자전적 생애를 회상하거나 원미동 주민들을 관찰하는 데 사용된다(우리는 원미동 이야기를 들려주는 화자가 여성, 좀더 분명히 말해 그의 아내라는 것을 여러 곳에서 느낄 수 있다). 따라서 이들 일가는 이웃과 이웃의 관계 속에서 그들의 성격을 드러내는 원미동 주민들과는 차이가 있다.

다음으로 원미동 연작에서 주목할 수 있는 인물은 강만성 노인이다. 「마지막 땅」에서 주인공으로 등장하는 이 강노인은 원미동의 토박이 지주이다. 그는 건장한 체격의 농민다운 외모에 어울리게 땅이란 농사짓기 위해서 있는 것이라는 생각을 버리지 못하는 사람이다. 그에게 있어 부동산 투기와 같은 것은 어울리지 않으며, 고집스레 주택가에서 땅의 본질적 의미를 지키려 함으로써 주민들과 종종 충돌을 일으킨다. 우리는 이 강노인을 통해 인간들이 자신의 노동을 통해 본래적 의미에서의 가치를 산출시키는 땅과 화폐가치로서만 존재하는 땅 중 어느 것을 땅에 대한 본질적 기능으로 생각해야 할지를 확연하게 깨달을 수 있다. 그렇지만 원미동에서 이 같은 생각을 가진 강노인이 오래 버티고 살 수 없었듯이 이 소설집에서도 강노인은 여러 곳에 얼굴을 내밀지는 못한다. 그것은 원미동 연작이 도시 변두리의 삶을 그린 것이지 농촌의 도시화 과정을 그린 것이 아니기 때문이다.

강만성 노인처럼 한 작품 속에서 중요한 역할을 수행하고 다른 작품에는 아예 등장하지 않는 경우에 「지하 생활자」의 '그'가 있다. 승용차의 바닥 커버를 만드는 조그만 공장에서 일하는 '그'는 원미동의 공식적인 주민이라고 보기 어려우며, 이 소설집 속에서 자주 얼굴을 내미는 주민들과도 별다른 안면이 없다. 그러나 앞에서 제시된 원미동의 원경을 감안한다면 「지하 생활자」의 '그'와 같은 비공식적 원미동 주민이 상당한 숫자에 달하리라고 예상된다. 그리고 강노인이 도시화되기 이전의 원미동을 상징적으로 대표한다면 도시화된 원미동의 이면 세계를 대표할 수 있는 인물이 바로 '그'이다. 원미동의 감추어진 세계를, 그 음습하고 어려운 삶을 생활 자체로 대변하는 것이 '그'이기 때문이다.

원미동의 표면적인 삶은 강남부동산의 박씨, 형제슈퍼의 김반장, 행복사진관의 엄씨, 원미지물포의 주씨 등에 의하여 영위되는 삶이며, 이들의 삶이 소설의 이곳저곳에서 가장 많은 빈도로 나타난다(특히 김반장이 그렇다). 이들은 모두 일상적으로 평범하게 나날을 영위해나가는 인물들이지만 간혹 사진관의 엄씨처럼 똑같은 삶의 되풀이를 벗어나 찻집 여자와 사랑에 빠짐으로써 한 편의 소설에서 주인공으로 부상하기도 한다. 이들은 원미동의 원주민이라고 말할 수는 없는 사람들이지만 신흥 주택가인 원미동에서는 가장 원미동 사람다운 사람들이다. 양귀자가 앞으로 원미동 연작을 계속 더 써나간다면 일정한 역할을 계속 담당할 가능성이 가장 높은 부류들이 바로 이들이라고 할 수 있다.

그 밖에 「원미동 시인」에서 화자의 역할을 하는 계집애와 같은 부류의 어린이들, 원미동이 부천시의 변두리가 아니라 서울특별시의 변두리 노릇을 하고 있음을 보여주는 샐러리맨, 농촌인구의 도시 유입을 반영하는 소상인들, 인생의 황량함을 말해주는 찻집 여자 그리고 멋쟁이 소라 엄마를 비롯한 원미동의 여인네들 등 많은 인물들이 원미동의 모습을 구성하는 면모들로 등장한다.

그렇다면 양귀자는 이들 인물을 통해 무엇을, 어떤 삶의 모습을 보여주려는 것일까. 필자는 이 글의 첫머리에서 작고도 큰 세계라는 말을 사용했었다. 그러면서 희망과 절망, 폭력과 소외, 갈등과 이해로 얼룩져 있는 우리들의 삶이 원미동 연작에 압축적으로 들어 있다고 말했었다. 원미동 연작이 보여주는 풍경과 인물의 면모를 살펴본 우리는 이제 이 점을 살펴볼 때가 된 것 같다.

양귀자의 소설에서 희망과 절망의 교차는 거의 모든 소설 속에 나타나고 있지만 특히 「멀고 아름다운 동네」 「비 오는 날이면 가리봉동에 가야 한다」「방울새」「찻집 여자」「한계령」에서 뚜렷한 색채로 드러난다. 물론 이들 작품들의 경우도 과거의 삶에 대한 회상과 현재적 삶의 모습이 교차되면서 서정적으로 고달픈 삶을 감싸안는 작품이 있는가 하면(「한계령」의 경우), 조금씩 조금씩 바스러져가는 자신의 삶을 마지막으로 움켜잡아보려는 허망하고 절망적인 몸부림을 보여주는 작품도 있고(「찻집 여자」의 경우), 소시민의 아득바득한 삶 속에서 오직 내일을 희망으로 생각하며 살아가는 모습을 보여주는 작품도 있어서(「멀고 아름다운 동네」의 경우) 일률적으로 똑같이 희망과 절망의 교차를 보여주는 작품들이라고 규정하는 데에는 무리가 있을 수 있다. 그러나 한편 그러한 조금씩의 차이를 – 삶의 피곤함이란 동질성을 가진 우리 평범한 인간들도 자세히 들여다보면 그 속에 제각기 평범하지만은 않은 고달픈 궤적을 가지고 있고, 이 궤적에 동반된 희망과 절망의 교차는 사람마다 차이가 있다는 것으로 이해한다면 – 평범한 부류의 인간들이 보여주는 희망과 절망의 다양성으로 우리는 이해할 수도 있을 것이다. 그러면 구체적으로 양귀자의 소설이 보여주는 희망과 절망의 모습들을 다음에서 한번 살펴보기로 하자.

1) 그러나, 도처에 희망은 널려 있었다. 단지 그를 위한 희망이 아닐 뿐이었다. 다만 한 가지 위안이 있기는 하였다. 십구일이 지

나면 때로 일요일도 오는 것이고 보너스를 탈 수 있는 날짜가 닥쳐오기도 하는 법이다. 무언가 다른 것을 기대하고 만에 하나라도 움직여보고자 한다면 추락하고야 말 것이란 위협도 새겨들으면 해롭지는 않았다.(p.30)

2) 센 바람에 그깟 받침 하나는 이미 십 리 밖으로 날아갔을 것이었다. 받침 조각 찾는 것을 포기하고 그는 다시 한번 자신의 간판을 올려다보았다. 행보사진관. 글자들 사이로 여자의 얼굴이 다가왔다. 여자가 떠나거나 떠나지 않거나 간에, 날아가버린 기역 받침을 다시는 찾을 수 없으리라. 그는 어깨를 늘어뜨린 채 기운 없이 사진관 안으로 들어갔다. 바람은 억세게도 불어댔다.(p.266)

3) 집에 돌아와서야 나는 내가 만난 그 여가수가 은자라는 것을 확신하였다. 넘어지고 또 넘어지고, 많이도 넘어져가며 그 애는 미나 박이 되었지 않은가. 울며울며 산등성이를 타오르는 그 애, 잊어버리라고 달래는 봉우리, 지친 어깨를 떨구고 발 아래 첩첩산중을 내려다보는 그 막막함을 노래 부른 자가 은자였다는 것을 그제서야 깨달은 것이었다.(p.363)

표면적으로 보기에 1)은 일상적인 나날의 삶 속에서 한 도시 소시민이 꿈꿀 수 있는 희망과 절망을, 2)는 아득바득 먹고사는 생활 속에서 좌절된 엄씨의 꿈을, 3)은 은자라는 한 무명 가수가 걸어온 지난한 삶을 보여주는 것으로 생각된다. 그래서 이들이 겪는 희망과 절망의 교차는 이들의 직업과 생활이 다른 만큼 달라 보일 수도 있다. 그러나 사실은 이들의 희망과 절망은 모두 동일하다. 그들은 모두가 하루하루를 경영해나가기에 바쁜 사람들이고 그 와중에서 젊은 시절의 야망을 마모시켜온 사람들이다. "무언가 다른 것을 기대하고" 모험을 해볼 수 있는 처지에 그들은 있지 못하며 설혹 사진관 엄씨처럼 모험을 해본다 할지라도 결과는 무력함의 재확인으로 돌아올 따름이다. "여자가 떠나거나 떠나지 않거나 간에, 날아가버린 기역 받침을 다시는 찾을 수 없으리라"는 것을 그들은 잘 알고 있다. 그래서 은자의 경우처럼 "넘어지고 또 넘어지"며 모은 돈으로 '좋은 나라'라는 카페를 개업해도 이미 그들은 달성한 희망의 부피만큼이나 커다란 절망의 덩어리를 안고 있는 셈이다. 그것은 그들 소시민이 꿈꾼 조그만 희망의 달성은 또다시 걸어가야 할 막막한 삶의 출발이기 때문이다. 연립주택을 마련하고, 자신의 카페를 가지게 되고, 떼인 돈을 다시 받아내고 하는 일은 한순간 삶의 목표일지 모르지만 그것은 그들을 일상적 삶의 질긴 끈에서 해방시켜주기보다는 더욱 옭아맬 것이다. 그리하여 그들은 나날의 삶이라는 "짐꾸러미의 무게에 짓눌려" 다시금 조그만 희망과 전망을 만들며 살게 될 것이다.

양귀자는 소시민들이 겪는 이와 같은 희망과 절망의 교차를 암담하고 우울한 색조 속에서도 따뜻한 사랑을 잃지 않고 그려낸다. 양귀자가 이들 일상적인 소시민들의 삶에 얼마나 따뜻한 사랑을 가지고 있는지는 「한계령」에서 가장 뚜렷하게 나타난다. 자전적 측면이 강한 작품이어서 더욱 그럴 수도 있겠지만, 이 작품에서 힘들게 살아온 은자와 화자의 형제들에 대한 작가의 이해와 사랑은 각별하다.

> [……] 무대 위에서 혼신의 힘을 다해 노래를 부르는 저 여가수가 은자 아닌 다른 사람일지라도 상관없는 일이었다. [……] 질퍽하게 취하여 흔들거리고 있는 테이블의 취객들을 나는 눈물 어린 시선으로 어루만졌다. 그들에게도 잊어버려야 할 시간들이, 한줄기 바람처럼 살고 싶은 순간들이 있을 것이었다. 어디 큰오빠뿐이겠는가. 나는 다시 한번 목이 메었다.(p.362)

양귀자는 여기에서 "나는 다시 한번 목이 메었다"라고 쓰고 있다. 은자와 큰오빠처럼 무거운 삶의 짐을 지고 인생의 여정을 허위허위 걸어온 사람들 모두에게 이해와 연민의 눈길을 보내며 작가는 이 부분에서 더 이상 냉정한 자세를 유지하지 못하고 그만 감정을 노출한다. 그 감정은 바로 어렵고 힘들게 살아온 사람들에 대한 사랑이다(이 사랑 때문에 양귀자는 노사 문제를 다룬 「지하 생활자」에서 자수성가한 사장에게 그처럼 긍정적인 시선을 보낸다). 양귀자는 1986년 10월호 『한국문학』에 쓴 「예언자의 지팡이」란 글에서 "내 이웃과 삶을 들여다보고 있으면 눈물겹다"고 한 바가 있다. 이 발언 역시 어렵고 힘들게 살아온 "잊어버려야 할 시간들"을 가지고 있는 사람들에 대한 사랑을 담고 있는 말이다. 그래서 우리에겐 이 사랑이 아마도 양귀자로 하여금 원미동 연작을 쓰게 만들었는지도 모른다는 생각마저 든다.

양귀자의 소설에서 폭력과 소외의 문제는 「원미동 시인」과 「한 마리의 나그네 쥐」에서 가장 잘 나타난다. 무분별한 도시화와 산업화의 뒤안길에서 인간들은 공동체적 연대감을 상실하고 길들여진 짐승처럼 살아간다. 그러다가 문득 이웃이 당한 불행을 소문처럼 이야기하며 자신의 일이 아니라는 데 안도한다. 폭력과 소외에 이처럼 무방비 상태로 노출된 도시인들의 삶을 양귀자는 이미 첫 창작집에 묶인 「밤의 일기」를 비롯한 몇몇 작품에서도 밀도 있게 그려 보인 바가 있다.

「원미동 시인」은 이유 없이 한 개인이 당해야 하는 폭력의 섬뜩함과

이 폭력에 대한 이웃들의 방관을 보여준다. 양귀자는 「밤의 일기」에서 이웃의 수난에 대한 이웃의 무관심을 두고 "강도보다도 더 미운 것은, 이 아파트에 사는 우리들의 이웃"이라고 말했었다. 그런데 그녀가 거기에서 인간들이 겪는 "무엇보다도 큰 상처는, 바로 그 절벽" — 이웃 간의 단절 현상 — 이라고 말한 그 절벽이 원미동과 같은 도시 변두리에도 어느새 침투해 있다. 이 점은 선량하기 그지없는 몽달씨가 당하는 폭행에 대한 평소 그로부터 무상의 노력 봉사를 받고 있던 형제슈퍼 김반장이 보여주는 태도에서 잘 나타난다.

흰 이를 드러내며 빨간 셔츠가 으르렁거렸다. 순간 몽달씨가 텔레비전이 왕왕거리고 있는 가겟방을 향해 튀었다. 방은 따로이 바깥쪽으로 난 출입구가 있었기 때문이었다. 그러나 몽달씨보다 더 빠른 동작으로 방문을 가로막아버린 사람이 있었다. 바로 김반장이었다. "나가요! 어서들 나가요! 싸우든가 말든가 장사 망치지 말고 어서 나가요!"(p.116)

경찰서를 들먹여서 짐짓 합법적 폭력을 가장하며 날뛰는 폭력배 앞에서 김반장은 몽달씨를 낯모르는 타인이라고 대답하고 이웃들은 고의

적으로 얼굴을 돌린다. 그러면서 맥주병이 깨어질까봐 그것을 치우기에 급급한 김반장처럼 자신의 이익을 챙기기에 바쁘다. 그들은 폭력의 정당성 여부에는 관심이 없으며, 정당성 여부를 따져보려 하지 않는다. 이것은 지금의 우리 사회가 지니고 있는 무서운 속성, 다시 말해 보이지 않는 힘으로부터 개인에게 가해지는 비합법적 폭력과 이 폭력에 대해 전혀 이의를 제기할 수 없는 사회 구조가 원미동 주민들의 의식에까지 침투되어 있음을 보여준다.

「한 마리의 나그네 쥐」는 소외된 현대인의 심리 세계를 설화적 수법을 빌려서 그려 보인 작품이다. 보이지 않는 곳으로부터 감시당하고, 보이지 않는 제도에 구속당하며, 보이지 않는 사람들에게 지배받아야 하는 현대인들. 이들은 비좁은 회사 사무실에 갇혀 있고, 가족들의 눈길에 갇혀 있고, 출퇴근의 혼잡한 전철 속에 갇혀 있다. 비유컨대 자신의 야수성을 도발당하는 한 마리의 짐승처럼 그렇게 갇혀 있다. 그래서 '그'는 어느 해 5월에 인간들의 이런 누적된 불만이 야수적 폭력성으로 무고한 시민들을 향해 발산되는 것을 보고, 그 자신 역시 비좁은 전철 안에서 그를 옥죄는 승객들을 향해 맹렬한 적개심을 느낀 적이 있다. 이 때문에 '그'는 도시란 우리를 벗어나 원미동의 자연 속에서 도발당한 자신의 야수성을 순치시키고자 한다.

[……] 새로 돋아오른 깨끗한 햇살을 받고 있음에도 불구하고 엉성하게 짜여진 도시는 지저분한 얼룩에 찌들어 끈끈한 땀 냄새를 풍기고 있었다. 마치 짐승 우리에서 풍겨오는 악취를 맡는 것 같았다. 이제 막 그가 지나온 숲과는 전혀 달랐다. 흡사 저 우리 안으로 그 자신 한 마리 짐승이 되어 기어들어가야만 할 것 같은 찜찜한 기분이었다. 할 수만 있다면 다시 몸을 돌려 숲으로 돌아가고 싶었다.(p.134)

혹독한 기합을 통해 기계처럼 움직이는 사람들을 만드는 군대사회에서 그 성원들이 지니게 되는 야수성처럼 익명으로 순종하며 살아갈 것이 요구되는 현대 사회도 사람들에게 야수성을 키워주고 자극하는 측면이 있다. 공동체적 연대감을 상실하고 고립된 우리에서 소외된 개인으로 살아야 하는 현대인들은 누구나 조금씩 그러한 심리를 가지고 있다. 그러므로 「한 마리의 나그네 쥐」는 현대인들의 심리 속에서 자라는 이 같은 무의식의 세계에 대한 한 작은 경고이다. 현대의 소시민들 속에 자신도 모르게 자라고 있는 불안한 심리에 대한.

원미동 연작에서 이웃과 이웃 간에 벌어지는 갈등과 이해의 모습은 「일용할 양식」에 잘 나타나 있다. 형제슈퍼와 김포슈퍼 사이에 벌어지는 고객 확보 전쟁과 그것을 유용하게 이용하려 드는 주민들의 모습을 통해 우리는 갈등과 미움이라는 것이 얼마나 비이성적인 것이며, 이기적인 뿌리를 가진 것인가를 알 수 있다. 그리고 또 얼마나 사소한 것들인가도 알 수 있다. 예컨대 "고흥댁도 말귀를 알아들었다. 싸게 주는 쪽으로 가는 것이야 말리지 않지만 요령껏, 어느 쪽이 더 싼지 눈치를 살핀 후에 행동에 옮기라는 말일 것이었다"라는 말에서 느낄 수 있듯 조그만 판매 경쟁이 감정적인 경쟁 심리로 발전하고, 마침내는 이해타산을 따지는 사람들의 심리를 부추겨서 온 동네를 더욱 황량하게 만든다. 따라서 원미동이라는 조그만 사회를 뒤흔들어놓는 이 두 상점의 갈등과 불화는 더불어 함께 사는 사회에서 인간들이 지켜야 할 이해와 공존의 원리를 재치있게 환기시켜주는 작품이라 할 수 있다.

이상에서 살펴본 작품 세계를 통해 그러면 양귀자는 무엇을 의도하는 것일까. 경기도 부천시 원미동이라는 한 자그마한 동네의 모습을 집요하게 작품화함으로써 양귀자는 어떤 삶의 모습을 보여주려는 것일까. 그것은 조금 확대해서 결론짓자면 우리사회의 총체적 모습을 압축적으로 형상화하려는 시도일 것이다. 원미동이라는 한 자그마한 소우주 속에 우리사회의 전체상을 압축적으로 담아보려는 의욕일 것이다. 작가 자신의 생활 공간인 이 조그마한 동네를 통해 구체성이 담보된 전체상의 상징적

형상화를 이룩해보려는 것일 것이다. 원미동을 우리 사회의 문제점들이 집약된 곳의 하나로 그려냄으로써 양귀자는 분명히 그러한 의욕을 보여주고 있기 때문이다.

필자에게 양귀자의 이 같은 의욕은 포크너의 말을 연상시킨다. 포크너는 그 자신이 평생을 살면서 자신의 소설 무대로 삼았던 미시시피 주의 옥스퍼드 일대에 대해 다음과 같이 말한 적이 있다. "나는 우표 딱지만 한 조그마한 내 고향땅이 글을 쓸 만한 가치가 있으며 그것에 대하여 평생을 두고 글을 써도 충분히 쓸 수 없을 것이라는 사실을 깨달았다. [……] 그와 더불어 나는 금광과도 같은 다른 인물들을 발견했으며, 따라서 나는 나 자신의 우주를 창조한 셈이었다"라고. 양귀자의 원미동 연작이 포크너와 같은 태도에서 비롯된 것인지 아닌지는 필자도 모르지만, 우리 소설사에서 볼 때 박태원의 『천변 풍경』 이래 어느 한 지역을 집중적으로 해부함으로써 그 사회의 모습을 입체적으로 드러낸 작품집으로서는 가장 뛰어난 작품집의 하나가 될 것임에 틀림없다.

이제 필자는 마지막으로 원미동 연작의 시점 문제와 관련하여 몇 마디를 보태는 것으로 이 글을 맺고자 한다. 원미동 연작의 시점은 작품에 따라 상이하다. 예컨대 3인칭 '그'라는 인물을 등장시켜 서술해가는 방식과 '나'라는 인물이 직접 화자로 등장하는 방식, 현덕의 「남생이」처럼 어린애를 등장시켜 이야기하는 방식, 그리고 '그'와 원미동 주민의 관점을 번갈아 채택하는 방식 등 원미동 연작은 시점의 다양한 변화를 보여준다. 이 소설집에서 이같이 시점이 변화하는 것은 전달하려는 이야기가 서로 다른 질감을 가지고 있는 데 따라 효율적인 전달의 방식을 확보하려는 작가의 노력 때문으로 생각된다. 그리고 이 같은 시도 그 자체에 대해서는 필자도 별 이의를 가지고 있지 않다. 그러나 시점의 변화에 따라 소설이 주관성과 객관성의 농도를 달리하는 양상이 조금씩 나타나는데, 이 점은 원미동 연작 전체가 유지해야 할 묘사의 객관성의 농도, 다시 말해 묘사의 균질성에 틈이 생기게 함으로써 원미동 연작을 조금 불안하게 만들고 있는 것처럼 생각된다. 이 같은 균열은 원미동 주민들에 대한 이야기를 할 때와 관찰자 가족의 이야기를 할 때 드러나는데, 그 선명한 예를 우리는 「일용할 양식」과 「한계령」의 대비에서 느낄 수 있다. 작가의 주관적 감정이 거의 배제된 채 객관적 묘사만으로 일관하는 전자와 작가의 주관적 감정이 종종 노출되는 후자의 경우는 분명히 같은 연작이면서도 차이가 있다. 따라서 독립적으로 볼 때 아주 우수한 작품인 「한계령」이 원미동 연작에서는 오히려 그것보다 못한 「일용할 양식」보다 더 낯설어 보이는 결과를 야기하게 된다.

그리고 원미동 연작의 시점 문제와 관련하여 필자의 기우일지는 모르지만 필자는 박태원의 『천변 풍경』에 가해졌던 비판을 한 가지만 더 환기시키는 것으로 이 글을 맺고자 한다. 그것은 세태소설적인 요소를 지니고 있는 원미동 연작이 치밀한 묘사와 관찰의 측면에서 일정한 성과를 이룩할지라도 묘사하는 대상의 배면에 숨어 있는 본질적인 사회 구조, 다시 말해 정치적인 현실과 같은 것을 폭넓게 헤아리지 못하고 있다면 세태소설에 가해진 비판을 마찬가지로 받을 가능성이 있지 않을까 하는 기우이다. 그러나 이런 점은 필자가 작고도 큰 세계, 원미동에 대한 반가운 느낌 때문에 표면화되지 않은 우려를 지레 해보는 셈이다. 이러한 우려가 괜스레 작가에게 부담이 되지 않기를 바라며 필자는 즐겁게 이 글을 맺는다. (1987년)

2판 해설 / 밥의 진실과
노래의 진실

황도경(문학평론가)

1. 서글픈 희망의 세계

김유정의 소설을 서글픈 해학의 세계라고 한다면, 양귀자의 소설은 서글픈 희망의 세계라 이름 붙일 수 있지 않을까? 그의 소설에는 세상살이의 굽이굽이에서마다 마주치게 되는 고단함과 서글픔 그리고 그럼에도 끝내 저버릴 수 없는 희망에의 믿음이 함께 있다. 김유정의 소설이 희극적인 상황을 통해 삶의 서글픔과 비극성을 우회적으로 드러내고 있다면 그래서 웃음의 끝에서 슬픔을 끌어내고 있다고 한다면, 양귀자의 소설은 고단한 삶의 풍경들을 거의 과장 없이 그려내면서 그 슬픔과 비애의 끝에서도 여전히, 혹은 그러기에 더욱더 포기할 수 없는 세상과 인간에 대한 희망을 건져올린다. 때문에 그의 소설에는 서글픈 현실과 희망에의 믿음, 절망적 비애와 희망적 낙관, 어둠과 밝음, 한숨과 가슴 저미는 훈훈함이 교차한다. 세상을 보는 작가의 눈은 젖어 있지만 어둠에 완전히 묻혀 있지 않으며, 그의 가슴에 들어찬 서글픈 울음도 웃음과 희망을 완전히 밀어내지는 않는다.

『원미동 사람들』의 세계는 이 점에서 가장 양귀자답다. 그것은 『귀머거리새』의 보다 암울한 절망의 풍경과 '슬픔도 힘이 된다'는 믿음과 '희망'의 세계 사이를 잇고 있다. 거기에는 성장과 소외, 풍족과 빈곤, 폭압과 자유에의 갈망이 그 어느 때보다도 치열하게 갈등하며 공존했던 80년대의 소시민적 삶의 풍속도가 원미동이라는 축소된 공간 속에 담겨 있다. 그러나 '원미동'의 세계가 문제적인 것은 그것이 박태원의 『천변 풍경』처럼 단순히 한 시대의 풍속을 사실적으로 담아내고 있는 데 그치는 것이 아니라 궁극적으로 삶의 진실성의 문제를 끊임없이 제기하고 있다는 사실에 있다. '원미동'은 멀리 있지만 아름다운 혹은 멀리 있기 때문에 아름다운 희망의 공간적 이름이다. 그것은 먼 거리감이 만들어내는 그리움과 안타까움, 그리고 그곳에 도달하기 위한 수고로움과 인내를 전제로 한다. '지금 여기'에서의 절망과 슬픔, 그리고 그럼에도 불구하고 '저편'에 존재하는 아름다운 세계에의 믿음이 공존하고 있는 것이다. 따라서 『원미동 사람들』은 우울한 한 시대의 풍속도라기보다 절망 속에서도 '기어이 또 하나의 희망을 만들어놓'으려는 믿음의 세계에 가깝다.

원미동은 독자적으로 존재하는 공간이 아니다. 서울과 함께 아니 보다 정확히 말해서 서울의 뒤에 있는 그곳은 서울이라는 거대 도시의 위력이 만들어낸 소외의 공간이다. '서울특별시민'이기를 포기한, 아니 포기당한 보통의 무력한 인간들이 쫓기듯 밀려가는 일종의 유배지이며, 따라서 절망과 비애 속에 도착하게 되는 곳이다. 예컨대 작품집 첫머리에 실린 「멀고 아름다운 동네」를 보자. 희망/집을 갖기 위해 떠나는 것임에도 불구하고 원미동으로 향하는 은혜네 식구들의 이사 행렬은 초라하기 그지없다. 그해 들어 가장 추운 날씨 속에 이루어지는 이들의 이사는 짐을 나르다 장롱 옆구리에 또 하나의 생채기를 만들어내는 작품 서두의 대목에서 암시되듯 이들의 삶에 새겨지는 또 하나의 상처와 같다. '서울'이라는 중심으로부터 밀려난 소외된 군상들의, 말 그대로 초라하고 우울한 순례인 것이다.

이들에게 있어 삶의 일차적인 과제는 집과 밥이다. 부어야 할 적금과 밀린 월부금, 빚, 아이에게 사줄 장난감과 같은 냉혹한 현실의 무게에 짓눌려 허덕이다 원미동으로 밀려온 은혜네나 서울에 있는 직장을 잃고 전동차 안에서 잡동사니들을 팔아야 하는 신세가 된 진만이 아버지, 비 오는 날이면 빌려준 돈을 받으러 가리봉동에 가는 연탄 배달부이자 설비공인 임씨, 도시 개발로 마지막 땅을 잃게 된 강노인, '일용할 양식' 때문에 싸움을 벌이는 형제슈퍼 김반장과 김포슈퍼 경호네, 이들이 그려내는 초라하고 우울한 풍경들은 모두가 집과 밥의 현실이 찍어내는 음화들이다. 이들이 자신의 삶의 터전에 '서울미용실' '한강인삼찻집' '강남부동산' '행복사진관' '써니전자'와 같은 상호를 내건다고 해서 이들이 한강이 흐르는 서울에 살게 되는 것도 아니며 이들의 삶에 행복의 빛이 비춰게 되는 것도 아니다. 그리고 소라 엄마가 보라색 매니큐어를 바르며 멋을 내고 정미 엄마가 "원미동 따위 지저분한 동네에서 사는 일에 이제 진력이 난다는 뜻을 선글라스 밑의 눈자위에 깔고" 다니며 '서울 여자'를 자칭해도 이들이 서울 사람이 되지는 않는다. 이들은 서울에서 밀려난, 그리고 항시 서울이라는 중심으로의 진입을 꿈꾸는 이들일 뿐이다. 이들에게 행복은 닫혀져 열리지 않던 다락문 저편에 있는, 그래서 만져볼 수 없는 그야말로 추상명사로만 존재한다.

그러나 이 쓸쓸한 풍경에서도 희망을 이야기할 수 있는 것은 이들이 서로에게 보이는 신뢰와 애정에서 비롯되는 따뜻함, 그리고 삶의 진정성을 담아내고자 하는 작가적 시선의 깊이 때문이다. 트럭 짐칸에 '남루한 덩어리'처럼 웅크리고 있는 남편과 아내 사이에는 매섭고 아린 추위에도 불구하고 '따뜻한 온기'가 흐른다. 남편은 얼음처럼 차가운 아내의 발을 녹여주고, 행복사진관 엄씨는 슈퍼맨 놀이를 하던 진만이가 발목이 부러지자 병원비를 보탠다. 우울한 순례의 길을 가나안 땅 혹은 무릉도원으로의 그것으로 바꾸어놓는 힘은 바로 거기에서 비롯된다. 그런가 하면 자신의 꿈을 밥과 바꾼 행복사진관 엄씨가 찻집 여자와의 사랑을 다시금 밥의 현실에 내주어야 할 때, 그래서 '행복사진관'의 실체가 고단한 인생살이를 꾸려가는 '행보사진관'으로 드러나는 순간, 우리는 '일용할 양식'의 현실이 곧 진실이 될 수밖에 없다는 쓸쓸함과 그럼에도 불구하고 행복이 밥만으로 만들어지는 것은 아니라는 믿음에의 확인을 함께하게 된다. '원미동'은 일용할 양식의 현실과 그로부터 벗어나고 싶은 꿈 사이에서 팽팽한 긴장감을 획득하고 있는 세계이다. 그 둘은 어느 것 하나도 쉽게 외면해서는 안 되는, 그러기에 고통과 갈등을 수반하게 되는 진실의 두 축이다. 따라서 늘상 기차를 타고 어딘가로 떠날 궁리를 하던 어린 시절의 사진관 엄씨가 어른이 된 지금 찻집 여자와 함께 도망치지 못하고 서성댈 때, 그 쓸쓸한 풍경은 우리에게서 사람살이에 대한 깊은 성찰을 이끌어내는 것이다.

2. 개 같은 인생

양귀자의 소설에 빈번하게 등장하는 짐승의 비유는 주목할 필요가 있다. 그것은 냉혹한 현실이나 그것에 짓눌린 초라한 우리의 모습을 상징적으로 드러내고 있기 때문이다. 대개의 경우 그 이면에는 도시화·산업화로 인한 가치 전도의 풍경이나 정치적 억압 현실이 자리잡고 있는데 (『원미동 사람들』의 경우 후자의 측면은 첫 번째 창작집인 『귀머거리새』에 비해 상대적으로 많이 약화되어 있거나 배면에 숨어 있다), 『귀머거리새』가 세상은 무서운 짐승의 세계다라는 인식 위에 서 있다면 『원미동 사람들』은 그 안에서 버둥거리며 사는 우리 또한 한 마리의 짐승이다라는 인식으로 초점이 옮겨가고 있는 듯하다.

예컨대 『귀머거리새』에 수록된 「쥐」와 『원미동 사람들』에 수록된 「한 마리의 나그네 쥐」의 경우에서 드러나는 무서운 쥐와 초라한 쥐의 대비가 그것이다. 「쥐」의 경우 주인공은 어린 동생 대신 쥐를 품고 있던 어머니나 쥐를 닮은 김실장, 그리고 집 안을 휘젓고 다니는 쥐에게서 도망치고 싶었고 그래서 쥐덫을 놓지만 끝내 쥐를 잡지 못한다. 이때 '쥐'는 그에게 공포로 자리잡고 있는 세상을 상징한다. 반면에 「한 마리의 나그네 쥐」에서 '쥐'는 도시를 떠나 산으로 들어가버린 사내의 초라한 모습을 비유한다. 그에게 세상은 하나의 짐승 우리와 같다. 도시의 바글거리는 인파들 속에 섞여 있으면 짐승의 체취에 질식당하고 말듯 구토증이 나고, 전철 안은 짐승들을 가두어 넣은 견고한 우리로 보이며, 사람들은 지렁이모양 꿈틀거리거나 벌떼처럼 왕왕거리며 때로는 5월 광주 사건에서 드러나듯 숨겨진 수성을 드러내기도 한다. 그런데 더 큰 문제는 그 자신 역시 날마다 한 마리 짐승이 되어 그 안으로 기어들어가야 한다는 사실에 있다. 그에게 있어 산속으로의 칩거는 이 같은 짐승들의 세상으로부터 벗어나려는, 그리고 더 이상 짐승으로 살 수 없다는 비장한 선언일지 모른다. 그러나 산속 쉼터에서 그가 만난 자신의 실체가 한 마리 쥐였다는 것은 그 같은 인간 선언이 실현되기란 얼마나 요원한 것인지를 보여주는 듯하다.

아이들과 동물원 구경을 하는 내용으로 되어 있는 「방울새」에서도 주인공인 경주의 의식을 지배하고 있는 것은 짐승이 된 존재로서의 비극성이다. 이 작품은 서두와 끝이 각각 미아보호소 이야기로 처리되고 있는데, 공원 입구에 위치하고 있어 동물 구경에 앞서 지나치게 되는 미아보호소가 유리벽 바깥 사람들이 웃으며 바라보는 구경거리가 된다는 사실은 짐승이 된 인간의 서글픈 현실을 단적으로 환기시킨다.

실제로 사람 흉내를 내는 원숭이와 그 원숭이를 다시 흉내내는 아이를 통해 혹은 우리 안에 갇혀 허기진 얼굴로 구걸하는 짐승들을 통해 확인하게 되는 것은 짐승과 다름없는 존재로 추락한 인간 존재의 서글픔이다. 오빠가 '벌레처럼' 무섭다는 경주의 말이나, 감옥에 갇힌 남편에게서 보게 되는 '우리 속에 갇힌 짐승의' 눈빛, 혹은 꿈에서 본 구더기로 가득 찬 방과 몸 등 작품에서 빈번하게 나타나는 짐승과 벌레의 비유는 이 세상과 자기 존재가 공포와 환멸로 인식되고 있음을 보여준다. 「한 마리의 나그네 쥐」에서도 그러하거니와 이 작품에서 드러나는 이 같은 짐승의 비유에는 야만적으로 다가왔던 80년대 초의 정치·사회적 현실의 암담한 풍경이 자리잡고 있다. 그러나 작가의 시선은 밖을 향해 있기보다 그 안에서 역시 짐승이 되어버린 무력한 개인의 내면을 향해 있다. 모든 이들이 평등하게 따뜻한 마음을 나누며 살아야 한다는 믿음을 가졌던 남편이 그 때문에 감옥 안에 갇히게 된 현실에 저항하고 분노하기보다 그 결과 삶의 의욕을 상실한 무력한 개인들의 절망에 초점이 맞추어져 있는 것이다.

반면에 도시 산업화에 밀려 더욱 왜소해지고 초라해진 노동자의 궁핍한 생활을 담고 있는 「비 오는 날이면 가리봉동에 가야한다」나 「지하 생활자」의 경우 짐승의 비유가 제시하는 문제는 밥의 현실에 보다 근접해 있다. 자신이 끌고 다녔을 '개들의 인생'이나 별로 다를 바 없는, 구제할 수 없는 삶을 살았을 임씨의 이야기나, "개처럼 낑낑거리고 싶지는 않" 지만 새벽이면 똥눌 데를 찾아다녀야 하는 영락없는 개 신세가 된 한 노동자의 이야기는 인간 존엄성의 끝간 데 없는 추락을 생생하게 전달한다. 특히 먹으면 싸야 한다는 당연한 명제가 "똥쌀 데가 없으면 처먹지를 말아야" 한다는 명제에 의해 짓눌리는 한 노동자의 현실에서 우리는 집과 밥의 문제보다 더 심각하고 우울한 똥의 문제를 엿보게 된다. 그에겐 집과 밥마저도 사치스런 고민이다. 그에게 절실하게 필요한 것은 마음놓고 사용할 수 있는 변소이기 때문이다. 자유로운 배설에의 욕망, 이 우스꽝스러운 소망에는 사람답게 살고 싶다는 절규가 담겨 있다. 그러나 그가 사람 노릇을 하게 되는 것은 쉽지 않아 보인다. "저도 사람인데 또 싸겠습니꺼"라는 주씨의 대사에도 불구하고 그는 다시 싸게 될 것이 분명하기 때문이다. 똥쌀 데가 있건 없건, 그는 먹으면 싸야 하기 때문이다.

그런데 이때 우리가 인간에 대한 믿음을 확인하게 되는 것 역시 이들 추락한 인물들을 통해서라는 것은 주목할 필요가 있다. 배수 공사를 맡긴 후 시종일관 의심의 눈초리로 임씨를 바라보는 중산층의 왜곡된 시선과 한 푼이 아쉬운 처지임에도 불구하고 정확하게 노임을 계산하고 서비스까지 제공하는 임씨의 진실된 태도를 대비적으로 보여주고 있는 「비 오는 날이면 가리봉동에 가야 한다」에서, 처음에는 자신이 임씨와는 '다른' 처지임을 강조하던 은혜 아버지가 나중에는 정작 같지도 않은 나이까지 속여가며 '같음'을 주장하는 이유는 무엇일까? 그것은 타인에 대한 그의 오만과 불신이 임씨의 정직함과 순박함 앞에서 부끄러움으로 바뀌고 있기 때문일 것이다. 슬픔은 임씨의 것이고, 부끄러움은 은혜 아버지와 그를 닮아 있을 우리 모두의 것이다. 이웃에 대한 믿음은 이 부끄러움을 통해서 온다. 그런가 하면 먹고 싸는 인간의 가장 기본적인 생리 현상과 연관되어 일어나는 갈등을 각각 공장 사장과 일층 주인집 여자와의 관계 속에서 전개시키고 있는 「지하 생활자」에서도, 그와 같은 갈등은 지하 셋방에 사는 공장 노동자가 공장 사장이나 일층 주인집 여자 역시 자신과 별

반 다를 바 없는 초라한 존재들임을 인식한 후 그들을 이해하고 감싸안음으로써 극복된다. 그것은 따뜻한 인간애 혹은 정서적 동질감에 의한 공동체에의 확인이다. 이들 모두가 자기 몫의 밥에 매달릴 수밖에 없는 서글픈 인생들이라는.

원미동 사람들은 밥 때문에 서울을 떠나야 했고 전철 안에서 물건을 팔아야 하고 이웃 간에 싸움을 벌인다. 경쟁적 생존 원리에 적응하지 않으면 밀려날 수밖에 없는 밥의 현실로부터 어느 누구도 자유로울 수 없다는 것을 상기한다면 그것은 또한 하나의 진실이 된다. 이런 점에서 본다면 김포슈퍼나 싱싱청과물에 대한 김반장의 억척스러운 대응이나 원미동 시인에 대해 보여주었던 비굴한 태도도 "먹고살기 힘드니까" 그럴 수 있는 것이며, 변소를 사용할 수 없게 문을 열어주지 않던 일층 주인집 여자나 다른 공원을 구할지언정 보너스는 인상할 수 없다는 사장 역시 제각기 매일매일을 살아내야 하는 불쌍한 이웃일 것이다. 이는 작가의 초점이 사회의 구조적 모순에 대한 비판적 지적이나 분노의 표출이 아니라 그것을 넘어서는 인간적 유대감에 있음을 보여준다. 그러나 이는 자칫 밥의 문제와 똥의 문제 자체를 무화하는 것은 아닌지 우려하게 하는 것도 사실이다. 초라하나마 집을 가진 용띠 인물과 셋방살이하는 토끼띠 인물, 혹은 공장 사장과 근로자, 일층 주인집과 지하 셋방 사이에 내재된 계층적·사회적 차이와 갈등을 생각할 때, 이 같은 문제들이 '우리는 하나'라는 다소 성급한 화해로 덮어지고 있는 듯하기 때문이다.

3. 이야기/노래도 힘이 된다

밥의 현실은 원미동 사람들을 쥐로 혹은 개로 만들어놓는다. 그러나 원미동 사람들의 '개 같은' 삶의 다른 한편에는 이야기의 세계가 있다. 원미지물포 주씨와 행복사진관 엄씨가 벌이는 바둑판은 김반장과 강남부동산 박씨 등이 모이면 바둑판보다 이야기판이 되기 일쑤고, 이때 이들은 사진관 엄씨의 사랑 이야기를 "귀 아프게 들어줘야" 한다(「한 마리의 나그네 쥐」). 이들은 이야기를 통해 이들이 서 있는 현실과는 '다른' 세계를 꿈꾼다. 동굴 속으로 들어가버린 한 사내에 대한 이야기 역시 이들이 현실화할 수 없는, 그래서 이야기 속에서만 가능한 일탈과 자유에의 꿈의 한 반영이 아닐까. 이야기가 끝났을 때 이들은 각자 다시 일상과 집으로 되돌아가야 하고, 이때 모두가 그토록 경청하며 들었던 이야기는 결국 "귀신 씻나락 까먹는 소리"에 불과해진다. 그러나 일상의 현실과 이야기 속의 꿈이 공존할 수 없는 이들의 몸은 그 현실과 꿈 사이에서 흔들리게 된다. 여름내 행복사진관 엄씨와 지물포 주씨가 바둑 대결을 벌이는 평상은 다리 한쪽이 쉴새없이 기우뚱거리고 있다고, 작품 서두와 말미에서 거듭 강조되고 있지 않은가.

> 주씨가 먼저 우뚝 일어섰다. 그 바람에 평상이 **기우뚱거렸고** 중심을 못 잡아 **기울어지는** 주씨의 거대한 몸집을 김반장이 **아슬아슬하게** 받아내었다.
> "이눔의 평상다리가 끝내 말썽이라. 오야, 내일 아침엔 만사 제쳐놓고 이눔의 다리부터 맞춰놀 끼다."
> 주씨가 애꿎은 평상을 발로 걷어차는 순간 텅 빈 거리를 내달리는 구급차의 앵앵거리는 소리가 잠들어 있는 원미동을 **뒤흔들어놓았다.** (p.157, 강조는 필자)

이 대목에서 강조되어 드러나는 위태로움은 원미동 사람들의 평온한 일상의 풍경 속에 숨겨 있는 내적 흔들림과 균열이다. 원미동의 풍경은 어쩌면 이 흔들림·위태로움 위에 서 있을지도 모른다. 전철 안에서 조는 사내의 기울어지는 어깨라든지(「불씨」), 일할 때의 꿋꿋함과는 달리 자꾸만 한쪽으로 쏠리는 술 취한 임씨의 몸(「비 오는 날이면 가리봉동에 가야 한다」)과 같이 균형을 잃은 몸, 혹은 행복사진관 엄씨의 평온해 보이는 일상이 실상은 예술 사진사로서의 꿈을 포기함으로써 얻어진 불안정한 것임을 암시하듯 'ㄱ' 받침이 떨어져나간 간판 등은 바로 그러한 흔들림과 상실감의 한 상징이다. 이들 앞에는 삶의 무게를 견디며 계속해서 걸어가야 할 '행보'만이 남아 있는 것이다. 그러나 이들에게 이야기는 이처럼 앞만 보고 걸어가야 하는 일상의 행보를 잠시 멈추고 자신들이 그 속에 묻어버린 꿈을 돌아보게 한다. 뿐만 아니라 그것은 굳건한 일상 뒤에 숨은 이면의 진실을 보게 만든다. 은혜 아버지가 임씨와의 이야기를 통해 그와 심정적으로 하나가 되고 술 취한 그의 몸이 한쪽으로 쏠리는 것을 보면서 자신은 오히려 술이 '깨고 있었'던 것처럼, 혹은 엄씨의 이야기가 우리로 하여금 일상에 묻힌 그의 열정과 꿈을 엿볼 수 있게 하는 것처럼, 잠들어 있는 원미동을 깨우는 것("뒤흔들어놓는 것")이 이야기에 내재된 불길한 힘이기 때문이다.

「불씨」 역시 이 이야기의 꿈과 힘을 확인하게 하는 작품이다. 서울로 출근하던 샐러리맨에서 전철 안에서 잡동사니를 팔아야 하는 세일즈맨으로 전락한 진만이 아버지를 짓누르고 있는 고통스런 삶의 무게는 분명 밥의 현실에서 비롯한 것이다. 그러나 정작 그가 찾고 있는 것은 자신의 물건을 팔아줄 상대가 아니라 자신의 '어눌한 입을 뚫어줄 상대'이다. 단 한 사람이라도 "침을 튀겨가며 품어온 말들을 뱉어낼 수" 있는 사람을 찾기만 한다면 그는 허망하지 않을 것이라고 생각한다. "세 치 혀만 가지고 빌딩 사이를 날아다니며 고객을 사로잡는 슈퍼맨"들의 세상에서 그가 가장 절망하고 있는 문제는 자신이 입을 열 수 없다는 사실에 있기 때문이다. 이때 그로 하여금 입을 열게 한 사람은 터미널 대합실의 짐꾼인 권씨이다. 권씨는 그의 이야기를 열심히 경청해준다. 그리고 그도 자신의 이야기를 쏟아놓는다. 그 역시 이야기에 굶주려 있던 인물이었던 것이다. 이들이 주고받는 이야기가 이들이 견뎌내야 할 밥의 현실을 바꾸지는 못할 것이다. 그러나 그것은 이들에게 세상에 대한 믿음을 회복시키고 살아갈 수 있는 힘을 줄 것이며, 바로 거기에 이야기의 힘이 있을 것이다. 때문에 담배 한 개비 피워 물 만큼의 행운도 없는 듯 보이던 진만이 아버지에게 있어 희망이라는 이름의 불씨는 이야기를 통해 미약하나마 되살아나고 있는 것으로 보이는 것이다.

그런가 하면 「방울새」에서 경주와 감옥에 갇힌 남편이 노래하지 않는 방울새로 비유되고 있는 것에서도 이야기/노래가 곧 생명의 힘이라는 것을 확인할 수 있다. 사회 정의를 실현하려다 감옥에 갇힌 남편, 그로 인해 해체된 가족, 궁핍한 생활 등 이들이 처한 상황이 정치·사회적인 맥락에서의 억압적 현실에 기인하고 있음에도 불구하고, 경주에게 있어 정작 문제가 되는 것은 남편과 자신 사이에 놓인 침묵이라는 벽이다. 경주에게 있어 밥의 힘보다 더 중요한 것은 이야기의 힘이다. "이야기가 술술 풀려만 간다면" "한 번만 입을 열어 모음과 자음을 발음한다면, 한 번만 부리를 벌려 방울 소리를 낸다면 그것만으로도 족히 견디어낼 것 같았다"는 고백은 바로 이야기/노래의 소멸과 회복에 이들 삶의 절망과 가능성이 있음을 보여주고 있다.

이야기/노래가 구차한 우리의 삶에 하나의 위안이자 힘이 될 수 있다는 믿음은 세상에 대응하는 가장 작가다운 자세일지 모른다. 이런 점에서 「원미동 시인」은 폭력적이고 위선적인 현실에 대한 작가의 '시적 대응'을 읽어낼 수 있는 작품이다. 형제슈퍼(이 가게 이름은 김반장의 철저하게 계산적인 행동이나 태도에 견주어볼 때 얼마나 아이러닉한가)의 김반장이 몰매 맞던 원미동 시인을 외면했던 일을 알고 있는 두 사람이 있다. 한 사람은 당사자인 원미동 시인이고 다른 한 사람은 어린 여자 아이이다. 그 아이는 이 사실을 마을 사람들에게 말하고 싶어하지만 시인은 입을 다문 채 여전히 김반장네 슈퍼일을 도와주고 있다. 시인은 폭력적 현실과 그 안에서의 위선적인 인간의 모습을 인지하고 있다. 그럼에도 불구하고 그는 아이의 말처럼 "다 알고 있으면서, 바보같이" 오히려 김반장은 나쁜 사람이라는 아이의 말을 부정하며 시를 읊는다. 여기에서 김반장의 위선을 까발리고 싶은 아이와 이를 덮어두고 전처럼 그에게 다가가는 시인 중에서 작가가 시인의 편에 서 있다는 것은 주목할 필요가 있다. 그것은 시/노래가 이 폭력적인 세상에 대응하는 가장 치열한 방식일 수 있다는 믿음을 전제로 하고 있기 때문이다.

이처럼 '원미동'이라고 하는 축소된 우리 삶의 공간 속에서 폭력과 소외, 돈과 밥의 현실 원리와 꿈의 문제를 제기하고 있는 『원미동 사람들』에서 작가의 시선은 종국에 이 같은 현실에서의 이야기의 의미와 작가로서의 자기 성찰의 문제로 모아지고 있는 듯하다. 이 점에서 작가적 모습이 직접적으로 드러나고 있는 것처럼 보이는 「한계령」이 작품집 끝에 놓여 있는 것은 자연스럽다. 그것은 세상에 마주하고 서야 할 작가로서의 두려움과 혼란, 그리고 노래/이야기의 진정한 힘에 대한 성찰을 담고 있는 작품이다. 원미동으로 이사해오는 쓸쓸한 순례로 시작된 『원미동 사람들』이 이 작품에서 새로운 순례의 길로 접어드는 느낌을 주는 것은 이 때문일 것이다.

이 작품에는 이미 「유황불」에서 등장한 바 있는 박은자가 밤업소의 가수 미나 박이 되어 다시 등장한다. 지독히도 탁하고 갈라진 목소리로 자신의 목소리가 "완전 갔어"라고 말하는 박은자에게 있어 노래는 수없이 넘어지며 살아온 자신의 삶을 지탱시켜온 힘이며, 지금도 '좋은 나라'에 대한 꿈을 버리지 않게 하는 힘이다. 비록 전화 속의 그녀의 목소리는 갈라지고 탁했지만 무대 위에 선 그녀는 "탁 트인 음성"으로 노래를 부른다. 게다가 그녀가 일하고 있는 곳 또한 지하의 음습한 어둠 속에 있는 것이 아니라 화려하고 밝은 조명이 있는 이층에 위치하고 있다. 그녀와의 대면이 든든했던 큰오빠의 허물어짐, 날마다 달라지는 고향, 팔기로 한 고향집에 이어지는 훼손된 고향에의 재확인이 될 것을 두려워한 '나'에게 그녀의 노래는 안타까움과 미련, 두려움을 떨치고 세상에 다가가라고 이야기한다. 유황불이 이글거리는 지옥의 아수라장 같은 세상 속으로 나아가라고. 우리는 모두 제각기 무거운 삶의 짐을 지고 고개를 넘는 사람들이며, 그 안에 삶의 엄숙함이 담겨 있다고. 그리하여 그녀 스스로에게 던지는 위안과 다짐의 노래이기도 했을 그 노래는 이제 '나'를 일으켜 세워 새로운 길을 떠나게 한다.

노래/이야기는 그런 것이다. 우리의 삶이 제 몫의 짐을 지고 봉우리를 오르내리는 힘들고 쓸쓸한 여정이며 그래서 발 아래 첩첩산중의 막막함을 바라보면서도 다시금 봉우리를 향하여 무거운 발길을 옮겨놓아야 하는 것이라고 할 때, 이 고단함을 감수하는 행보에서 인생살이의 엄숙함과 훈훈함을 확인하게 하는 것, 그래서 박은자의 노래가 그랬듯이 듣는 이로 하여금 감동의 눈물을 흘리게 만들고 고단한 삶에의 여정을 다시 꾸려가게 만드는 것, 그것이 노래/이야기인 것이다. 그러니 어둠뿐인 세상에, 상처뿐인 삶에, 과연 이야기/노래가 무엇을 할 수 있겠는가, 라고 누군가 묻는다면 우리는 분명하게 대답할 수 있을 것이다. "아니다, 이야기/노래도 힘이 된다"라고. (1997년)

3판 발문 / 내 마음의 거리, 원미동

김탁환(소설가)

하나

러시아 작가 고골의 단편들을 읽다보면 춥고 어두운 네프스끼 거리가 눈에 선하게 떠오릅니다. 코를 잃은 꼬발료프가 양손으로 얼굴을 가리고 황급히 걷는 곳도, 외투를 강탈당하고 근심하다 죽은 하급 관리 아까끼 아까끼예비치의 유령이 사람들의 외투를 빼앗는 곳도 네프스끼 거리니까요.

양귀자 선생의 『원미동 사람들』이 새로운 모습으로 다시 출간된다는 소식을 접했을 때, 저는 이제 우리 독자들도 마음 깊은 곳에 낯익은 거리를 하나 가졌다는 생각을 했습니다. 멀고 아름다운 동네, 원미동을 알든 모르든, 그곳을 다녀갔든 한 번도 걸음하지 않았든, 80년대와 90년대를 지나며 원미동 23통 거리는 대한민국 사람 누구에게나 친숙한 거리가 된 겁니다. 친숙하다는 것은 편안하다는 뜻이고 신경 쓰거나 배려하지 않아도 늘 곁에 머물 것 같다는 뜻입니다. 따라서 이 글은 『원미동 사람들』이 처음 출간된 1987년부터 지금까지, 저를 비롯한 이 땅의 독자들이 원미동 거리를 내 마음의 거리로 받아들인 이유를 찾는 과정이기도 합니다.

둘

80년대를 추억하는 영화들이 연이어 흥행에 성공하는 요즈음입니다. 감독들은 촌스러움과 의리, 공포와 폭력을 그때의 대표적인 코드로 살려내지요. 『원미동 사람들』을 다시 읽으며, 저는 양귀자 선생에게 80년대는 어떠했을까 궁금해졌습니다. 시간이 기억을 와해시킨 후에야 "심장의 한 켠에 비수처럼 꽂혀 있는 몇 개의 과거"처럼, 이 책에는 80년대의 핵심을 틀어쥐는 문장들이 곳곳에 숨어 있습니다.

초판이 나왔던 1987년, 그러니까 이 책을 처음 읽었을 때 저는 겨우 스무 살 대학 1학년이었습니다. 소시민의 애환을 담고 있는 소설 정도로만 받아들였지요. 6월 항쟁부터 12월 대통령 선거까지, 서울특별시의 거리 곳곳은 민주화의 열망으로 뜨거웠습니다. 붉은 화염병과 검은 전투경찰, 그 뜨거운 거리로부터 원미동은 참으로 멀게만 느껴졌습니다. 역사의 수레바퀴가 급한 만큼 삶 전체를 조망하는 시각도 협소하고 가슴도 편협한 시절이었습니다. 지금 다시 『원미동 사람들』을 읽으니, 그때는 미처 삼키지 못한 문장들이 가슴을 찌릅니다.

그동안 비평가들은 양귀자 선생의 소설을 이해하는 단어로 '슬픔'을 꼽았습니다. 슬픔 어린 눈으로 가족과 이웃 나아가 세계를 아우른다는 것이죠. 그 따뜻한 슬픔이 원미동 거리를 차가운 네프스끼 거리와 다르게 만드는 힘일 겁니다.

저는 양귀자 선생의 '슬픔' 앞에 '단단한'이란 수식어를 두고 싶습니다. 우리가 비극을 읽는 이유는 막연한 슬픔에 젖어들기 위해서가 아니라 자신의 운명과 맞서 싸우는 인간의 삶을 동경하기 때문이라는 철학자 김상봉 선생의 주장처럼, 『원미동 사람들』에는 격이 다른 슬픔이 담겨 있습니다. 가난한 것, 배우지 못한 것, 치욕적인 상처를 받은 것. 이런 것들을 복원시키는 양선생의 손길은 참 섬세합니다. 그러나 그렇게 되살아난 지지리도 못난 삶 자체는 우리에게 어떤 깨달음도 주지 못합니다. 독자들이 원미동 사람들의 슬픔을 자신의 슬픔으로 받아들이는 것은, 이 작은 인간들이 수많은 절망과 좌절을 겪으면서도 결코 포기하지 않는 그 무엇인가를 틀어쥐고 있기 때문입니다.

「마지막 땅」에서 강노인은 땅의 금전적 가치를 중요하게 여기는 세상과 끝까지 맞섭니다. 강노인이 '서울것들'에게서 느끼는 분노와 슬픔은 기름진 농토를 지키려는 의지로부터 비롯된 것입니다. 「찻집 여자」에서 행복사진관 엄씨 역시 "자신의 예술적 영감이 찌그러지고 녹슬고 삐걱거리는" 생활을 하지만, 자신에게는 특별한 예술적 혼이 있다는 것을, 그 믿음을 버릴 수 없습니다. 「비 오는 날이면 가리봉동에 가야 한다」에 등장하는 임씨 역시 양심에서 벗어난 행동을 조금도 하지 않습니다. 욕실 공사를 위해 처음 작성한 견적서를 스스로 고쳐 일당을 줄이는 장면에서 그 올곧음이 여실히 드러납니다.

그렇지만 그들은 불행하며 슬픕니다. 자식을 위해 어쩔 수 없이 땅을 팔려고 작심하는 강노인의 슬픔, 찻집 여자에게서 정말 아주 오랜만에 "맨얼굴의 속마음"을 느끼고 사랑에 빠진 엄씨의 슬픔, 연탄값 80만원을 받기 위해 비만 오면 가리봉동으로 가는 임씨의 슬픔. 누가 이들을 이렇듯 울리는 걸까요?

셋

일찍이 시인 이성복 선생은 "누이의 戀愛는 아름다와도 될까"(「정든 유곽에서」)라고 노래했지요. 당연히 아름다워야 할 누이의 연애를 왜 이렇게 되묻는 걸까요? 『원미동 사람들』을 읽는 내내 이 문장이 입 안을 맴

돌았습니다.

사필귀정(事必歸正). 정의는 반드시 승리한다고, 착한 사람은 복을 받고 악한 사람은 벌을 받는다는 진리 앞에서 한참 동안 고개를 갸웃거리던 시대가 바로 80년대였지요. 데모하다 학교에서 잘리고 군대에 다녀온 청년은 "언제나 중얼중얼 시를 외우며" 반미치광이로 살아가고(「원미동 시인」), "이 세상의 모든 이들이 가능하기만 하다면 평등하게, 그리고 따뜻한 마음을 나누면서 살아야 한다"(「방울새」)고 생각하는 사람은 감옥에 갇히며, 출장을 간 도시에서 "인간의 얼굴을 한 수많은 짐승의 무리들"을 보고 "깊은 내상(內傷)"(「한 마리의 나그네 쥐」)을 입은 사람은 정처 없이 원미산을 나그네 쥐처럼 떠돌다 죽습니다. 좁게 보면 이 비극은 광주를 피로 물들이고 집권한 군인들이 "정의사회를 구현"하겠다고 나선 어처구니없는 현실로부터 시작된 겁니다. 위 세 작품은 저들의 정의와 우리의 정의가 서로 화해할 수 없다는 것과 아울러 힘 있는 저들의 정의가 힘없는 우리의 정의를 어떻게 억압하며 상처를 남기는지 보여줍니다.

세상에는 두 종류의 사람이 있다고 합니다. 누군가로부터 뺨을 맞았을 때 한 걸음 뒤로 물러서는 인간과 한 걸음 앞으로 나아가는 인간. 앞에서 살핀 소설의 주인공들은 하나같이 뒷걸음질을 치며 고통과 상처를 자기만의 방식으로 품어버립니다. 다른 사람은 전혀 알 수 없을 만큼 견딤의 갑옷은 두껍고 단단합니다.

형제슈퍼 김반장은 깡패들에게 얻어맞을 위기에 빠진 원미동 시인 몽달씨를 냉정하게 외면합니다. 그 때문에 열흘이나 자리보전을 할 만큼 두들겨맞은 몽달씨는 기억상실증에 걸린 사람처럼 다시 형제슈퍼에 나와 일을 거듭니다. 동네 사람들은 몽달씨에게 친절하게 대하는 김반장을 모두 칭찬합니다. 김반장의 겉 다르고 속 다른 언행을 알고 있는 사람은 호적에 일곱 살로 올라가 있는 경옥이뿐입니다. 경옥이는 "바보같이. 기억상실도 아니면서" 김반장에게 따지지 않고 일만 하는 몽달씨를 보며 자꾸 눈물이 납니다.

남편을 감옥에 보낸 그녀는 딸 경주를 데리고 혼자 생계를 꾸리며 삶의 고통과 외로움을 안으로만 삭힙니다. 처음에 그녀는 노래하지 않는 방울새를 감옥에 갇힌 남편과 일치시켰습니다. "두터운 유리벽 안에 갇혀서, 푸른 하늘 대신 시멘트 천장을 이고 죽은 나뭇가지 위에 앉아 있는" 방울새가 노래를 할 수 없듯, 감옥에 갇힌 남편도 침묵한다는 것이죠. 경주가 "방울새는 동굴에서 살고 있구나"라고 했을 때 "아빠는 동굴에서 살고 있구나"로 잘못 들은 이유도 이 때문입니다. 그러나 방울새처럼 노래하지 않은 것은 바로 그녀 자신이기도 합니다. 그녀는 내일모레쯤 남편을 면회 가서 "경주의 방울새 노래가 듣고 싶지 않으냐"고 물어본 후 그동안 가슴에 꼭꼭 숨긴 상처를 이렇게 말하겠다는군요.

> 이야기가 술술 풀려만 간다면 아니 그러고도 시간이 남는다면 구더기의 강에 대해서도 소상히 들려줄 것이다. 지금 생각해도 머리칼 깊숙이 수십 수백 마리의 구더기가 털구멍에 처박혀 몸을 오그라뜨리고 있는 느낌이라고 제법 세밀하게 이야기할 수 있을지도 모른다. 이제야 말하지만 이 꿈을 홀로 간직하는 일이 정말 두려웠다고도 말해보자. 말이란 한 번만 눈 딱 감고 시작하면 실타래에서 풀려나오는 명주실처럼 길고도 질기게 계속될 것이었다. 한 번만 입을 열어 모음과 자음을 발음한다면, 한 번만 부리를 벌려 방울 소리를 낸다면 그것만으로도 족히 견디어낼 것 같았다.(「방울새」, p.224)

그러나 이것은 내일모레의 일입니다. 오늘 그녀는 손을 들어 눈두덩을 짓누릅니다. "눈꺼풀의 경련이야말로 이미 오래 전부터 그녀를 간섭해온 익숙한 증상이었으므로 눈두덩을 압박한 몸짓 그대로라도 얼마든지 걸을 수" 있습니다. 이것은 아무도 모르는 그녀만의 손버릇입니다. 아직은 자신에게 주어진 삶의 무게를 이런 식으로 진정시킬 수밖에 없습니다.

그 남자가 원미산으로 '혼자' 올라간 것은 "숫자가 많다는 것은, 많다는 이유만으로 충분히 위협적"이란 깨달음을 얻고 나서입니다.

> [……] 사람들이 많이 모여 있는 장소에 가게 되면 그의 가슴이 심하게 뛰었다. 흰 이빨의 웃음 속에 감추어진 짐승의 울음소리를 듣게 되지나 않을까 겁이 났다. 길을 묻기 위해 옆구리를 치는 행인에게 그 자신이 늑대가 되어 달려드는 모습도 끊임없이 머릿속에 되풀이 떠올랐다.(「한 마리의 나그네 쥐」, p.144)

그는 인간의 탈을 쓴 짐승의 무리를 피해 원미산으로 숨은 겁니다. 처음에는 아침에 올라가면 저녁에 내려오고 저녁에 올라가면 아침에 내려왔습니다. "계가 깨지지 않게 하려면, 손가락이 길다란 딸을 제대로 키우려면 어리석은 짓을 저질러서는 아니 된다"는 것을 알고 있었지요. 그러나 곧 그는 그 어리석은 짓을 저지르고 맙니다. 산으로 올라가서 영원히 내려오지 않지요. 그리고 풍문만이 떠돕니다. 가족을 돌보지 않은 무책임한 행동을 비난합니다. 그러나 홀로 산으로 올라가야만 했던 이 사내의 심정을 아는 이는 없습니다. 사내가 자신의 상처를 풀과 나무로 가려버린 탓인지도 모르겠습니다.

넷

불의가 더 많이 승리하는 세계는 80년대만의 특이한 현상이었을까요? 그렇다면 해결책은 의외로 간단합니다. 부도덕하고 정의롭지 못한 이들을 권좌에서 끌어내리면 되니까요. 『원미동 사람들』이 90년대를 지나 새로운 세기에도 여전히 읽히는 것은 비극적 세계 인식이 80년대에 국한되지 않는다는 걸 역설적으로 보여줍니다. 양귀자 선생의 물음은 훨씬 더 근원적인 곳으로 향해 있습니다.

언젠가 이런 설교를 들은 적이 있습니다. "우리는 예수님을 십자가에 매단 세상에 살고 있습니다." 구세주를 십자가에 못 박은 자들이 어찌 정의로운 사회를 만들 수 있겠느냐는 물음이 그 안에 숨어 있겠지요.

『원미동 사람들』에는 이념이나 정권과 상관없는 우리네 선량한 이웃들이 점점 변두리로 밀려나며 타락하고 절망하는 광경이 변주되어 나타납니다. 최선을 다하였으면서도 그들의 인생은 나아지지 않습니다. 원미동은 어떤 이에게는 서울로 나아가는 교두보이지만, 어떤 이에게는 서울로부터 멀어지는 마지막 간이역이기도 합니다. 따라서 원미동 사람들은 누구나 거리의 사람들이지요. 은혜의 부모가 처음 원미동에 갔을 때, "도시는 이제 막 새로 시작하는 모습이었다가도 어느 순간 적잖이 훼손되어 버린 노쇠한 모습으로 겹쳐 보였다. 출발과 마멸이 같이하고 있는 낯선 도시"라는 느낌을 받은 것도 이 때문입니다. 그런데 『원미동 사람들』에는 서울로 진출하는 이웃들보다 원미동에서 더 먼 곳으로 내려가는 자들의 삶이 담겨 있습니다.

원미동에 산다고 생활 수준이 모두 비슷한 것은 아닙니다. 하루 밥벌이도 못하는 진만이 아빠(「불씨」)도 있고, 전기장판이 없으면 겨울을 날 수 없이 차갑고 좁은 방에서 사는 "찻집 여자"도 있으며, 화장실도 없는 지하실에 사는 "지하 생활자"도 있습니다. 그들의 한결같은 바람은 원미동에서 더 나쁜 곳으로 내려가지 않는 겁니다.

서울에 있는 식품회사에서 해고된 진만이 아빠는 결코 세일즈 따윈 하지 않겠다고 다짐합니다. 그러나 슈퍼맨 흉내를 내며 자꾸자꾸 날아오르는 진만이를 먹여 살리기 위해 결국 "청동을 재료로 한 문화재들의 여러 모조품"을 팔게 되지요. 우여곡절 끝에 고속버스터미널 짐꾼 권씨에게 처음으로 제품 설명을 하고 촛대까지 팔지만, 결국 생활고를 견디지 못하고 원미동을 떠납니다. 찻집 여자 홍씨의 절규는 이들의 심정을 직설적으로 드러냅니다.

> "원미동에서 밀려나면 갈 곳이 없다고는 말하지 않겠어요. 어디든 갈 수는 있어요. 하지만 이런 생활 이하로는 떨어져내리고 싶지 않아요. 이만큼 살 수 있다는 것을 얼마나 감사하며 지내왔는데요……. 다신, 이곳에 얼씬도 마세요."(「찻집 여자」, p.259)

그러나 그녀 역시 원미동을 떠나고 말지요. 아무리 노력해도 지하 생활자는 지상으로 올라오지 못하고, 서울에서 밀려난 인생들은 다시 서울로 진입하지 못합니다. 그들이 얼마나 착하고 그들이 얼마나 성실한가 하는 건 그들의 처지를 바꾸는 데 아무런 도움도 되지 않습니다. 오히려 그런 면들이 그들을 패배자요 낙오자로 만들기까지 합니다. 그들의 삶을 옥죄는 가장 큰 이유는 바로 돈입니다. 돈을 최우선으로 두는 자본주의라는 거대한 세계가 그들을 벼랑 끝으로 내몰고 있는 겁니다.

다섯

원미동은 이렇게 80년대라는 시대와 돈만을 중요하게 여기는 천민 자본주의라는 사회에 상처받은 이들이 모인 곳입니다. 또한 원미동은 바로 그 시대와 사회의 분위기를 그대로 옮겨 담은 축소판이기도 합니다. 「일용할 양식」은 "먹고살아보려고 아옹다옹하는" 원미동을 날렵하고 예리하게 보여줍니다. 경쟁사회의 속성이 적나라하게 드러나지요.

이야기의 중심에는 형제슈퍼 김반장이 놓입니다. 그의 어깨에는 "네 명의 어린 동생과 다리 골절로 직장을 잃은 아버지와 잔소리가 많은 어머니, 또한 팔순의 할머니가 매달려" 있습니다. 스물여덟 살의 이 싹싹한 총각은 원미동 23통 5반의 잡다한 사건을 내 일처럼 챙기는 사람입니다. 김반장과 대립하는 사람은 김포슈퍼의 경호 아버지지요. 그는 충청도 산골 마을에서 상경한 후 품팔이로 번 돈을 모아 김포쌀상회를 차렸고, 곧 김포슈퍼로 이름을 고쳐 확장했습니다. 김반장과 경호 아버지, 두 사람 모두 가족의 일용할 양식을 위해 이른 아침부터 늦은 저녁까지 최선을 다해 장사를 하는 우리네 이웃입니다.

그런데 이렇듯 선량한 두 사람이 맞서 싸웁니다. 경호아버지는 쌀과 연탄만 팔고 김반장은 그 외 물품들을 팔던 관행이 깨어졌기 때문이지요. 김포쌀상회가 김포슈퍼로 바뀐 후부터 두 가게 사이의 상도(商道)는 한순간에 무너집니다. 이 싸움의 근거는 양심도 아니고 이웃끼리 화목하게 지내자는 윤리규범도 아닙니다. 일백 미터도 떨어지지 않은 거리에 결코 두 슈퍼가 공존할 수 없다는 자본의 논리만이 두 사람의 무한경쟁을 부추기지요. 이제 그들은 원미동 거리에서 함께 살아가는 다정한 이웃이 아닙니다. 상대를 원미동에서 내쫓아야지만 내가 살아남을 수 있다는 살벌한 적개심을 품을 뿐이죠. 원미동 거리가 한순간에 전쟁터가 된 겁니다.

손해를 보면서까지 물건을 싸게 팔던 두 사람 앞에 '싱싱청과물'이 나타납니다. 가게 셋이 경쟁을 벌이게 되자 김반장과 경호 아버지는 동맹을 맺습니다. 둘이 힘을 합쳐 나머지 새로운 경쟁자를 없애자는 합의가 이루어진 겁니다. 이런 약삭빠름 역시 경쟁사회에서 살아남기 위한 생존

전략이겠죠. 그때부터 김반장과 경호 아버지는 어제까지 얼굴을 붉히고 다투던 것을 싹 잊고 굳게 협력합니다. 그들의 화해를 가능하게 만든 것 역시 자본의 논리입니다. 결국 협공을 당한 싱싱청과물은 텃세를 견디지 못하고 가게문을 닫고 말지요.

『원미동 사람들』의 다른 단편들에 비해, 「일용할 양식」은 화자의 자의식이 거의 드러나지 않고 이야기 위주로 빠른 전개를 보여줍니다. 한 편의 드라마를 보는 것처럼, 각각의 상황과 그 상황을 받아들이는 인물들의 입장이 선명하게 드러나지요. 일용할 양식을 얻기 위해서는 어제의 친구가 오늘의 적이요, 오늘의 친구가 내일의 적으로 바뀝니다. 나와 상관없는 일이라면 "오죽하면 여기까지 와서 장사를 벌였을라구" 하며 동정할 수도 있지만, 내 밥벌이와 직결될 때는 독기를 품고 덤빌 수밖에 없지요. 소설은 그렇게 산뜻하게 끝나지만, 다른 어떤 작품보다도 씁쓸한 느낌이 오래 남습니다.

여섯

그리고 「한계령」과 만납니다.

「한계령」은 원미동 사람들의 인생 역정을 총괄적으로 정리하는 작품이지요. 앞에서 언급했듯이, 원미동은 서울에서부터 밀려난 인생들이 삶의 한 고비를 넘는 곳입니다. 한계령이란 제목은 그러니까 삶의 가장 큰 고비를 뜻하는 것이겠지요. 그 고비에서 소설가는 오랫동안 연락이 없던 친구 박은자의 전화를 받습니다.

소설가에게 "인생이란 탐구하고 사색하는 그 무엇"이지만, 박은자나 원미동 사람들에게는 "몸으로 밀어가며 안간힘으로 두들겨야 하는 굳건한 쇠문…… 혹은 멀리 보이는 높은 산봉우리"입니다.

"내 추억의 가운데에 서 있는 표지판"인 박은자가 소설가인 그녀를 만나자고 합니다. 소설가는 박은자와의 만남을 늘 염두에 두면서도, 새부천나이트클럽까지 갔으면서도 끝내 박은자와 얼굴을 맞대지 않습니다. 대신 박은자를 통해, "유황불이 이글거리는 지옥의 아수라장처럼 무섭기만 했던 그 세상에서 나는 벌써 몇십 년을 살고 있는가. 아니, 살아내고 있는가……" 라며 자신의 삶을 찬찬히 반추합니다. 박은자도 소설가인 그녀도 지금의 모습까지 오는 동안 수없이 넘어지고 또 넘어졌겠지요. 하지만 그것은 두 사람만 겪은 삶의 풍랑이 아닙니다. 누군들 그렇지 않겠습니까.

박은자는 자신이 "얼마나 달라졌는가를, 지금은 어떤 계층으로 솟구쳤는가를" 전화기를 붙들고 계속 쉰 목소리로 설명합니다. 그 시간의 위력 앞에 언제나 집안의 버팀목이었던 소설가의 큰오빠도 변했습니다.

> 그 집에서 동생들을 거두었고 또한 자식들을 길러냈던 큰오빠였다. 그의 생애 중 가장 중요했던 부분이 거기에 스며 있었다. 큰오빠는, 신화를 창조하며 여섯 동생을 가르쳤던 큰오빠는 이미 한 시대의 의미를 잃은 사람이 되고 말았다. 이십오 년 전에는 젊고 잘생긴 청년이었던 그가 벌써 쉰 살의 나이로 늙어가고 있었다.(「한계령」, p.356)

소설가는 마음이 편치 않을 때마다 유년 시절 박은자가 등장하는 소설을 읽으며 평안을 찾습니다. "소설 쓰는 것을 업으로 삼는 자가 자기가 쓴 소설을 읽으며 위안을 받는다"는 것을 어떻게 설명해야 좋을지 모르겠다고도 합니다. 그러다가 문득 "열심히 뛰어 도달해보니 기다리는 것은 허망함뿐이더라는" 큰오빠의 한탄을 떠올리며, "내가 수없이 유년의 기록을 들추면서 위안을 받듯이 그 또한 끊임없이 과거의 페이지를 넘기며 현실을 잊고 싶어하는지도 모를 일이었다"고 생각하지요.

아버지 무덤에 가서 홀로 한 병의 소주를 비우는 큰오빠와 나이트클럽에서 은자의 노래만 듣고 온 소설가의 모습이 자꾸 겹치는군요. 왜 먼 과거, 돌아갈 수 없는 그곳이어야만 하는 걸까요? 지금 발 딛고 선 이곳에서 위안받을 길은 정녕 없을까요?

소설가는 새부천나이트클럽에서 은자로 짐작되는 여가수가 부르는 '한계령'을 듣습니다. 그리고 그 노래에서 가르침 하나를 얻습니다.

> [……] 나는 온몸으로 노래를 들었고 여가수는 한순간도 나를 놓아주지 않았다. 발밑으로, 땅 밑으로, 저 깊은 지하의 어딘가로 불꽃을 튕기는 전류가 자꾸 쏟아져내리는 것 같았다. 질펀하게 취하여 흔들거리고 있는 테이블의 취객들을 나는 눈물 어린 시선으로 어루만졌다. 그들에게도 잊어버려야 할 시간들이, 한줄기 바람처럼 살고 싶은 순간들이 있을 것이었다. 어디 큰오빠뿐이겠는가. 나는 다시 한번 목이 메었다.(「한계령」, p.362)

박은자가 신사동 로터리 바로 앞에 새로 연 카페의 이름은 '좋은 나라'입니다.

소설가 양귀자 선생이 가수 하덕규 선생의 '한계령'에 의지하여 이 작품을 지은 후, 소설 「한계령」을 읽은 하덕규 선생이 박은자가 연 카페 이름을 빌려 '좋은 나라'란 노래를 만들었다는군요. 슬픔을 딛고 한계령을 넘어 좋은 나라로, 양귀자 선생도 하덕규 선생도 우리들을 인도하고 싶은가 봅니다. "당신과 내가 좋은 나라에서 그곳에서 만난다면 / 슬프던 지난 서로의 모습들을 까맣게 잊고 다시 인사할지도 몰라요." 그 노래를 흥얼거리며 소설가인 그녀와 박은자의 해후를 상상합니다. 참 아름다운 풍경입니다.

일곱

자, 이제 원미동 거리를 한 바퀴 돌았습니다. 특이할 것도 새로울 것도 없는 낯익은 동네입니다. 지금이라도 대문을 나서기만 하면 만날 수 있는 거리가 어떻게 20년 가까이 망각의 무게를 견디며 살아남은 걸까요? 386 세대에서부터 월드컵 세대까지 폭넓은 공감을 얻어내는 걸까요?

돌이켜보건대 80년대 소설들은 단숨에 삶의 문제를 해결하고픈 욕망이 강했습니다. 양귀자 선생은 단 한 번의 결정적인 혁신으로 삶이 바뀌는 것을 믿지 않습니다. 차라리 더디게 한없이 더디게 그 지난한 삶들을 따르지요. 무릎이 꺾이고 한숨이 절로 나오는 순간들을 하나씩 보듬어 안습니다. 문명이 발달하고 세대가 달라지더라도, 인간이라면 누구에게나 그런 난감한 순간이 찾아오는 법입니다. 그리고 그 절망을 헤쳐 나갈 사람은 바로 나 자신밖에 없지요.

그렇다고 『원미동 사람들』에 실린 연작들이 90년대의 사소설(私小說)처럼 인간의 내면으로만 침잠하지는 않습니다. 물론 양선생은 남녀노소를 불문하고 등장인물의 심리묘사에도 많은 공을 들이지만, 내면으로 숨는다거나 내면만을 과장하여 삶의 문제를 왜곡하고 덮지 않는다는 것이죠. 하루하루를 성실히 살아가는 생활인들의 일상은 그들의 내면과 따로 놀지 않습니다. 내면과 외면, 이성과 감정, 생활과 꿈을 분리시키는 것 자체가 한 인간을 불구로 만드는 짓이니까요.

어떤 평자들은 양귀자 선생의 소설 세계를 90년 이전과 이후로 양분하기도 합니다. 90년대에 양선생이 선보인 장편소설들이 80년대 원미동 거리와 다르다는 것이죠. 그러나 저는 다시 『원미동 사람들』을 읽으며,

베스트셀러에 오른 양선생의 장편소설들의 씨앗이 원미동 거리에서 자라고 있었음을 확인했습니다.

제게는 그 장편들이 양선생이 탐색하는 삶의 또 다른 거리로 보입니다. 좁은 길이 있다면 넓은 길도 있고, 누추한 거리가 있다면 네온사인 화려한 거리도 있지요. 평생을 고민해도 이해하기 힘든 삶의 다양한 비밀들을 향해 양선생은 용감하면서도 섬세하게 다가섭니다. 사랑, 결혼, 남녀차별 등등의 문제에 대해 결론을 미리 상정하지 않고 파고드는 모습은 원미동 사람들을 묘사하던 시절과 다르지 않습니다. 길은 더욱 다양해졌지만 그 길을 문장으로 옮기는 양선생의 자세는 변함이 없습니다.

『원미동 사람들』에 감동한 독자라면, 『희망』『모순』 등과 같은 장편, 「금지된 말」이나 「어느 우둔한 자가 작성한, 어떤 사기사건에 관한 보고서」 같은 단편을, 지금, 찾아 읽어보세요. 원미동 사람들의 따뜻하면서도 아득한 숨결을 느끼세요. (2004년)

양귀자 소설

원미동 사람들

1판 발행 • 1987년 11월 14일
2판 발행 • 1997년 11월 15일
3판 발행 • 2004년 2월 25일
4판 발행 • 2012년 12월 25일

4판 47쇄 • 2024년 11월 25일

지은이 • 양귀자
펴낸이 • 심은우
표지그림 • 고찬규
디자인 • [★]규

펴낸곳 • 도서출판 쓰다
주소 • 03006 서울시 종로구 평창11길 33
출판등록 • 2012년 10월 12일 제300-2012-191호
대표전화 • (02)395-0390~2
팩스 • (02)379-7322
이메일 • writepublishing@gmail.com

ISBN 978-89-98441-00-5 03810